临证纪事

——我的针灸之路

斜灸之路 我的

张仁 著

人民卫生出版社

图书在版编目（CIP）数据

临证纪事：我的针灸之路 / 张仁著. -- 北京：人
民卫生出版社，2017

ISBN 978-7-117-25431-1

Ⅰ.①临…　Ⅱ.①张…　Ⅲ.①纪实文学 – 中国 – 当代
Ⅳ.①I25

中国版本图书馆 CIP 数据核字（2017）第 270024 号

人卫智网	www.ipmph.com	医学教育、学术、考试、健康，
		购书智慧智能综合服务平台
人卫官网	www.pmph.com	人卫官方资讯发布平台

临证纪事——我的针灸之路

著　　者：张　仁
出版发行：人民卫生出版社（中继线 010-59780011）
地　　址：北京市朝阳区潘家园南里 19 号
邮　　编：100021
E - mail：pmph @ pmph.com
购书热线：010-59787592　010-59787584　010-65264830
印　　刷：三河市尚艺印装有限公司
经　　销：新华书店
开　　本：710×1000　1/16　印张：19　插页：2
字　　数：272 千字
版　　次：2018 年 1 月第 1 版　2019 年 5 月第 1 版第 2 次印刷
标准书号：ISBN 978-7-117-25431-1/R · 25432
定　　价：48.00 元
打击盗版举报电话：010-59787491　E-mail：WQ @ pmph.com
（凡属印装质量问题请与本社市场营销中心联系退换）

著者简介

　　张仁主任医师，医学硕士，上海市名中医。中国针灸学会名誉副会长、上海市非物质文化遗产评审专家、《中国针灸》编委会副主任委员。曾任上海市中医文献馆馆长、上海市中医药情报研究所所长、中国针灸学会副会长、上海市中医药科技服务中心主任、上海市针灸学会理事长等职。1998年享受国务院特殊津贴。长期从事针灸临床、科研和文献研究。独立撰写和主编针灸、中医专著已达六十多部（含英文和日文版本），分别在北京、上海、重庆、台北和东京等地出版；以中英文发表论文近百篇。主持上海市卫生局科研课题并通过验收四项，参与上海市科委及国家973项目课题多项。

　　四十多年来，在学医之路上，经过了家传、自学和学校教学三个阶段多途径的知识积累，经包括国医大师郭诚杰教授在内的多位名师指导，博采众长；在行医之路上，经历了边疆基层团场、西欧发达国家之一和我国特大的现代化城市的多地域实践历练；在成长之路上，又涉及了临床诊疗、文献研究、行政管理等多个领域的不懈探索。

　　本书展现的，正是此漫漫长路。

　　还是在十多年前，主持《上海中医药报》的一位老编辑，在听了我学医之路的一些片段之后说："你从事针灸事业的过程这么复杂曲折，是否可以写出来，一来让广大读者进一步了解针灸这门中华民族原创的古老而又年轻的医学学科；二来对从事这门学科的后学者也有借鉴意义。"

　　确实，针灸之路和我人生之路一样，既充满着曲折、坎坷和艰辛；也不断带来神奇、机遇与希望。从古尔班通古特大漠边缘的军垦农场到渭水之滨的古都咸阳，从黄浦江畔到阿姆斯特丹，针灸与我，不弃不离，一路同行。而针灸医学源远流长，其博大精深更非一代生命可以丈量。当时，有人提出"记忆文学"一词，青年时代我倒确实做过一阵子文学梦，但那早已化作一缕轻烟消散而去。而"记忆"二字却给我以启示，如果把我这么多年来对针灸医学的追索或者说亲身经历实实在在地写出来，不论是出现奇效后的喜悦还是走麦城后的苦恼，是不是会对我的同行有所帮助或者说启迪呢？

　　根据那位老编辑的建议，我便试写了几篇，并取了一个名字叫《蓦然回首》。老编辑看了之后，提出了两点意见，一是文章既要真实，又要可读性强，不宜带学术文章的八股气；二是报纸篇幅有限，每篇以不超过两千字为宜，每期登千字左右。我便遵嘱加以修改。谁知刊登了五六篇之后，该报主编易人，老编辑则请辞回他老家南昌另作发展去了，于是我的《蓦然回首》从此也就吹灯熄火。我将手头已写好但未及发表的一篇，寄给《新民晚报》。不久，该报"夜光杯"栏目的一位编辑涂先生，打了一个电话给我，说是题目不错，只是内容太简略，希望我再修改扩充，最好在五千字之内。不久，以整个版面刊出该文。后来陆续又登了几篇。2007年，人民卫生出版社梁兆一先生向我约稿，希望能撰写一本较为全面系统的总结我近四十年针灸学术经验的经验集。我将已经发表和未发表的这类文章，汇成一卷，取名"探索卷"，约七万余字，放在该书内，属于三卷中之一卷，约占全书五分之一。以书名《针灸的探索经验思考》出版，颇获好评。之后，经上海著名女作家王周生研究员的推荐，在《新民晚报》以"针灸的探索"为篇名，作长篇连载，共分19期刊出。由于该报拥有百万以上读者，所以引起较大反响，不少病人因此认识了我，也认识了针灸。有些读者还装订成册，请我签名后收藏。

这次展现在读者面前的这本书，是对以上内容进行了大幅度增订的结果，也是首次独立成书。篇目上，从原有的29篇增至51篇；文字上，从原来的七万字左右，增加至二十来万字；在内容上，除了正文，在多数篇目之后，新加了"链接"部分，主要介绍作者的临床经验，供专业的针灸和中医工作者参考。另外，为了提高读者的阅读兴趣，在文字的生动性上，我也作了力所能及的努力。

以专业工作者来写这样一本书，对写了30多年固定格式书籍和论文的我是一种新的尝试和挑战；而在我所出版的不同版本的六十来部中医针灸著作中，不论是学术专著还是科普作品，这本书都能算作一个另类。我觉得阅读本书的人，不仅仅是中医针灸专业人士，更多的应是中医针灸爱好者和广大普通读者。

我一心希望购买本书的读者感到物有所值，并真诚地期待着大家的评价。

张仁

记于 2017 年春节

引语　初识针灸

第一章　新疆入门

第四章　上海求实

初 识 针 灸

我的针灸启蒙老师是我的养父，实际上也是我叔父，我叫他小叔。

我的亲生父亲是一名国民政府的军官，在抗日战争已经出现胜利曙光的那一年，在浙江嵊县一次日本军队偷袭包围中，他和他率领的弟兄们全部捐躯疆场。我的当小学教师的母亲，在生我这个"遗腹子"的时候，经过三天三夜的痛苦挣扎，结果是我呱呱坠地，她却因为难产永远闭上了美丽的双眼。我被寄养在外婆家中。外公既是一个名闻遐迩的外科郎中，也是富甲一方的大财主。所以我活得很滋润，可以说是锦衣玉食。没有多久，解放大军的草鞋踏过丘陵起伏的浙东大地，紧接而来的是声势浩大的土地改革运动，在广大农民伯伯一片欢呼声中，外公的家庭随之分崩离析。于是，我被从农村送到上海，由叔父婶母收养。外公晚年仍在桑梓行医，20世纪80年代初他临终时，听说我在中医学院读书，郑重委托小姨娘辗转将一本封面有些残破的《竹林寺妇科》手抄本送我。我一直珍藏至今。

叔父搞针灸其实也是半路出家的。

1

　　他先是读的大夏大学，主攻不知是政治还是法律专业，后来又辗转到"陪都"重庆，神使鬼差地进了中央警官学校。抗战胜利之后，他空降上海，任上海特别市警察局静安分局局长，后来又晋升为警察总局督察长。在解放大上海的隆隆炮声中，他没有跟他的诸暨老乡、时任淞沪警备司令的宣铁吾将军和他的顶头上司毛森局长逃往台湾，而是协助临时局长陆大公先生顺利完成了向人民政府军管会的接收工作。之后，他作为留用人员，为新生政权服务。1951 年 4 月下旬的一个深夜，在一次全市性镇压反革命的大逮捕中，他突然被捕，并押入闻名远东的提篮桥监狱。不久以历史反革命罪判有期徒刑十年，即送淮北治淮工地服刑。幸亏因为我的婶母，也就是我的养母，是日本东京帝国大学（现日本东京大学）毕业的妇产科医生，大概是平时耳濡目染，他也学了点量血压和注射之类的技术，因此，把他分配在监狱医务室，从而免除风雪中挑着重担上下大堤之苦。据他说，这也是他学医的动因之一。又过了两年，他因严重的全身湿疹被保外就医，回到上海。通过婶母精心照料，病症迅速好转。当时中苏正处于"蜜月"期，为了表现他确实在改恶从善，他便边养病边不分昼夜地跟着收音机学俄语，且进步神速。记得每周一次，我为他专门到黄陂路上的中苏友谊馆买一张原版的《真理报》，然后，他用削得极细的铅笔尖，对照辞典，花六天时间，边写边读进行翻译。后来，他又不满足于学语言，开始从事如何使人更长寿的研究。当时他十分崇拜苏联的一些生理学家如巴甫洛夫、勒柏辛斯卡娅等。他写了长长一篇文章，在征得监视他的民警小潘同意后，他专门挂号寄往中国科学院，最后当然是石沉大海。由于他在保外就医期间，一直规规矩矩、不乱说乱动，所以不久人民法院又改判为假释。这时候，他开始认真考虑他未来的职业。虽然，我的婶母已放弃自己的私人诊所到一家公立医疗机构工作，但收入相当高，足够维持我们三口较高水准的生活，但叔父不愿意吃"软饭"。俄语学学可以，用来作为赚钱吃饭的工具，以他现有的水平，差之太远。有一天，吃晚饭时，他忽然向我们宣布，他准备学针灸。我和婶母对他的决定都瞠目结舌。我是不懂，不知针灸为何物；婶母则是不理解。

后来，我才知道，他的这个决定并非是贸然的。有两件事触动了他，一是我的病。我的外婆家在浙江省诸暨县与浦江县的交界处，正是日本血吸虫病的主要疫区。我到上海之后，做医生的婶母带我去做了个全身体检，结果大便检查发现了血吸虫虫卵。但当时西医主要采用锑剂治疗，副作用很大，更不适宜儿童。记得是刚刚获得假释还在被管制中的叔父，向派出所请了个假，在暑期两个月的时间里，大概隔一周，天蒙蒙亮他就带着我到第十一人民医院（现曙光医院）去排队看中医。为我看病的是乔仰先医生，当时还是中年，后来成了上海名中医，他剪一头略显花白的短发，人很和蔼，他认真按了我的脉、看了我的舌，又读了我的化验报告之后，就开了一张处方。嘱咐我每天一早一晚各吃一包药，半个月后再来复诊。原来他开的是医院用他的配方自行制作的成药，以一小方黄色的牛皮纸包成，是一粒粒如绿豆大的药丸。共三十小包，装成一大袋。好在药并不苦，我照法服用也不偷懒。之后，叔父又陪我去看了三次。记得最后一次，大便化验结果是阴性。乔医生笑了笑，用苏北上海话说："小朋友，祝贺你。下次不用来了，好好读书。"我的婶母是西医，她不相信中医能这么轻易地治好这个病，就亲自带我到我们静安大楼二楼（我们住三楼）何安止先生的何氏化验所去复检。何先生个子不高，原是个弃儿，在外国人办的孤儿院中长大并被培养成一名化验师。他的名字"安止"是上海话"矮子"的谐音。他做事十分认真，所以何氏化验室在上海滩很有名气。他的化验结果与医院的结果完全一致，婶母终于没话可说。倒是叔父，为中医奇特效果而惊异不已，他特地督促我写了一封表扬乔医生的信寄给医院。后来似乎也没有下文。事隔三十多年，我已在上海市中医文献馆工作，有一次专门请时在华东医院的乔仰先老中医来讲课，我十分感激地讲起少年时代他给我治病的经历，乔老一脸茫然，不过讲到治血吸虫病的成药，他还记得，回忆说，"那里面有雄黄，后来我又改进了"。

第二件触动他的事是我的长林堂兄。长林哥是我那还在诸暨老家务农的大伯伯的长子，结婚七八年，嫂子始终没有怀上孩子。不孝有三，无后为大，这在农村是件大事。经过多方检查，事情还是出在长林哥身上。他为此专程到上海来治疗，就住我们家中。又是叔父，在获准派出所的批准后，每天天不亮到八仙桥的陆瘦燕针灸诊所排队，请著名的针灸医生陆瘦燕先生为他治疗。记得每天放学回家，长林哥总是绘声绘色地讲起陆医生诊治的情景，说他待人亲切，尽管是乡下人也一点不嫌弃，进针不痛，针感特好，如此等等。一个疗程结束，长林哥就带着十分满意的心情坐上回故乡的火车。不到半年，就传来嫂嫂怀胎的喜讯。先是生了一个儿子，一年半后，又生了个女儿。

大概就是这两件事，奠定了叔父学习中医针灸的决心。于是，他拜了一位姓张的针灸师学习针灸。记得那时候，我还在读小学五、六年级，家里墙上挂着苏州沈白涛先生绘制的针灸穴位图，每天放学回家，做完不多的家庭作业之后，就和叔父一起背诵穴位。为了加强记忆，叔父取每一穴的首字，编成诗词，且用谐音的方式来背，常能事半而功倍。如膀胱经的：络却、玉枕、天柱、大杼、风门、肺俞、厥阴俞、心俞、督俞、膈俞。他就编为：六（络）月（玉）天，大风飞（肺）越（厥）心督膈。当时，我是有口无心，背着玩的，想不到这一背却牢记了一辈子，竟然终生受益。

出师之后，叔父就在自己家里的外间开了个诊所，为了招徕病人，他特地在三楼的楼梯口挂了块自己书写的牌子，言明每次诊治费三角。然而，等待他的却是门可罗雀。开张一两个月，并无几个病人问津。有一次还吓得他够呛。那是一个中午，我就读的新生小学就在我家大楼旁边，放学后回家吃饭。只见他神色紧张地扶着一个患者出来，而诊疗床上留着大大一摊黄黄的尿渍。原来他碰到了一个严重晕针的患者，一针下去，竟然来了个神志不清、屁滚尿流。后来他心有余悸地对我说，"幸好没出什么事，否则像我这种身份的人，还不是罪上加罪"。不过，这件事并没有影响他对针灸的追求。慢慢的，病人也逐渐多了起来。就在他想一展身手，我也渐感兴趣的时候，派出所找他谈了一次话。随着国家进入"困难时期"，大城市的人口面临紧缩，像他这样头上戴着一顶历史反革命的帽子的管制分子，自然首当其冲。他被要求在一个月以内迁出户口。他当然不敢有任何非分之想，但是他也不愿回到诸暨老家，怕玷污先人，于是请求到婶母的老家，浙江德清新市落户。得到了批准。

于是，每年的寒暑假，我就来到杭嘉湖平原上这个美丽的古镇。当时，叔父在镇联合诊所工作，病人很多，他一早就去门诊，中午常常顾不上吃饭。而晚饭后，则常常提着装有电针仪的出诊包，走街串巷地看病。我一直陪着他，替他打下手：记病历、上电夹、取针、点艾、拔罐等。当时，国家正处于三年困难时期，饥饿之风也蔓延到富饶的江南。但是，叔父似乎没有受到多大的影响，到他这里来就诊的病人，除了镇上的人还有四乡八村的农民兄弟。他们并不看重他头上那顶反革命帽子，而是关心治病的效果。常常会送点自留地上的南瓜、山芋或花生，以及自己养的鸡鸭。所以，我每次假期结束回沪，除了增加了不少针灸的实践经验外，还常带走一只婶母最爱吃的家乡的老母鸡。

我高中毕业了，在叔父和婶母的建议下，选择报考了包括上海中医学院在内的多所医学院校。无奈正碰到阶级斗争年年讲、月月讲、日日讲的高潮时期，高校录取严格贯彻党的阶级路线。像我这样养父是反革命、外公是大地主、大伯在四清中成为漏划富农，占地富反坏四类分子之三类，结果当然是毫无悬念的名落孙山。高考失利之后，当时国家已经提出"到农村去、到边疆去、到祖国最需要的地方去"的口号。婶母认为我是读书人，应该继续静下心来复习功课，迎接第二年的高考。为此她专门给我找了一个类似今天高复班的学校。我当然也想读大学。不过我觉得以我的水平根本不必进这类学校，也无需花一年时间来复习。所以，我就提出前半年去跟叔父学针灸，后半年回上海复习。婶母同意了，说："出去避避风头也好，省得里弄居委会一天到晚上门动员你去外地。"这时候，由于无产阶级专政的铁拳越攥越紧，对地富反坏分子的管制也越来越严。仍然头戴历史反革命帽子的叔父已经被从新市镇赶出，回到了他不愿去的诸暨农村。不过老家的父老乡亲倒并没有嫌弃他，仍然让他搞针灸兼治疗一些头痛脑热的小毛病。每天，在客堂里坐满袒胸露臂的人，不仅是本村或邻近村庄的人，还有从 25 里外县城来就治的。记得有一个得了张不开口、只能喝点汤汤水水而饿得皮包骨的（后来才知道这叫颞颌关节紊乱症）中年人，每天从县城坐车到廿里牌镇再走 10 里路到我的老家火烧吴村来治疗。10 多天后，他的嘴巴终于恢复原形，张得和原来一样大了，千恩万谢而去。从早到晚，我们叔侄或者说父子俩，忙得不可开交。尽管这种治疗是完全免费的（由生产队记工分），但不少患者都会发自内心地送点鸡蛋、蔬果之类。因此，与其他四类分子相比，叔父的生活要滋润得多。所以，他私下对我说："我幸亏选择了这门行当（指针灸），既治了人也救了我。"

1966 年，被称之为史无前例的"文化大革命"席卷中国大陆，高等学校停止招生，我的愿望最终破灭。我瞒着婶母报名去新疆生产建设兵团，当大红喜报贴在大楼墙壁上时，婶母只能无奈叹了口气。在赴新疆前夕，我回故乡去向我的年过八旬的老祖母和叔父告别。此时，大城市已风声鹤唳，而批斗之风还没有深入农村，但叔父的日子已经不大好过了。首先是他那套用以谋生的针灸器械及书籍，均已作为"四旧"封存；其次是他的活动受到进一步管制，进出村都要去大队贫下中农协会（简称贫协，此时还无革命委员会一说）汇报。记得临走的前一天，他向贫协主任请假送我，主任是我小时的玩伴，看了我一眼就爽快地答应了。为了赶早班火车，我们半夜起身，沿着曲曲折折的山路在黑魆魆的起伏的浙东群山中穿行。面对当时的政治环境，我们各怀心思，一路竟无话可说。当晨曦初露的时候，我们到达诸暨县城，在位于半山腰的火车站上，他把我拉到一个角落，从贴身处掏出个一个包交给我，说："我身无长物，只能送你这个了。好好学，我想总会用得着的。"我打开一看，原来是一本书和一个旧的铝盒。书的纸张已经有些发黄，但仍挺直如初，封面上印着《新编针灸学》，李清侠先生编著。铝盒里装着几十支规格不一的针灸针，虽然经多次使用，但一枚枚仍光亮如新。我知道这是他偷偷藏下来的。之后，他说他要先走一步，怕回去晚了贫协找麻烦。我看着他骨折刚愈的腿一瘸一拐走下车站前长长的台阶的背影，眼前一片模糊。

就是这本书和这盒针具，开启了我的针灸人生！

值得欣慰的是，我的叔父度过了一个安定满足的晚年。首先是 80 年代初，上海市高级人民法院下达了一份改变他后半生但不能算彻底平反的通知：承认他为上海的解放，以民革的身份，协助地下党做了多项有益的工作；同时撤销关于他历史反革命罪的裁定。于是，他的户口在浙江转了一圈之后又被戏剧性地迁回上海；他重新加入了民革，并被推选为区政协委员，积极参政议政。最使他津津乐道的是每月他收到政府给他的 60 元津贴。因为这是相隔 30 多年后，他又一次从公家手中拿到钱。他重操旧业，2001 年，根据国家卫生部和国家中医药管理局有关政策，市卫生局审核通过的执业医师资格的民间医生中，他是静安区仅仅两名中的一个。不过，他执业的地点没有放在上海，而仍在诸暨老家，面对的仍是那里的父老乡亲。也因此他晚年的大部分时间都在故乡度过，特别是婶母故去之后。2005 年 3 月的一天，他去县城的一家公共浴室洗澡，在毫无先兆的情况下，心脏病发作而突然停止呼吸。整个过程几乎毫无痛苦，终于也为他跌宕复杂的八十七载人生划上了一个句号。

当然，我的人生之路要比他幸运得多，但针灸之路则走得更为曲折、艰辛，同时也更为丰富多彩。

第一章

新疆入门

第一节　王排长的头痛

　　1966 年 7 月，被称作上海知青的我们来到了新疆石河子的兵团农场，这也是奔赴新疆十万上海支边青年中的最后一批。每天一早，天蒙蒙亮，上工钟声敲响，几乎与此同时，我们的地窝子前也响起带着浓重湖北口音的破嗓子，喊我们起床。那时我年轻贪睡，刚想打个盹，被子就被毫不客气地掀开。此人是我们知青排的老王排长。他五短身材，却长着一圈令人生畏的钢针般的略显花白的胡子，一副凶巴巴的样子。最引人注目的是，他的脑袋上一年四季总是紧紧缠着一条花哨的毛巾，夏天再热，从不取下；零下二三十度的严冬，也是照缠不误，只不过外面加戴一顶皮帽子而已。每天他只带着我们干活，从不多讲话，还好，他对我们干活的质量倒并不怎么挑剔。只是闹得实在不像话了，他才吼几声。后来我才从其他老军垦那里了解到，王排长是兵团的老劳模，他有非常厉害的头痛病。缠毛巾，是他自己发明的止痛方式。

　　前面提到，在上海时，我曾业余向我的叔父学过针灸。我始终记着赴新疆前夕他语重心长地对我说的那句话："好好学，总会用得着的。"收工之后或星期日，我闲来无事便一面看《新编针灸学》，一面在自己身上练针。当时连队只有一个卫生室，贺卫生员也是半路出家的，到团部医院又有十几里地。于是，不久后便有人让我治病。我照着书上扎针，居然也取得了不错的疗效。慢慢地我有了些小名气，连旁边五连、三连的也跑到我所在的六连来叫我针灸。有一次，我正给一个关节痛的人扎针，感到背后有一阵浓重的呼吸声，回头一看正是王排长，他直勾勾地盯着我。那病人笑着说，"老王，你的头痛让小张拾捣拾捣吧，他的针灵着哩。"王排长不以为然地哼了一声，头一扭就走了。

　　大概过了半年，在我终于治好浇水排小山东小王（具体见第二节）的周围性面神经麻痹之后的一个傍晚，王排长走进我们的地窝子，破天荒地在我的柳条把子床上坐了好一会，临走时忽然说了一句："明天上我屋里，治治我的头痛。"

第二天是大星期日（当时农场以 10 天为一星期），我应约来到羊圈旁的土房，掀开门帘，王排长已正襟危坐地等着我了。屋里除了一张板床和一个半人高的大面缸，空空如也，不过收拾得倒很干净。当桌子用的面案板上有一搪瓷杯热气腾腾的开水，我喝了一口，因为糖放得多，有点甜得发腻。他告诉我，他的头痛已有二十多年，还是在国民党当兵时，被长官劈头敲了一棍子留下的病根。1949 年 9 月 25 日在陶峙岳将军率领起义之后，他一直在野外工作，修完天山公路又筑乌鲁木齐到独山子的乌独公路。那时节天气奇冷，又是没日没夜地干活，头痛时发时停，一直没有止住过。1957 年兵团决定全部人马移师下野地，建设军垦农场，条件更为艰苦，往往连睡觉都穿着衣服，因为长期没时间换洗，脱下衣服往洗衣盆一搁就成一盆碎渣渣。他的头痛发作也就更为频繁更为严重了。开始，痛得剧烈时，卫生员给的止痛片还顶点用，后来，各种止痛片都毫无用处，干脆也就不吃了。他自己发明了这个缠头止痛法，还管点用，而且缠得越紧，效果似乎越好。现在头痛天天发作，白天干活时稍轻一点，晚上痛得厉害；满头发胀兼针刺般痛，且以前额及两颞侧为主。我请他解开毛巾，进行检查，只见前额部到处青一块、紫一块。他说，这是他自己用力捏的，可以减轻疼痛。

我是第一次碰到这么严重的头痛病，心里一点把握都没有，不过也是初生牛犊不怕虎，我对照着书中有关头痛穴位处方，取风池、太阳、阳白、神庭及合谷穴，得气后留针 20 分钟。针后，顿觉头痛减轻了许多。他显得很高兴，我亦颇感得意，与他约定每日一次。第二天晚上，他照例泡了杯糖开水等我。告诉我，针后头痛轻了两个小时左右，又恢复原样。我便又照原方针刺，但这次针后效果似乎没有前一次好。以后效果越来越差，针到第 10 次时，几乎没有任何作用了。

我决定打退堂鼓了。第二个大星期日，我躲在地窝子里看书，破例没去针灸。下午三、四点钟光景，我拿了搪瓷缸准备去食堂打饭（星期日一天两顿饭），缠着毛巾的王排长堵住了门，面无表情地说："拿上针，上我屋里去！"我只得顺从。他挑开门帘，里面腾着一屋子的雾气，火墙炉子上大铁锅里的水正在翻滚，面案上是刚擀好的宽面条。他让我先喝糖水，然后端了满满的一碗捞面条递到我手上，用不容置疑的口气说："吃了！"我不好意思地吃完面条，抹抹嘴，嗫嚅着说："你的头痛我实在无能为力了。""胡说！"谁知他二眼一瞪，说："我脑壳痛了二十多年，是天王老子就那么十次八次能拾捣好？我找你就是信得过你，治好治坏我都不怪你，治就是了。"

这天回来后，我在墨水瓶做的油灯下把我唯一的一本针灸书——《新编针灸学》从头翻了个遍，在最后附录部分读到一首明代的针灸歌诀《玉龙歌》，其中写道："偏正头风痛难医，丝竹金针亦可施，沿皮向后透率谷，一针两穴世间稀。"我不由灵机一动，王排长的头痛病也是偏头痛、正头痛兼有的难治症。是否也可以用这种选穴的方法试一试呢？于是，第二个疗程开始，我就用透穴法。但是，我从来没有透过穴，给他针刺时，针体弯了，疼得王排长龇牙咧嘴也没透成，取针时反倒出了很多血。说也怪，这次针刺后，头痛竟减轻不少。王排长说，"有时痛得厉害，我用缝衣针烧一烧，在最痛的地方放点血，也有点效果，你是不是也试试。"我赶忙到卫生员那里要了几个空的青霉素瓶子，磨去底，在他的几处疼痛最明显的地方，刺血后，用注射针头抽气进行吸拔，果然拔出很多黑紫色的血。从这个疗程开始，疗效尽管时好时差，但总有一定效果。

也不知几个疗程之后，他终于取下缠了多年的毛巾。那天清晨叫我们上班，他特地剃了个光头，在边疆明亮的阳光照耀下，显得非常夺目，我心里十分欣喜。后来又治疗了两个疗程，终于彻底告别了头痛。

大约三年之后，我已调到团部医院工作。记得是一个中午快下班时，王排长来看我，他的头上又缠着一块破旧不堪的毛巾，人也苍老了不少，杂乱的胡子全白了。我不由一惊。我叫了他一声老排长。他惊恐地向四周一看，摆摆手说；"快别乱叫了"，只是简略地告诉我，因为历史问题，他被打成"国民党残渣余孽"，大会上批斗了好几次，排长早就不当了，现在已下放到马号跟大车。因为想不通，头痛这一老毛病又发作了。我当即让他在我的新针疗法室针灸。他沉重地摇了摇头，说："不用了，恐怕治不好了。我只是来看看你，外面马车还等着。"我一直送他到医院门口。因为医院离六连有二十多公里，路远又忙，之后我一直没有去看他，也没有见到过他。再后来听说他回湖北老家，叶落归根了。

链接

血管性头痛的针灸治疗经验

概　述

血管性头痛是头痛患者中最多见的一种类型。因为引起这类头痛的原因都来自于血管，故统称为血管源性头痛。血管源性头痛分为原发性和继发性两大类。原发性血管性头痛是因头部血管舒缩功能障碍及大脑皮层功能失调，或由某些体液物质暂时性改变所引起的一种头痛。继发性血管性头痛是由明确的脑血管疾病（如脑卒中、颅内血肿、脑血管炎等）所致的头痛。下面讨论的是前者，是针灸治疗的主要适应证之一。

其临床特点是发作时一侧或双侧头部搏动性跳痛、胀痛、钻痛或刺痛，伴有眩晕、出汗、恶心呕吐、心悸、便秘、失眠、烦躁等血管神经功能紊乱症状。部分发作前有幻视幻觉、畏光、偏盲等脑功能短暂障碍。可持续数小时。头痛发作受睡眠、情绪、过度疲劳等影响，喝酒之后，女性患者在经期前后头痛加重。长期慢性患者，头痛频率不断增高，头痛程度不断加重。

中医学多将本病归属于内伤头痛，或因肝气郁结，化风化火，循肝胆经上扰头面所引致；或因跌打坠仆，瘀血停留脑窍，气滞血瘀，阻塞脑脉，不通则痛。针灸治疗本病，在《黄帝内经》中就有较为明确的记载，不仅有两千年以上的实践积累，而且有着确切的临床效果。

通过临床的不断筛选比较，近40年来，在选穴和刺激方法上都摸索到不少行之有效的经验。一般主张应用传统的透穴刺法，刺血拔罐也有较好的止痛作用。还有采用穴位埋线的方法，也可取得一定效果。在具体选穴和治法手法上，以即时止痛为指标，通过对照观察发现，此类头痛以局部选穴较佳，而针刺得气后快速捻针至针感强烈出针，其疗效优于留针。根据著者经验，针灸治疗本病症确有十分明显的效果，不仅可即时止痛，且能在较短的时间内消除症状，只要患者能注意避免诱发因素，多能控制发作。

当然应该指出的是，由于头痛有时可为某些严重疾病的早期表现或突出症状，因此治疗前必须做系统检查。而针灸治疗也只有根据主客观提出的依据，做出初步诊断，才能考虑应急处理。

著者验方

一、处方：

主穴：后太阳、阳白、（头）临泣、风池。

配穴：印堂、合谷。

后太阳位置：鬓角前发际，与丝竹空平齐处。

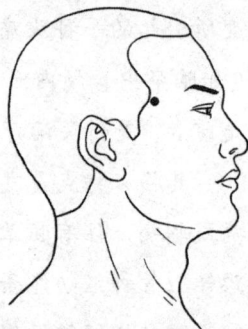

图1　后太阳

二、操作

主穴均取，酌加配穴。后太阳取患侧，用28号2寸毫针，先直刺0.8～1寸，行小幅度提插加捻转0.5～1分钟，使有强烈酸胀感向颞部放散，缓缓将针提至皮下，再向同侧率谷穴透刺1.8寸左右；再针阳白、（头）临泣，以1寸毫针分别向鱼腰和目窗方向透刺。风池取双侧，以32号1.5寸毫针向同侧目外眦方向刺入1.2寸左右，用导气手法徐进徐出，反复施针，使针感向头颞部和额部放散。如前额疼痛明显者，加针印堂穴，以28号1寸针自该穴上方约5分处往鼻根方向斜刺入约0.8寸，用小幅度提捣手法运针1分钟；可加合谷略斜向上刺至得气。再以风池与后太阳为一对，或加阳白与临泣为一对，接通电针仪，频率180~240次／分钟，强度以患者可耐受为宜。发作时每次留针45分钟至1小时，缓解后为每次30分钟。针后在太阳或阳白以小三棱针快速点刺十数下后用小型吸拔罐吸拔2~3分钟，急性发作期每日或隔日1次，缓解期每周2次或1次。

体 会

著者应用本方不仅治疗了多例症状严重的血管性头痛，而且对多种功能性的以一侧为主的头痛（如眶上神经痛等）也有较好的效果。本方组方，主要考虑到本病多以肝胆之火上扰所致，故以胆经风池、阳白、（头）临泣为主穴，均可用以疏泄风火以止痛。后太阳是治疗偏头痛的验穴，为方幼安教授所发现，较之太阳穴更具有活血化瘀的作用，位于颞侧，亦为胆经循行区域。印堂为督脉穴，有镇静止痛之效；合谷取"头面合谷收"之意。

本方关键在于手法和电针两种刺激的有机结合，透刺和拔罐的合理使用。急性期刺激强度要大，缓解期要相对轻一些。另外，要嘱咐患者避免诱发因素。著者曾遇到过一例患者，经针刺治疗后两年未发，结果因饮酒过量而复发，再次治疗控制后三年，又因不慎饮酒后发作，再行治疗仍然有效。后决心戒酒，至今未发。

另，宗"怪病必瘀"的古训，在病程较长的患者中，对局部有压痛之处，加用刺络拔罐，以活血化瘀止痛。在操作时，须以小三棱针重度点刺后吸拔，宜出血量较多。

第二节　难治性面瘫治疗纪实

秋日的一个傍晚，我挑着两只空铁筒从棉花地送水回来。刚到农场，连队对我们这批来自上海的青年特别照顾，分配的都是轻工作。而这却是我主动争取来的差事：一天四次，挑着满满两桶水，来回走上一二十里地。虽然肩膀压得红肿破皮，人也累得要死，但我情愿，觉得这是去掉"小资产阶级知识分子娇气"，加强自我改造的一个好方法。

伙房门口，有个矮胖个子的年轻人捧着个脸坐在梭梭柴堆上等人。我从食堂还了铁筒出门，他赶紧迎了上来。我觉得他的笑容有点古怪。仔细一看，原来是左半边脸全歪了。我认得他，是浇水排的小王，人称小山东。他告诉我，大前天上夜班，大概在水渠上露天打盹着了凉，觉得左边脸有点不得劲，当时没当回事。吃早饭时发现喝的苞米稀糊直从嘴角往外流，左眼也闭不紧还淌泪水。到贺卫生员那里去看了一次，说是得了面瘫，给了几粒白药片，吃下去不顶事，反而越歪越厉害。他在木工组工作的老爸让他来找我，说是在山东老家曾见有人用针灸治好的。他爸看到过我见天挽起裤管在自己身上扎针，像个懂医的。我觉得有点受宠若惊。因为这不仅是进新疆之后主动找上门来治疗的第一位，也是我第一次独立为患者针刺。我不敢怠慢，一本正经地仔细检查了一下他的脸。郑重地告诉他晚饭后，我亲自上他们浇水排宿舍为他治疗。回到我自己的地窝子，连晚饭也顾不上打，赶紧找出《新编针灸学》，仔细复习了有关面瘫的那一节，觉得书里所写的症状和刚才所见的基本一致，便将上面介绍的穴位背了又背，加上我在叔父处也见到过类似病例，这样，我心里总算有了一点底气。

由于时差关系，虽已晚上8点多，天还亮得很。木讷的小山东早早搬了个小板凳放在宿舍前的空地上，浇水排的多是年轻力壮的小伙子，都好奇地围上来看我针灸。我取了四白、地仓、丝竹空、攒竹、颊车、合谷等几个穴位，不知是首次为人针刺心情紧张，还是手法笨拙不熟练，结果整得他龇牙咧嘴，我自己也一身热汗。拔针后，我又找了个玻璃茶杯，用投纸法给他面部拔了个火罐。治疗结束，小山东眨眼努嘴一番，说是轻松许多。就这样，每天一次，不到三个星期，竟然奇迹般地痊愈了。于是一天早上，小山东的妹妹，一个穿着一件不合身的土八路军装（指兵团农场自行缝制的不合规格的军装），十三四岁的女孩，把我堵在门口说："俺爸让你今晚上俺家喝汤面条，你甭上食堂打馍了"。我听了很高兴，而且兴奋了整整一天。因为天天吃馒头，嘴巴早就淡出鸟来了。面条在当时是只有病号才能享用的美食。

小王的父亲老山东和他的妹妹住在离马号不远的一个曾被废弃的小地窝子里，三口子都是来自山东沂蒙的"盲流人员"（也称自动支边），父亲是做木匠的，妹妹在连队小学上学。今天三口人都在，身材同样矮胖。父亲比憨厚的儿子要活络得多，又是让烟，又是感谢。当妹妹把一大碗热气腾腾的汤面放在馋涎欲滴的我面前时，老父亲挥手说了声："慢！"他从作床架的柳条把子底下，取出了一个已分不清颜色、积满厚厚一层灰尘的瓶子，他小心翼翼地打开盖帽子，用沙枣枝做的一根筷子往里沾了一下，再插进我的面碗里。他又连忙仔细盖好。然后说："这是从老家带来的芝麻油，一滴香，你尝尝。"我已等不及了，也不谦让，心急慌忙地就往嘴里扒。一碗面条下肚，来不及品出美味，只觉得全身微微出汗，通体舒泰无比。但再一环顾，只见他们父子三人，正一手拿着一个苞谷发糕、一手托着大碗面汤，狼吞虎咽地咬嚼着。胖老汉大概看出我有些不好意思，便解释说："俺农村人就爱吃个馍，实在！"又说："这里缺个鏊子，要不叫闺女给你摊上个煎饼果子才叫美。"

给小山东治愈面瘫所带来的，远远不止这碗汤面，而是巨大的广告效应。不仅是不少头痛脑热的人都来找我治疗，而且将我视作治面瘫的专家。我自然也因这牛刀小试大获全胜而飘飘然，然而不久就遭遇了滑铁卢。

这天是难得的大礼拜天。我上十余里外的团部，先饱餐一顿7角钱一碗的大肉炒面，又买了 1.2 元一斤的石河子糖厂出的什锦硬糖，心满意足地回连队了。有人告诉我，说是有个马面老汉足足等了我大半天。果然，在宿舍不远的钻天杨下蹲着个人，头一冲一冲地在打瞌睡。原来他是团部直属园林连的老职工，姓曾，说一口鼻音很重的兰州话。他苦着一张脸告诉我，他三个月前得了右侧面瘫，在团医院吃了不少西药、中药，还跑到奎屯师医院（那时我们团归农七师，师部在奎屯）去理疗了几次，都不顶用。前两天听说我身怀治面瘫绝技，所以特地骑了自行车来找我。我一看，他的右侧口眼有点歪斜，但比我以往治的几个程度要轻得多。所以一拍胸说，"问题不大，只要你肯来，我包你不出一个月，扳正。"老曾听后大喜。果然，每天我一从条田挑完水回来，他就蹲在林带边了，他每次总要带点苹果、葡萄之类的水果来，说是他们连就产这个，不值钱。我也心安理得地请大家一起享用。然而，这次我的承诺落了空。一个月过去了，天气冷了起来，尽管动足脑筋，想尽办法，老曾的右侧歪脸仍然原封不动，丝毫没有好转的痕迹。我有点慌了，倒不仅仅是违背诺言，而是让他天天来回二十几里地跑。我实在感到黔驴技穷，当时，既无人可请教，也没有任何书可供参考。有一天，终于摊牌了，"实在抱歉，我没本事治你的病了。你是不是再另外想想办法。"他擦了下右口角不断往下流的涎水，不自觉地挤着变小的右眼，安慰我说："我倒觉着挺好，有些松动了。"但我还是给予以坚决回绝，他有些绝望地走了。

这件事一直缠绕在我的心头，我想到去询问叔父，但这时"文化大革命"正如火如荼，我如果写信，要是给上面知道了，很可能被作为划不清阶级界线批斗，岂非惹火烧身。我只得在给姆母信中夹了一纸，由她转告。不久，我从姆母寄我的航空信中读到了他在一张近乎透明的薄纸上写得密密麻麻的信。他告诉我：周围性面瘫大多数是可以治好的，但也有少数是难治的，如我这一例。时间长了，还可以出现一些后遗症，如闭患眼时同侧嘴角也跟着动（我后来知道这叫联合运动）、患侧局部肌肉抽动、半侧面部萎缩等。根据他的经验，可试用透刺的方法。他详细地告诉了我穴位和针刺技巧。同时，他也为我能用针灸治病而欣慰，但没有透露一点自己的情况。这时，已经进入冬天，就在小星期日（这时已改为 7 天休息制），我借了一辆自行车，冒着严寒来到园林连。正在火墙旁拾掇土豆的老曾没想到我会来，吃惊地张着歪嘴瞪了我半天。我检查了一下，果然他不但有明显的联合运动症状，而且左边嘴角也出现了间歇性抽动。我回想起他最后一次来治疗时，出现一张口就挤眼的动作，说明早就出现后遗症了。我试着为他用叔父介绍的方法治疗：取地仓、夹承浆，向颊车方向透刺，四白向下关方向透刺，丝竹空向攒竹方向透刺，阳白向鱼腰透刺、下关向颊车透刺，另加风池和合谷。在透刺时，我还照以前叔父的做法，反复提拉。针刺结束，老曾用力动了动脸，又挤眉，又撇嘴，最后高兴地说："你这次针得好，我整个脸都松了。"他的老婆比他年轻十多岁，是四川投亲支边来的，十分能干。当即为我煮了一大碗"钢丝面"（一种用机器轧制出来的苞米面条），不仅下面卧着个荷包蛋，上面还薄薄地飘了两大片深红色的四川老家的腊肉。

　　后来是每周两次针灸治疗，老曾坚持到第二年开春。由于积雪溶化，道路变得泥泞，不好骑车了才停针。他的病虽然没有全好，但右边的脸基本正了，后遗症状也缓解多了。

链接

难治性面神经麻痹的针灸治疗

概　述

　　周围性面神经麻痹，亦称 Bell 麻痹，是茎乳突孔内急性非化脓性炎症所引起的一种周围性面神经麻痹。其主要临床症状为一侧（极少可为双侧）面部表情肌突然瘫痪，前额皱纹消失，眼裂扩大，鼻唇沟平坦，口角下垂，面部被牵向健侧等。本病确切病因迄今未明。面神经麻痹有自愈倾向，75%～80%患者在几周内可获得恢复。但是，病情轻重程度和是否处理恰当及时，对预后有重要的影响。

本病是针灸治疗的传统病症之一，历代有关针灸的医籍几乎都有记载。近代用针灸治疗面神经麻痹的报道始于 20 世纪 20 年代，但大量有关文章的发表则在 1950 年之后。早期一般倾向于传统刺灸之法，近 30 年来，为提高疗效，多种新的穴位刺激法（包括穴位注射，腕踝针等）逐步用于本病治疗。临床上往往综合运用多种穴位刺激法。当然，在所有方法之中，最主要的仍是针刺之法，并且研究发现，局部穴位采用透刺法比采用直刺法的治愈率高，而主穴采用远道穴比不采用者治愈率高。尽管本病有一定自愈倾向，但针灸具有提高痊愈率，缩短恢复期及防治后遗症的作用。

在 Bell 麻痹中，占 20%～25% 的患者由于某种原因神经变性严重，可能导致难治性面神经麻痹。难治性面神经麻痹还多见于外伤性面神经麻痹及被认为是周围性面神经麻痹中最难治的亨特氏综合征（由膝状神经节的病毒性炎症所致）等。难治性面神经麻痹多需经面神经电兴奋性和强度—时间曲线检查证实。为了能在早期发现并及时加以重视，避免错过最佳治疗时机，著者在临床中还曾总结了一种简易的鉴别方法，供读者参考：

先分别在新明 1 穴（或牵正穴）、阳白、颧髎、地仓四穴分别以 28 号 1 寸毫针刺入，其中，新明 1 穴向牵正穴方向刺入（或牵正穴直刺），阳白穴向下平刺、地仓穴向鼻旁平刺，颧髎直刺，进针均为 1 寸左右，取电针仪一台，一端连新明 1 穴（或牵正穴），一端依次连接其余 3 穴，每连一对，开启电针仪，用疏波，电量逐步增加，观察肌肉是否抽动，如患者有明显刺激感，但外观未见肌肉抽动者，多为难治性面神经麻痹。

著者的实践表明，难治性（包括陈旧性）面神经麻痹，针灸如能早期介入，同样可以使之获得不同程度的康复。

著者验方

一、处方：

主穴：新明1、夹承浆（或地仓）透人迎、口禾髎透颧髎、地仓透颧髎、阳白（或攒竹）透鱼腰、睛明、丝竹空透鱼腰、瞳子髎透颧髎。

配穴：四白、牵正。

新明1位置：位于耳郭后下方，翳风穴穴上0.5寸，耳垂后皮肤皱襞中点，或颞骨乳突与下颌支后缘间之凹陷前上0.5寸处。

夹承浆穴位置：在面部，距颏唇沟正中1寸两侧凹陷处。

牵正穴位置：在面颊部，耳垂前方0.5～1寸区间，与耳垂中点相平处。

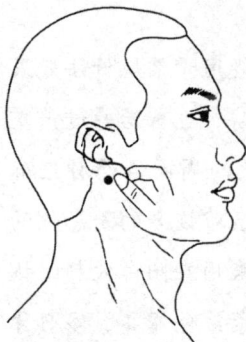 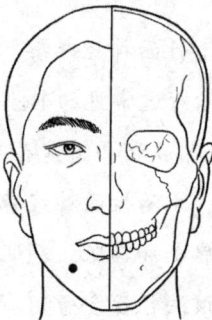 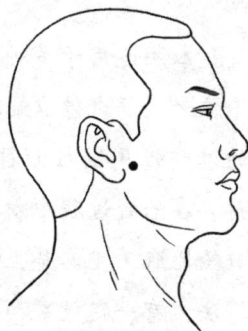

图2　新明1　　　　图3　夹承浆　　　　图4　牵正

二、操作

开始仅用主穴，如效果不太满意加取配穴。新明1穴的针法：取28号1.5～2寸毫针，针体与皮肤呈90°角，与身体纵轴成45°角，向牵正穴方向快速刺入，再向前徐徐推进1.2～1.6寸，至出现针感，然后捻转结合小提插手法，促使针感在面颊区扩散；睛明穴用32号5分毫针，刺入1～2分，至有局部针感；

其他各主穴用 28～32 号 1～2 寸毫针沿皮下透刺，亦采用捻转结合小提插手法，方法为：以拇指将针柄压于食、中指上，并作椭圆形快速捻转，捻转速度为 120 次 / 分钟，提插幅度为 1～2mm。运针至有较强烈针感。均留针 20～30 分钟。留针期间，分别以瞳子髎与阳白（或攒竹）为一对，夹承浆（或地仓）与四白为一对，接通电针仪，用疏密波。电流强度的大小，早期以患者感舒适为度，后期以患者能耐受为宜。

取针后，配穴以甲钴胺注射液（0.5mg/ml）或丹参注射液（可交替使用），以 1ml 无菌一次性注射器分别在患侧各注入 0.5ml。另可以使用皮肤针，对麻痹肌群行轻至中度叩刺 3～5 分钟。叩刺后，可以小型玻璃罐吸拔闪罐。

上述方法每周 2～3 次。12 次为一疗程。一般需 2～3 个疗程。

体 会

本法适用于多种难治性面神经麻痹，一般用于常规针法效果不佳者。著者曾以此法治疗过常见的 Bell 麻痹，也曾治疗过严重的外伤性周围性面神经麻痹和耳道疱疹所致的周围性面神经麻痹。在治疗过程中发现，难治性面神经麻痹最难恢复的是患侧的口轮匝肌（尤其是上嘴唇）和额肌。额肌可采用在阳白穴刺络拔罐法，有一定效果，但该法往往会暂留有一紫红色罐印，多日才会消退，影响美观，须预先向患者说明。口轮匝肌则可在口禾髎穴试用隔姜灸或艾条悬灸法，每次灸 3～5 壮或 5～10 分钟。

在诊治过程中，著者还发现，针灸对病程较长的陈旧性面神经麻痹，采用上述针法并结合穴位注射丹参注射液，也多能改善症状。方法是：取阿是穴（症状最明显的麻痹肌群处）和牵正穴，于针刺结束后，每穴分别注入 0.5ml 丹参注射液，每周治疗 1～2 次。

值得注意的是，著者曾以上述方法治疗多例经外科手术后未取得良好疗效的难治性面神经麻痹后遗症患者，均无显著效果。

总之，从著者经验看，不论是何种面神经麻痹，早期针灸的介入和选取针对性的处方和手法对缩短本病的疗程和提高疗效有重要的价值。

第三节　小董的怪病

1968 年初春的一个深夜，我白天给羊群注射预防疫苗累了，在羊圈旁的小土房中看了会书，实在撑不住，倒头便睡，睡得很死。一阵急促的敲门声将我惊醒。我有些害怕，犹豫是否去开门。当时，"文化大革命"的浪潮已遍及全国各地，即使是边陲的兵团农场也不能幸免。好在我劳动积极，工作主动，又是高中毕业，到连队才在大田劳动了半年，就选派我到团兽医站赵兽医那里跟着学三个月，回连当了兽医卫生员。阶级成分很高的我十分知趣，不去参加各种"战斗队"之类的造反组织，整天只在马号、猪舍、羊圈、鸡场转。有一种"躲在小楼成一统，哪管春夏与秋冬"的味道。但即便这样，我每天还是提心吊胆，总怕因为家庭问题被揭发批斗。所以这半夜敲门，不免使我心惊肉跳。见我不开门，外面响起了个有些熟悉的四川口音："小张，开开门，快开开门哟。"原来是园林排万排长，一个干瘦的矮老汉，原也是"九二五"起义的兵。他一脸气急败坏的样子，有些语无伦次："我家小董，不知咋搞的，人一下昏过去了，你快去看看。"

小董是他的继子，没随他的姓。我有些奇怪："你怎么不找贺卫生员找我？"他一脸着急，两手一摊说："贺卫生员急得没辙了，是他让我叫的你。"这两年来，我因为用针灸治好了一些人，名声在外，所以连卫生室的贺卫生员，碰到一点难题也总想到我。我二话没说，那时半夜天还挺

冷，就披了件棉衣，带上那盒针灸针，出了门。

一进万排长家的门，他的老婆子一把抓住我的手，跳着脚哭喊着："你快救救我儿子！"床前围着的一堆人，见我来了，赶紧让开来。小董是个皮肤黝黑身材敦实的年轻人，此时直挺挺地躺着，双目紧闭就如熟睡一般，头发和脸上似乎还沾着不少尘土。一旁的贺卫生员搔着头皮，有些手足无措地说："肾上腺素也给他注射了，就没点反应。"问我能不能扎上几针。小董的两个妹妹也直勾勾地盯着我，写满一脸焦急。我是第一次碰到这架势，有种赶鸭子上架的感觉，用现在流行语叫"被绑架"。我只得硬着头皮上前，按了按小董的脉搏，脉搏跳动得挺有规律只是稍嫌弱一点，看着呼吸也较匀称，两只眼睛也可以转动。这是什么怪病啊，我不敢贸然下针。转身问："咋会这样？怎么得的病？"他妈妈说："我看是中的邪！"

万排长把我拉到一旁为难地说："这事也真难说。"他告诉我，他也是从连部开会回来听老婆子说的。最近一阵子，小董在和我们一起从上海来的女知青小张搞对象，这天晚饭后，小张来找小董，在屋子里说了会话，说着说着，不知闹了点什么别扭二人就出去了。一直没回来。当时以为小董直接去条田上班去了，因为他是拖拉机手，这周是他的夜班，也就没当回事。谁知到半夜时分，他的助手小嘎子急吼吼地找上门来，说是出事了。原来小董根本就没有去接班，小嘎子他们在田边等急了，上一班的机手让他回来找小董。进了机务排他的宿舍，开灯一看，床上空空如也，正要走却一脚踩在一个软扑扑的东西上，仔细一瞧，不由大惊，原来正是趴着的小董，混身沾土，毫无知觉，大概是爬着进来的，最后爬不动了，便躺在门边了。说至此，万排长紧皱双眉说，"你说这怪不怪，他从来没得过啥子病，说倒就倒了。你无论如何得想个法子救他一下。"

他这一说，我更云里雾里，越发搞不清这得的是什么怪病。急中生智，我忽然想起《新编针灸学》中提到针刺水沟（人中）及在手足十指尖（井穴）放血治疗急性晕厥的办法。于是我取了一根 28 号 1 寸针，先在鼻下的人中向上刺入，捻转了几下，这个被认为最有效的急救穴对于小董竟毫无反应。我又在十个指尖用三棱针各刺一下，并挤出几滴血。仍如熟睡，一动不动。我有些慌了，最后孤注一掷，取了一根 26 号 1.5 寸的粗毫针，在左侧涌泉穴深刺至 1 寸左右，发现小董全身抽搐了一下，我觉得有戏，马上就针右涌泉，为了加强刺激感，我故意放慢进针速度，至一定深度后，又行大幅度的提插捻转。这时只听得小董"哇"地大吼一声，张开双眼，总算苏醒。还没等我们反应过来，竟突然嚎啕大哭起来，之后一迭连声只管叫着小张的名字。搞得大家一时无所适从，任凭劝说也无济于事。

这时，一脸精明的老婆子一把抓着我，拉到隔壁的房间。突然双膝一跪要向我磕头，眼珠乱转着说："张卫生员，只有你能彻底救咱小董了。"我大惊，急忙扶起。她才向我坦白了小董得病的真正起因。她告诉我，儿子小董和大田排的上海知青小张已搞了很长时间的对象了。她们一家子都不嫌弃她成分高、资产阶级出身，可偏偏这丫头就是不肯表态。看着唯一的儿子整天神不守舍的样子，老婆子出了个点子，让她和小张一个排的小董大妹子，捎了个口信给小张，让她今天晚上来趟家。晚间班务会结束后，小张果然如约而至。她发现外屋只有小董一个人呆呆地坐着，便问："你妈呢？找我有啥事？"小董为人腼腆，一脸胀得通红，慌张地站起身，结结巴巴地说："我妈她不在，你坐，你……坐。"小张是个大大咧咧的姑娘，一屁股坐了下来。二人对坐了好一会，小董张了几次口，最后啥也没说。小张感到气氛颇为尴尬，立起说："我走了，你妈有啥事明天让桂珍跟我说。"正要转身，小董突然鼓起勇气，一个箭步挡住大门，把小张吓了一跳。小董嗫嗫嚅嚅地说："我娘说了，让咱开……开个证明？"小张有些莫明其妙："证明？啥证明？""结婚证明。""跟谁结婚？""我妈说跟你结……结婚。"小张生气地说："我，结婚！我看你在热昏！"一甩手夺门而去。小董一下僵住了。躲在里屋将一切看得一清二楚的老婆子赶紧出来，对小董说："没出息的，你还不快追！"小董退缩了一步："这……"老婆子拍了他一巴掌："你没看到电影里，那个不是追啊追的给追上的。"小董就追了出去。

"后来。也不知道这个小张说了些啥，你看闹的！"老婆子抹了把泪，继续对我说，"你和她都是一个车皮拉来的阿拉，你是不是现在就帮我把她给叫来？让她给我儿子宽宽心。"我和小张确实都是 1966 年一起来兵团的，她身材修长，清纯姣美，人也活泼热情。开始也分在同一个排。不过我来新疆后，带着一种洁身自好的想法，和其他上海青年特别是女青年接触并不多。只是听说她原是上海舞蹈学校的学员，因病退学，才报名到新疆的。当时也风闻过，她和同一个排的小董妹妹很好，经常上她家去，一家子对她不错。连队食堂一天三餐不是苞谷馍便是玉米发糕，伙食很差，小张一上她家，老婆子就变着法子下汤面条做烙饼。万排长知道上海人爱吃大米，还专门去沙湾县老乡家里用省下来的白面苞谷面换上一些回来，专门做给她吃。但并不知道这里面还有这么一层关系。老婆子的这一要求，使我十分为难，我和小张并不很熟，我实在不了解其中的玄机，再说这种事我也不便掺和。这时，万排长也进来了，虽然小董和他的两个妹妹都不是他亲生的，但他一直视如己出。见我有推辞的意思，他拉着脸对我说："小董她妈是贫下中农，我是革命军人出身。她一个资产阶级大小姐我们并不嫌弃。你告诉她，小董要是有个三长两短，我可要找她麻烦。"我知道，要是放到阶级斗争这个纲上，事情就变得严重了，只得答应下来。

睡眼惺忪的小张见我夜半敲门，很感惊异。我皱着眉头问她："你和小董是怎么回事？"她有些不高兴地说："他是个十三点（上海话，指痴头怪脑言语不合常理者）。"我把他的情况说了一下，她两眼一瞪说："那是他单相思，关我啥事体。"我说："你赶快去摆平吧，否则有个三长两短，你要倒霉的。万排长火气上来了。"她这才有点紧张，披上棉衣跟我走。我想了想说："不过，这种大事体，你是要拿定主意的。"

我们一进门，真叫心有灵犀一点通，刚才还呻吟不止的小董竟然双目放光，咕碌一下坐将起来，定定地看着小张。我们都被这一动作镇住，而小张竟也被这一瞬间突然感动起来，过去一把握住他的手。面对这样的结局，我心情颇为复杂，不过总算完成了任务，因为第二天一早要代小羊倌放羊，我就走了。回到小土房，我一直捉摸小董这个病。打开书查了半天，总算基本搞清，这实际上是癔症。针刺方法看来也对路的。

第二天放了一天羊，回来晚了。食堂里只剩苞米菜糊糊了，炊事员"牛汤面"给我满满打了一大盆，他也是一起来的知青。消息特别灵通，他告诉我昨晚的事，说是小董在小张后面追，又不敢真追，只是远远地跟着。回到宿舍小张把门一关，小董立即昏倒在地。过了半天，才迷迷糊糊醒过来，一个人爬回自己宿舍，筋疲力尽就再次厥倒。因为他这么痴心，算是真的打动了小张。今天，她请了一天假陪小董不算，还两个人在连部打了个证明，准备到团部领结婚证。听他这一说，我心里有点不是滋味，总觉得她如此匆忙地作出决定，确有点匪夷所思，草率了一些。

我端着晚饭刚回到小土房前，只见小嘎子蹲在门前抽莫合烟，看到我一下跳起来，拉着我就走，说："我师傅又不行了，吐血了。贺卫生员让我找你，让万排长上营部找蒋医生。"我一怔，怎么又出了变故，为啥越搞越严重了，也没有多问，饭碗一放顾不上吃，拿上针盒一路小跑。

这次走进小董的家，明显感到有一种令人窒息的压抑。全家都泪流满面，包括小张。突然，躺着的小董头一抬，他的小妹妹连忙把一个掉了几块瓷片的高脚搪瓷痰盂端了过去，只见他一张嘴，吐出好几口紫红色的血块。吐完之后直喘气。我看到痰盂里面已经浮着满满一层的血块了。面带泪痕的小张拿了块手帕想替他擦嘴边的血丝，他却一扭头朝里睡去了。因为从来没见过这阵势，我确实被吓着了。贺卫生员轻轻地告诉我已输过葡萄糖，打了止血针，但全不管用。一把鼻涕一把眼泪的老婆子又将我拉到里间，讲了事情的原委。原来今天一天下来，二人还是好好的，就在吃晚饭前，不知为什么，小张忽然说，"我想了，我们还年轻。再说这样大的事我总得写信和爸爸妈妈讲一下，这件事以后再说吧"。说完就把连里开的结婚证明给撕了。当时，小董只是呆一呆，啥话没说，过了不久，肚子就翻江倒海地痛起来，后来就是不停地吐血。说到这儿，她浑身筛糠般地紧紧抓着我说："你救救他！你救救他！你有办法。"其实，我根本没有办法，这种大口吐血不要说我当时没见亲眼见过，就我在所有的针灸书上也都没读到过。面对求治心切的家人，我只得取了几个止吐、理血的穴位：内关、地机、足三里、血海，见他烦躁不安，又加了神门。用平补平泻之法。

正在这时，万排长带着营部医务所的蒋医生也匆匆赶到了。蒋医生是常州人，镇江医专毕业的。他很有经验，问了一下情况，观察了痰盂中的血块，又用听诊器仔细听了一会儿。"这可能是应激性消化道溃疡出血"，他果断地一挥手说："老万，你立即通知机务组发动拖拉机，送团医院。病人出血多，要输血。"

后来，小董被团医院确诊为"应激性胃溃疡性出血"。这种溃疡性出血一般与情绪大起大落有关，对溃疡性出血，针灸应该是有效果的，只是当时我并不知道，后来，我曾配合药物治愈过多例。小董住院一周就很快痊愈了。出院那天，恰好我骑马上团兽医站领药，在钻天杨组成的林荫大道上遇到他们，小董坐在架子车上，小张和他大妹子推着走，有说有笑，小张清秀的脸上洋溢着幸福。

经过了这一场轰轰烈烈刻骨铭心的爱恋过程，小张成了我们连队1966年赴新疆的上海青年中第二个早结婚的。我因为不久之后就调到团兽医站工作，也就没有参加她的婚礼。之后，听说她成了团里树立的"与传统观念决裂与工农彻底结合"的典范，被安排到了团小食堂。小董经过培训成了团百货商店的一名修表员。后来，又听说他俩的婚姻并不美满，尽管有一对儿女。再后来，听说离婚了，小张也离开了新疆。然而始终只是听说，我再也没见过她。

第四节　新针疗法室

回到兽医站已是傍晚时分，刚下马，赵兽医就告诉我："团部下了通知，让你明天去医院报到。"声音中充满了不舍与无奈。

这一夜，我久未入眠，四年的兽医生活已经使我深深地爱上这一行，一匹匹病马转危为安成功的喜悦，与来自巴里坤大草原亦师亦友的赵兽医的愉快合作，都使我难以割舍。但是，有机会能从事我所向往的针灸事业，又使我义无反顾。这一天，我记得是 1971 年 7 月 15 日。

团医院夏院长亲自接待了我，他是从南京军区转业来的，讲着一口浓重苏南口音的普通话。他带我走进门诊部的注射室，对正忙着的维吾尔族护士阿瓦汗说："以后张医生就在这儿上班"。他又指指窗台对我说："针灸用具都在这儿，还需要什么可以到后勤去领"。他让我熟悉熟悉环境就走了。窗台上放着三只不同型号落了一层灰的玻璃火罐和一个装安瓿的纸盒，盒内躺着二、三十根曲曲弯弯的毫针。阿瓦汗是个说得一口流利汉语的金发姑娘，她告诉我，这是门诊部主任黄医生用过的，大概有一两个月没有人碰过了。我又打量了一下未来的工作环境，我能与别的工作人员合用的是一张床和两个方凳，完全独用的只剩下那个窗台了。这就是全部家当！心里不由一凉。不过我想，既然来了，先干着再说吧。

尽管那时针灸挂号不收钱，但我第一天上班总共只诊治了四个病人，之后一连几天病人也不多。我的心里真有点急了，总感到背后有一道道芒刺般的怀疑、嘲笑的目光。如果因为没有病人，灰溜溜地再回兽医站，面子往哪里搁。为了提高疗效吸引病人，我拼命找新书读，当时团部新华书店买得到的也只有《赤脚医生手册》《快速针刺法》等一些红塑料封面的普及读物。这一天，三连畜牧排的杜班长找我治疗肩周炎，他是我当兽医时的老熟人，所以我特别上心。刚好从书上看到一个叫"颈臂"的新穴，说是对肩周炎、中风偏瘫有特效。于是我就活学活用。果然，一针下去，酸麻直达指尖，出针后，老杜也顿觉轻松许多。然而还不等我高兴，当天下午他就被牛车送到急诊室，被诊断为因针刺颈臂穴过深引发的气胸，幸好 X 光显示是轻度的。门诊部黄主任给他开了点药和几天病休打发走了。

下班时，腿有点跛的矮个子黄主任把我叫去，他沉着一张脸，说："你兽医搞得好好的，何必来端这碗饭呢？"我听人说过，黄主任是全医院唯

一一位正宗的医生，石河子医学院本科毕业。针灸这一摊原来也是他兼搞的。有一次把加工连的一个出身贫农的老职工扎了个中度气胸，被挂牌子批斗了好几次，从此金盆洗手再也不干。窗台上的这套针具就是他留下的。当时，全国正处于"一根针、一把草"的热潮，医院是不可以不开展针灸的，这是政治任务，所以才匆匆把我这个既无学历又缺乏经验的人调来。我知道他是出于对我的关心。这天夜里，我思前想后睡不着，给团部打了一份请求调动工作的报告。清晨起床时，我又把它撕了，针灸毕竟是我挚爱的事业。

这次事件之后，我变得谨慎了，但也更投入了，认真对待每一个病人。我开始自学西医知识尤其是解剖知识，同时继续钻研针灸和中医学，常常学到深夜。三个月之后，小小的注射室内外，挤满了针灸病人，大有鸠占鹊巢的味道，弄得阿瓦汗难以转身，冤气冲天。终于有一天，夏院长拍拍我的肩说："搞得不错，病人反映也可以。院里决定专门给你搞一间诊室，派一名助手跟你学。"

不久，我就搬到了新诊室，这是门诊部东头一大间新粉刷的套房，外面钉着"新针疗法室"的牌子。助手小周也来报到，他是武汉支疆青年，当过团政委的警卫员，要求来学一门手艺，人很聪明机灵。有了正式的科室名称之后，我更不敢怠慢。病人更多了，记得最多的时候，一天我和小周两个人就要诊疗70多个患者。不论白天黑夜，也没有星期日，门诊、病房连轴转，根本没有想到休息两个字。当时，各种新的刺灸法层出不穷，只要一有介绍我就在临床上使用，诸如头皮针、耳针、鼻针、面针、手针、足针等。特别是因为我当过兽医，有点手术经验，所以如穴位埋藏、穴位结扎、穴位割治等，全部是按图索骥，无师自通。这些新的技术，不仅在一定程度上提高了疗效，而且扩大了治疗的病种。记得隔壁135团有一个严重的小儿麻痹后遗症的患者，双腿拄拐也步履艰难，经穴位结扎治疗几次，竟奇迹般地扔掉拐棍可自己行走了。还有一位来自100多公里外石河子的共济失调女病人，经用头针和体针治疗两个疗程，症状几乎消失。

　　那些年，正是"四人帮"肆虐的时期，我们的生活十分艰苦，住在土块垒的破房里，天天吃着苞谷面。可令人奇怪的是，我们竟然没有感受到这些，大概是全身心地投入在为提高针灸临床效果的艰难探索和沉浸在成功所带来的喜悦之中的缘故。两年之后，我们新针疗法室的名声很快就传遍整个下野地，农七师师部给我们记了集体二等功。1976年新针疗法室又成为新疆维吾尔自治区表彰的先进集体之一。

　　1980年8月，在我离开新疆去咸阳上学的前一个晚上，我和小周到我们的已经从新针疗法室改名为针灸科的那幢房子，慢慢地转了一圈。这幢房子原来是外科手术室和病房，现在已全部属于针灸科。有五个针灸门诊室，四间针灸病房共16张床位、一间开展针灸小手术用的手术室和一间开展眼底病针灸作检查用暗室，医护人员也有10多人了。我望着宽敞的治疗环境和齐全的针灸设施，不由想起窗台上积了一层灰的几只火罐和纸盒里的几十根弯针，突然之间冒出了一股深深的依恋之情。

1980年8月24日离开新疆前夕摄于新建的针灸科（原新针疗法科）前

遗传性共济失调的针灸治疗

概　述

　　共济失调是一组以共济失调、辨别距离障碍为突出症状的神经系统进行性变性疾病。虽然其病因可不同，且根据其起病早晚可分为三种类型，但都有步态不稳、行走摇摆、眼球震颤、发音不清等特点。目前，针灸主要用于治疗遗传性共济失调。表现为缓慢进展的共济活动障碍，病因不明，多数为遗传性。其病变多累及小脑、脊髓及周围神经系统。西医学尚无有效治疗方法。

　　本病在中医学中，属于风痱的范畴。在古医籍中，针灸治疗风痱，最早见于晋《针灸甲乙经》，唐代的《备急千金要方》还详细地记载了灸治之法。在之后的文献中，多散见于有关瘫痪的治疗中。但其与中风偏瘫（或称偏枯）分列为不同病证。可查见于《针经指南》《扁鹊神应针灸玉龙经》《针灸聚英》《针灸逢源》等自金元至明清的多部针灸专著中。

　　针灸治疗本病，首见于1964年，为个案报告。20世纪70年代亦仅有一篇以头针治疗本病的临床文章。20世纪80年代虽有多篇，但均为个案。所以本病较大样本的深入观察实际上是在1990年之后，综合已收集到的1990—1996年的6篇文章看，除1篇为个案，其余均为多病例报道。进入新纪元之后，开始出现一些高质量的临床研究资料，为针灸对本病的有效性提供了较为可靠的观察数据。从治疗所涉及的病证看，早期多以遗传性共济失调为主，近二十年来，则以中风后（主要病灶在小脑）共济失调为主要治疗对象。在治疗方法上以头皮针疗法为主，或单独用头针，或头针与体针相结合，亦有单用体针的。著者相信，鉴于本病的难治性，只要进一步积累病例，统一疗效标准和观察远期疗效，可以预见，针灸不失为本病值得开发的富有前景的疗法之一。

著者验方

一、处方

主穴：舞蹈震颤区，平衡区，风池，大椎。

配穴：外关，合谷，太冲。

二、操作

主穴均取，配穴酌加。取双侧穴。舞蹈震颤区、平衡区，分别以28号1寸毫针6根和2根，以25°角斜刺入帽状肌腱与骨膜之间，沿穴区区域，依次进针，每侧3根针和1根。针体进入帽状肌腱下层，针体平卧，以拇、食指紧捏针柄，用暴发力迅速向外抽提三次，然后再缓慢退回原处。如此操作3～5遍。风池穴，向同侧目外眦进针，使针感向前额放散；大椎穴针尖略朝下直刺入，反复提插至有针感沿督脉向下放散。配穴常规针法，得气后施平补平泻法半分钟。舞蹈震颤区及平衡区接通电针仪，连续波，频率5Hz，强度以可耐受为宜。上穴均留针30分钟。每周针治2次。

体　会

遗传性共济失调，是一组以共济运动障碍为突出表现的中枢性神经系统变性疾病，常有家族性。其临床表现复杂，类型繁多。本验方适用于本病中多种类型的治疗。其中，取舞蹈震颤区，系针对病因而设；大椎、外关，是著者长期用来治震摇之效穴。风痱之症，病位应归之于肝，故加肝经原穴太冲。合谷、太冲合用，属开四关，具有调节阴阳，益肾养肝之功。

著者经验，本病早期治疗效果较好，所治疗效明显的，几乎均为年轻人。坚持治疗也十分重要，一般以半年为一疗程。另外，治疗现代难症时，灵活配穴组方，才能获得较好效果。

第五节　中风犯人

一个冬日的下午，我刚踏进新针疗法室，传染科就送来一张会诊单，说有个中风病人请我去协助治疗。我觉得有些纳闷，中风病人应该收住内科，怎么会进传染科。

病人住在最靠北的一间单人病房里。传染科主任石医生告诉我，这是十六队（劳改队）一周前送来的，是个老犯人，在沙包里装梭梭柴（农场冬天取暖用）时突然昏迷不醒，经确诊为脑出血性中风。因内科无单独病房不便监管，所以送到他们科。目前病人神志已清醒，希望我能配合针灸。

掀开棉门帘，我不由皱皱眉，室内火墙没有烧，十分阴冷昏暗，空气中弥漫着一股浓烈的臭味。病人直挺挺躺着，身上盖了两条被子。听到有人进门，他拼命将戴着一顶破皮帽的脑袋伸出来，因中风失语的嘴巴发出"啊啊"的叫声，两颗混浊的眼珠直勾勾地看着我们，那只没有瘫的左手，在被子里费劲地掏了半天，然后抖抖豁豁地伸出来。我凑上去，他慢慢张开枯干的手掌，竟是暗黄色稀糊糊的一摊大便。

我心里很不满意这样对待病人，但在当时阶级斗争年年讲、月月讲、天天讲的形势下，不便讲什么。只是对石医生说，这样我没法针灸，至少叫护士生个火，再把病人搞得干净一点，否则如何下针？这时，针灸界正在推广山西焦顺发医师发明的头皮针疗法，其主要适应证就是中风偏瘫。我书已买了，也仔细研读了，而且也在我们自己身上试了，只是苦于没有临床实践过，何不在这一病人身上验证呢。于是我又吩咐，把病人的头发也全部剃光。

第二天下午，我带着有关头针的资料，和助手小周一起又来到传染科。护士小关向我诉苦，昨天给他换那条满裤裆粪便的破棉裤，他就用那只好手死死抓住不放。原来裤腰上缝着 232 元钱，大概是他一生的积蓄。她们用这笔钱到团部商店替他买了条新棉裤，又买了内衣裤，帮他身上擦洗干净后换上，足足忙到晚上七、八点。余下的 200 多元钱石医生还替他保存着。病房里，火墙生着了，异味也明显小了。老犯人靠墙坐着，刚剃过的脑袋泛着青光，活像一只葫芦瓢，两颗昏黄的眼珠仍闪着戒视的目光。

我检查了一下，病人为右侧瘫痪，下肢肌力 1~2 级，上肢肌力为 1 级，失语。于是我们根据头针资料所示，照葫芦画瓢，用皮尺和龙胆紫药水在他的头部先划前后正中线和眉枕线，继而定了左侧的运动区和感觉区。以 28 号 1.5 寸毫针进针。因为头针对捻转的频率要求很高，我和小周曾苦练过几天，但一在病人头上实践就捉襟见肘，速度怎么也快不起来，一会儿就累得不行。加上老家伙又不耐痛，龇牙咧嘴头乱晃。我们俩轮换着捻也出了一身汗。考虑到病情较重，我们操作又不熟练，把资料上规定的留针时间延长一倍，每个穴区足足留针 30 分钟。

隔了一天。因为白天很忙，我匆匆吃完晚饭，叫上小周就赶到病房。一进门，我几乎无法相信自己的眼睛：病人竟然穿着他的新棉裤，左手扶着床沿一步步在挪动，尽管他那核桃壳般的脸上毫无表情。要知道在两天之前，他的右腿只能作稍微平移的动作。这简直是奇迹！石医生和小关也一个劲地问，"你们用的什么治法，竟这么神！"

我继续按原法治疗。从第五次开始，为了促进他锻炼，我嘱咐他自己走到门诊来治疗。开始还由小关陪着，至第七次，他独自撑了根拐棍走了近 300 米来针灸。至第十次时，正好是周末，午后病人不多，我决定给他治疗后，再作一下检查，作为一个疗程的小结，应该是一个典型的病例。可是左等右等不见人影，等得实在不耐烦，我正打算去找他，小关来了。她告诉我，"老头出院了。"我一愣；"出院怎么不跟我打个招呼？"小关

说:"咋打招呼?十六队来了辆拖拉机,把老头拉回去了。"我有些着急地说;"可他还没有康复呢。"小关说,石医生也讲了。可是他们说,这是犯人,能走路就行了,要真的全治好,说不定给逃跑了。我只能遗憾地叹息一声。

大概在半年之后,我去十六队搞巡回医疗,正推着自行车走在由高大的钻天杨组成的林带路上,忽然听得背后有一阵古怪的喊叫声,只见一个人从树林后面拐出来,正是那个中风犯人。已经是夏天了,他穿的仍是小关为他买的那条棉裤,左手握着根沙枣木棍,脖子上挂了个脏搪瓷碗,面孔依然毫无表情,眼睛中却流露出一种兴奋的目光。一旁陪同我的李卫生员说,老家伙仍然不能讲话,不过生活可以自理,每天自己上食堂打三顿饭。队里已经不叫他干活了。

又过了半年,李卫生员来团医院领药时对我说,"中风老家伙死毬了。"我不由一怔。原来过春节时,他不知怎么地心血来潮,到小店里买了一大碗"苞谷烧"(一种农场自制白酒),一口闷下去,当即就不行了,还没等套马车送团部,便断了气。显然是中风再次复发。

这是我应用头针疗法首个病例,也是效果最明显的病例,可惜在我以后的针灸生涯中很少碰到过起效如此之快的情况。但是也就此开始,我对这一疗法一直情有独钟。

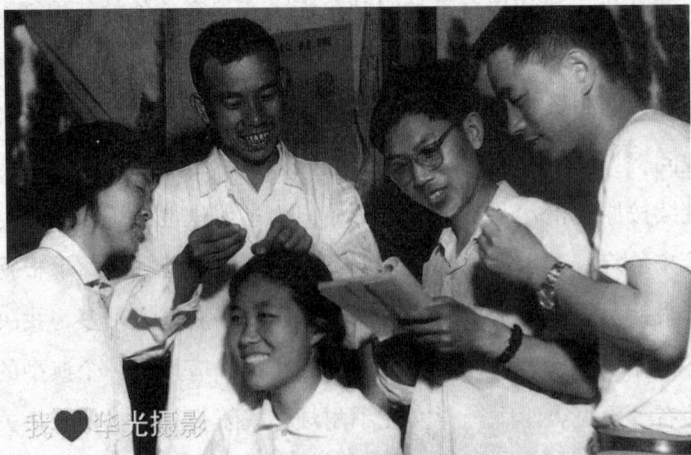

练习头皮针法,右二为著者,左二为小周。

链接

中风恢复期的针灸治疗

概　述

中风又称脑血管意外，系脑部或支配脑的颈部动脉病变引起的脑局灶性血液循环障碍，导致急性或亚急性脑损害症状，以偏瘫、失语及昏迷等为常见。起病急骤是其共同特点。包括脑出血、动脉硬化性脑梗死（脑血栓形成）、脑栓塞及脑血管痉挛等，后三者统称缺血性中风。针灸救治脑出血和脑梗死，临床上用于急性期的资料虽不少见，但主要用于其恢复期及后遗症期。

无论古今，中风都是针灸的主要适应证之一，并积累了相当丰富的经验。但直到20世纪60年代在治疗上基本沿用传统方法。自70年代头皮针疗法问世以后，近30多年来，随着对刺灸之法的深入研究和多种变革之法推广应用，本病疗效不断提高。已取得了重要进展：一方面是对传统体针的深化和发展，其中较有成效的是醒脑开窍法的创制和应用；另一方面是一些主要用于本病的新的穴位刺激法的产生和推广，最引人注目的是头皮针疗法和眼针疗法。

下面介绍的是著者在吸收名家优秀成果的基础上，通过大量实践所总结的在中风恢复期针灸治疗的经验。

著者验方

一、处方

主穴：分三组：①运动区、感觉区；②极泉、委中；③天鼎、曲池、三间、足三里、阳陵泉。

配穴：天柱、风池、廉泉、四渎、内关、环跳。

二、操作

主穴三组，每次均取。第一组穴，取健侧。以 28 号 1～1.5 寸针，快速刺入并行反复提插 30～50 次，留针；继取第三组，取患侧。如患者主动抬肩或被动运动时肩关节疼痛者，可在天鼎穴摸压，如肩后疼痛明显，可加配天柱穴摸压，多可触及块状或条索状结节，并伴有明显压痛，在压痛点上直刺进针至得气感向肩臂及后背部放射，行捻转加小提插，以加强针感，运针 1 分钟左右。此时，嘱患者作抬举活动；凡不能主动抬肩者，可由他人帮助做抬举活动。边运针边运动约 1 分钟后留针。因肌张力高五指固握难以张开者，可在三间穴向后溪方向进针 1.5～2 寸，用较强烈的捻转泻法，运针 30 秒左右，至五指完全张开。再以常规针法针其他穴位，至得气。将头穴二对毫针接一电针仪，曲池、三间和足三里、阳陵泉各一对，接通另一电针仪。头穴频率为 240 次／分钟；肢体穴频率为 60 次／分钟。要求：头部有明显的针感；上肢有轻微震颤感，下肢足背、足趾出现节律性背屈。留针 25 分钟。针感以患者可耐受为度。出针后，取第二组穴位，按醒脑开窍针法，针入至肢体抽动三下后出针。配穴据症酌加。其中，风池用于有高血压患者，取双侧，针时，令患者直坐正视，针尖向同侧瞳孔方向刺入，进针 1 寸左右，得气后行小幅度捻转片刻后留针；廉泉穴用于语言謇涩者，进针约 1.5 寸，以针感达舌根为宜；四渎、内关、环跳用于瘫痪肢体恢复不够理想时，用常规针法，其中四渎直刺，进针不宜超过 1 寸。每周针 2～3 次。

体 会

本方是著者博采众长所总结出的，是一个综合方。在组成上，其将焦氏头皮针穴、上海已故名家方幼安教授的经验穴及石学敏院士的醒脑开窍法熔于一炉；在针法则结合了针刺手法和电针法。值得一提的是天鼎、天柱、三间三穴，以往文献记载和现代报道均少见能治中风偏瘫，方幼安教授通过临床摸索发现：中风患者上肢呈痉挛性瘫痪时，天鼎、天柱穴可出现结节，并有明显压痛，针刺此二穴对消除肩关节运动疼痛和改善上肢肌力有良好效果。针刺三间穴并用较强的捻转手法，可使紧握卷缩的手指立即张开，并能维持一定时间。多次治疗后，可逐步使之松解。在电针的使用上，头针要求频率较快的密波，而体针则以疏波为主，最好用两台电针仪。如无此条件，可分两次使用，即先连头针，再连体针，各刺激15分钟。其次，连接足三里和阳陵泉二穴，要注意对足部下垂和内外翻的患者，在通电时应使其出现下肢足背、足趾出现节律性背屈，如不出现这一现象，宜适当调节二穴针刺的深度和方向。

最后必须指出的是，患者配合治疗十分重要。著者在对数以百计的中风偏瘫患者治疗的过程体会到，除了有效的针灸方技外，对患者来说做到抓紧早期就医、积极功能锻炼、坚持长期治疗这三点，对本病的康复有重要的意义。

第六节　一起事故

窗外纷纷扬扬飘着大片的雪花，天色渐渐暗了下来。早已过了下班时间，门诊部显得十分静谧。我收拾完毕诊室，正准备走，忽然棉门帘被掀开，进来了浑身雪白的一大一小两个人。我认得，这是水工连的王副连长和他的傻儿子。老王是我的铁杆病人，他的肩周炎和他老婆的老胃病都是我给针灸好的。现在，他又希望在他的儿子身上出现奇迹。

傻儿子叫狗蛋，是1958年"大跃进"那年生的，才几个月时突然发

起高烧，当时，老王带着一班人在下野地大渠挑灯夜战，团卫生队条件又差，等第三天才把孩子送到师医院。孩子被诊断为流行性脑炎，虽经抢救命是捡回来了，但从此又聋又哑成了傻瓜一个。这一年他 12 岁，但长得还没 8 岁的老二高。老王两口为给他治病没少花钱花心思，回河南老家探亲时，还专门带他上了郑州的大医院，但全部白搭了。

自从报道了东北一位部队卫生员深刺哑门禁区使得"聋哑人高唱东方红"之后，报纸上便不断出现"一根针、一把草"带来的奇迹，诸如"盲人喜见红太阳"之类。我尽管接触针灸时间不长，基本上又是自学的，但经不得广播报纸天天耳濡目染，不由也心浮气躁起来，又因为治好几个病人，我们新针疗法室上了自治区电台广播，就更忘乎所以，很想"放个卫星"之类。于是我主动提出给狗蛋治疗，老王夫妇自然满口答应。为了做到有备无患，我将回沪探亲时购买的《新针疗法》《赤脚医生手册》之类翻了个遍，决定采用由翳明、风池、天柱等组成的脑横线和风府、哑门、大椎等组成的脑纵线为主穴，配合足三里、三阴交、神门等组方治疗。然而事与愿违，10 余次过去了，未见任何改善的迹象，颇有黔驴技穷之感。

看着父子俩冒雪来求治的样子，我心里一阵内疚。我忽然联想到，报纸上刊登的针灸奇迹几乎都是深刺激、强刺激的结果，于是突发奇想，是否可用水针即穴位注射法强刺激一试，或许会产生奇效。于是我用一支 10ml 注射器分别吸入 2ml 卤碱注射液（又称 681 注射液，一种当时被称为可治百病的、从卤碱中提取的注射液）、2ml 维生素 B_1 注射液和 1ml 维生素 B_{12} 注射液，混合后用 5 号齿科用的长针头在患儿的大椎穴深刺后，将 5ml 药液一股脑儿地快速注入穴内。就在我拔出针头时，一件意想不到的事发生了：只见狗蛋面无表情地摇摇晃晃儿下，歪着身子倒了下去，整个身体软得就像摊在地上的一堆衣服。老王赶紧把他扶起来，但狗蛋手脚却跟面条一般，根本站不住。我的脑袋嗡地一下，闪过一个可怕的念头："四肢瘫痪！"冷汗直往外冒。

我手足无措地说："是不是赶紧上住院部？"老王倒比我镇静，反过来安慰我说："不碍，这孩子命硬。"他找来一个背篓，把孩子抱起来塞了进去，又脱下棉衣盖得严严实实的，我怔怔地看着他慢慢地背上背篓，骑着车子，消失在漫天的风雪中。

回到宿舍，从食堂打来的馒头我一口也吃不下。我又翻遍了身边可怜的几本医书，什么答案也没找到。我越想越担心，于是带上手电，到药房要了点硫酸镁，骑车摸黑来到五公里外的老王家。狗蛋依然目无表情平躺在柳条把床上，一家子都围坐在旁边。老王有点发愁地说："孩子连喝水也有点呛。"我心中更是一惊，根据我的一点医学知识，显然脊椎损伤平面上升了。我立即吩咐把头垫高一些，并在大椎处用硫酸镁热敷，以促进药液吸收。一个小时后狗蛋睡着了。我还想再观察一会，老王坚决不同意，而且坚持冒着变小的雪送我回团部。那天晚上我彻夜未眠。

第二天，窗户刚一发白，我又推着车出了门，实在放心不下。雪已经停了，但公路上的积雪冻得又硬又滑，我一连摔了好几跤。到水工连时我已浑身裹着一层白霜，老王开门忙将我拉进屋子，说孩子好多了。我看到狗蛋已经能靠坐在床上，正狼吞虎咽地喝着玉米糊。只是腿还不能动。我那颗像被拳头紧攥了一夜的心，猛的松了下来。我嘱咐继续热敷大椎穴区，帮助他多活动四肢。这天午后，老王专程来告诉我，狗蛋可以下地挪步了，让我尽管放宽心。三天后，他又用自行车带着狗蛋来我这里治病了。

这件事一直令我刻骨铭心。几年后，等我读了研究生，我才搞清楚这是一种轻微的脊髓损伤，叫做脊髓震荡。是由于穴位注射刺之过深，注药过快、过猛，药物剂量过大或刺激性较强所致。它的主要病理、生理变化为脊髓功能暂时的或一过性的传导障碍，而病理组织上无器质性变化。表现为部分或极少出现全部脊髓的暂时性的传导障碍，包括节段性感觉障碍，运动障碍（肢体弛缓性瘫痪、四肢瘫或下肢截瘫）。严重的尚伴有直肠和膀胱括约肌障碍（大小便失禁、尿潴留等），各种反射消失。幸亏狗蛋的损伤较轻，否则不可能在这么短的时间内恢复。我不禁为自己捏了一把汗。

也是这件事，促使我在 20 世纪 80 年代完成并出版了《针灸意外——预防与处理》一书。并把它写进 2004 年新版的《针灸意外事故防治》的导言中。

链接

针刺所致脊髓损伤

概　述

　　针刺损伤脊髓，在我国古代已有这方面的教训，《素问·刺禁论》："刺脊间，中髓，为伛。"现代报道首见于1957年。尽管这类意外事故临床上并不少见，但公开发表的资料不多。特别是在20世纪60年代末、70年代初，我国针灸界曾一度片面提倡深刺、重刺颈背部的督脉穴位，针刺不当所致脊髓损伤事故出现颇多。作者临床所遇和所见的针刺伤及脊髓的患者亦有多例，虽均未造成严重后果，但也给患者带来不同程度的痛苦。特别是有人报道电针大椎，损伤脊椎致死的事故，更应引以为戒。

损伤原因

　　脊髓受到椎骨、韧带等组织保护，之所以造成针刺损伤，与下列原因有关。

一、穴位原因

　　多因取用督脉上的穴位引起。其中，以大椎、陶道等穴最为常见，损伤后症状亦较严重。

　　大椎深部相当胸Ⅰ、Ⅱ节段水平。针刺过深易致损伤。如某一患者，女性，30岁。患精神分裂症（妄想型），入院后擅自外出，追回后由一非正式针灸执业医师以粗针灸针深刺大椎穴，针入不久，患者突然昏倒，神志不清，四肢瘫痪，经3小时后逐渐清醒。50天后左上肢逐渐恢复活动，可握物；100天后始能起床活动，但走路蹒跚，坐立困难，并伴大小便失禁。精神症状未见改善。陶道深部为胸Ⅱ、Ⅲ节段水平，正处于颈膨大部。针刺过深亦易伤及。

二、操作原因

（一）毫针刺之过深，伤及脊髓实质，大幅度的提插捻转可加重此种损伤。

（二）穴位注射，注射针头深入椎管，刺伤脊髓，或推药速度过快过猛，剂量过大或药物浓度过浓，刺激性太强，亦可使脊髓损伤。

（三）电针刺激，电流强度过大，频率过快，通电时间过长，都有可能损伤脊髓。

临床表现

针刺损伤脊髓，因程度不一而症情有别，常见的类型为：脊髓震荡和脊髓刺伤。

一、脊髓震荡

脊髓震荡是一种轻微的脊髓损伤，其主要病理、生理变化为脊髓功能暂时的或一过性的传导障碍。病理组织上无器质性变化。表现为部分或极少出现全部脊髓的暂时性的传导障碍，包括节段性感觉障碍，运动障碍（肢体弛缓性瘫痪、四肢瘫或下肢截瘫），有的尚伴有直肠和膀胱括约肌障碍（大小便失禁、尿潴留等），各种反射消失。腰椎穿刺脑脊液检查无变化。

脊髓震荡，多数由于穴位注射刺之过深，注药过快、过猛，药物剂量过大或刺激性较大所致。电针刺激，在针刺过深，电流过强、频率过快的情况下也容易造成此类损伤。

二、脊髓刺伤

脊髓刺伤在针刺损伤脊髓中，也属常见的一种。多因针具刺入过深，伤及脊髓灰质所致。其主要病理生理变化是脊髓组织因刺伤后发生不同程度的出血、水肿，重者可进而软化、坏死。症状为脊髓功能障碍，包括损伤节段以下的肌张力降低，明显的运动和感觉障碍，直肠和膀胱括约肌障碍，腱反射和病理反射消失，并可引起某些自主神经功能紊乱（内脏功紊乱等）。轻者表现为呈一侧或双侧不完全瘫痪，患者跛行或不能行走。脊髓损伤严重者可出现完全性瘫痪（四肢瘫或截瘫），大小便失禁，各种反射消失等。如上例患者。

另外，针刺损伤可引起椎管内出血，可为脊髓蛛网膜下出血，血液的积聚会引起脊髓的压迫。其症状多有轻度颈项强直，轻微头痛，及上述症状；体征则以脑脊液的变化最具特殊性，颅内压常偏高（可超过200mmH$_2$O），外观呈血性，镜检可见大量红细胞存在。如某一17岁男性患者，因自觉颈项酸痛，在校医室经某医生用毫针深刺后背上部第1脊柱间隙约1.5寸，出针后又在穴上拔罐5分钟，当时仅觉后背不适，但一直不见好转，当晚感觉双下肢麻木，活动受限，后背及后颈部疼痛，轻微头痛，5～6小时二便未行。体格检查：神志清楚，问话回答准确，瞳孔等大正圆，眼球运动良好，光反射正常，伸舌正中，无面瘫。双上肢活动正常，双下肢不完全瘫，肌力Ⅲ级，双下肢痛觉正常，深感觉减退，腱反射正常，巴氏征（＋），霍夫曼征（－），颈强（＋）。当即行腰穿，见有血性脑脊液，压力2.7kPa（275mmH$_2$O）。诊断：脊髓蛛网膜下腔出血。后经3日治疗，患者基本恢复正常，只有颈强，屈颈略疼痛。1个月后，诸症尽愈，无后遗症。

预防方法

一、掌握针刺深度与方向

大椎等穴针刺时，应严格注意针法。大椎穴取穴，患者宜正坐，头向前略倾，先直刺 0.5 寸，然后略向上刺 1～2 寸。进针层次为：刺入皮肤→皮下组织→项部诸肌肉→棘间韧带→黄韧带→硬膜外腔（内有丰富的静脉丛及淋巴管）→坚韧的硬脊膜。一般不能穿透硬脊膜。如穿过硬脊膜，即进入蛛网膜下腔，常有空落感，应迅速将针外提，以免损伤软脊膜和脊髓。

二、注意操作手法

毫针刺，不要为了盲目寻求"触电感"而深刺、猛刺。这可能与某些针灸书刊不适当的强调有关。穴位注射的药量不宜太大，药液刺激性要弱，必要时加以稀释，推药速度应缓慢。督脉针刺时，尽量避免通电，如确因治疗需要，电流量要适中，不可突然变化，并宜控制通电时间。对不合作的患者，操作时要特别谨慎，留针过程应密切注意（一般不留针），以防不测。

处理方法

在脊髓休克期，应尽早准确判断是脊髓震荡还是脊髓损伤，以便妥善处理。

一、脊髓震荡

无须特殊治疗方法。令患者静卧平板床，严禁任意翻动。在此期间，注意护理，细心观察临床症状和血压、脉搏、呼吸及体温等的变化，以便能早期发现并发症，及时采取措施。如为穴位注射所致，可在局部湿热敷，以促进药物消散吸收。

单纯脊髓震荡，只要处理妥当，经过数分钟、数小时至数日，其功能障碍可完全恢复。

二、脊髓刺伤

其一般处理和上述脊髓震荡处理相似。治疗上采用脱水疗法

（尿素、甘露醇）以消除脊髓水肿、激素治疗（糖皮质激素为主）以及采用高压氧和低温疗法等。如出现尿潴留，可留置导尿管。患者瘫痪时间较长，应注意预防肺及泌尿系统感染，给予必要的抗感染治疗；精心护理，按时替患者翻身擦背等，防止褥疮，并要加强营养。

脊髓刺伤，一般在伤后3～6周，脊髓的水肿等逐渐消失，功能多可恢复。对于伤后脊髓症状逐渐加重，感觉及运动等障碍的水平不断上升者，必要时转外科手术治疗。对针后即刻症状严重者，则应迅速转科进行抢救。

第七节　脑病患儿

1976年初秋，一个星期日的下午。我在宿舍里看书，同住一屋的老关大爷直着嗓子在门外吼了一声："张医生，有病人找你。"接着，领进来一个干瘦的30岁左右的男人，男人背着个同样干瘦的男孩。

男人姓姜，一脸愁容，他递给我一张新疆医学院附属医院的诊断书：患儿，男，6岁：脑缺氧后遗症。他告诉我，为了他儿子的病，不仅跑遍了乌鲁木齐各大医院，而且专门跑了一次口里（内地），然而都无功而返。这次，因为听到新疆人民广播电台播送了我治疗小儿麻痹后遗症有效的消息，特地从100多公里外的农场赶来。

患儿叫小青，个子瘦小显得脑袋有点大，一对眼睛倒十分灵活，骨碌碌乱转。我询问和检查了一下他的病情，得病的原因是难产窒息引起的脑缺氧。目前主要有两个症状，一是双脚虽未变形，但基本属于瘫痪，只能站立10多秒，根本无法行走；二是会说一些简单的话，但口齿含糊不清。我心里不由暗暗叫苦，因为类似的病人我碰到不少，但针灸几乎没有效果。于是实话实说，我告诉他脑病后遗症和小儿麻痹后遗症是不同的两种病，对这个病我确无把握，他又这么老远来，白白花钱治不好病，我们都没法交代。希望他另请高明。男人蹲着不吭气，莫合烟卷了一支又一支，沉默了半天，最后叹了口气，求我说："大夫，我就这么个儿子，实在走投无路了，您就救救他吧。"

老关大爷把我拉到一边，偷偷告诉我说，他已打听过了，这个姓姜的有三个闺女，就这么一根独苗。为了这孩子，都快倾家荡产了，你招数多，费心给治治吧。这一下倒真将我弄得进退两难。见他实在没有回去的意思，我想了想，把话挑明说："这样吧，我试着治疗一个星期共6次，如果没有什么效果你就回去"。他点了点头。

第二天即星期一，一早，父子俩就坐在候诊室了。尽管是抱着死马当做活马医的想法，但既然答应了，我还是十分认真地思考了一个治疗方案。我根据以往治疗瘫痪的经验和小青的具体情况，采用头皮针配合体针之法，即以运动区、足运感区、语言区三个头针穴加上廉泉、足三里、阳陵泉、悬钟四个体穴。其中，头针穴加用电针连续波（代替手法捻针），频率为300次/分钟，强度以患儿可忍受为度。体针穴，用平补平泻法。均留针15分钟。连续治疗三天，丝毫没有效果。我又增加头穴平衡区和体穴梁丘。又治疗两次，亦无作用。于是，在星期五的晚上，我到团部招待所去看望他俩，准备把我的想法摊明。只见小青坐在床上大口吃着饼干，旁边放着一个广口瓶装的橘子罐头；父亲则蹲在床边啃着风干开裂的白面和玉米面做的混合馍，一手端了碗白开水。我说，"看来再治下去希望也不大，你们住招待所花销不小。是不是明天还是回去吧。"

"不行！"老姜用手背抹了抹嘴边的馒头屑，坚决地摇摇头，说："大夫，说好治6天就治6天。不能变。"我坐了一会，只好无奈地走了。

星期六上午，和平时一样，小青由他父亲背着准时来到新针疗法室。我已经完全失去信心，按老穴位给他针毕，接上电针。刚好内科病房送来一张会诊单，有一个中风病人急着要我会诊，因为走得急，我忘记了关照小周及时取针。等我回到诊室时，小青还在那里由他爸爸抱着上电针，而

时间已过去了一个半小时，也就是我原来留针时间的 6 倍。我一阵内疚，赶紧检查了一下，幸好没有异常，当即为他取了针。

就在这天下午，刚上班，他父子俩忽然又来了，我想他们可能是来辞行的。还没等我开口，老姜就激动地说："张大夫，你快看一下。"他把小青放在地上，慢慢松开手，奇迹出现了：孩子竟稳稳当当地站住了，而且足足站了三分多钟！他搂着孩子，激动地说："起效了，你早上这针起效了！"两颗晶莹的泪珠从他干枯的脸上滚动下来，"我说你能救孩子。"我感到纳闷，取穴和方法都有没有变，为什么突然见效了呢？我想，难道是延长了电针时间，增强了刺激量的缘故？这一下燃起了我的治疗热情和信心。

小青父子俩决定留下来治疗。我考虑到他们难以承担昂贵的招待所住宿费用、日常生活及医疗开销，就和夏院长商量，把小青收住到儿科病房，让他父亲在医院打一份零工挣点钱。夏院长以军人特有的干脆一口答应，让他跟着老关大爷上了食堂菜地。我继续采用头皮针长时间的留针法，又增加了脑横线的几个主穴：翳风、完骨、风池、天柱、哑门。果然，取得了出乎意料的效果，常常是每次取针后，孩子的症情就有进步。经过三个月的治疗，小青不仅可以站立一个多小时，而且可以独立行走 500 米左右。这年年底，我因为要到河南省新乡市的一家解放军医院学习针灸治疗眼底病的方法，小青的父亲也因长期在外，经济拮据，准备回去上班，只能中断治疗。临别这一天，我送他俩到汽车站，小青说话还不利索，紧紧抓住我的手不肯放。我把两听橘子罐头放在他身旁，摸着他的光脑袋，嘱咐他一定要好好锻炼，锻炼走路，锻炼说话，他懂事地点点头。

1980 年 5 月，我在石河子结束了研究生招生考试，特地绕到奂索湾去看望小青。在团部碰到了在加工厂酿酒车间工作的他的父亲，脸色比当年滋润多了，体态也有些发福。他兴奋地告诉我，小青已经在团子女校上三年级了，除了体育课免修、说话还有点结巴外，其他和正常学生已没啥区别。

链接

小儿脑病的针灸治疗

概　述

　　本节所讨论的小儿脑病，主要是指各种因脑炎或其他先、后天因素所致的脑实质性损伤，包括各类脑炎、严重的脑膜脑炎及脑发育不全等病症。由于预防或治疗不及时，多可出现后遗症状。这些症状在临床上可表现为以下几类：①智力障碍：程度不等，包括白痴、痴愚、鲁钝等三种，以白痴最为严重。②肢体瘫痪：可分中枢性瘫痪（即单肢或多肢痉挛性瘫痪）和锥体外系性瘫痪。以出现无目的、不自主的动作为特征，包括共济失调、步态不稳、快慢变轮换动作差等三种。③其他神经、精神改变：诸如失语或口齿不清，视觉或听觉丧失或减退，吞咽困难，出现抽搐或癫痫样发作等症状。

　　现代关于小儿脑病后遗症的针灸治疗，在 20 世纪 50、60 年代以乙脑后遗症为多，也有中毒性脑病等其他脑病后遗症的资料。20 世纪 70 年代中期之后，特别是 20 世纪 80 年代以来，针灸的方法已从单一针刺或电针，逐步多样化，各种穴位刺激之法日益增多，包括皮肤针、头皮针、耳针及采用针刺加红外线照射、头皮定位药物注射等，使有效率不断提高。近年来，小儿智力低下的针灸治疗也引起一些针灸工作者的高度重视，并已积累了相当多的经验。

著者验方

一、处方

　　主穴：运动区、额区、四神聪、风池、大椎。

　　配穴：视区、视联络区、上廉泉、曲池、内关、合谷、阳陵泉、足三里、三阴交。

额区位置：直径为前额发际上 3cm 至 7.5cm 处，横径为左右外眼角向后 3.5cm 直上之间的区域。

视联络区位置：在视区两侧，与视区同高，宽约 2 寸的长方形区域，左右各一。

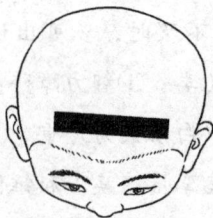
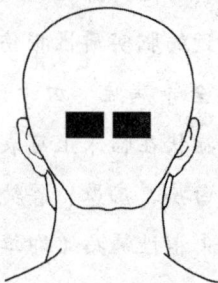

图 5　额区　　　　　　　图 6　视联络区

二、操作

主穴为主，配穴据症而加。以 28 号 1～1.5 寸毫针，运动区按头皮针常规刺法；额区，取 5 根针，成扇形分开排刺，从前向后平刺，进针约 0.8 寸；四神聪，针尖向百会方向刺；风池，向鼻尖方向刺；大椎略向下斜刺。配穴，语言不利加廉泉，针尖刺向舌根方向，反复提插数次出针；其余穴位按常规针法。运动区接电针仪，用连续波，频率 4～5 Hz，强度以患儿可耐受为度。留针时间：头部穴（包括头穴电针）1～1.5 小时，肢体穴位 20～30 分钟。每周 2～3 次。3 个月为一疗程。

体　会

本方为著者长期临床试验的积累。头穴中，运动区和额区及视联络区分别为焦顺发和林学俭所发现，对改善由于中枢性病变所致的肢体和视觉功能障碍有显效；四神聪，系经外穴，是治疗脑部多种病症的验穴；风池为足少阳与阳维之会，有醒脑利窍之功；大椎，为手足三阳与督脉之会，能升阳健脑；上廉泉，经外穴，专用于治疗语言障碍；其余穴位，均用以恢复肢体功能。

在操作上，关键在于头部穴位久留针，一般电针可持续 1~1.5 小时，一般针刺可留针 2~5 小时。

除针刺外，与家长的坚持和配合也密切有关。包括长期按疗程前来规律针刺治疗，每天配合功能训练等。

第八节　断针意外

初夏，高高的钻天杨抹上一层新绿。一辆牛车"咿咿呀呀"地叫着，停在门诊部的大门旁。小疆艰难地从车上爬下来，一摇一摆地跟在他父亲背后走进新针疗法室。小疆今年 15 岁，是个小儿麻痹后遗症的患者，来自我们的兄弟团场：132 团。他是三个月前，由他父亲带着慕名找我治疗的。当时，他撑着两根拐棍，两条大腿细得像他的胳膊，面条似的晃荡着，并伴有严重的外翻畸形。我决定采用当时一些医院流行的穴位羊肠线结扎手术和穴位神经干弹拨手术。这两个手术我可以说完全是无师自通的，仗着我当兽医时动过刀的一点功底，一面看书，一面操作，即俗话所谓的"照猫画虎"，竟也获得效果。譬如眼前这位小疆，通过三次治疗，不用双拐也可以驼着腰摇摇晃晃走一段路了。今天，是我专门约他来做第四次手术的。

小疆是个沉默寡言但品学兼优的学生，每次做手术他都十分配合，所以我很放心。上了手术床之后，我选好臀部的环跳穴，进行常规的消毒、铺洞巾、局部麻醉、切皮，用止血钳先作穴位按摩。按摩时的酸麻感觉十分强烈，小疆额头冒出一串串汗珠，却一声不吭。真是好样的，我心里想。因为护士小忻不在，我临时叫搞穴位理疗的小杨做我的助手。接下来，我用穿有羊肠线的三棱缝合针进行结扎，突然，轻轻的"咯哒"一声，我握止血钳的手马上变轻松了，我不由一惊，不祥的念头一闪而过，坏了，缝合针断在穴位深处了！我立即让自己镇静下来。

在此之前，我曾碰到过两次断针事件。一次还是我刚到医院不久，在注射室工作时，给一位兵团文工团下放来的男舞蹈演员臀部做穴位注射，一针下去，发现药水往外直流，我拿起注射器一看，不由倒抽了口冷气，注射器前面的针头不见了，我想肯定是断在里面了。我紧张地捏住穴区的肌肉，怕一放松断针就会移动，吩咐小周准备麻醉切开取针。正忙得不亦乐乎时，阿瓦汗忽然叫起来："这不是断针吗？"原来，舞蹈演员的臀部特别结实，刚才那一针，大概是用力角度不对，根本还没进皮，针头就崩断了，掉在床边上，结果一场虚惊。还有一次，是为一位胃溃疡病人在上腹部中间的中脘穴做羊肠线埋藏手术，也是进针到一半，弯形的三棱缝合针折断了。当时，我心中紧张得要命，表面上保持镇静，站在旁边的护士小忻吓得脸色发白也没吱声，病人并不知道，仍然直挺挺地躺着。我用微微颤抖的手捏着那柄直头止血钳，伸进穴位深处试着一夹，幸运极了，那半截断针竟然被一下子夹了出来。直到手术结束病人仍不知情，真是有惊无险！

因为有了前两次经验，所以我这次已不那么紧张。我慢慢地把弯头止血钳取出来，果然只夹着很短的一截针尾。见到这种情况，旁边的小杨不由惊叫了一声"啊唷，针断在里面了！"端着的盘子"咣当"一声掉在地上。这一下将斜扒着的小疆吓得竟一骨碌坐起来。我赶紧叫他照原位躺下，然而也正因为这么一惊一动，可能造成了体内的断针发生移动，使得我用老办法寻找的企图完全失效。我又根据杂志上登载的经验，按进针的方向在离环跳穴不远处开了个切口，用止血钳寻找了好一会，也是无功而返。小疆仍是默默地躺着，一声不吭，我心里又急又难受。

在万般无奈的情形下，我叫小杨赶紧去找外科病房的梁大夫，他是我们医院唯一的外科医生。同时，我把这事告诉了候在小手术室外的小疆的父亲，他一听也急了，捏着两个拳头直转圈，不断地自言自语："这咋办，这咋办？"一会儿，小杨回来了，告诉我，梁大夫正在做胃切除手术，病人刚上的手术台，没有三四个小时下不来，所以只好让我自己在 X 光下取了。夏院长也知道了，已经叫人通知 X 光室做准备。真是屋漏偏遭连夜雨，这岂不是赶鸭子上架吗？我只好硬着头皮上。

在 X 光屏幕上，一条约 3cm 长的细长黑影清晰在目，正是那根断针。我一阵窃喜，想不到借助 X 光这么容易使它现形，早知如此也就不费刚才那个劲了。然而当止血钳真正进去寻找时，我才懂得我是笑得太早了一点。从 X 光屏幕上，似乎断针与止血钳是碰到一起了，其实并不处于同一个平面上，因为 X 光不能告诉你具体的、立体的位置。半个小时过去了，止血钳也增加到两根，麻醉药也补充了一次，仍然是看得见，摸不着。我有些心急火燎，动作有些毛糙起来。万一取不出来，这截牙签一样粗的断针留在体内，特别是一个小儿麻痹后遗症患者的体内，其后果真是不堪设想。

忽然，始终没有出过声的小疆用低沉的声音说："张大夫，让针留在里面吧，你不要取了。我和爸爸都不会怪你的。"我心头一热，同时也感到一种说不出的内疚。我知道，一方面他是体谅我，另一方面折腾了一下午确实也受不了。我只得安慰说："你坚持一下，我再给你取一次，实在不行，就住到外科病房去取。"

"不取了，真的不取了。"小疆固执地说，一面挣扎着要爬起来。

我和小杨急忙按住他，说来也巧，正在此时，我右手下的止血钳忽然触到一个硬物，凭我的感觉应该是断针无疑，不由暗暗一喜。便立即夹住，并吩咐小疆按照我要求的姿势躺好，然后小心地顺着切口取出止血钳，钳头上有一截东西在 X 光室的暗房中闪着银光，真的是我们苦苦找了近一个多小时的断针。我把它"当啷"一声放进肾形盘中。这次小杨没有叫，但神色中我看得出她和我一样激动。

苍茫的暮色中，牛车"咿呀"地叫着渐渐远去，我目送着它消失在林带的深处。我悬了一下午的心虽然放了下来，但是对病人造成不必要的麻烦和痛苦的负疚感仍然如一块巨石压在我的心上，并未得到解脱。

链接

折针

概　述

　　针灸治疗中，折针是较为常见的意外事故之一，古代医家对此早就十分重视，如金元时期著名医家窦汉卿，在其所撰的《标幽赋》中着重提到："且夫先令针耀，而虑针损"。元明时期的一些医家还总结了取肌肉内断针的经验与方法。

　　现代关于折针的报道，在我国杂志上所见不多，且往往仅停留在手术摘取断针的介绍或作为教训提出来，对断针在体内活动的情况及其存留体内会造成何种后果的研究很少。日本针灸界对此则十分重视，这可能与断针事故多见有关。20世纪70年代以来，他们对断针的原因、在体内游动情况及所引起的后果做了大量的临床观察和深入实验研究，包括用豚鼠、家兔和犬等大小不同的动物为实验对象，使用的针具既有金针和银针，也有临床中常使用的不锈钢针，取得了不少有价值的资料，颇有借鉴价值。

折针原因

一、针具原因

（一）针具质量粗劣

　　系指采用厂商以劣质材料或粗制滥造的针具。另外，日本生产一种涂有水银的针具（目的使针体光滑，易于进针），因水银腐蚀作用，亦常发生折针。

（二）使用旧针具

　　针具应用过久或次数过频，有屈折、斑痕等；用酒精长期浸泡或高压消毒次数过多，造成针身变软、损伤，放置过久，亦可因氧化生锈，发硬变脆。

（三）针具的寿命与针体粗细有关：粗针寿命较长。细针须不断更新。

二、医者原因

（一）操作不熟练，动作粗暴。刺入后有抵抗感，仍强行刺入；拔针时发生滞针，仍强行拔出。不必要的深刺，致使肌肉剧烈收缩而可能折针。

（二）在针刺过程中，为了寻求满意的得气感，手法过重，捻转角度过大，频率过快等。特别是一些不易得气的患者，如截瘫患者，可因强手法而断针。

三、患者原因

（一）初次接受针刺，紧张恐惧。常因针刺时不能忍受强烈的酸胀感，或疼痛，均可导致反射性肌痉挛，肌肉剧烈收缩，而发生折针。

（二）在留针过程中，患者的一些不可抑制的动作，如剧咳、打喷嚏等，或体位突然大幅度变动等，均可引起折针。

四、部位原因

（一）就针具而言，折针常发生于针体与针柄连接处，有认为离针尖 3~5mm 处，亦易折断。通电时，毫针腐蚀的部位，以针体与皮肤接触处多见，也可在针体数处出现蚀点。

（二）就机体而言，凡在腹、胸、腰、背、四肢和关节等部位都可发生折针。国内外记载过的曾发生折针的穴位，多在活动程度较大的部位，但巨阙、心俞、肝俞、膏肓等穴也曾有折针的报道。头面部穴位折针的情况较罕见。

五、电针原因

系指在电针疗法中，针体因电解电蚀折断，主要和与其连接的直流电针仪有关。目前，中国大陆使用的电针仪为脉冲电针，它的直流成分很少，在电刺激过程中，较少见电解电蚀折针。但是需要指出的是，现行的脉冲电针仪所输出的电流是一种经脉冲变压器，隔去直流成分，仅使交流成分通过的脉冲电流。当电针仪的使用时间过长，或自制电针仪的输出变压器未经严格检查，可以造成脉冲输出的波形中混有直流成分。而一有直流成分，就可将连接电极的两根毫针中的一根，由于电解而溶蚀、变细、生锈、发脆，造成其在体内折针。

电针折针除与直流电成分有关，尚受下列因素影响：

（一）频率和波形

低频通电易折针，以高频刺激较好。波形则应选择无腐蚀性波形，如交流电的矩形波形。

（二）电流强度及通电时间

电流强度愈大，通电时间愈长，愈易发生折针。一实验证明，以 3~8mA 电流通电 30~60 分钟，位于阳极的针具头端易折断；15mA 通电 1 小时或 30mA 通电 30 分钟，出现针具根部折断。所以建议电针输出电压在 10V 以下，通电时间最好不超过 30 分钟。

（三）针具所连电极

阳极处易折针，在人体采取三种通电方法进行试验观察，结果发现，无论用阳极通电法、阴极通电法还是双极通电法，均为阳极电蚀明显，阴极电蚀较少。

六、其他原因

近三十年来，随着各种穴位刺激法的不断涌现，折针的情况趋于复杂化。穴位注射，操作不当，注射针头断入穴内。头针疗法因针体进入头皮内较长，加之捻转频率过快，亦可发生断针。特别是穴位埋线结扎法，极易造成缝合针体内折断。

折针后果

包括折针后的临床表现和针体在体内的活动。

一、折针后的临床表现

日本学者的一些临床和实验资料表明，断针的移动最危险的是对脏器和神经系统的危害。其合并症包括化脓性关节炎，腹膜和脏器的损伤、神经麻痹、顽固性神经痛等。

（一）非重要脏器或关节部位

一般多不产生严重后果。其共同特征是：折针之后，断针局部可有压痛，并逐渐减轻。有时折针处有重压感，活动时偶可出现疼痛，但往往无运动障碍。

（二）关节内折针

不论折针处关节的大小，都会呈现严重的运动障碍和疼痛，如肋间关节折针，多可出现呼吸困难、胸痛；脊柱关节折针，长时间活动后有剧烈的疼痛及运动障碍。

（三）脏器内折针

情况往往比较严重。因脏器的不同和折针部位的不同，可引起程度不等的功能障碍和疼痛。肺部折针，可引起咳嗽频数，呼吸困难，并有肋间神经痛发作样疼痛。心脏折针，可引起剧烈的心绞痛样疼痛，呼吸困难，并可迅速进入休克状态。膀胱内断针，可引起小便短数，排出困难，或有血尿。

脏器内折针，亦可表现为慢性症状。折针大多发生在后腹膜脏器和中空脏器。一般穿孔较小，症状多十分隐蔽，病程时间也较长。如直肠内断针，能引起慢性穿孔，可表现为仅有间歇性腹痛、腹泻，下腹轻压痛，但无腹膜炎体征。有的则较严重，如肾盂内断针，可出现经常性血尿，严重肾盂积水等；病程长者，肾盂内以断针为核心可形成结石。

另外，如断针涉及周围神经，可出现局部疼痛，其末梢处麻木，感觉减退；如针断入血管，则可能随血液流动，自动脉血管进入较小血管，出现疼痛或有栓塞的危险。还观察到足三里折针，除引起步行困难，亦可影响泌尿系统功能，尿意频频，排尿量显著增加等。

二、针体在体内活动情况

动物实验表明，在犬的"手三里"穴处的断针移动较少，一周内与肌纤维平行，剖检后在桡骨尺骨间的肌肉筋膜下被发现。"肩髃"穴的移动，范围最广且最复杂，反复上升下降移动了约60cm。剖检时在右耳根部皮下才找到。后肢的断针移动较少，"中渎"穴在第28天，"足三里"穴第22天与肌纤维平行，二者都在筋膜下被找到。"气海俞"的断针移动最少，角度也无变化，但剖检时发现已进入了骨髓。颈部的断针情况不一，如"风池"穴的断针、沿颈后上下移动了约6cm，但第28天以后X线片上难以确认，剖检也没有找到，可能已被自然排出体外。"天柱"穴的断针沿颈部前后移动约10cm，剖检时在耳根部发现了弯曲明显的断针。还有腰部断针侵入肠系膜和肝脏的报告。总的来说，活动度较大的部位断针的移动幅度较大；活动度较小的部位移动的幅度较小，有时相对静止。质地较硬，针体较粗的断端易于运动，而柔软弯曲的针不易移动。

在动物实验中，断针在动物体内的出路大约有以下几种情况。

（一）断针移动后，引起有关脏器组织疼痛或功能障碍，最后只能以手术取出，或于断针后即用手术，或其他非手术方法取出。

（二）自动向体外排出。皮肤和结缔组织的断针，不少能自行从体表，或从肠道和粪便一起排出。

（三）在体内各种理化因子作用下，断针逐步发生溶解，这一般需要相当长的时间。

（四）断针位于机体内相对静止的部位，或因刺激周围组织发生感染，被结缔纤维组织包裹，长期留于体内。

预防方法

一、加强针前准备

（一）检查和选择针具

经常更新毫针，不使用弯曲、生锈或有其他损伤的针具，往往细小的损伤肉眼不易发现，更要仔细检查。应用电针时，对电针仪应作选择，不要用直流电针仪和自行制作或使用太久的脉冲电针仪。应注意调节电流强度、频率和波型。

（二）针刺之前，充分揉按穴区，以解除局部痉挛，对初诊患者或精神紧张者，应先予以心理上的安慰。小儿患者，须令家长配合固定体位。

二、注意术中操作

（一）进针要求

宜用双手进针法。以左手（押手）拇指及示指指腹固定针体，急速将针刺入，然后慢慢松开押手，徐徐送针。患者咳嗽或变动体位时，应停止进针或将针向外拔；在刺入或拔针过程中，遇到阻力时，不要强行进针或拔出，可改变方向刺入或稍待片刻拔针，针刺到所需的深度后，针体应露出皮肤0.1cm以上，不可全部刺入。

（二）运针要求

对得气感差的患者，应采用停针待气的方法，不要为求得气

而一味加强手法。

处理方法

一、滞针

准确处理滞针,可避免或减少折针事故。滞针时,如因体位改变所致,可令其恢复原来体位,再试行拔出。如因肌肉紧张引起,宜停留片刻,或在周围穴位按压,使其松弛后出针。如针体有多处弯曲的情况,试行压迫针身,使针尖从另一处皮肤穿出,剪去针尾,用镊子将其拔出。

二、折针

发生折针后,医者应冷静沉着,令患者不必惊慌,尽可能保持原来的体位不动,再行处理。断针大多停留在筋膜之下和皮下,可作为摘除时的参考。

（一）浅部折针

《针灸大成》曾提到"凡断针者,再将原针穴边复下一针,补之即出"。目前,一般采取穴位周围按压,使断端露出,用镊子夹去。

（二）深部断针

原则上应手术取出。深部断针的摘除术一般较困难,即使熟练的外科医生也极为吃力。国外有人认为最终不能除去断针者占25%。手术时针灸医师须协助外科医师确定折针部位,经X线摄片(拍正、侧位片),并进行具体计算后,用手术刀寻获。如有条件,可从2个不同角度的X线片或CT扫描等技术,立体地确定断针位置。如折针时间不长,位于四肢,亦可直接在X线透视下,手术取出。

第九节 截瘫姑娘

　　傍晚时分，我正端起大碗苞谷糊，就着煮白菜在进晚餐。护士小桂风风火火地进屋，说来了个外团的病人，要找我治疗，要住外科病房。外科梁主任在摔东西骂人，让我赶快过去。我扔下碗筷就往病房跑。原来病人是石河子总场医院送来的，介绍信开给医院而又点名叫我治疗。当时，我们新针疗法室只有一个门诊室，门诊部就转到了外科。我到病房时，通过夏院长的协调，病人已安顿好了，是个不到二十的姑娘，她平静地躺着，圆圆的脸上，布满十分阳光的笑容。旁边，被派来照料她的的母亲，正在收拾东西。

　　姑娘是石河子总场医院的一位护士。半年前，在毛主席"广积粮、深挖洞，备战、备荒、为人民"的口号下，她参加了医院组织的挖地道工程。一天凌晨，她正在地道深处将挖出的泥装筐，突然从洞口掉下一辆架子车，车把子正好击中她的颈部。她当场昏了过去。经石河子兵团医院检查，确诊为第四、五颈椎粉碎性骨折，立即进行手术。命是保住了，但她从颈部以下再也不能动了，而且手脚完全失去知觉，连大小便也不知道。因为她是执行战备任务受的伤，出身又是贫下中农，医院十分重视，先送到上海市瑞金医院治了一段时间，又在兵团医院针灸科的"战瘫组"针灸了几个月。也是听了新疆人民广播电台的报道，专门来找我的。她的老母亲，用衣襟擦着眼泪，拉住我的手，说："年轻轻的，咋办，你得救救她！"当时，我所负责的新针疗法室，因为治好了几个病，电台、报纸都做过报道，可谓自信满满。截瘫病我虽没有治过，但很有"明知山有虎，偏向虎山行"那种跃跃欲试的劲头。所以，我点点头："你放心，我会尽力的。"

　　话是这么说，但治截瘫对我来说是头一回，而且这个姑娘又是高位截瘫，除了头可以稍微转一转，整个躯体没有可以动的地方，这是最严重的

一种截瘫。刚好团部新华书店来了一本《外伤性截瘫防治手册》，里面主
要讲的也是针灸治疗。我就采用书里介绍的方法：体针加穴位注射。在颈
部损伤的平面上下督脉穴和周围的夹脊穴，以毫针深刺；再在上下肢的穴
位如曲池、足三里、阳陵泉等注入红花注射液。两种方法交替使用，每日
1次，以达到活血化瘀、通经接气的作用。治疗方案决定之后，不管门诊
多忙，我总是抽时间到病房去治疗，有时已是深夜，她的母亲已扒在一边
睡着了，她却总是睁大眼睛等着，我完全理解她的心情：太想站起来走一
走！两个月之后，果然开始见效了，先是头部转动的幅度越来越大，上肢
也出现了感觉。我和她娘俩都有一种胜券在握的感觉，都很兴奋。为了提
高效果，我将体针改为当时刚刚开始在针灸界推广的穴位神经干刺激法。
以取扶突穴（臂丛神经）、曲池穴（桡神经）、冲门（股神经）、阳陵泉（腓
总神经）和腰俞（马尾神经）为主。用26号粗毫针，尽量促使扶突穴和
曲池穴针感放射到上肢和前臂；使冲门和阳陵泉穴的针感分别向大腿和小
腿放射。后来我恰好又从杂志上看到一种叫长蛇灸的灸法，是沿着督脉灸
的，我想截瘫损伤的部位不也是督脉吗？这时候，天气已热起来了，脱衣
服也比较方便了，我便试着给她灸。因为长蛇灸灸一次常常要几小时，我
便利用星期日的下午，向食堂要来几头蒜，砸烂后沿脊柱铺了一层，上面
再厚厚铺一层艾绒，再在两头点燃后，慢慢施灸。灸后拭去艾灰，皮肤露
出深红色一条灸印，上面常常布满大大小小晶亮的水泡。我用龙胆紫药水
搽抹，以防感染。隔两周待水泡完全吸收后，我就给她灸一次。

　　应用这两种方法后，效果更为明显。她不仅可以坐起来，而且两只略
变形的手竟然也能活动了，大腿还有了点知觉。我和她娘俩一样高兴。为
了锻炼双手的精细动作，我特地到团部的百货商店买了几两毛线，交到姑
娘的手上，说："请你帮我织一件毛背心，算是你谢过我了。"

　　姑娘睁大眼睛疑惑地说："我这手还能给你织毛衣？"

　　我笑着用河南话说："中！"同时，半开玩笑半当真的说："说不定等
你好织好了这件背心，你也可以站起来走路了。"说心里话，我对她的康
复已经充满了信心。

"真的？"姑娘兴奋地说，"要真能这样，我给织十件毛衣也愿意。"

她的老母亲也高兴地说："真有那一天，我可要好好给你磕上几十个响头。"

从此之后，姑娘把织毛衣当做了首要任务，不论是午休时我路过，还是深夜去治疗，都可以看到她用不听使唤的两只手吃力地在编织毛衣。我知道，她不只是表示对我的感谢，更重要的是在编织希望。这反而使我深感压力。

然而事与愿违，也是打这之后尽管我动足脑筋想了多种方法，疗效却再也未见进展。一个月、两个月、半年过去了，已经进入新的一年，但她的两条腿仍然没有任何站得起来的迹象。姑娘仍在努力地织着毛衣，但那种充满阳光的笑容已经渐渐地淡去，老母亲的腰背也日趋佝偻。我有一种越来越重的负疚感，到后来我都害怕踏进外科那个病房。

二月底的一天，我从师部奎屯参加表彰先进的大会回来，放下行李就去外科病房，推开门一看，我愣住了，姑娘的病床上躺着一个刚做完手术的中年妇女，老母亲和她的坛坛罐罐都不见了。刚好小桂进来打针，她说："她们娘俩前天出院了，总场医院来了辆汽车把人和东西哈马斯（维吾尔语全部之意）拉走了。这下你也算解脱了。"

我心里感到奇怪，因为大前天我去开会时母女俩也没提过出院的事。小桂把我领到护士办公室，交给我一个纸包，纸包里放着一件针脚粗糙但已完工的浅灰色的毛线背心，下面有一张纸，纸上歪歪斜斜地写着一行字："张医生，我的病不能再麻反（烦）你了，有空请到石河子来玩。"我一下明白了她们为什么故意乘我开会时出院。

这件毛背心我穿了好几年，后来我又将它珍藏在箱底，从新疆带到陕西，后来回上海，到北郊站去领托运的行李，偏偏丢失了一个装着我最喜爱的那些书籍的箱子，里面就有这件毛衣。

截瘫的针灸治疗

概　述

截瘫，是指脊髓损伤后，受伤平面以下双侧肢体感觉、运动、反射等消失和膀胱、肛门括约肌功能丧失的一种病症。其中，上述功能完全丧失者，称完全性截瘫，还有部分功能存在的，称不完全性截瘫。早期为弛缓性瘫痪，3～4周后，逐渐转为痉挛性瘫痪。截瘫病因与脊髓外伤或本身病变有关。现代西医学除在脊髓损伤的急性期可采用手术治疗，对本病症尚无理想的方法。本病症是重要的难治病之一。

中医将截瘫归属于痿症，特别是筋痿、骨痿的范畴。针灸治疗骨痿、筋痿，首见于《内经》。晋代皇甫谧之《针灸甲乙经》明确提出了取穴和针法。在之后的历代医学典籍中，均有治疗包括大小便功能障碍在内的各种痿症证候的记载。积累了相当丰富的经验。

现代应用针灸治疗截瘫的临床文章，最早发表于1954年。直到20世纪60年代中期，报道仍很少，且多为脊髓结核所致的截瘫病例。从20世纪60年代末至70年代中期，在我国针灸界曾掀起过一个治疗外伤性截瘫的热潮，各地都作过一些有益的探索，取得了一定成效，并编撰了《外伤性截瘫防治手册》一书。20世纪80年代之后，针灸治疗截瘫的工作继续开展，无论在取穴、手法还是疗效评价上，都采取了更为客观和科学的态度。特别是在1994年之后，有关临床文献量呈递增之势，如高峰期的2001年，针灸治疗本病的文献就达12篇之多。从一个侧面反映当今针灸对截瘫的重要治疗价值。

目前，一般主张针灸之前先要解决脊髓损伤后的再生与恢复的条件，亦即解决必要的通路，早期应积极配合手术和闭合复位。在针灸方法上，仍以刺灸法为主，包括芒针、电针、穴位注射等，但也总结出一些独特的刺灸技术，如脊髓针、督脉电针、矩阵针灸等。不少资料表明，针灸等穴位刺激，在一定条件下，对脊髓损伤有一定促进恢复和再生作用，并可在不同程度上恢复其功能障碍。故针灸对本病症的临床价值应予肯定。

著者验方

一、处方

主穴：损伤平面上（1~2个棘突）和下（1~2个棘突）的督脉穴和夹脊穴，膈俞。

配穴：分4组。①关元、中极、天枢；②肾俞、秩边、殷门、昆仑；③髀关、伏兔、足三里、冲阳；④膀胱俞、环跳、阳陵泉、丘墟。

二、操作

主穴每次均取，配穴第一组每次取2~3穴，余每次取一组。督脉穴刺法：左手食指和中指固定所要针刺穴位的上、下两个棘突点间的皮肤，右手持针，针尖垂直刺入，缓慢均匀提插，以测知针尖所遇阻力，并体会指下感觉。如因骨折或脱位使棘突间发生改变时，可按照损伤平面上下选取督脉穴的原则，加用其他督脉穴。进针深度一般为 1.5~2.5 寸，当手下感到弹性阻力（为刺中黄韧带），局部有胀、重、酸感时，仍可继续针刺。一旦指下有空虚感，且病人自觉针感向双侧下肢或会阴部放射时，不可再深刺，而应当将针稍外提，施平补平泻手法。配穴，施平补平泻手法。夹脊穴针法：选用 26~28 号 1.5 寸毫针，进针深度一般为 1~1.2 寸，向脊柱方向斜刺，行提插捻转泻法，使针感沿脊柱放射；并于夹脊穴按排列的首尾两针分别接入阴极、阳极的脉冲电刺激，刺激量以病人可耐受为度。腹部穴直刺 1.5 ~ 2 寸，施捻转补法，使针感向会阴部放射。背部及四肢穴针刺至得气，施捻转泻法。留针 20 ~ 40 分钟。每日或隔日 1 次，10 次为一疗程，疗程间隔 3 ~ 5 天。

主穴（选督脉穴）也可用隔姜灸。每次 2 ~ 3 穴，将鲜姜切成 0.3 ~ 0.4cm 的薄片，面积要大于艾炷底面，用三棱针把姜片刺数个小孔置于穴位上，再在姜片上放蚕豆大的艾炷施灸。当患者有灼热感时轻轻拍打周围皮肤，当患者呼痛时取下，作一壮，连灸五壮。灸后以灸处皮肤潮红为度。灸治的时间间隔及疗程同上。

体 会

针刺治疗截瘫操作要求有一定针灸治疗实践经验者。本病难治性较高，在治疗时，注意以下三点：一是应尽量使之得气，本病患者由于脊髓损伤，往往得气感较差，应施行较强手法；二是坚持针灸治疗与功能锻炼相结合；三是患者皮肤感觉性较差，在艾灸时，一定要控制温度，尽量不要产生灸疮，以免难愈合。

第十节　亲历针刺麻醉

深夜，一阵急骤的敲门声将我从梦中惊醒。从门外传来小桂焦急的喊声，让我快到手术室，有急症。我不敢怠慢，三下五除二穿好衣服急忙出门。

叫我去手术室并非开刀，而是作为针灸医生行针刺麻醉。自从 1971 年新华社向全世界公布了我国医务工作者成功地应用针刺麻醉进行手术的消息，一下子出现了全国性的针麻热，包括我所在的边疆的一个小小的团医院。白天，夏院长特意把我和二位主刀大夫：外科的老梁医生和妇产科的庞医生一起叫去，落实师医院下达的任务：一个月内完成 10 例针麻手术。并强调：这是政治任务，必须雷打不动执行。

我哈欠连天地走进手术室，身材娇小的庞医生已经换好隔离衣在洗手消毒。病人仰躺在手术台上，无影灯下脸色苍白，神情有些烦躁。我认得是七连的上海女知青，叫根娣，比我们早两年的 1964 年进新疆的。庞医生把我叫到一边，简单地说了下病史。原来她是宫外孕，因腹痛不止，一个多小时前，连队用拖拉机拉她来的。她在门诊检查时已昏厥过去一次，打了针才苏醒过来。根据她的症状，已可断定为大量内出血，处于失血性休克状态。庞医生说，这种情况下，用针麻应该比用药物麻醉要安全。"行"，我点点头："我尽力而为吧。"话是这么说，我的心里却一点没有底。虽然搞了多年针灸，但用毫针做手术麻醉，这还是第一次，而且是临阵磨枪，下午才刚刚接触有关的针麻资料，书还没有摸热呢。

我略一思考，因为是做的腹部妇科手术，给她取了足三里和三阴交二穴，双侧均用 28 号 1.5 寸长毫针刺入，得气后施平补平泻法 1 分钟，接通电针仪，用疏密波，调到病人可忍受的强度。诱导刺激 20 分钟后，庞医生先在准备作切口的下腹部皮下注入了 10ml 普鲁卡因注射液做局部麻醉，然后熟练地用手术刀切开皮肤和肌肉层，我忙问根娣痛不痛，她平静而无力地摇摇头。腹腔打开了，果然是满满的一肚皮血。当时医院没有血库，用血都是临时召集所在连队的职工义务献血。现在深更半夜，情况又如此紧急，当然无法这样做。经验丰富的庞医生自有办法，她用一只消毒盆从根娣的腹腔中勺出一盆盆的鲜血倒入输血瓶中，简单过滤后重新再回输入体内。一个小时过去了，手术完满地结束。令我们所有人意外的是，整个手术过程中，根娣一直平静地躺着，一动不动，而且神志异常清醒，只有在缝合时她稍稍皱了皱眉头，我问她有什么不适，她摇摇头，露出了微笑。

这一晚，我翻来覆去兴奋得睡不着，我完全没有想到几根普通的毫针真的就有这样神奇的止痛效果。

　　然而紧接而来的一台手术却一下子摧毁了我刚建立起来的全部信心。大概在一周之后，我正在针灸，外科送来一张会诊单，叫我下午去针刺麻醉。这台手术由老梁医生亲自主刀。老梁医生是我们团医院唯一的外科权威，因生得精瘦背后人称"梁猴子"，他当过国民党军医，有历史问题，再加上以脾气坏著称，目前正在下放接受批判。因为这个手术非他做不可，所以专门把他从菜地叫回来了。这次做的是胃大部切除术，病人是八连的农具保管员老冯，一个倔老汉，据说是做了一上午思想工作才同意针麻的。因为这一手术在我们团医院属于大手术，又是针刺麻醉，所以医院张总支书亲自督阵，石河子医学院来实习的四个工农兵学员也全部参加。我取了当时作为首选的两个穴位：足三里和上巨虚。针刺时，老汉就开始有点骂骂咧咧，大概是做了局部麻醉加上老梁医生动作熟练，在切皮和作胃的切除吻合手术时，他倒反而安静了。有了上次经验加上病人现在的状态，我可以说是成功在握，觉得针麻不过小菜一碟而已。

　　然而，就在手术接近后阶段，将所有内脏器官回纳到各自原来的位置时，老汉突然躁动起来，手足乱舞，说是腹部难受得很，要我们赶快打麻药。老梁医生看了眼张总支书，张总支书坚决地摇摇头，示意我加大电针刺激强度，又让四个实习的学生按住老汉的四肢，她本人则拿着《毛主席语录》边晃边在他耳边轻轻而有力地呼喊："下定决心，不怕牺牲，排除万难，去争取胜利。"进行鼓励。不知是哪种方法起了作用，病人又平静下去。终于，手术进入尾声，进行最后一道工序：缝合切口，关闭腹腔。我也轻轻地松了口气。

　　谁知就在这时，老汉突然杀猪似的嚎叫起来，说是实在痛得受不了了。而且乱蹬乱踢，四个身强力壮的学员整得一身汗也按捺不住，我的电针仪被一脚踢得老远。他腿上的几根针脱落的脱落，弯曲的弯曲。为了不至于功亏一篑，老梁医生加快了缝合的速度。正缝合到切口长度的三分之二时，只听得"嘭"的一声响，缝线崩断，刚刚闭合的切口全部裂开，一肚子花花绿绿的肠子和切掉一大半的那个胃从口子中直冒出来，足足有一大脸盆，喷出的血，把老梁医生的眼镜涂成一片红。他对针麻本来就有看法，因为是政治任务压下来，不得不为之。脾气暴躁的他，将手上的缝合钳往地上一摔，吼道："给我全麻。"麻醉护士看看张总支书，张书记无奈地点点头。乙醚一滴一滴地滴在麻醉罩上，倔老头终于彻底安静下来，沉沉地睡着了。

这一次的不成功，为病人造成如此痛苦，我深感内疚。隔了几天，我在团商店称了两斤苹果，专门到外科病房去看望那个老头。谁知还没进门，就差一点被倔老头扔过来的搪瓷缸子击中，他骂道："你把我痛得送了一次地狱还不够？怎么的，你还来！"搞得我满面通红，落荒而逃。

当时抓针刺麻醉工作是由书记挂帅的，20世纪50年代从山东参军进新疆的张书记，是个干事利落要求严格的人。她专门把我找去，倒也没怎么批评，只是叫我好好总结一下原因，一前一后，同样做腹部手术，反差为什么这么大？其实，在当时的情况下我根本搞不清失败的原因。随着后来学识的增加，我才弄明白，实际上单依靠针刺是不可能完全达到无痛的，由于牵拉反应始终也是影响腹部针麻效果的重要因素，腹部手术镇痛更差。另外一个关键点是，和药物麻醉不同，针刺麻醉（包括针刺治病）有着明显的个体差异，因此它的效果好坏常常取决于不同的人的体质，这是至今还没有解决的问题。这可能就是前后两例效果显著不同的主要原因。

第十一节 师医院讲课

一路摇晃的班车到奎屯汽车站天已经擦黑了。我提着简单的行囊住进了农七师第二招待所，这是专供团场来师部办事的人住宿的，虽是个前苏联式建筑的三层楼房，内部设施却十分简陋。我刚刚在自己的铺位上坐下，只见一个圆晃晃的半秃脑袋在棉门帘旁探头探脑。我一看正是124团3连的李卫生员，赶紧招呼他进来。

　　前天，快下班的时候，夏院长找到我，说是师卫生处通知，让我准备一下，去师医院讲课。我吃了一惊，怀疑是不是耳朵出了问题。我，一个刚刚被破格提拔的团医院医助，去给师医院的专家讲课，这不是俗话说的"关公门前舞大刀"吗？夏院长解释说，因为不久前的全师庆功大会上，我负责的新针疗法室荣获了集体二等功，师后勤部十分重视，专门组织这次讲课，主要讲我在行医过程中如何活学活用毛泽东思想、全心全意为病人服务的事迹和用针灸治病经验，但主要讲后者。他又告诉我与我同行的就是这位老李。这一说，我心里才有了底气，因为老李的职称比我还要低一截。

　　没等我开口问，老李就气急败坏地说，"嘿，你还来干啥，我都让那个李眼镜给撵出来了。"老李是山东人，急脾气，有一手祖传小儿推拿绝技，因为属于"盲流"人员，尽管在附近团场已小有名气，年龄也比我大十多岁，但职称还是代理卫生员。此前我们已合作在好几个团医院巡回讲课，所以很熟悉。我问他是怎么回事。原来他中午就到了，按以往讲课经验，直奔师医院，谁知道碰了个大钉子。医务科一位姓李的科长冷冷地说，我们没有接到任何通知，不知道这回事。这无异于当头泼了一盆冷水。我想了想说，明天我们去找卫生处，不行，咱就打道回府。这晚，我也没睡好。

　　第二天一早，老李就急吼吼地拉我去了卫生处，接待我们的一位女同志很客气，连连抱歉，说是确实忘了通知，还说讲课的事师后勤部陈部长很重视。于是她亲自领着我们上了师医院。仍然李科长出面，人很瘦，脸很冷。他十分勉强地为我们做了安排：共两天，都是上午讲课，下午演示。第一堂课由老王上，偌大的礼堂稀稀拉拉地坐了几十个人。老王虽不是科班出身，讲课却颇有一套，表情丰富，连说带做，又深入浅出，语言生动，竟把下面的医护人员吸引住了，讲课结束时，听众增加到了一百多人。午后的演示放在门诊部。我们二人分头进行，我被安置在一间针灸诊疗室内，说是演示，实际是让治病。我刚坐下，担架抬进了一个年轻女子。针灸科的朱医生说，这是神经科转来的，患者平时健康，就是性格内向，昨天上午与丈夫吵架憋了气，突然发生双下肢瘫痪动弹不了，神经科检查没有发现任何问题，考虑是癔性的。对于癔病，我还是有经验的。我对满脸沮丧的病人说，放心，你的腿肯定能好。病人有些疑惑地看了看我，朱医生连忙鼓吹说，他是我们师出名的针灸医生，准能给你治好。病人的脸开始由阴转晴。我知道心理治疗起作用了。我取了两根28号5寸长毫针，深刺双侧环跳穴，病人感到有一股酸麻感直窜足底。我略作雀啄式的轻轻提插，用泻法，保持较强的针感。留针5分钟左右，我又做了一次手法，将针取出。我叫俯卧的病人自己翻身成脸朝上，病人摇摇头，我鼓励说没问题，肯定行。她使使劲，两手撑了一下，果然慢慢地转过身来，两条腿可以动了。这时，我的四周已围了不少人，纷纷投来惊异的目光。我又分别在双侧阳陵泉和太冲针刺，用同样的手法，留针10分钟。去针后，我立即让她的家人给她穿上袜子和鞋子，扶着下地行走。奇迹出现了：开始是两人扶，接着是一人扶，最后是她独立行走，而且越走越稳。旁边看我演示的医务人员，纷纷发出惊叹之声。那位为她检查的神经科医生也摇摇头，连说不可思议。等演示结束后，朱医生把针灸科的医生和护士叫在一起，让我谈谈选穴针刺的思路。说句老实话，这个病的治疗我是从实践中摸索出来的，除了辨证取穴外，我谈了两条体会，一是要让病人有信心，二是针感要强烈一点。看得出朱医生他们的脸上并不满意，似乎太简单了，但我肚里也确实只有这点货，并不是故意要藏着掖着什么。

　　我在医院招待所等到深夜，老李才蹑手蹑脚地进来。他见我没睡着，一屁股坐在床上叫了声："啊哟我的妈，累死我了。"原来，下午他也接了一个棘手病例，患儿是医院儿科主任的孙子，才两岁多一点，已经拉肚子拉了七、八天了。住在医院里，什么药也用了，什么招也使了，就是止不住。现在抗生素也不敢用，怕连肠道好的细菌也一股脑儿杀光了，更麻烦。所以只能靠输液维持。刚好今天上午老李就讲到推拿治疗小儿腹泻，儿科主任便带着她的小孙孙来试一试，有点死马当活马医的味道。这位精瘦的老太太透过眼镜看着孔武有力的老李沾了点滑石粉，在她瘦得皮包骨的孙子身上又是推按鱼际肘臂又是捏脊点穴，忙得不亦乐乎，她很不以为

然地摇摇头，走了。然而，意想不到的效果出现了：推拿后，原来像洞开的闸门一样的肛门开始关闭了，整个下午只腹泻了一次。老李不放心，演示结束后他专门去儿科病房，坐在旁一直观察到现在，患儿不仅再也没有拉肚子，而且睡得非常安静。儿科主任很感意外又为老李的精神所感动。让家人专门擀了一大碗热面条送了来。老李对我说，"我可不在乎喝她碗面条，我是想让她服气：我不是吹牛，咱中医的土办法也管用"。因为第一天讲课成功、治疗也成功，一炮打响，我和老李十分兴奋，坐拥着被子，一直谈到快天明。几乎一夜没睡的老李，天刚明又到病房去了。在吃早餐时，他笑嘻嘻地告诉我，孩子一夜平安，他又给推了一次，估计不会有问题了。

第二天，我们踏进大礼堂，不由吃了一惊，几乎座无虚席，满腾腾一屋子人。原来，昨天我们的一折腾，在师医院传开了。所以医务科的李科长，不仅要求医院内不当班的医护人员都来听课，而且还特别通知了师部直属卫生单位的医务工作者。一改昨日冷冷清清的气氛。这倒使我感到有些紧张。老李挑了靠讲台的地方找了个位置坐下，又是用手势、又挤眉弄眼为我鼓劲。幸好我要讲的都是我自己实践的东西，又在不少团场讲过，所以我很快镇定了下来。这堂课讲得也挺成功，很少有人在中途退场。讲课结束后，还有不少人围着我和老李问个不停。下午演示，给我们俩各换了个大房间。和上午一样，来的人不少，而且多是医护人员，有的是来学技术的，不少则是找我们看病的。连患中风病的内科老主任，也挂着拐棍，一瘸一瘸地来扎针。

这天演示结束已很晚了，李主任把我们领到专门招待贵宾的医院小食堂。里面摆了一桌炒菜，尽管只有四五样，但对我们长年啃馒头喝苞谷糊的人来说已经十分丰盛了。早已等在那里的医院王副院长热情地和我们一一握手。席间，他告诉我们，两堂课他都去听了一会，演示的情况他也了解，给他们的震动很大。最后，他感慨地说："我这才真正体会到毛主席所说的，中医药学是一个伟大的宝库。"饭后，他代表医院，送给我们每人一套32开本的精装《毛泽东选集》和一支铱金笔。

天蒙蒙亮，奎屯汽车站，我和老李握手告别，回各自的团场。尽管每次在一起的时间不长，但分别时总有一种恋恋不舍的感觉。这次相聚之后，我们再未见过面。四十多年过去了，这位身怀绝技、豪爽敬业的山东大汉一直在我的记忆里，挥之不去。

链接

癔症的针灸治疗

概　述

　　癔症又名歇斯底里。癔症的发作，一般认为是在某种素质基础上，受精神因素诱发的结果。本病好发于青春期，以女性多见。大多突然发作，多数还可反复发作。临床症状复杂多变。按症状的性质和形式分为转换型和分离型，前者又称癔症性躯体障碍，表现为明显的躯体障碍，如癔症性瘫痪、失音、黑蒙、耳聋、癔球症等；后者又称癔症性精神障碍，表现为各种精神症状，如情感暴发，大哭怒叫，甚则癔性昏厥。

　　针灸治疗本病，古代已积累丰富的经验。孙思邈创"十三鬼穴"，所治范围包括本病。杨继洲治王会泉亚夫人一案，亦属癔症，仅针内关一穴而愈。现代报道，始于20世纪50年代，特别是1958年9月6日《健康报》刊登针刺治疗癔症的通讯后，各地临床资料日见增多。自20世纪80年代，更为成熟，从方法上看，趋向于多样，除体针外，水针、电针、电梅花针等相继应用；从取穴看，则趋向于精少，常选一穴而获殊效；而从报道量看，出现了千例以上的大样本。针灸治疗癔症有较为满意的效果，尤其对于一些暗示疗法难以奏效的分离型患者，也能使大部分人的精神症状得到控制和改善。

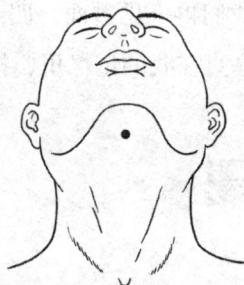
图7 上廉泉

著者验方

一、处方

主穴：涌泉、内关。

配穴：失音：水沟、上廉泉；黑蒙：
睛明、球后；癔球症：天突；
耳聋：耳门、翳风；癔性瘫
痪：环跳、足三里、曲池、
合谷。

上廉泉位置：在颈部，当前正中线上，结喉上方，下颌下缘
与舌骨体之间的凹陷中。

二、操作

开始治疗，采取多针强刺法，即据症选用所有主穴和配穴。
用大幅度捻转结合提插之法，其中涌泉可直刺入 0.8 寸，行中等
强度以上的刺激 1～3 分钟，留针 15～20 分钟；内关宜针尖向
上，施提插捻转手法，持续运针 2～3 分钟。症状改善后，改用
少针刺激，可仅取一个主穴，或酌加一个配穴，做中等强度的捻
转提插及刮针之法。留针 20～30 分钟。急性发作时每日 1～3
次，稳定后隔日或每周 1 次。

体会

针灸治疗癔症发作，有较明显的效果。从著者的实践看，多
数只须治疗一次即可获愈，很少要求治疗第二次。只有黑蒙、耳
聋，癔球症等，有些病人可能要多次治疗，但疗程都不长。而
且，针刺治疗的远期疗效也较明显，多无反复发作者。

针灸治疗本病，有两点值得重视：

一是取穴宜少，刺激量宜大。不论何种类型，何种表现症状，均可先取一主穴，症状重者多用涌泉，症状较轻者用内关，也可试用郄门。然后，据症加用一两个配穴。在进针得气后，要不断施以手法加强刺激，可用较大幅度的提插加捻转之法。为了加强刺激，在行针时，可左右双手同时施行。一般在症状出现好转后才留针。在留针期间，可间断反复行针，也可辅以脉冲电，疏密波，强度以患者可耐受为宜。或间隔 5～10 分钟，施手法一次。留针时间不必拘泥处方所示，以患者完全恢复为宜。

二是，在针刺前及整个治疗过程中，心理治疗十分重要。首先，要使患者感到你胸有成竹，建立信任感。其次，在治疗时要不断用言语安抚，使他（她）有信心，往往能收到事半功倍的效果。

第十二节　腰腿痛治疗事件

针灸治疗腰腿痛稀松平常，但这一事件，我却终生难忘。

1975 年一个春天的早晨，我和往常一样提早半个来小时走进门诊部。在新针疗法室门前的走廊里已经候满了病人。这时，坐在门边的一个高个子大娘拄着根杨木棍赶紧立了起来，比她矮一截、背有点驼的丈夫扶着她，她大声喊："张大夫，我又来找你的麻烦了。"一颗假门牙闪着银光。我认得，她姓姜，是团加工厂的工人，夫妻俩都是 1956 年来河南支边的。丈夫有哮喘病，她腿脚不方便，都是我的老病人。用现在的流行话说，他们都是我的铁杆粉丝。

这一次，她因为日夜加工小麦磨面，累狠了，右侧腰腿痛老毛病又犯了，痛得她下不了床，走不成路。在丈夫老李的帮助下，她艰难地爬上了诊疗床，气哼哼地说："我都恨不得把这条腿锯了才中。"我检查了一下，确实病得不轻。做直腿抬高试验，也就是让她伸直双腿，我把右腿往上稍稍一抬，她就痛得嗷嗷叫，而在腘窝、腿外侧几个压痛点按压时，她也直叫唤。这属于干性坐骨神经痛。

我按照常规，选取腰部的肾俞、大肠俞和腰骶部的夹脊穴，用 28 号 2 寸毫针斜向脊柱深刺；又用 5 寸针直刺秩边穴，使触电般的针感直达足后跟；另加用大腿内侧的殷门、腘窝的委中、阳陵泉、悬钟、昆仑等穴。通上脉冲电，开到以她能忍受的强度。去针后，又给她患侧的腰和腿上都拔了火罐。治疗结束，她活动了一下腿脚，仍皱着眉头说："痛是轻了点，还是不对劲。"她央求我说："张大夫，你就给我来点狠的吧。车间里忙得转不过来。"我知道她是团里的三八红旗手、学习毛主席著作积极分子，时刻惦记着工作。她的丈夫也用期待的眼光望着我。想了想，我便说："要么再给你加个水针疗法试试？"她连声说："行行，你咋弄都行！"

自从上次狗蛋事件之后，我对水针，也就是穴位注射采取谨慎态度。一是严格选用药物，二是格外注意操作方法。为了达到止痛和营养神经的双重作用，我选择将 0.5％普鲁卡因注射液 5ml，与维生素 B_{12} 1ml（100μg）混合在一起。为了避免普鲁卡因的过敏反应，在穴位注射之前，我特地给她做了皮下试验，结果是阴性。于是我取了消毒好的一根细长穿刺针套在针管上，从右侧环跳穴快速破皮后，缓缓送针至有针感时，将药液注入。在药物推注过程中，姜大娘觉得有一股酸胀感如水流一样，从臀部沿着大腿外侧慢慢地自膝旁一直传导至足背外侧。去针后，这一感觉更为强烈。她说："我咋觉着这酸胀得有点邪乎，连步都跨不了呢？"由于病人很多，怕耽搁后面的就诊者，他老伴催促她赶快下床，我也向她解释："这是针感强，是好事。你回家休息一下就会好的。"她才在丈夫的搀扶下一瘸一拐艰难地出了诊室。当时，因为忙我也没当回事。

第二天一早刚进医院大门，门诊部前的场地上停了部架子车，车上坐着的正是姜大娘，老远就叫："张大夫，又来添麻烦了。"旁边的老汉一脸愁容地说："昨晚哼唧了一夜，连上个茅厕也挪不了步。"我不由一怔，怎么越治越重了。我赶紧让她老伴扶进诊室。她撩开裤腿，我吃了一惊，只见在右侧外踝下相当于丘墟穴的地方肿起一个青紫色的高包，如同一个乒乓球大，一压她就痛得一缩脚。我怀疑是不小心扭伤的，但姜大娘坚决否认，她告诉我昨天那一针后，酸胀之感就聚集在此不散，到晚上便出现此肿包，贴膏药、用热毛巾捂都不顶用，胀痛得一夜没睡好。而且，她还说，自从昨天打了那针药水，沿着右腿外侧有一条线（我发现基本上按照十二经脉中足少阳胆经循行线路）始终酸痛不已。因为是瘀肿，根据"不通则痛，通则不痛"的原则，我用一根粗三棱针消毒后，对着肿包快速一阵点刺，拔了一个火罐。果然，一会儿功夫，罐内就满满地装了一罐黑血。去罐之后，她立即感到一阵轻松，可以试着自己走上几步。只是腿外侧的酸痛没有明显改善。

之后，她没再来。我把这件事也渐渐淡忘了。过了六天的一个午后，他老伴又拖了个架子车把她送来了。我发现了十分奇怪的现象：在她的右腿膝盖外侧突起的腓骨小头下相当阳陵泉穴区的地方，竟出现了一片椭圆形的青紫色的有茶杯口大的瘀斑，摸之不凸起，按之则很痛。姜大娘告诉我，这个青紫块前两天就有了，只是不想麻烦我才拖到今天来。小腿以下的胀痛感没有了，但膝盖以上还胀得不行。她抱怨说："就是走不成路，干不成活，急死人！"我如法炮制，再次在右阳陵泉穴行刺血拔罐，照例又是一大罐恶血。为了彻底消散瘀血，我再在该穴区局部敷上中药"治伤散"。

事情没有结束，之后，或过三天、或过五天，她总要来一次。慢慢地不用架子车了，自己拄着棍子也能来了。每次来都可以在右腿上发现一个瘀紫斑，大小形状差不多，只是位置不断往上移，而酸胀感也一点一点向上逐步消失。我也驾轻就熟地用同一方法治疗。记得是五月下旬的一天，也就是距第一次治疗一个月左右，她的老伴又用架子车拉她来，我心里一惊，难道前功尽弃了？她告诉我，前两天还是好好的，早上突然右边屁股痛得动不了，连床也下不了。我一检查，发现环跳穴处有个压痛部位，我轻轻一按，她就疼得浑身一抖嗦，但外表并无以往这样出现瘀斑之类的异常的东西。于是用 26 号粗针深刺一针，酸胀感明显后取出，又用大号三棱针重叩刺血，以一大号玻璃罐吸拔，一会儿就涌进大半罐子瘀血。治疗完毕，她感到一身轻松，翻身下床，竟行动自如。大娘不由一脸欢喜："这下可妥了！"千恩万谢走了。我朝窗外一看，林带路上，她在前面走，老汉拉着车反而急急跟着她。

一周后，我不放心。下班后，我去加工厂看望她。她也下班不久，正用一个掸子在拍身上沾的粉尘。一把拉住我，非要让我品尝她学做的维吾尔族人的奶茶。自此之后，她再没有出现在我的门诊。

这是我一生行医中仅见的一个病例。后来我用经络现象进行了解释，并和我另外观察到的一位癫痫病人出现针感循心经传导的情况放在一起写了一篇短篇文章，题目为《二例经络感传现象》，发表在新疆兵团石河子医学院的学报《石医资料》1978 年第二期上。这是我第一篇公开发表的医学文章。但是，直至今天，我对其发生的确切原因，仍觉费解。

链接

坐骨神经痛的针灸治疗

概 述

坐骨神经痛是指在坐骨神经通路及其分布区内的疼痛。临床表现为烧灼样或针刺样疼痛自臀部沿大腿后面、小腿后外侧向远端放射，沿坐骨神经通路有明显压痛点，并有阳性直腿高举症和踝反射的改变等。坐骨神经痛，由多种病因引起，按受损部位可分为根性与干性两种。其中根性多为急性或亚急性起病，以腰椎间盘突出最为常见，疼痛表现为自腰部向足部放射；干性坐骨神经痛，则以沿坐骨神经线路出现明显压痛点：坐骨孔点（坐骨孔的上缘）、转子点（坐骨结节和转子之间）、腘点（腘窝中央）、腓点（腓骨小头之下）、踝点（外踝之后）。

中医学称本病为"腰脚痛"，宋代《针灸资生经》将腰脚痛作为专门证候进行针灸的辨证治疗。现代针灸治疗本病，自20世纪50年代初至今，国内已经积累了十分丰富的临床资料。坐骨神经痛是针灸治疗的最为普遍的病症之一，在方法上用体针、电针、艾灸、穴位埋线、高频脉冲电刺激、穴位注射、温针灸、激光穴位照射、热针、头针、丹灸、腕踝针、拔罐等多种方法治疗，都可取得不同程度的效果。

但是，针灸治疗本病目前还存在疗效评定标准不够统一，远期疗效观察不多，深入的对照比较研究资料较少等问题，在今后临床工作中需要重视。

著者验方

一、处方

主穴：阿是穴$_1$、阿是穴$_2$。

配穴：秩边、阳陵、委中、昆仑。

二、操作

一般以腰痛为主者，仅取主穴，如向下肢放射明显者，加取配穴，均为患侧。主穴阿是穴$_1$系指病变椎体的夹脊穴，阿是穴$_2$系与病变椎体相应的背腧穴，均取此椎体的上下二穴，双侧共四个穴点。分别选用28号1.5～3寸毫针。阿是穴$_1$略向椎体方向深刺1.2寸，阿是穴$_2$成45°角斜向椎体深刺入2～2.2寸，以出现有局部的明显酸胀感或向下传导的麻电感为宜；配穴，直刺，至出现同样针感。得气后，均用轻度提捣手法运针半至一分钟。留针30～45分钟。阿是穴$_1$和阿是穴$_2$分别连接电针仪，疏密波，强度以患者可耐受为宜。取针后，在腰部四穴点之间，以三棱针速刺十数下，用大号罐吸拔 10～15 分钟，出血 30ml 左右。急性期隔日 1 次，缓解期每周 2 次。刺络拔罐每周 1 次。

体 会

本方主穴主要用于腰椎间盘突出所致根性坐骨神经痛，配穴多用于干性坐骨神经痛。著者最早接触腰椎间盘突出所致本病是 20 世纪 80 年代末在荷兰。当时相当多的本病患者因手术后并不能缓解症状而要求针灸治疗。记得有一位黑人女患者，曾行两次手术，结果不但病情未减轻，反而不能做弯腰等动作，连请她取卧位都异常困难。通过十多例病人的治疗，发现针刺对这类手术过的患者效果并不理想，但对未经手术者则有明显的疗效，并逐步总结出本方。本病病机，或因寒湿，或因劳伤，或因外力，致痰湿、瘀血等阻滞膀胱经气，本方取阿是穴$_1$和阿是穴$_2$重在祛痰湿、化瘀血，针后加刺络拔罐，更加强此功能。余穴（包括阿是穴$_2$）为膀胱经要穴，选以疏调膀胱经经气。本方在国内外应用，多获效。

阿是穴的穴点，一般随脱出髓核的数量而增加，脱出一个髓核各为二穴点，两个髓核各为三个穴点，依此类推。另外多数病例，针后感觉症状减轻，但有少数患者反有加重的情况，也是正常现象。但如果数次治疗后不改善，就须考虑取穴或针法是否正确，或者诊断是不是有误。本病容易复发，一定要告诉患者坚持巩固一段时间避免过劳受寒等。

本方操作的关键在于腰部对应针刺，一要深刺得气，二要针尖两两对应，三要针、电、罐三者结合，才能取得较好的效果。望读者在临床中体会。

第十三节　肩周炎治疗纪实

1975 年入冬不久，白天明显变短。不到下午四点天就变得很暗了。这天病人不多，我和两位助手小周、小杨正在做诊疗的结束工作。诊室的门被推开了，老关大爷带着两个人进来。其中一个我认识，是团组织科的李干事，另一位则是个约摸有六十光景的老大娘。老大娘脖子上挂了块新的花头巾托着她的右手。热心的老关介绍说："她是李干事的陕西老乡，从车排子农场来，专门找你治病的。"李干事是从内地分来的老大学生，一迭连声笑着说："请你费心，请你费心"。

我问了下病情，原来她得的是肩关节周围炎。她掏出一厚沓病历，有她们团医院的、有奎屯师医院的，还有兵团医院的。老大娘叹了口气："钱没少花、罪没少受。治到最后，就成这个样子。"她从花头巾套中取下右手，用左手递给我看。我不由一惊，这只手足足比左手大上一半，恰如一个大发面馒头，根根指头都肿得像紫萝卜。而且整条胳膊直往下垂，前后左右都不敢活动，一碰就龇牙咧嘴地直叫痛。这些年来我治疗过不下数十例肩周炎，可还从来没见识过这样严重的病例。我犹豫了。倒不光是心里没把握，而是不久前发生的一件事，仍使我心有余悸。

对针灸治疗肩周炎真正有所认识，是在 1974 年我买到上海中医学院主编的《针灸学》一书之后。这是一本绿色塑料封面的十六开本的，如砖头厚的大书。当时，在我的所有专业书籍中，如果说《新编针灸学》是我的针灸启蒙书，那么这本书则对我全面系统获取针灸知识起了关键性的作用。对于本书的诸多作者，至今我仍然怀着深深的敬意。这本书中，对肩周炎的不同病证作了详细介绍，而对症状特点言简意赅的一句话使我铭记至今："早期以疼痛为主，功能障碍不明显；晚期以功能障碍为主，疼痛不明显。"用书上介绍的条口穴透承山结合肩三针（肩髃、肩髎、肩贞）的穴位处方和透刺针法治疗，确实对一些早期的，包括出现轻度功能障碍的患者有很好的效果。不过实践久了，我发现，如果已经出现了肩关节粘连，也就是"冻结肩"的患者，针灸效果并不理想。后来，我在当时刚创刊不久的《新中医》上看到了一篇文章，介绍用撕拉法治疗。具体方法是：让患者平卧于诊疗床上，医者扶紧患肩，由助手一手握住患侧的手，一手握住患侧的肘，趁其不注意，助手迅速用力向上一拉，这时只要听得关节处如有布帛撕裂之声，即大功告成，并认为对不管多严重的冻结肩都有良效。我和小周商量了一下，他极力赞成一试。小周是武汉知青，原是团警卫班的，自己要求来我们新针疗法室跟我学针灸。人聪明，一点就通。几年下来，我们已合作得相当默契。他当即自告奋勇做助手。隔了几天，来了个典型的案例，十三连一个放羊的甘肃老汉，说是右肩膀疼了几个月，现在连个放羊鞭也甩不成了。我和小周依样画葫芦，给他来了个撕拉法，果然听到肩内"滋啦"一响，老汉只是咬了下牙。他站起来挥舞了手臂，立即叫了起来："真神了。"竟一下举过了头。我们让他再拔个火罐，他提腿就走，连说："不用，不用。"我们为初战成功兴奋了好长一阵子。认为终于找到一个好治法。但是治了一些日子开始发现了问题。最主要的是疼痛难熬，虽然我们向上一扳只有几秒钟，但带来的是难以忍受的剧痛（那位放羊老汉可能忍痛能力强，是个例外），有的病人治疗后，要躺上老半天才缓得过神来；其次，由于肩内组织损伤造成出血，有的患者往往不久又旧病复发，有时还更严重。为了解决疼痛问题，我想到了麻醉。为此，我专门到外科学了臂丛神经阻滞麻醉法。我自己试了一下，果然，整个臂膊完全失去知觉，可以任人摆布。我们为找到这样一种能减轻病人痛苦的方法而颇感欣欣鼓舞。然而偏偏就在试用于第一例女病人时就出了大事，由于病人肩部没有知觉，失去自我保护能力，用力一扳，结果肩周炎没治好，反而造成肩关节脱位的事故。我和小周提着装有糖水桃子的广口瓶罐头专门到外科病房看望整个右上臂绑着石膏带的病人，尽管她和身边的丈夫一再说不怪我们，但丝毫不能减轻我们的内疚感。

　　想到这里，我决定婉拒这一病人。谁知我还没说出口，快人快语的老关大爷却说："这回算你找对了人，别的病我不敢税（说），这病你哪也不用去，就找张大夫得了。上他这儿，搭拉着条手进来，举着手出去的，我见得多了。"小李干事，也满脸堆笑地说："当然，当然。小张医生的医术远近闻名，前几天自治区电台还在播送他的先进事迹呢。"我心中暗暗叫苦。最后只得说，"她这个病太重，我心里真的没有底，先试着治治吧。"

第二天一早，大娘就等着诊室开门，一进门她不急于治病，而是用一只左手，又是抢着帮生炉子，又是提着大水壶去打水。好像她是来打杂的。病人陆续来了，她也不争先后，坐在火墙边打盹。上午因为病人多，忙得头头转，还不及照顾到她，就很快过去了。我感到有些不好意思。大娘说："怕啥哩，等大夫空了慢慢给我治。"又说："要行，我替你们看着门，中午吃的我都带了。"本来留病人在诊室是不符合规定的，但觉得人家来了一上午没治疗，再说人也老实勤快，我破例同意了。下午，我们一上班，发现火墙烧得特别暖和，诊室也变得整齐干净。我谢谢她，她说："没啥，闲着也是闲着。"

其实关于她的病的治疗，我昨夜也一晚没睡踏实，查了一些资料。这些年来，随着中医杂志不断增多，我也用微薄的工资定了好几份，从里面获得不少好的经验和方法。慢慢一个治疗方案在我脑中形成。我的方法分为三步走，第一步针刺，用条口透承山配合肩三针（肩髃、肩髎、肩贞），加上我总结出来的压痛明显的天宗穴。其他穴用深刺法，天宗穴则采用向不同方向反复透刺的方法，也就是《内经》所说的"鸡爪刺"法；第二步是上面说的拉伸法，但不再麻醉，也不像以往那样用力一扳一步到位，而是采用一人扶着臂膀，一人缓慢地向不同的方向牵拉，拉至以患者能忍受的疼痛为主，略事休息后，再重复进行，直至听到臂内有轻微的撕裂声；第三步是刺血拔罐，在压痛最明显处，用三棱针快刺点刺十数下，立即用大号火罐吸拔。这位大娘也是个忍痛力很强的人，在针刺时，透刺的针感较强，她脸上表现得很平静；用电针时一再要求把强度开大点，我反复向她解释也没用。进行牵拉时，往往额头冒出黄豆大的汗珠，也硬是说："不咋痛，能挺住哩。"特别是我嘱咐她做爬墙练习，一有空，她就把右手往墙壁上搁。就这样针刺隔天一次，拔罐一周两次，牵拉天天都做。她除了晚上回小李干事家睡，几乎将诊室当成自己的家，不光包揽诊室里的杂事，还上我们宿舍替我和老关（我和老关同住一室）烙个馍，擀碗面条什么的。

我们的综合治疗方法也真奏效，一个月过去了，她的右手早已不肿，上抬平举都自如，只是朝后伸还有点不利索，也就是基本上好了。她的儿子开了辆拖拉机来接她回去。我和小周去团部商店买了两个广口瓶糖水橘子罐头去送她，感谢她为我们诊室做了不少事。她说啥也不肯："要是收了大夫的东西，我的病就好不了。"尽管我费了好多口舌，最后还是没拿。

链接

肩关节周围炎的针灸治疗

概　述

肩关节周围炎是肩关节囊和关节周围软组织的一种退行性、炎性病变。其临床表现为：多见于 45 岁以上的中老年人，早期以疼痛为主，日轻夜重；晚期则以功能障碍来主，外展、外旋及后伸等动作受限最明显。

中医学中，本病称"漏肩风""肩凝"等，属痹症范畴。多因年老体虚，风寒湿邪乘虚而入，致经脉痹阻；或跌仆损伤，瘀血留内，气血不行，经筋作用失常而致本病。本病症是传统的针灸适应证之一。针灸治疗肩痛在《针灸甲乙经》《备急千金要方》《针灸资生经》及《针灸大成》等著作中，均有记载。现代明确提到肩关节周围炎的针灸治疗首见于 1954 年。至 20 世纪 60 年代报道颇多，但以传统的针刺法为主。半个多世纪以来，几乎各种穴位刺激疗法都被用于本病的治疗，诸如刺血、针刺、艾灸、拔罐、穴位激光照射、热针、穴位微波法、电针以及穴位注射等。为提高疗效，还往往将两种或三种方法结合运用。从文献看，针灸及各种穴位刺激法的疗效大致类似，但临床上，还是以针刺最为常用。

一、处方

主穴：天鼎、天宗、肩贞、肩髎、肩髃、曲池。

配穴：条口、梁丘。

二、操作

主穴均取患侧，配穴任选一穴，可取健侧或患侧。取 28 号 1.5～2.5 寸先在天鼎穴区摸到阳性结节，在压痛最明显处直刺，略作提插捻转，使针感向左肩臂放射。天宗穴，先找到压痛点，先直刺再作鸡爪刺，即向不同方向透刺。肩部三穴，可根据肩部疼痛或粘连情况酌选一或二穴，肩贞向肩内陵方向，肩髎、肩髃向极泉方向深刺，曲池亦宜向小海方向直刺。用平补平泻手法，但刺激宜略大，酸胀感应明显。留针 30 分钟。取针后在天宗、肩贞、肩髎或肩髃穴加罐。留罐 15 分钟。如有粘连者，可于取罐后，令患者取卧位，针条口透承山或梁丘透血海，可用较强的提插加捻转手法运针 1～2 分钟，使患者有强烈的针感，取针后，用推拿手法，反复逆粘连方向提举患肩，动作要轻柔有力，幅度不可太大，以患者可耐受为度，每次约 3～5 分钟。每周 2～3 次。

体 会

本法适用于早、中期肩周炎。在取穴上，天鼎、天宗二穴是著者长期临床总结出来的验穴，对肩臂部的疼痛和功能障碍有良效。特别是天鼎穴，该穴不仅仅是中风偏瘫的反应点之一，肩周炎患者同样可在此穴摸得条索状结节或找到十分明显的压痛点。

直接刺结节或压痛点，并使针感向肩背或肩臂放射，往往能收到意外的效果。读者不妨一试。肩部三穴和曲池均意在疏通局部经气，而条口透承山和梁丘透血海分别为古人和今人治本病的经验穴。

在操作上，一般早期病人只须针刺拔罐，多可见效；而中期乃至后期出现粘连者则须结合推拿，此亦为著者之经验，意在逐步松解粘连的组织，但不可操之过急。针后一定要嘱患者加强功能锻炼，如爬墙练习等。

第十四节　新乡学艺

1976年深秋的一个下午，新针疗法室来了个得怪病的患者。他是炮连的一个排长，一直身强力壮，半月前突然左眼睛像罩了块巨大的黑纱巾，眼前的景物一片混沌，即使是勉强看到的东西也缩小变形。但从外表检查，两只眼睛都清澈明亮，一点区别也没有。徐排长递给我一张兵团医学院附属医院的诊断书，上面诊断是：左眼中心性浆液性视网膜脉络膜病变。这么长一串医学术语，我还是第一次见到；对这种病自然更是落在云里雾里了。我不解地问徐排长，为什么找到我的门上来了。徐排长掏出一张不知从哪里弄来的皱皱巴巴的《人民日报》，他小心地打开来，只见上面有一则题为"盲人喜见红太阳"的报道，介绍解放军军医李聘卿用针灸治愈一千多例眼底病病人，说的正是这种怪病。徐排长说，"你也是针灸大夫，人家能治，你就不能给我试试。"

我记起来了，在我订阅的《新医药学杂志》（《中医杂志》在"文化大革命"中更的名）中似乎有李医生的一篇论文。我赶紧一翻，果然不错，里面不仅提到用针刺治疗这种病的痊愈率在90%以上，而且还毫无保留地介绍了他新发现的两个穴位：新明 1 和新明 2，包括取穴的位置和具体操作手法、针感要求等。我觉得这没有什么难，因为我的针灸技术本来就是从书本中学来的，当即就一口答应徐排长的要求。而且说干就干，按图索骥照着杂志所刊登的方法给他进行针刺。然而，之后接连治了几次，徐排长的眼病不仅没一点起色，相反眼前的黑影竟越来越浓重。徐排长失去了信心，我则开始怀疑那篇论文的真实性。

大概在一个月之后，徐排长又走进新针疗法室，他一脸喜气，大声地说："好了！我的眼睛全好了，百分之百的 1.5"。他告诉我，原来他专程上了河南，找到这位李医生，是他亲自给治的，针第 1 次，视力就往上猛窜 0.2，后来是治一次，视力就提高一次，不到 10 次，就完全好了。我惊愕不已，问道，"他针的什么穴位会怎么神？"

徐排长说："针的穴位跟你一个样，就是针进去的感觉不一样，他那针就像带着股热气直冲眼底，针后眼睛就亮堂。"他顿了一下，又说："张医生，我看你是个肯下功夫的人，不过光靠看书不行，你要是能上李医生那儿，让他手把手地教一教就好了。"

他的话是对的。针灸学是一门技术含金量很高的学科，有相当一部分知识是难以用文字表达的。可是从新疆到河南有几千里路，来回时间不算，得花多少钱呵！再说人家会不会教我这个既没学历又只是刚刚升为医助的人。我忐忑不安地找到夏院长，没有想到夏院长很爽快，他拍拍我的肩说："去吧，好好学点东西回来。"当天晚上我给李医生写了封信，请求他能接纳我。第三天傍晚，我就在乌鲁木齐乘上了东行的列车。

列车到达李医生所在的解放军 371 医院驻地豫北的新乡市正好也是傍晚。那时，刚好是唐山大地震过后不久，站台上来来往往的有很多穿着一式黑棉制服的从灾区来的断腿少胳膊的伤病员。因天色已晚，我只好先找一家旅馆住下。第二天一早，我就赶到医院，一位年轻的军人接待了我，他看了看我的介绍信，摇摇头说；"我们已经回信让你不要来了，因为医院接待唐山伤病员的任务很重。你怎么说来就来了呢？"我一下愣住了，好不容易几千里路来了，不能就怎样打发走。我说了一大堆理由，死磨硬

缠就是不走。年轻军人没有办法，说："你去找找李大夫，只要他同意就行。"

李聘卿医生四十岁左右，中等个子，身材略胖，一脸敦厚，他看了我一会，用浓重的河南口音说："医务科跟我说了。你也不容易，行，就学上一个月吧。"他写了张纸条把我安排在医院的招待所。下午我就正式上班了。从护士中了解到，新明穴是李医生发现的。几年前，在眼科推广针灸法时，他发现用传统的眼区穴位针刺虽有效，但容易出血引起眼周血肿发紫，也就是一般所说的"熊猫眼"，虽说不会造成后遗症，但总是给病人带来一定痛苦。于是他就想在眼区之外找一个既有效又安全的新穴位，便拿着毫针对着镜子在自己脸上脖子上反复试扎，扎得满脸针眼，有时还鲜血直淌，好不容易才找到这个穴位。不仅如此，李医生还总结出了一套独特的手法。通过数以千计的多种眼底病治疗确有独到的效果，尤其是中心性视网膜炎，不论是急性还是陈旧性的疗效都特佳。为此，解放军总后勤部为他记了一等功。我不由产生了深深的敬意。

第二天一早，我就跟着李医生查房。眼科共有 72 张病床，住得满满的，除了少数军人，都是来自全国各地的病人。不苟言笑的李医生，走进病房像换了个人，满面春风地挨个询问病情，病人见到他也喜形于色，话特别多。他的查房除了极少数吩咐加用药物外，一律针刺，而且都由他亲自出马。我自然要抓住机会，于是全神贯注地注视着他的每一个动作。只见他先用右手执一枚 28 号 1.5 寸长闪亮的毫针，左手轻轻拉开左侧耳垂，对准耳垂后皱褶中点的新明穴，快速刺入，缓缓提插后，用拇指飞快转动运针 1 分钟，立即出针；又用左手执针，右手拉开病人的右耳垂，在病人的右耳后照法炮制。前后不到 3 分钟就完成了整个治疗过程。这种左右开弓能用左右手同时以极快速度进针运针，使我大开眼界。更令我吃惊的是，几乎绝大多数病人都会有一股热胀针感从耳后直射向眼区或太阳穴部位。每次针后，病人往往觉得眼前一亮。我当时已经搞了六七年针灸，知道激发传导针感之难。等查完房，我已为李医生的神奇手法所倾倒。

回到办公室，李医生特地抽了点时间给我讲解新明穴的解剖位置和他创立的提插加小捻转手法。他语重心长地说："我能说的也就这些，可要靠你下死劲练。"我用力地点了点头。从这天开始，整整一个月，除了上街买了几本书，我几乎没有离开过371医院。每天，刚蒙蒙亮，我就和眼科医务人员一起练手法，这一手法说起来容易，做起来却难，几天下来拇指肚子就脱了一层皮，一碰针柄就钻心痛。练着练着也就慢慢开始得心应手了。同时，我还白天跟着其他的医生查房，检查病人。特别是努力学习我所不熟悉的眼科知识，学习使用检眼镜、裂隙灯等器械。李医生不管多忙，只要他在医院里，总要来问问我的学习情况。在我即将结束进修的前几天，他还专门由我为主查了两次房。记得第一次我查完房出来，他拍拍我的肩，微笑着说："中，入门了。"

我离开新乡这一天是个阴天，天上飘落着小片雪花。李医生上郑州开会去了，是冯军医送我上的火车。他给了我一个信封，说："这是你的进修证明，李主任专门写了你的学习情况，他以前可没有给人写过，你要放好。"看着渐渐远去的城市、看着雪雾茫茫的豫北大地，我的眼眶湿润了。

链接

中心性浆液性脉络膜视网膜病变的针灸治疗

概 述

中心性浆液性脉络膜视网膜病变，简称中浆病，是由于视网膜色素上皮屏障功能功能失常，形成黄斑部视网膜色素上皮浅脱离所致，单眼发病多见，多为20～40岁的青壮年人群。临床表现为：视物变形、变小、色视、眼前黑影，视力可有不同程度减退。检眼镜可见黄斑部有盘状浆液性视网膜浅脱离区，中心凹反射消失。本病是一种自限性疾病，可反复发作，病程长或多次反复发作者可造成永久性视力障碍。

现代针刺治疗本病始于 20 世纪 50 年代，60 年代初有人试用电针球后穴治疗，取得较好效果。较大的进展则出现于 70 年代末之后直至本世纪初。首先是一些有效新穴的发现，使疗效获得较大幅度的提高；其次，各种穴位刺激法的应用，如针刺、耳针、穴位注射、磁穴疗法、激光穴位照射及静电针等，适应了不同需要。有资料通过对照试验，发现穴位注射治疗的效果显著优于用激素、抗生素、扩血管剂及能量合剂等的综合治疗。

从目前已积累的经验看，针灸可以作为本病的主要疗法之一。

著者验方

一、处方

主穴：新明 1、新明 2。

配穴：风池、球后。

新明 2 位置：位于眉梢上 1 寸，外开 5

分处。

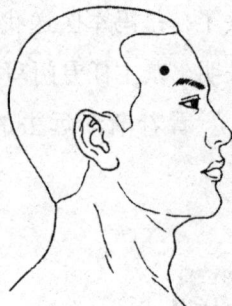

图 8　新明 2

二、操作

对急性者一般仅取主穴，陈旧性者加用配穴。新明 1 以 28 号 1.5 寸毫针，左侧穴要求术者以右手进针，右侧穴要求术者以左手进针。针体与皮肤成 45°～60°角，向前上方快速进针，针尖达耳屏间切迹后，将耳垂略向外前方牵引，针体与针身纵轴成 45°角向前上方徐徐刺入。当针体达下颌骨髁状突浅面，深度约 1～1.5 寸时，耐心寻找满意的针感，针感以热、胀、酸为主；如针感不明显时，可再向前上方刺入 5 分，或改变方向反复探寻。针感可传导至颞部及眼区。手法均采用捻转结合小提插，以拇、食、中三指持针，拇指向前呈等腰三角形旋转式捻转，针转幅度2～2.5转，针提插幅度约1mm。强刺激每分钟捻转100次左右，中等刺激80次左右，轻刺激60次左右。一般运针1分钟后即出针。亦可采用电针法，运针1分钟，留针，接通电针仪。新明2，以28号1寸之毫针，找准穴区后针尖与额部皮肤成垂直刺入，缓慢进针5～8分，找到酸、麻、沉、胀感后运用搓针手法，即快速捻转结合提插手法，使针感进入颞部或眼区，针感性质同新明1穴，运用手法后将针退出，再沿皮斜刺8分留针。风池穴以28号1.5寸毫针，针尖向同侧目外眦方向进针，再经反复提插捻转直至有针感向前额或眼区放射。球后穴用32号1.5寸针刺入约1.2寸，垂直缓慢进针至眼球出现明显酸胀感为度，不捻转。若进针不畅或患者呼痛时，应略退出，稍改变方向，再行刺入，直到出现满意的得气感为止。针后，以新明1、新明2穴为一对，接通电针仪，使眼睑节律地跳动，如不出现，可适当调整针刺的角度与方向。用连续波，频率240次／分，强度以患者可耐受为宜，通电30分钟。出针时风池穴再按上述手法操作一次。每周治疗2次，10次为一疗程。疗程间停治3～5日，继续下一疗程。

体　会

本病有自愈倾向，但针刺确能迅速改善症状，并有一定防止复发的作用。尤其是新明1、新明2二穴，均为奇穴，是治疗眼病的经验穴，能疏调眼底和眼周经气，使气血充养于目，是主要用于本病治疗的效穴。著者发现此二穴李聘卿医师的操作方法，一般为采取上述手法后不留针，但从著者的实践体会，李医生的操作手法一般针灸医生不易掌握，且刺激较强，有些病人不容易接受。所以著者主张留针并加用电针，效果显著似更明显。且即使达不到气至病所，也有疗效。但应注意，新明2留针时应将针从直刺退出改为斜刺，否则接通电针仪时易出现颞颞部抽动疼痛不适。对陈旧性患者，单用主穴往往不易较快取效，可加用配穴，其中足少阳胆经之风池穴，是连脑、目之脉络要穴，具有益气通经明目之效；球后为眼区经外穴，可以疏通眼部经气，理气活血化瘀。本方局部与远道选穴相互配合运用，可使气血通畅，目得所养，目明而充沛，视物清晰。

对久治不愈的陈旧性本病患者，除针刺外，尚可采用球后穴注射复方樟柳碱注射液，每侧 1ml，每周 3 次，也有一定效果。

据著者经验，本病初发早期病例，多在首次见效，针后检查视力，即可提高。一般来说，视力可恢复至发病前。但值得注意的是，在视力恢复之后，不宜立即停治。而是最好继续针 4～5 次，以巩固疗效，预防复发。

第十五节　试治眼病

从河南新乡回来，我就找夏院长汇报。

由于当时医院已经扩建，原来的内外科已搬至砖木结构式的新大楼，我们新针疗法室迁到了老外科病房。我提出，鉴于目前业务日益扩大，病人不断增多，加之上了多次新疆广播电台，名声远播，希望一是能将新针疗法室改名成新针疗法科（后来又恢复叫针灸科），和内外妇儿及中医各科平起平坐；二是我刚进修回来，想趁热打铁，最好学习解放军医院，开办眼科病房。夏院长是从南京军区转业来的卫生兵，一个很有头脑也很有军人气质的人，他略一思考，说："你的想法很好，名称改动明天我就在全院的晨会上宣布。至于开病房，我觉得也行，不过不要搞单打一，可以收一些以针灸治疗为主，效果好的病种。如中风偏瘫、腰腿痛之类，适合针灸的眼病病人也可以收进来，积累些经验，逐步扩大"。

经过短时间的筹备，我们的针灸病房就开张了，共 16 张病床。夏院长特地调来两位医生协助我工作：一位有病房经验的神经科医生和一位毕业于上海第二医学院（现上海交通大学医学院）曾被打成右派下放至边疆的五官科医生。另外，充实了几名病房护士。大概是病房设立之后的第三天，从内科转来一个眼底病病人，我很高兴，终于可小试牛刀了。

吃过午饭，我叫护士长小忻将病人领到我的办公室。患者姓姜，是一个五十来岁秃顶的干瘦老头，个子不高，历经风霜的脸满是皱纹，毫无表情。他腰板挺直地坐着，一言不发，使人感到他身上有一种不卑不亢的傲气。我迅速地翻阅了一下病历：原来一周前，正在看图纸的患者，觉得右眼突然视力下降，第二天变得眼前一片灰白，一切都在朦胧中。门诊部就将他转到石河子兵团医学院附属医院，经眼科确诊为"视网膜中央静脉阻塞"。因为患者是个"新生人员"（指劳动改造犯人释放留场就业者，在新疆兵团的专用名词），所以开了点药，打发他回团场继续治疗。看完病历，我感到有些失望。因为我在新乡的一个多月主要学的是"中心性视网膜病变"的针灸治疗，对其他眼底病就几乎没有涉及。而这个病我就从来没碰到过，针灸有没有效果，心里根本没有底。但既然来了，就收下再说吧。我让小忻带他去办了住院手续。

当时，我手头只有一本在新乡新华书店买的眼科参考书，是河北人民出版社出版的河北中医眼科名家庞赞襄老先生撰著的《中医眼科临床实践》。我赶紧找出来，将其中"视网膜中央静脉血栓"一节，细细研读了一番。才知道这实际上是"眼中风"。我又用检眼镜带着患者到新布置的暗房内查了下眼底，发现视网膜静脉确实因为被血栓阻塞而出现高度扩张迂曲，并且有大片火焰状出血。而患者视力极低，只能在距离 5cm 处看到手的摆动。症状非常典型而情况十分严重。根据病人有高血压史，结合全身其他症状，我决定用针灸配合中药进行治疗。中药就按庞老先生所拟的"育阴潜阳通脉汤"，针灸就用我现学的新明穴位。我把我的治疗方案告诉老姜，他一迭连声用浓重的重庆口音说："要得、要得，医生咋说咋行么。"但面部仍无任何表情。

　　这天晚上，建工连的何连长专门来找我，他告诉我这个老姜是他们连的关键人物，希望我能尽力治疗。我觉得奇怪，不过是一个新生人员，有什么了不起？经过他的介绍，我了解到老姜原来是学建筑设计出身的，曾先后就读于同济大学和西南联大，在抗日战争最艰难的时刻，他响应当时国民政府"十万青年十万兵"的号召，投笔从戎。他先是在远征军中做美军的翻译，后来官阶节节上升，当解放大军挺进大西南时，已做到重庆城防副司令。由于负隅顽抗，重庆解放后不久，他被判刑二十年，送往新疆劳改。因他有建筑设计一技之长，20 世纪 50 年代屯垦下野地时，在砖瓦木材奇缺的情况，当时的领导将他从劳改队中借调出来，设计并建造出全部用土坯垒成的美观实用、冬暖夏凉的窑洞式的幼儿园、商店、机关办公房、学校以及职工宿舍，而且这一建筑样式很快推广至整个北疆地区的兵团农场。通过立功赎罪，他被减刑 10 年，提前释放。不久前，他的妻儿也从重庆乡下来到新疆团聚，连里为她们安排在五七班（由家属组成的临时工，不列入职工编制）。刚完工的新的团部办公楼和我们医院大楼，也是主要由他主持设计的。这一次他是在连夜赶着绘制新的团部百货商店设计图时发病的。我告诉何连长，作为一个医生，面对任何一个病人，不论他出身如何、不论他贫富贵贱，在治疗上我都一视同仁。不过他这个病，我也是大姑娘上轿第一次，确实心中没有把握，只能尽力而为吧。

　　第二天上午查房时，老姜早早地坐在床沿等我了。为他针灸时，发现他的耳垂及周围组织有些发硬、肤色也不对，他淡淡地解释说是刚进新疆劳改时不懂得防护，冻伤后造成的。这为新明穴的进针造成困难，连扎了几针针身都弯了，我只得换用 26 号的粗针，当针快速进入皮下时，他半侧面孔抽了一下，我问他是不是有点痛，他仍然目无表情地说："没得事。"我按李医生教我的方法施行提插加捻转手法，但因为针具太粗，加之局部肌肉有些硬结，运针困难，所以针感并不理想。就这样，治疗了一周。每天他都是认认真真接受针灸治疗，自己搭了个炉子熬煎我依样画葫芦开的中药。然而，视力并无改善，眼底的出血吸收也不明显。出师不利，心中颇感着急。这时我想，是否应该改变一下针灸治疗方案，一是新明 1 穴针感不好影响疗效，二是单用两个新明穴是否势单力薄，难以对付这样的重症。李医生的经验固然宝贵，但也应当发挥我针灸医生之长。于是，我加用了攒竹、丝竹空等眼周穴和球后、承泣等眼区穴。在选用眼区穴时，我特别谨慎，因为眼内血管异常丰富，针刺稍有不当就可引起皮下血肿，眼周一片青紫，而且多日不褪。我不敢取睛明穴，因为此穴发生出血概率高，对其他眼区穴位，我也尽量用细毫针刺入，缓缓刺至有针感立即停止进针，不敢刺得过深。同时考虑到该病是静脉血管阻塞所造成，为了加强活血通络的作用，我还用三棱针在太阳穴刺血。过了三天，不知是中药的作用还是我增加了穴位的缘故，我在查房时，老姜冷漠的脸上显现出几丝笑纹，目光中多了几分信任。他告诉我他的右眼可以看到眼前晃动的影子。我赶紧查了一下，发现果然视力已从原来只能见到手掌摆动而上升为在 20cm 处能正确分辨手指的多少，这应该是一个很大的提高。我用检眼镜窥视眼底，出血也有吸收的迹象。我为初战成功而高兴。他还从枕头边取出了一个棕色的大瓶子，说是香港一个朋友寄来的，问我能不能配合着吃。我接过一看，是毛冬青片，有扩张血管的作用。便嘱咐他照上面的要求服用。

但就在这一天治疗时出了事。

为了乘胜追击，我加强了针刺的深度和刺激量，眼区穴我还不敢放胆，便在眼周穴下功夫。我取了攒竹穴，从其略外侧的眶上孔，用 28 号 1.5 寸毫针刺入，进针深达 1.3 寸，患者觉得酸胀异常，留针 20 分钟。留针期间无任何异常，但当我将毫针取出时，他的右上眼皮突然如闸门般一下子关了下来，不到一分钟，右眼就肿得像扣了半个核桃，怎么也睁不开了。糟了，肯定是不慎把那根重要的眼内血管刺伤了，而且出血量不少，全部汇聚在上下眼睑。我连忙叫他躺下，让护士小忻用消毒纱布在蒸馏水浸透反复给他冷敷。

第二天查房时，他还像以往那样坐在床沿上等我治疗。我见他四分之一的脸都青紫了，有些内疚地说今天就不针了。他立即求我说，"这算得了啥子么，我比昨天好多了，眼睛可以睁开一点了。你放开胆针，没得

事。我只求眼睛早点好。"他的瘀紫斑过了二十二天才彻底退清。由于他的坚持，这中间一直没有停止针刺，而且还发现，凡是针刺的穴位，瘀斑的消退往往都要快一些。后来，在我带过的一位研究生的课题中也证实了这一点，可能与针灸的活血作用有关。也就在这些日子里，他的视力在不断提高。经过一个多月的住院，他右眼视力从手动一直上升到0.4，视网膜上的出血也明显吸收了。因为何连长反复催促，他当然不可能再住下去。出院那天，他的妻子拉了个架子车来装他的被褥和住院用具，他走到我的面前深深鞠了几个躬，念念有词地说："张医生，谢谢你啰！谢谢你啰！"尽管历尽沧桑的脸上仍看不出什么表情。

我再次也是最后一次见到他是在1980年的三四月间。那天晚上，我是病房总值班，也就是负责全院的夜间值班。大概是半夜十二点钟的光景，门诊急诊室送来一个深度昏迷的病人。我一看正是老姜，只见他双目紧闭，面色潮红，发出鼾声样的不规则呼吸，盖的被子上残留着难闻的呕吐物。我初步检查了一下，发现瞳孔散大，右侧肢体瘫痪。考虑是急性脑出血，我立即安排抢救工作，因为情况紧急，让护士请来了内科杨主任，请他主持。等一切停当，亲自护送他来的何连长才告诉我发病的经过：原来这天晚上建工连召开全连大会，讨论上级布置下来的百分之一的奖励工资加给谁的问题。也就是一百个职工中，有一名职工可以优先加一级工资。这是打倒"四人帮"以来，实际上也是从"文革"以来，第一次加奖励工资，对长期处于低工资水平的兵团职工来说，确实是件大事。出乎何连长意外的是，全连职工竟然一致同意将该连统共两个名额的指标全部奖给老姜，也就是让他这个一直拿38元9角2分工资的人，连升两级。偏偏这天老姜因血压高请假没来参加会，所以会议一结束，何连长便兴冲冲地亲自上他家报告这个喜讯。谁料到老姜还来不及说出一句诸如感谢之类的话，突然仆倒在地，一阵抽搐加上一阵呕吐，便不知人事了。何连长掐了半天人中，毫无用处，便赶紧发动拖拉机送了来。说至此，何连长有些不解地说："咋会恁巧？"我告诉他，老姜本来有严重的高血压病，这个对他来说的特大喜讯来得太突然，他一时承受不了，导致脑血管破裂。

不知怎的，我忽然联想起初中时读过的课文"范进中举"。当然，可能不光光是钱。

老杨主任指挥着抢救了两个多小时，终究没有能让他活过来。军人出身的何连长，把嘴角上的莫合烟（一种临时用纸卷着抽的劣质烟）狠狠一摔，难受地叹了口气："真没想到！反而害了他。"

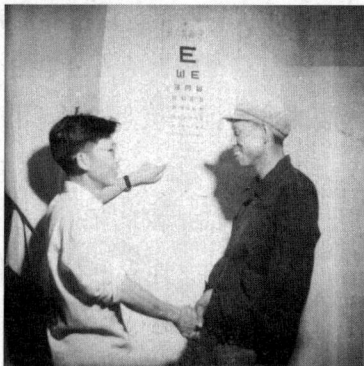

在为一位获效的眼病患者查视力，左为著者。

第十六节　发表论文

1978 年起，随着国家科学大会的召开，我尽管远在边疆，也深深感到科学春天的到来。有一天，女友梁行（后来成为我的妻子，我们厮守终生）从 39 公里外的一四二团来看我。她和我一样，也是 1966 年从上海支边到新疆的知青，在所在的团医院传染科当医生。她带给我一本杂志，是当年第一期《人民文学》，大概看的人多，书皮已卷成一团。里面有徐迟先生的长篇报告文学："哥德巴赫猜想"。其实这篇文章我早就听中央电台播过，为文中的主人公数学家陈景润的坎坷遭遇感慨万千，他后来理所当然成了我们这一代的楷模。不过梁行带这本杂志是有用意的，她对我说，"人家陈景润做了很多科研写论文，我在想，你治了这么多病人为啥不写写论文。"我被她的想法吓了一跳。是的，这段时间的报刊，一涉及知识分子，就会提到发表"论文"之类。其实这两个字在我心中是高不可攀的东西，是专家学者的专利。像我这样的"三脚猫"（上海话，比喻对技艺略知皮毛的人），是根本没有资格碰的。再说，论文到底应该写什么、怎么

写，我也没一点谱。这岂不是异想天开！

梁行是个较真的人，第二个休息日她来看我的时候又带来了几本她托人要来的石河子医学院的学报《石医资料》。她说："这里发表的都是论文，我觉得呒啥了不起。你有临床，又能写，完全可以学他们的写法写。"我仔细地翻阅了一遍，有基础医学也有临床医学，几乎都是西医的，不要说写，连看也看不太懂。不过，后来我发现里面有个栏目叫"个案报告"，写的是一个个临床病案，虽然也都是西医的，但这样的医案我也有。于是想到以前发生的那两个使我始终无法释怀的案例：一个就是前面叙述过的姜大娘的腰腿痛，穴位注射环跳穴后在一个月内莫名其妙接连不断地沿着大腿外侧足少阳胆经线路出现八个瘀斑；另一个是老申，他是十一连的农工，去年即 1977 年 11 月 18 日在我们新针疗法科初诊的。他有癫痫病，属于精神运动型的，这八年来反复发作，开始吃药还行，后来不顶用，加大药量也压不住，就试着来找我针灸。我取了内关、通里、太渊、丰隆、三阴交等穴，目的是宁心健脾化痰。当我用 32 号毫针针刺通里时，老申自觉有一股酸胀之"气"，由手臂内侧向上传导到腋窝。当我采用提插加捻转的热补手法时（这是从新乡解放军医院李医生那儿学来的），他告诉我手一捻针时，就有一股股气直往上窜，这条气的循行线路有食指宽，而且分明是沿着手少阴心经传导的。在针足内侧踝上三寸的三阴交穴时更出现奇怪的现象：老申感到酸胀之"气"先向下沿足太阴脾经这一经络线路传导至足大趾内侧，当采用上面的热补手法后，他又感到这股气忽然从小腿外侧相当于丰隆穴（外踝上 8 寸）处窜出，并且大致沿着足阳明胃经的线路上行。更令人称奇的是，针刺另一侧三阴交也出现同样的情况。尽管上面的现象是老申口述的，但我仍深信不疑。因为老申是从甘肃高台"盲流"来的，大字不识一筐，根本不懂针灸知识，再说又是初次针灸，不可能造假。因为当时经络感传现象及其本质的研究是我国针灸界乃至生理学界的一个热点，于是，我将这两个案例放在一起，并取了《二例经络感传现象》这一题目。让梁行托人带给《石医资料》编辑部。

大概过了三个月，团宣传科的老骆干事忽然来到我们新针疗法科，老远就眯起双眼笑着喊："小张，你的论文发表了。"他把一个牛皮纸袋"啪"的一声放在我的诊疗桌上。原来，他上石河子兵团医院补牙，碰到学报编辑部主任，此人又是老骆在湖南军区工作时的老战友，所以顺便让他带来。我打开一看：里面是两本绿条白底印有《石医资料》1978第2期字样封面的杂志和两沓作为稿酬的稿纸。我在"来稿选登"栏目下，找到了我写的题目和我的名字。尽管不到一千字，但这毕竟是我平生第一次在医学刊物上发表文章，也是平生第一次用铅字印刷上我的名字。激动得我心狂跳不止。

我立即上团部邮局寄了一本给梁行，让她也分享我的喜悦。星期六的下午，她匆匆地背个包赶了来，大概为了犒劳我，她特地买来了好几瓶炼乳。然而当我兴致勃勃谈起那篇文章时，她却兜头浇了盆冷水。她告诉我，她问了她们内科主任，一个因带了右派帽子从上海一家医学院下放到新疆的神经病学专家，说：这只是个案报道，从严格意义上说不能算论文。我有点困惑，那什么才叫论文？梁行也说不清，"我也拨伊（给他）讲得云里雾里，反正侬（你）自己去动动脑筋吧。"

我又仔细地读了这本杂志里面的其他文章，发现长篇大论的文章有四类，一是基础研究，二是临床观察，三是文献综述，四是调查报告。我想这总应该是论文吧。临床医学栏中，有一篇文章的题目是"急性感染性多发性神经炎61例临床分析"。我就联想到，从1976年年底开展眼病的针刺治疗以来，无论门诊还是住院的病人也积累了百例以上，而且我都是做了详细记录的，是不是也可以做个临床分析呢？于是，我把保存在一只纸箱的门诊病历和档案柜中的住院病历找出来，把其中我碰到最多的眼病"中心性视网膜炎"，进行归纳总结。对照那篇文章依葫芦画瓢，便很快写出了一篇《针刺为主综合治疗中心视网膜炎23例临床分析》的文章。里面写了我用新明穴结合中药四物汤、明目地黄汤等，以及用维生素 B_1 注射液、肌苷注射液球后注射等法治疗该病的经验，后面几种方法是我自己摸索出来的，对陈旧性中心性视网膜炎也有较好的效果。因为有积累的临床资料，又有现成的模仿模式，很快就完成了近两千字的文章。这次，我托老骆寄给了杂志编辑部。大概是通过熟人的关系，所以过了不久，编辑部很快用挂号信寄还给我。我一看，整篇文章改得一塌糊涂，而且是整段整段地删。编辑部的意见很简单且不容置疑：让我再抄整后，认真核对数据后寄回。我抄了一遍，结果全文只落下不到400多字，还不到我原稿字数的四分之一。我心中十分失落，这算什么论文。寄出该文后，我觉得，我必须再写一篇真正称得上是论文的文章。写什么呢？我为此苦恼不已。于是，又重新拿起《石医资料》研究。当看到标为"调查报告"这个栏目标题时，我的心被触动了一下，数年前的往事浮上我的心头。

那是1973年的秋天，正是北疆农场抢拾棉花的大忙季。一天，夏院长把我叫到办公室，我发现等在那里的还有传染科的苗医生。平时十分开朗的夏院长，今天神情有些凝重。他说，刚才团部倪副参谋长专门找了他，说是全团不少连队出现了一种怪病：以胸痛为主，多数还伴有心慌气短、胸部发闷，吃药打针，都不管用。其中以二连发生最多，而且以铁姑娘排为主。不仅严重影响了秋收进度，更重要的是搞得人心惶惶，引起恐慌情绪。所以，医院决定，派我们二人去二连蹲点，一面迅速弄清病因，一面进行治疗。夏院长说，之所以派我去，是因为这个病以疼痛为主，针灸止痛效果好。他特别关照我，你要好好发挥一根针的作用。

苗医生也是上海人，川沙县（现浦东新区）的，他早年考入兵团医专（石河子医学院前身），毕业后留在学校当老师，重点搞流行病学。因为家庭成分有点高，"文革"时，和他爱人小许（也是该校毕业的上海知青）一起下放到我团，已经近两年了。他人瘦长，平时上身穿一件灰色对襟中装，下面是一条挺括的西裤，为人和善，脸上总布满笑容。

第二天一大早，我们俩就各骑了一辆自行车来到离团部约三公里的二连。因为知道我们要去，得病的姑娘们都集中在场上剥棉桃，没上大田。我们坐镇连部卫生室，由卫生员一个个叫来检查。发现病情基本上相同：最主要的症状是胸痛，并可观察到胸部有一个拇指大小的肿起物，压上去有疼痛感。而明显的压痛点多发生在肋骨与肋软骨交接处，这个肿物多数出现在一侧的第二肋软骨处，但少数也发生于两侧，或者不止一个。到中午的时候，当卫生员给我们每人端来两个白面馍和一份辣椒炒肉时，检查工作也基本告一段落。这是什么病，我自然是一头雾水，连苗医生心中也没底，但从短时间内同时这么多人发病，症状也类似，且以青壮年为主，多数是女性，可以断定是一种流行病。我们决定先回医院查资料后再说。

　　苗医生毕竟是受过正规教学的医生，又在医学院校搞过多年教学，还没到下班，他就挟着本书急匆匆地找我来了。原来这个病医学书上已有记载，叫做肋软骨炎，因为是肋软骨的非特异性、非化脓性炎症，所以又称非化脓性肋软骨炎。它是德国学者 Tietze 于 1921 年首先发现和报道该病。因此也叫 Tietze 综合征。所描述的症状、体征和我们上午见到的如出一辙，而且书中也提到：多数病例为青壮年，女性居多，老年人亦有发病。但写到最后，却是这样的两句话：由于本病的病因目前还不清楚，尚无确切的治疗方法。苗医生笑着，双手抱了个拳说："我已经负责把病搞清楚了，治疗上就拜托你了。"我急着摇头说："这个病我还是第一次听说，这不是逼我上梁山吗？"苗医生说："你不要急，夏院长不是要你发挥一根针止痛的作用吗？你是不是可以从针灸治疗想想办法。"这句话提醒了我。不过，胸部针刺不安全，进针不当容易引起气胸等事故，再说患者多为姑娘，叫她们袒胸露臂的也不方便。于是我想到了用穴位注射配合梅花针叩刺，和苗医生商量后，决定先以梅花针对肿物局部（即阿是穴）、背部及手臂外侧的支沟穴行中等度叩刺。每天 1 次。再将醋酸氢化可的松 2mg 加 0.5% 普鲁卡因 2ml，混匀后注入阿是穴区。5 天注射一次。那时农场医院也缺医少药，用了几天，夏院长出来说话了，可的松价钱贵，加上院里存货不多，主要用于铁姑娘排的患者；其他的患者单用货源充足价格便宜的普鲁卡因。这样，客观上就分成了两个对照治疗组：针刺加单用普鲁卡因和在此基础上加激素。为加强效果，我就改成两天治疗一次。在治疗过程中，患者都反映，用梅花针叩刺后立即感到胸部异常轻松。经过半个月的治疗，大多数病例都获得痊愈，一场怪病风波很快平息了。

　　想到这里，我决定将这一次临床经历写成论文。于是便找到苗医生，谈了谈我的想法。苗医生笑着连连点头，然后说："不过，作为一篇完整

的论文，还要有随访的内容。"我不懂地问："什么叫随访？"他解释道："就是治疗结束后，过一段时间再去病人那里做一次访问，了解一下有没有复发的病人，有多少病人复发。总结之后，写入文章里，这就能表明用这种治疗方法的远期效果如何。"我一听就说，"好，明天是星期天，我们早点起床，争取一天把几个连都跑了。"苗医生笑着点点头，有些无奈地用上海话说："看来我又是慢郎中碰着侬迪只（你这个）急惊风了。"在苗医生的指点和协助下，我迅速完成了"非化脓性肋软骨炎 58 例调查报告"一文。他作了认真修改，并且一定要以我为第一作者，他作为第二作者。我没有通过熟人，直接从邮局挂号寄了出去。

1979 年年初，在更名为《石河子医学院学报》的第一期杂志上，我的两篇文章同时刊出，《针刺为主综合治疗中心性视网膜炎 23 例》作为"短篇报道"；而在"预防医学"拦下，我们的《非化脓性肋软骨炎 58 例调查报告》一文，赫然在目。

为此，我始终深深感谢上面这些人，特别是我从未谋面的《石河子医学院学报》编辑部的编辑老师。没有他们的提携和激励，我是不可能完成这些文章的。同时，也因为这几篇文章，使我在报考研究生时顺利了不少。这已经是后话了。

第二章

咸阳学道

第一节　报考

1977年夏天，这是我进新疆后第三次回沪探亲。和前几次不同，我除了陪着益发显老、背已弯曲的婶母或在家谈新疆见闻，或上公园锻练、上商店购物，还以准女婿的身份出入于沪西林荫匝道的永嘉新村梁行家中。当时梁行也在上海，在南市区一家区级医院进修心电图。

我与梁行相识，纯属偶然，甚至带有点戏剧性。那是上一年的早春，边疆大地还是被冰雪覆盖得严严实实，显得特别寒冷。一天，团政治部刘主任找我去谈话，记得就在离医院不远他的家中。说团里准备推荐我作为一三三团的代表参加即将在乌鲁木齐召开的新疆维吾尔族自治区第一届上山下乡知识青年代表大会。每个团只有两个名额，另一位是四连的维吾尔族知青。我作为"可以教育好子女"的代表，还要在大会发言，所以是很光荣的，让我好好准备。所谓"可以教育好子女"是"文革"的产物，专指对那些出身成分高（"地、富、反、坏、右"五类分子）而思想表现好的人。进新疆之后，我已经不止一次位列其中。不久，我们在石河子农八师师部集中后，一车人马住进了乌鲁木齐新开张的红山饭店。当天下午，我们全体代表就马不停蹄在乌鲁木齐冰雪尚未融化的大街上，浩浩荡荡地游行了一圈。刚回到饭店，屁股还未坐热，突然一个人通知我去开会，说是十分重要。会议室不大，我们围坐在一张长方桌前，因为不知道怎么回事，没一个人说话，气氛有些紧张。过了大约五分钟，匆匆进来一个戴白塑料框眼镜的中年人，表情严肃地从挟着的皮包中掏出一张纸，发出低沉的声音，说是根据自治区革委会紧急通知，我们这十六名准备在大会上发言的代表，要立即回去修改发言稿，一律增加"批邓，反击右倾翻案风"的内容。这个突然袭击，不仅使我们这些发言代表目瞪口呆，也使得旁边的各师带队的领导面面相觑。因为这个发言稿，我光是石河子跑了二次，可以说是字斟句酌，数易其稿。这说改就改，怎么来得及。但一言九鼎，会一开完，带队的沈主任立即将我和另一位发言者，叫到他的房间，反复讨论修改方案，直至深夜。第二天上午是大会开幕式，果然从横幅到领导讲话都是充满口诛笔伐的火药味。下午是大组会议，沈主任叫我们不要参加了，各自在房间内修改发言稿。我笔头较快，到四五点钟光景，已经划上了句号，只等沈主任验收了。因为昨夜没睡好，我想靠在床上打个盹。忽然门铃响了，门口站着个姑娘。她颧骨略高、嘴巴稍大，但首先引起我注意的是那个翻在灰铁色涤卡上衣外的白衬衫领，上面绣了一圈红色的花。她径直问道："你怎么没有来参加下午的大组会？"我记起来了，在石河子招待所集中时大家自我介绍时见过。她是我们一个师的，在一四二团一个连队当卫生员。全农八师的代表中，就我们俩是搞医的。我立即热情地请她进门，问："有什么新的精神吗？"她摇摇头，却用上海话问："侬挨（也）是66年来的？哪个区？"我点点头："静安区。"她说："我是徐汇格（的）。"正说着，同房间的人回来了，她就告辞了。她就是梁行。在之后的六天会议，除了大小会议坐在一起，我们没有过多接触。只是从材料中和大组发言中，我对她有些了解。她是十五岁、刚读完初中二年级那年，坚决报名来新疆的。因为拼命工作，年年都被评为先进，先是通过培训成了连队卫生员，后来又入了党，成为先锋分子的一员。凑巧的是，在会议结束回师部的大客车上，我们的位置被安排在了一起。一路上我们谈得很多，在分别时，她握了握我的手，说："你能不能寄本入门的针灸书给我，我也想好好学一学。"回医院后，我寄了一本《快速新针疗法》给她。之后，我们开始了通信，开始了来往。后来成了恋人。

记得是一个炎热的周日下午。她的哥哥，上海一家大型机械厂的工人，有些神秘地告诉我们，上午他们几个中学同学聚会，其中一位的父亲是刚解放（指"文革"中被打倒的干部重新出来工作）不久的原市委书记处书记，透露出一个重要的信息：国家将恢复高考！

我的心为之一动。高考，进大学，一直是我挥之不去的心头之结，也是我心头之痛。十多年前的高考屡屡失利，从1971年开始的招收工农兵大学生制度，也从来与我无缘，不管我如何努力，可以获得团、师乃至自

治区的先进工作者，但大学的门始终对我关闭。我的出身，就像毛主席所说，是打上的一块"阶级烙印"，洗不去，刮不掉。所以心动之后，慢慢也就平复了。

不过，在过了几个月之后的 10 月 21 日清晨，当团部的大喇叭播送了新华社关于恢复高考的消息，我还是激动不已。而真正打开我心结的是两件事，一件是一份文件的传达，我记不清是这一年的冬天还是第二年的初春，在医院会议室莫合烟的腾腾烟雾中，团组织部的郭股长在胖胖的医院党总支栗书记的陪同下宣读了中央的一个重要决定，具体内容忘得精光，但关键的意思我永生难忘：以后无论升学提干再也不讲阶级成分了！走出会议室，外面是清冷的月光照着一片白皑皑的雪地，我大口呼吸着清冽的空气，只觉得浑身轻松，一种脱去枷锁之后的轻松！另一件事是福弟参加了 1978 年"文革"后首次研究生入学考试。1966 年我们刚到六连，就听老职工说，浇水排有个上海"怪人"。此人一怪是不讲卫生，身上衣服从不洗，循环穿，就是脏了换一件，换光了又从第一件脏衣服穿起，没有穷尽，直至扔掉。被窝同样不铺不洗，虱子成堆。同宿舍的人实在难以忍受，就将其的柳条把床搬至宿舍当中，在四只床脚周围洒上"六六"粉，据说每天早上都可扫到一小堆奄奄一息的虱子。新来的倪连长也就是后来的倪副参谋长，看不下去，让一个身强力壮的女职工用代工的方式，强制为他清洗衣被，足足洗晒了三天，把这个甘肃大嫂累得差点没趴下。第二怪是极少与人讲话，干活时闷声不响，空下来或发呆或看书。"文革"开始，连队也抄过几次家，抄出一大堆书烧了，只是他的书几乎都是一般人读不懂的数学书，不属于"封资修"范畴，所以拿走的不多。我因好奇，专门去窗口张过一眼，只见他一人盘腿坐在床上，头发极长如乱麻，面孔污黑，穿一身破洞甚多的兵团式军服，捧一本书，神情专注如老僧入定。尽管四周都在打扑克叫闹，对他毫无影响。后来我了解到，他曾就读于上海教育学院，毕业后被一杆子插到底，分配到新疆北部边境塔城的一所中学教书。1962 年发生著名的边民外逃的伊塔事件后，在他的档案中发现其多名亲戚在国外，也就是说有严重的海外关系。于是，立即将其遣送至我们团，并下放为农工。1978 年，我国恢复了研究生招生，他是我团第一个也是唯一一个报名的。他不仅获得批准参加，而且堂堂正正挟着厚厚的俄汉大词典（这一年考外语是可以带词典的）走进了石河子研究生考场。虽然，最后他因为成绩没有被录取，但这件事的示范效应非常之大，特别对我：阶级成分确凿不重要了！

就像冬天里的一把火，一种从未有过的激情在我的胸腔中涌动。我终于决定参加高考，实现十多年前的愿望。然而冷静一想，我又颇感踌躇：考本科还是考研究生。考本科，我心有不甘，被"文革"耽搁了十多年最好的青春岁月，自己已经三十出头；以同等学力的资格直接报考研究生，我心里又感到发虚。虽然，这些年来，我没有放弃过学习，但一是缺乏系统的学，学习的目的就是为了临床需要，说得好听是活学活用，实际就是现学现卖；二是缺乏全面的学，针灸学涉及面很广，包括中西医知识，有基础理论，有诊断治疗，而我的知识结构则几乎局限于针灸临床治疗，尽管积累了一些临床经验，但考研究生是派不了多少用场的。更头痛的是外语，我只是在高中时学过三年英语，当时掌握的也多是政治词汇。边疆十余年，外语书也早作"封资修"不知摔到哪去了，连一个字也没碰过。据说，福弟没被录取，外语分数几乎近零也是一个重要的因素。

正在我纠结不已时，梁行来了。这时她已调到团医院传染科当医生。我们团和她所在的一四二团相距虽然只有 39 公里，这在土地辽阔的新疆本算不得远，但因为不通班车，来回只能靠在公路拦便车，偏偏多数路过车又不肯停或不顺路。平时还好，一到冬天，在零下二三十度，一等数小时，真不是滋味。这一天，她也是直到天黑，手脚已冻得发僵，在已经绝望时，恰好碰到我们团汽车班许班长的拉煤车。

她还没听完我的叙说，就用毫无商量的口气说："就考研究生！立即复习迎考。我都替你打听好了，五月份考试，还有好几个月的时间。"边说，边从背包里拿出厚厚的一沓书，"这些都是参考书，我为你找的。"我翻了一下，是西医的《解剖学》《生理学》和一套谢大成先生主编的《医学英语》。梁行最后说："放心，我全力支持你。"又掏出一大块火腿和一些食品，说是她上海的老父亲托人刚带来的。她给我一锤定音，我也当即下了决心。中医的参考书，前几次探亲回上海时，在新华书店和福州路旧书店买过一些，平时没怎么动过，当晚赶紧找了出来。

第二天，我就投入了紧张的复习，实际上是学习之中。当时，我们新针疗法科已更名为针灸科，并扩大至五个门诊室（三个针灸室、一个五官科室和一个理疗室）和四个病房共16张床位。我既要门诊治疗又要管病房，忙得一塌糊涂。为了腾出时间复习，除了上午门诊不能缺，下午吃完午饭就抓紧查房。科室的医生护士都十分支持我，尽量不来打扰我。每天天不亮我就起来记英语单词，查房结束后，我就钻到医院旁边的果园里看书。晚上不论是否值班，我都用功到深夜。我发现，这十余年的临床真是没有白过，它使我无论在阅读中医或西医书籍时都能迅速理解并融会贯通。因此，复习不仅进度快，而且成为一种乐趣。这是我之前没有想到的。

三月份我到石河子报名，在招生院校的名单发现有上海中医学院，我很想将它作为第一志愿，但立即抑制住这一冲动，觉得自己还有距离。所以就填报了东南地区另一所有名的中医学院，将与新疆同属于西北地区的陕西中医学院作为第二志愿。五月中旬的一天，我终于在时隔十五年之后，又一次坐进了高考、同时也是研究生考试的考场，石河子市一个敞亮的中学教室。打开试卷后，我紧张的心情慢慢放松了，题目并不如预想的难，包括我最没底的英语。尤其是最后一天的针灸专业的试题，更是容易，我几乎提前半个小时就做完了全部答题。三天考试结束，我自我感觉不错。回到一三三团时，梁行已经坐在我的宿舍门口，和老关大爷一起包韭菜饺子等我了。

然而，事与愿违。在眼巴巴的盼了一个多月后，一天我从医院收发室接到一封薄薄的挂号信，正是那个学校寄来的，当时我有一种不祥的预感。颤抖着手打开信封，果不出我所料，寥寥数行字，意思是因名额有限，未能录取；材料已转至第二志愿单位陕西中医学院。随信附了张考试成绩单：针灸专业98分，只有一门科刚不及格：中医基础59分；总平均分为 67 分。我既感到沮丧，又很不平，因为在当时的情况下，这一分数并不算差。难道是因为我是自学出身的同等学力之故。过了一周之后，我又收到陕西中医学院研招办措词更为强硬的回信："经研究决定，不予录取。"这一下我算是彻底绝望了。

屋漏偏逢连夜雨，在研究生考试失利之后不久，我发觉咳痰增多，开始我并不注意，有一天早上在一口吐出的痰液中竟带了几根血丝。我便警觉起来，马上进行 X 光检查。X 光室的老古医师皱着眉头仔细的看了又看，让我再拍片。结果证实我的右肺上叶有一硬币大浸润病灶：肺结核。要求我立即住院，隔离治疗。我知道，这与我近一段时间来过于劳累，又缺乏营养，免疫力下降有关。梁行听到这一噩耗，赶紧带来两瓶从意大利进口的治结核病的良药"利福平"，原是专门供应团以上干部的，她因是传染科医生，所以也就近水楼台先得月了。但钱要自己出的，这药很贵，一瓶相当我一月的工资。夏院长立即签字给报销了。从医多年的我自然知道这个病的严重性，我的心情可以说坏到极点。梁行处世比我大气些，说："还好没有录取，真的录取了还不是要退回来，那才真的想不落（不通）呢！"我只好苦笑。她又安慰说，"连你们那位'陈景润'（指福弟）也考不上，你有什么好伤脑筋的。住院最好，你可以趁这个时间，一面养病，一面复习。有今年这个基础，明年必上无疑！"

就在此时，我忽然接到一封信。那上面的字笔力遒劲有汉魏之风，落款为陕西中医学院郭。这个"郭"是谁？为什么给我写信。我满心疑惑地拆开信封，工整的字迹写满一张信纸，竟是我报考的导师郭诚杰教授的亲笔信！他告诉我，因为前一段时间他出访日本，不久前才回国。他读了转给他们学院的我的全部试卷，觉得我考得还是不错的，基础也是可以的。可惜因为转得晚了一点，学校的研究生招生工作业已结束，而又适逢他外出，所以未能录取。今年他也没有招收到合格的研究生。最后说，"你要继续努力，明年你就考我的研究生吧！"这天，梁行恰好也在，我们俩久久捧着这封信，激动不已。我是个情绪不轻易外露的人，这一次我真正地淌下了泪水。

于是，我开始新一轮的投入复习。恰好，传染科照顾我给了我一间单独的小病房，我就把书搬了来，一边配合医生积极治疗，一边重新复习，把重点放在我的薄弱点中西医基础理论。就在我的病逐步恢复，复习卓有成效的又一关键时刻，梁行接到了调令。根据党中央上山下乡青年可以顶替退休父母工作的政策，她将告别生活工作了近十四年的新疆回上海顶替从银行退休的父亲的工作。我为她高兴，但也为失去这么一个有力的助手而深感惆怅与无奈。走的那天我专程去一四二团送她。她告诉我，决定中途在咸阳下车，亲自去见郭老师，介绍我的情况，同时将我发表在《石医资料》和《石河子医学院学报》上的三篇文章送给他指正。我们握手告别时，她说："放心，我们一定会再次团聚的"。

不久，我收到了梁行厚厚的一封信。信是这样写的："我现在是在郭教授家给你写信。自2日上车后一路拥挤，车厢过道均无插足之地。54次（从乌鲁木齐至上海的54次列车）偏偏又不停靠咸阳（陕西中医学院所在城市），是否中途下车，我犹豫得很，因为一下车很难再挤上去。但是一想到我们的命运，一想到此行你对我的希望，我决定下车。昨天晚上11时45分我从车窗跳下了车，在宝鸡车站的候车室等了3个小时。今日凌晨2点53分又坐上慢车，于清晨6时到达咸阳站。一夜没睡。咸阳城市很不错，比乌鲁木齐强。我到郭老师家时，他正好上班去了，他的老伴接待了我，并且立即让她的外孙女（后来我知道应当是他的孙女娟娟）去叫了回来。郭老师是个极忠厚的长者，他老伴则是典型的农村大娘。都是陕西人，均60岁左右。他们待人诚恳热情，一定叫我睡一觉。并特地为我在里间铺了一张床。立刻叫外孙女去割肉买菜（她女儿在农村，儿子在县里）。中午，郭老师亲自回来做菜，吃饭时，给我夹了很多肉，吃得我直想吐。我将你的家庭和学针灸的情况都向他讲了，你的几篇论文也交给他了。他告诉我，今年考针灸专业的研究生的科目和参考书范围可能有变动，要到三月初才能决定。另要增加一门医古文。总之是越来越难了，你要有思想准备。我请他一旦确定参考书范围后告诉我，我可以立即在上海买了寄你。他表示同意。"

后来是郭老师亲自送她上了火车，还将一大包木耳和黄花菜硬塞在她的手中，嘱咐她要当好我的"后勤部长"。三月中旬，我终于收到了她航空寄来的当年申请报考针灸专业的主要参考书。第二天，我就带着这些书，又一次上石河子去报考研究生，这次我是孤注一掷，只报了陕西中医学院。

考试与去年一样安排在五月份。因为有了一年时间的复习，特别其中半年我是在病房中全天候用功，加上肺结核由于治疗及时，在报名体检拍片时竟连钙化点也未找见。所以我信心满满地走进考场。但没有料到的是，这一年，也就是1980年，外语与政治改为全国命题。特别是第一天上午开考的英语，和去年拿到的仅仅两张试卷不一样，竟足足九大张，更要命的是，去年考的是专业英语，今年却是公共英语，文理一张卷，除了英译汉各选一题外，其余完全一样。而我一直复习的是专业英语，所掌握的几乎大部分是医学专业词汇。我脑袋嗡的一下，浑身一阵燥热，紧张得连笔都抖得写不成字。但我很快让自己镇静下来，挑选最有把握的题目先做。当我最后一个交上卷子后，心里可以说没一点底。我暗暗告诫自己，不要影响情绪；争取尽最大的努力考好每一门。确实，之后的每一门难度都超过前一年。每考完一门课，就像得了一场病，回到招待所两脚一搁躺在床沿上一动都不想动。记得考试结束，我回到了医院，正好是中午时分。宿舍里老关不在，我煮了点挂面，还没来得及吃，一头栽到床上死睡过去，等到老关将我推醒，已然是第二天早晨了。涨干成一团的面条竟还在锅里。

之后，我心情忐忑地等待着，一个月过去了，没消息；又是10天，仍然音讯全无。1980年6月20日，又是一个令我难以忘怀的日子。这天，夏院长召开全院科室主任会议，研究下旬的工作。坐在我旁边的内科岳主任，轻轻地关切地问我，"可有消息吗？"。我知道他问的是什么，便心情沉重地用主席的一句诗词做了回答："泥牛入海无消息。"会议结束，我沿着林带小道回科室。这时，只见小于兴奋地扬着一张纸边向我跑来，大声喊叫着："电报！电报！"小于是外科的男护士，原来曾和我住过一个

宿舍。我接过一看，立即心跳加速，双眼模糊。电报发自咸阳，上面写道："请通知张仁 6 月 29 日来院 30 日面试陕西中医学院招办"。

三天之后，我踏上了东行的列车。

第二节　导师

2010 年 11 月 16 日，肯尼亚首都内罗毕。在这一天，经过联合国教科文组织保护非物质文化遗产政府间委员会第五次会议反复审议，终于正式通过中国政府申报的中医针灸，针灸被列入"人类非物质文化遗产代表作名录"。为了使这一门造福中华民族健康数千年的独特的古老医学能在现代发扬光大，在我国针灸界严格遴选了 4 名代表性传承人，陕西中医学院的郭诚杰教授就是其中一位。

2014 年 10 月 30 日，人力资源社会保障部、国家卫生计生委和国家中医药管理局共同在人民大会堂隆重召开第二届国医大师表彰大会，授予我国 30 位著名老中医"国医大师"荣誉称号（包括追授一位）。郭诚杰教授赫然在目。

郭诚杰教授是我的恩师。

20 世纪 70 年代末，随着"四人帮"的垮台、全方位的拨乱反正，我国恢复了中断十余年之久的高考制度。当我从《新疆日报》上读到这一消息时，捧着报纸的双手颤抖不停。这对于正在兵团农场打发蹉跎岁月的我无疑是一个从天而降的特大喜讯。我多么渴望圆大学之梦啊。但我也颇为踟蹰：以我高中毕业的学历是考本科还是直接报考研究生？在女友梁行热情支持下我下决心直接报考针灸专业研究生。我开始全身心投入复习迎考。我没了白天和黑夜，痛下决心，以实现人生一搏。在经历了 1979 年报考我国东南的一所有名的中医学院名落孙山和突然袭来的肺结核病的双重打击之后，进入人生低谷的时候，正是素不相识的郭诚杰教授的一封来信，重新燃起了我的信心和热情。在激烈的角逐之后，1980年6月20日傍晚，我从欢叫着的护士小于手中接到了复试的电报。

经过三天两夜火车的长途跋涉，终于到达了心仪已久的古城咸阳。我找了家离学院不远的旅馆，为了不影响复习，我咬了咬牙，要了个价格不菲的单人间。略作安顿后，我首先想到的是去看望从未谋面的郭老师。为了不打扰他的工作，我在傍晚直接来到学院的教职工住宅区，这是一幢幢外观朴实的青灰色三层楼房。郭老师家门前种着几丛红黄相杂的花，接待我的是一位纯朴、慈祥的老太太，她就是郭夫人。她告诉我，郭老师还在学校，如果有急事，可以叫她的孙女娟娟——正在一旁做作业的戴红领巾的女孩去喊。我急忙谢绝了，我说我等他。大约过了半小时，一位个子不高、身材壮实，外貌十分淳朴的老人走进门来，穿一身半旧的灰中山装，拎了一个黑色的人造革包。我知道这就是郭老师——尽管与我想象中的郭教授相去甚远，赶紧站起来毕恭毕敬地叫了一声，并做了自我介绍。郭老师愣了一下，面无表情地听着，最后，他微微皱了皱眉头，用冷峻的目光看着我，严肃地说："你不必来看我，你赶快抓紧时间准备复试吧！"我不由一阵脸红，拎着准备送他的那口袋葵花子，像逃一样走了。

第二天，我除了中午和晚上，到对面的一家小馆子吃了一碗油泼面充饥，一直把自己关在屋子里。除了教科书，我特地把石河子医学院神经病学老师胡裕恒先生赠我的《全国针灸针麻学术讨论会论文摘要》仔仔细细地又看了一遍。胡裕恒先生是一位有很高造诣的神经病学学者，也因为被打成"右派"下放到新疆放了几十年的羊。落实政策回医学院后，对针刺镇痛发生很大兴趣，而且通过实验提出了不少独特的见解。他被邀参加了1979年在北京举行的"文革"后首次针灸针麻各路名家汇聚一堂的"全国针灸针麻学术研讨会"。我通过梁行在医学院的一位老师认识了他，从他那里我获得了大量知识和新的信息。就在研究生考试结束那天，我去看他，头发花白的他在一番鼓励之后，把这三本《摘要》（其中一本是英文的）赠送给我。我读完了之后，只觉视野豁然开阔，现代针灸医学研究的全景呈现在我的面前。这一天，我强迫自己在十点钟前上床。尽管那时咸阳的夜晚显得安静，因为明天是决定我命运的又一关，我翻来覆去只迷迷糊糊地睡了几个小时。

第二天一大早，我们在学生科集合。参加复试的一共9名考生，其中将有4名幸运者。参加针灸专业面试的另一位是个性格活泼的姑娘，因为9名考生中，7名出自本校，都是校友，她和他们谈得颇为热络。此时，正好郭老师摇着一把纸折扇从门前经过，她立即冲上去十分恭敬地鞠了一躬，亲热地问好。郭老师略略点了下头。我心里不由一沉，看来这个对手的来头不简单。学生科的陈科长向我们宣布了考试纪律，并关照下午一点全体在此集合。

面试是在一间教室里举行的。考官分为两排，郭老师居中，均正襟危坐表情严肃。大桌子上放着一台现在已很少见的钢丝录音机。我的桌前，放了一个笔筒，上面插着二十个左右的细长的纸卷。我是平生第一次见到这架势，紧张得心脏似乎要从胸腔里跳出来。郭老师主考，他说："张仁同学，你在筒内抽10个纸卷，每张都有一个问题，你只需回答其中9个。给你5分钟时间准备。"我随意抽了10张，摊开一看，狂跳的心很快平静下来。题目并不难，我放弃了其中一道我觉得可能答不全的题外，就用缓慢的声音做了尽可能详细的回答。特别是最后一题，我综合了《全国针灸针麻学术研讨会》论文的内容，对当前针灸学发展的水平与趋向洋洋洒洒地做了一番发挥。我发现，考官们情不自禁地微微点头，连郭老师的脸也变得有些和蔼了。面试结束，我来到了学校对面，渭河旁的渭滨公园。这时，感到异常轻松，恨不得对平缓流动着浑黄河水的古老的渭河大呼几声。然而事情并没有完。

下午一时我们准时到学生科集合，没有料到的是，立即由陈科长亲自带队，去附属医院作体格检查。自从生了肺结核后，我对体格检查特别敏感。而今天这次检查更是非同小可。即使考得再好，健康不过关，等于白搭。陈科长采取事前秘而不宣，来个突然袭击，大概是怕我们要花招。尽管我的肺部已经多次透视拍片显示正常，但万一给查出什么问题岂非前功尽弃，心情不由紧张。这一紧张就坏了事。第一关量血压，竟发现我有高血压，而且我们 9 人中，大概都和我一样紧张，一下出现了 5 个高血压，超过一半。而我又被发现心动过速，做了心电图，还好心跳没有超过每分钟 100 次。最使我害怕的是 X 线透视，当医师在我的体检单上盖了一个"肺与心脏未见异常"长方形紫色图章时，我的剧烈跳动的心脏立时缓慢下来，再一测量，不仅心率正常，血压也完全没问题。之后，一路绿灯（包括我的其他对手）。正当胜利在望时，不想在最后的综合评估时出了问题。给我做评估的是一位经验丰富的老专家，他反复按摸了我的腹部，最后说我的肝脏肿大，必须在第二天一早做肝功能检测。这就像给我当头一棒。作为医生，我马上联想到，这一年来我为了使肺结核早日康复，服用了大量的中西药物，而不论何种药物都不可避免地要损伤肝脏。这就是我为此付出的代价。如果肝功能异常，肯定影响录取。接过老专家交给我的一沓化验单，眼看着其他竞争者顺利离去，我心情变得沉重。出了医院大门，我忽然发现前面站着个熟悉的身影，正是郭老师，他向我招招手，递给我一张纸："梁行让我转你的，刚到。"我一看是份电报，上面只有四个字："冷静沉着。"抬起头，郭老师的背影已经远去。尽管这是一份迟到的电报，但是对这时的我，又不能算迟到。应该庆幸的是，在我回到上海约半个月之后，我接到学院招生办公室的一封信，告知：您的肝功能检测报告已经出来，各项结果正常。

曲曲折折，风风雨雨。我终于有幸成为郭老师门下的第一名针灸研究生，知识改变命运，实现了我人生的重要转折。三年的朝夕相处，不仅使我的学识跃上了崭新的层次，而郭老师严谨的治学态度、执着的追索精神和正直的为人之道，一直影响和激励着我。应用针刺治疗乳腺增生病和其他乳房病的科学研究和临床实践，几乎倾注了郭老师后半生的全部精力和时间。记得正是我踏进陕西中医学院的大门不久，新华社播发了他的这方面科研成果。来自祖国四面八方的病人潮水般地涌进咸阳。他来者不拒，附属医院住不下，就亲自到处联系床位。在繁重的教学之余，可以说是把一切都献给了科研和病人。每天深夜，我总是学校图书馆的最后一名读者，但当路经教学大楼时，郭老师办公室的灯光也总是亮着的。

1983 年，我研究生毕业，郭老师希望我能留在陕西。我当然也向往在他身边继续学习，但因诸多原因决定还是回沪。他充分理解并尊重我的选择。记得临别前的那个晚上，郭老师亲手扯他富平老家风味的拉面招待我，他自己没怎么动筷子，也没说更多的话，只是一个劲地劝我多吃些。我知道他的心是沉重的，我也同样沉重。

自此一别，我们天各一方，东西两地。1990 年夏天，在西安开全国针麻会的筹备会，我专程去咸阳看他，不巧，他正好外出讲学，只得惆怅而返。之后，虽曾见过两次面，但都是开会，都是匆匆而过。平时，只能靠不多的电话和书信联系。我有新作出版，首先寄他一册；他呢，有人来上海，总要托带木耳、红枣之类的土特产。

2014 年清明节，我和梁行商量无论如何要趁假期去探望他老人家。我们在咸阳西安国际机场下了飞机，叫了辆出租车直奔市区。整整 30 多年过去，完全认不得当年就学时的这个秦国古都了。而印象最为深刻的是那条渭河，我常常在河堤上背英语，当时河水浊黄已近干涸，现在竟然是江面宽阔，碧波粼粼。我们来到学院的新校区的家属楼，正按压着数字门禁时，门突然开了，站在面前的想不到会是郭老师，原来他是特地从六楼下来开门的。94 岁高龄的他除了头发花白一些、略显清癯外，岁月竟未留痕。倒是他笑着说："张仁没咋变，梁行你要是在大街上我是认不出了。"他住的是一套大四居室，在宽敞的客厅落座后，我首先询问师母和娟娟的情况，当年那位朴实慈祥的关中老太太和那个天真纯情的戴红领巾的小姑娘，始终保留在我和梁行的心中挥之不去。郭老师神色有些黯然，告诉我们老太太已于两年前因病故世，而最令人扼腕的是娟娟，在四年前的一次车祸中意外丧生，留下的女儿明年要高中毕业了。儿子英明在城内老校区家属楼，离得远又忙。郭老师一人独居于此，平时只由一位富平老家的亲戚照料他的生活。当我们还沉浸在唏嘘之中时，郭老师早已复归于平静。我想，真是这种淡泊宁静的处世心态，才是他健康长寿的重要原因。郭老师关心地问起我的情况。我说，毕业之后我一直致力于眼病的针灸治疗，尤其是难治性的眼底病，希望为眼病治疗提供一种有前途的传统医学疗法，为针灸临床开辟一个新的领域。同时有些歉意地说：没把您的针灸治疗乳腺增生病的绝活传承好。"啥话！"郭老师不以为意地说："我就主张要开拓、要创新，要有自己的东西嘛。光靠老师传下来的，越传越少不说，学科怎么能发展。我治乳腺病也不是哪个老师教的，还不是在临床上摸索出来的。"

郭老师告诉我，他现在一周还上两次门诊。因为针灸治疗是体力脑力并重的活，所以名医馆的领导给他限定一个上午 10 例患者的名额。他微笑着摇摇头说："那得够，人家老远来，信任你，说啥也不能拒绝。"所以，往往要看 15 到 20 名。照顾他的那位亲戚，是个性格爽朗的中年妇女，插话说，"爷爷一看病就把时间给忘了，中午饭热了又热就等不来他。"又说，"回来之后，午睡上半个小时，就在书房里，又看书又写字。整天没见他闲着。"一提到治病，老人家显得兴致勃勃。他说除了西藏和云南，他的病人已遍布包括港澳台在内的全国各地。他若有所思地说："治病这件事，确实是做到老，学到老。"他讲了不久前一个病例，患者来自河北，得了个乳房奇痒的怪病，久治无效，特地慕名找到郭老师。郭老师也颇感束手。最后，依据患者症候，从金元时期医学大家张子和所著的《儒门事亲》一书中得到启示，用刺血法，竟霍然而愈。最后，他意味深长地说："但这种概率不高。我从医 70 来年，我估算了一下，10 人之中，真正能治愈的也不过一两人；有效的能有四五人也就不错了。当个好的医生难呀。"我不由想起另一位已故的国医大师，上海裘沛然先生的那句诗："世犹多病愧称医。"可见大师的心是相通的。

天色渐暗，我们想请郭老师到外面饭店一起用餐，郭老师一挥手，说："你和梁行不是都喜欢吃我们陕西的饭食，我早准备了，就吃关中的臊子面。"当我大口吞食这当年熟悉的味道时，真正体会到时光流逝如白驹过隙的含义。饭后，我们向郭老师告辞。他一定要送我们，旁边的那位亲戚也说："你就让爷爷送。反正他每天晚饭后得散步一个小时。"他带着我们沿着占地 700 亩的新校区转了一圈，看着一座座设施完善的教学大

楼、樱花盛开的优美校园、路灯下夹着书本行色匆匆的学弟学妹，我为母校的发展，为中医事业后继有人深深祝福。同时心里也暗暗祝福郭老师健康长寿！

然而，我怎么也没有想到，这竟是我们的最后诀别！2017 年 5 月 7 日，走过 97 年不平凡人生之路的郭老师永远离开了我们。当时，我正在国外，是从网上得知这一噩耗的。因为过于突然，感受到的是意外的打击和难以言喻的悲痛。沉痛之余，写下了下面这对挽联，以表达我悼念之情：

　　三载师生　言传身教似渭水长存受益终生　泪别恩师
　　一代国手　德高艺精如秦岭高耸惠泽万众　敬送良医

郭诚杰教授（左）与著者

第三节　攻读

　　1980 年 8 月 26 日下午 7 时许，列车缓缓驶出乌鲁木齐车站的站台。我倚着车窗，看着仍然洒满阳光的楼群、远方逶迤的白雪皑皑天山山脉和高耸的博格达峰，陷入深深沉思之中。十四年来，我一直渴望走出这片土地，但当我真正要，或许是永远要离开她的时候，却又恋恋不舍。我是一周前，结束探亲假从上海回到团场的。到医院的第二天我正式接到陕西中医学院的录取通知。考取研究生，成为团场一件轰动一时的重要新闻，连《新疆日报》也作了报道。鉴于我多年的申请，经过医院党总支全体投票通过，团党委的审批，在我临走之前终于成为一名中共预备党员。

　　9 月 1 日开学的第一天，又是在学生科。现在真正成为同学的是 4 人，两位是本校毕业的工农兵学员；一位来自内蒙古，唯一的女生，也是工农兵大学生，只有我学历最低。我们四人分属三个专业，两名是温病专业，师从后来成为首届国医大师的张学文教授，那位女生攻读的是伤寒专业，我则是针灸学。陈科长介绍了一下历年研究生的情况。该校一共已经招生了三届，第一届最多，有十余人，第二届只录取了一人，一位成都中医学院"文革"前毕业的大学生。他略停顿一下，说："你们四位，是从数百名应考生中挑选出来的，可以说是百里挑一，所以各位一定要珍惜。根据省高教局的规定，上半年属于试读阶段，如果有两门课不合格，一律退回原单位。"这最后的 7 个字，如一把重锤叩在我心上。我觉得这是针对我的，因为我的基础最差。说句令人见笑的话，昨天参观校园时，在教学大楼上，我发现一间办公室的门前挂了一块"金匮教研室"的牌子，心里十分奇怪，中医学院怎么研究"金匮"这样东西，因为当时我根本不知道《金匮要略》是我国传统医药的四大名著之一。

　　这天下午，郭老师在他办公室和我做了一次长谈。他说关于我的学习问题，研究生指导小组专门讨论过几次。认为除了学校安排的 8 门集体课程之外，对我来说，重点不是专业课，而是外语和中西医基础课。因为其他三位研究生学的都是日语，英语教研室将专门针对我一人授课。另外，我必须挤出一切时间去本科班听《内经》课和生理、解剖、病理等课程，以充实我的中西医基础知识。总之，还来不及从考上研究生的喜悦和荣光中缓过神来，我已经真正体会到"压力"这两个字的份量。与另外三位同学相比，差距是显而易见的，中西医基础，对他们只是炒冷饭，我却几乎大部分是从头学起；而正是他们有了大学的基础，进入研究生课程更是比我轻松得多。我颇应着诸暨老家的一句话，是穿着铁草鞋在追赶。为了使我能很快适应研究生生活，为了不无颜面对我的新疆父老，我精确安排了每一天生活，当然也包括周日：每天早上 5 点 30 分起床广播一响，我就迅速从床上跳起。简单洗漱后，带着英语书来到 6 时前可免费入内的渭滨公园，背单词。8 时后上课，一直持续至下午 5 时；晚饭后，在教研室学习或上图书馆看书，直至关门。我几乎把每一分每一秒都用在学习上。

这个安排看起来似乎挺好，但才实施不到一周，就让我尝到苦头。我这个从来都是一粘到床上就呼呼大睡的睡虫，竟然得了失眠症：每晚当我身心俱疲地回到宿舍，说也奇怪，一躺下睡觉立即睡意全无，脑子变得异常清醒，心里一急，更是浑身燥热。一整夜，在翻来覆去中，听着手表的嘀嗒声，时间无情流去。听着对床那位学友有节奏的平稳的鼾声，使我"妒忌"至极。我曾用尽一切办法：气功入静、数数、耳穴贴压王不留行子等，除了安眠药没吃（当然我也不想服用，怕上瘾，怕副作用），结果均告失败。常常刚一迷迷糊糊，起床广播响起了。我不敢稍有懈怠，揉着干涩的眼睛，立即起床。带着昏沉的脑袋开始新的一天。有一次，在朦胧的晨色中，头昏脑涨的我，在跑步去公园的路上，一头撞着行道树，把眼镜撞飞，一块镜片碎成几瓣。由于严重失眠，学习效果自然大打折扣。白天上课，听着听着就瞌睡；看书，看着看着就走神。我喝浓茶、拧自己的腿，根本无济于事。到后来，我竟然到恐惧上床睡觉的地步。尽管学校对我们研究生生活上很照顾，不仅别的是教员的校徽，吃的也是教工食堂，两人住一间宿舍。梁行也托人带来了五六罐当时公认的营养补品麦乳精。

但是这可恶的失眠，使进校不到一个月的我，身体日渐瘦弱，精神萎靡不振，竟有难以支撑之感。我苦闷极了。

周日的上午，我正在教研室苦读《内经》的条文，因为晚上没睡好，看着看着，书上字体变得模糊起来，正昏昏欲睡时。门轻轻地响了几下，我一看是娟娟，精神一下振作起来。她拉起我的手说："叔，哇（我的）爷爷让你到哦（我）家吃饭哩。"娟娟的爸爸在县中医院当医生，为怕二老寂寞，专门让她来咸阳城读书。娟娟活泼可爱，年龄不大，却十分懂事，买菜做饭样样都来，是爷爷奶奶的好帮手。到了郭老师家中，郭老师亲自在擀面条。师母端出了一筐核桃和红枣。在简朴的客厅兼书房里，靠墙三排书柜中，二排都满是书，只有一个书柜显得有点空，郭师母说，原来也满是书，"文革"时给红卫兵烧了。天花板上挂着一串风铃，上面写着日文，是郭老师访日时从奈良带回的。在风中，发出欢快的叮咚声。

这是一大海碗被称之为关中八大怪之一面条比腰带宽的拉面条，加上郭老师特制的酱料拌成，味道异常鲜美。我风卷残云般不一会就下了肚，犹嫌不够。娟娟递给我一碗面汤，郭老师说："你喝了，原汤化原食。"饭后，我和郭老师促膝而坐。郭老师沉思了一下，态度严肃地说："我看你最近瘦了不少，精神也不太好。这样下去要垮掉的。用功是好的，但不要想着一口吃个胖子。什么事情都要有劳有逸，不能心急。另外，做学问，不能急于求成。譬如，我觉得你读经文就太快，有些囫囵吞枣，不细细体味收获是不大的。"停了一下，又说："你好好安排一下时间，该放松就得放松。"从郭老师家出来，我反复回味刚才一席话，开始反思自己的学习方法，难道真的是过于急于求成了。

过了两天，迎来了我到咸阳的第一个国庆。学校放二天假，我决心按郭老师所言，抽出一天放松自己。我便和那位来自内蒙古的女学友相约去西安旅游。我往返新疆多次，每次虽均路过这座古城，但都没有下车。上次来复试，虽然是从西安上车回沪的，但因为行色匆匆，只从车窗上认识了钟楼、鼓楼，根本没有印象。这位女学友也从未到过西安，所以一拍即合。我们一早花三角钱乘城际列车出发。这一天，我们不仅参观了著名的

碑林博物馆、大雁塔，在解放路一家有名的饺子馆吃了一顿味道不错的饺子；还赶到临潼，花一角钱门票走进举世闻名的兵马俑博物馆，看着以陶俑方式再现的气势雄壮的秦代将士阵列，我们为之震撼。这一天，我们玩得绝对放松，回到咸阳已经华灯初上了。而也就在这一晚，我竟倒头便睡，直到第二天早上 8 时才自然醒。这是我到学校之后，睡得最踏实最香甜的一次。而更令我不可思议的是，从这次开始，我的失眠竟霍然而愈，一直至今，再未出现。

学期结束，除去《医学统计学》的成绩为 89 分，其他成绩我都在 90 分以上，有几门还得了第一名。特别是外语，除了英语，我还学了日语，并翻译了多篇包括《美国针刺杂志》和《日本の医道》等在内的英文和日文医学文章，发表在学院的《学报》和《医药译文选》上。我终于顺利过关。这年寒假，梁行的哥哥结婚，但我没有回沪参加他们的婚礼，只送去祝福。因为我一点也不敢懈怠，我知道一切来之不易，我不能不珍惜每一分光阴。梁行当然也理解。1981 年的除夕之夜，我是在郭老师家度过的，他老家的儿子、女儿、孙子、外孙汇聚一堂，热闹异常。

陕西中医学院针灸系老师合影，前排左 2 为著者，左 3 为郭诚杰教授

第四节 论文

1982 年年初，过完寒假不久，我和赵老师冒着料峭的春寒一起来到咸阳最大的棉纺厂西北国棉一厂。

早在放假前，在郭老师的主持下，和另外二位指导教师一起，经过反复研究，最后决定我的硕士论文的题目是《针刺"气至病所"与疗效关系的研究》。"气至病所"是古人提出的针灸学中的一个专有名词。这里的"气"，也叫"得气"，就是人们在接受针刺时所出现的酸胀重麻的感觉。"气至病所"是指这种感觉通过医生的一定手法到达病痛的部位，而且认为这样就能达到较好的治疗效果。但这只是古人的一种经验。现在要做的研究有两点，一是古人说的这种现象到底存在不存在？二是出现这种现象之后是否能够获得更好的疗效。因为这本来就是当时全国经络研究协作组分给陕西的研究项目中的一个子项目，而且也是当时全国针灸界正在探讨的热点之一，所以我顺利地通过了论文开题报告。

因为已经完成了各门硕士课程的学习，我全身心地投入到研究工作之中。按照课题的设计，分为两大部分：文献研究和临床研究。

文献研究的目的，是要搞清楚："气至病所"这个名词是古代哪本书首先提出的，其次，在多少古籍中有关于它的记载，具体内容是什么；最后，现代的针灸或相关的学者对它已经做了哪些研究。只有这样，我下一步研究才有根基，才有价值。说到文献研究，我应该感谢一位师兄。那是我入学第一年的冬天，学院举行成立二十多年来首届研究生答辩。十分隆重，学院专门从外院请来好几名中医界泰斗一级的人物，如北京中医学院（现名北京中医药大学）的任应秋教授等。第一位进行答辩的学生，原是1965年兰州医学院毕业后曾长期从事中西医结合教学的教师，他攻读的是《内经》专业研究生，他的论文题目是《经络与量子学说》。尽管从今天看来，这只不过是提出了一种假说，但他所做的文献研究，确实令当时的我五体投地。他所涉猎的文献不仅限于中西医学，还包括天文、地理、物理、化学等学科，光拍摄的幻灯片就有一百多张。这些无不一一使我留下深刻的印象。

所以当我开题一结束，首先就沉浸在"汗牛充栋"的浩瀚如茫茫烟海的古今医药文献之中，从发黄的故纸堆中寻找线索和资料。那时没有计算机协助检索，完全靠手工查阅，我成了待在学校图书馆时间最长的读者之一。我又利用寒假回沪，一头扎进了上海中医学院（现上海中医药大学）

图书馆和上海市医学会图书馆。通过 90 多部（篇）古今（包括少量国外资料）文献的综合分析，我终于弄清了，虽然早在《黄帝内经》已经提出"气至而有效"的说法，但这一般应该理解为针刺"得气"，而真正明确提出"气至病所"这一概念的则出自金元时期针灸名家窦汉卿所著的《针经指南》中，书中说，应当先用一般的捻转等手法使"气"（即得气感）行走至病所，然后再施以热补或凉泻的手法，这样就可以获得较好的治疗效果。之后的一些医家，如明代的针灸大家杨继洲通过他们的实践，进一步强调，病灶离穴位远的，也就是所谓的远道取穴，必须使针下得到的气一直传导到病变部位才能产生更好的效果。即所谓"有病道远者，必先使气直到病所"。但是，以上只是古代医家个人体验。现代也有不少学者观察到这种现象，但都没有做过较深入的研究。为此，我结合古文献的研究结果和在新疆长期临床实践体会，写了两篇文章，分别在北京的《中医杂志》和广州的《新中医》上刊出。心里着实高兴了一番。

那么古人所说的"气至病所"到底能不能用一些客观指标来证实有提高针灸临床疗效的作用呢？这就是接下来我和赵老师要完成的题目，也就是临床研究的部分。

赵老师是针灸系里一位专门从事从生理学角度研究经络现象与本质的老讲师，郭老师指派她指导和协助我工作。这位头发花白、满脸和气但要求极为严格的老太太，早年毕业于兰州医学院，是一个出色的心血管专家而又特别钟情于中医针灸。到了国棉一厂后，我和赵老师在卫生所门前贴了一张告示：免费为 45 岁以上的职工普查心电图和血脂。这是一个拥有两万左右职工的大厂，符合这个年龄段的人不少，尽管门口常常围得水泄不通，赵老师依然一丝不苟全部亲自操作，为每个对象做心电图。晚上她又把查好的心电图带回家仔细判读，一直到深夜。我不太熟悉心电图，只能在一旁做些杂活。一个多星期之后，一共发现以心肌缺血为主要特点的异常心电图有近二百张。挑剔的赵老师，为了排除心理作用可能带来的影响，对这些人，均一一仔细询问。凡是以往有过针灸治疗经历的人，被她统统排除在外。说是他们容易受到医生的暗示而影响结果的科学性。

接下来就是我的事了。根据预先制订的方案，我们在工厂卫生所找了一间僻静的小房间，只放了简单的一桌二椅一床。每次进一个病人，平卧后，由赵老师先给他（她）测一次心电图，然后，我采用 28 号 1.5 寸毫针在左侧内关穴进针，针尖略朝向肘部，刺入 0.8 ~ 1 寸，用反复探寻之法尽量促使针感向肘肩部放射，然后再用快速捻转加小提插的手法运针 1 分钟，加强上传之力。其中捻转速度为每分钟 120 次，提插幅度为 1 ~ 2mm。这一方法是我在郭老师的指导下，依据古代医籍的记载并结合长期从临床应用新明穴的手法所总结出来的，一种促使针感传导即"气至病所"的方法。在施行手法的同时，为了避免对被试验者发生暗示的情况，我们规定，我不能开口，一律由赵老师询问被针者的针感和传导情况，并亲做记录。每一个人留针 20 分钟，在留针 10 分钟和去针前分别运针一次，方法和第一次相同。去针后即刻及半小时后，再各做心电图 1 次。同时，赵老师还详细记录了针后被检测者的症状改善情况。这些她都不让我插手，说是为了保持结论的客观性。由于每个被检测者连针刺带观察共要一个小时左右，为了抓进度，我们在小屋了里一待就是十多个小时，中午由卫生所的医生帮我们打点面条或馒头，匆匆下肚后，立即马不停蹄地继续工作。赵老师还常常把来不及看的心电图拿回家仔细分析。几天下来我都有点招架不住，可她依然劲头十足，满脸和蔼而又一丝不苟，事必躬亲而又不知疲倦，这一点使我不仅感到惭愧同时充满了敬意。在这个过程中，郭老师常常在繁忙的工作之余来检查我们的进程。反复强调一定要实事求是。

经过半年的努力，我们终于完成了 119 例试验者的治疗与观察。在这些病例中，有 36 例在针刺后，诉说有酸胀或酸麻的感觉像一条线状或带状从针刺的部位慢慢越过肘关节、传过肩关节，有的到达左胸部甚至心区。这种向病变部位沿着经络线传感的现象，应该是古人所说的气至病所。这至少说明两个问题，一是在 100 多人中就有近 1 / 3 出现这种情况，表明不是个别的现象；二是所检测者以往既无针刺经验更无经络知识，同时，我们在整个过程中也没有作过任何心理暗示，应该说这种现象是客观存在的。证实：古人的记载是真实的。特别是，大多数有气至病所的人反映，当针感到达胸部时，有一种豁然开朗的感觉。这一点使赵老师既感到奇怪又颇为佩服：我们的古人竟然在七八百年前已经对此做了总结和记录。我也对这次研究的结果充满了信心。

然而，在整个观察过程接近尾声时，我们碰到出乎意外的两个病例。一例是个敦实的中年汉子，原患有面肌痉挛症，经过打针吃药好不容易控制住不发。但在第一次针刺时，当毫针刺入左侧内关，我一运针，他就叫了起来，说是觉得一条酸麻感觉线沿肘上肩从头面部绕了一圈后再直奔右侧上肢而去，而偏偏在到达右侧面部时，不知触动了哪根神经哪块肌肉，沉寂了很久的面部口角和眼角突然又剧烈抽搐起来，而且一发不可收拾。我只能内疚地提出再为他治疗被针刺诱发的面肌痉挛，病人很生气，没有理会我们，悻悻而去，之后再未露面。另一位是老妇人，也是针左内关，她自觉针感开始时恰如一条小溪缓缓地从手臂流淌入胸部，谁也没料到，当针感一接触到心脏时，心脏突然像被按了下开关似的狂乱地跳将起来，一如野马奔腾。赵老师注视着实时显示的心电图机的液晶屏幕，皱着眉头说："怪事，刚才心律还是正常的，怎么一下子成了心房颤动。"病人也感到胸部好像被巨石堵住，十分难受。我发现情况不对，急忙把毫针拔出，病人长长出了口气，症状也逐渐缓解，3分钟后心电图也基本恢复正常，她后来也再未出现。这两个病例后来作为脱落病例删除。但他们的出现则使我们百思不得其解，气至病所而有效是古人铁板钉钉的结论，为什么反而出现这种劣性效应呢？这难道是偶然的情况？我们曾把后一例写成个案发表在《中国中西医结合杂志》上，当然这是后话了。

接下来的事更使我陷入困境。整个临床观察结束之后不久，赵老师将全部病例针刺前后的心电图变化的数据交给我，让我进行统计学处理。第一步，我对117例（原119例，脱落2例）病人针刺前后的心电图变化进行对照，结果表明有统计学意义上的非常显著的改善，也就是说，针刺治疗冠心病是确确实实有效的。这倒在我意料之中，因为多数病人反映，经一个疗程（10次）治疗后，胸闷、心慌等症状均有明显好转。接着，我把117例中的34例"气至病所"者（原为36例，有2例脱落）与83例仅有局部得气感的病人进行对照，统计的结果使我暗暗吃了一惊，我反复用不同公式验算了几遍，竟然一致显示：在心电图改善上，气至病所者和无气至病所者没有什么统计学上的差异。表明，不论针刺后得气的感觉是在局部还是传导到心胸部位其效果是一样的，二者没有差别。也就是说：针刺时只要穴位有酸胀重麻的针感就行了，没有必要劳心费神地促使针感向病痛部位放散，因为效果是一样的。这岂不是和古人的所说的"有病道远者，必先使气直到病所"在唱对台戏吗！和我们预想的结论南辕北辙。

我首先怀疑是不是原始数据有问题，急忙去找赵老师。赵老师客气地让我坐下，叫我不要急，她从资料柜里拿出个本子，说："这是我反复核对的原始数据，你再把你手上的数字复核一下。看有没有错。"说着又倒了杯开水给我。我从头到尾把密密麻麻的数字反复对了两次，并未发现任何错误。我不由得紧张起来，因为这个结果将直接影响我的论文结论。这篇论文又关系到我是否能毕业和获得硕士学位。这样一个和经典观点不同的结论，显然离经叛道，是难以通过论文答辩的。我曾想到两条路，一是继续做下去，在增大样本量的情况下是否有可能改变结果，但可能性不大，赵老师已经另有新的授课任务，再说原来的样本已经不小了，即使再增加10例、20例，改变结果的可能性也不大；还有一种办法是重起炉灶，另选课题，可能性就更小了。而不管走哪条路，关键在于已经没有允许我这样做的时间和经费了。

我们只好去找郭老师。他仔细地听完我和赵老师的汇报，没说什么，脸色显得有些严峻。最后，让我将有关资料统统留了下来。过了两天，他把资料还了给我，郑重地说："我已经看过了。现在提倡检验真理的唯一标准是实践。你就按你们观察到的写吧，数据不能改，是咋样就咋样。"获得了郭老师的支持，我心里也有了点底气。待到论文初稿完成已近深秋。在撰写过程中，为了使观点显露得不太鲜明，我分别将气至病所和不气至病所者主观症状的改善和客观心电图的改变分为两组。因为前者还是有明显差异的。在讨论中也反复强调，尽管客观指标不能证明，但在主观症状的改善上证实促进气至病所是可以进一步提高疗效的。根据学校的规

定，我把论文的征求意见稿分送给有关教授。

不出所料，很快就获得了两种截然不同的反馈意见。少数认为我的工作较扎实，结论较客观科学，观点应更鲜明一些；但多数认为主观症状和客观指标的观察结果自相矛盾，个别老教授甚至说我有诋毁中医经典之嫌疑，应当推倒重来。我捧着厚厚一本论文打印稿，陷入了深深的苦闷。难道我大半年的辛苦付诸东流了！这时，从我的那位内蒙古女学友那里也传来坏消息，她的那篇研究《伤寒论》的论文，在外院送审时，被一名国内知名的伤寒论专家退了回来，说是连毕业论文都不够资格。

这时，郭老师也已经仔细审阅了我的论文，做了多处修改。他看了反馈意见后，对我说："你要认真分析这些意见，但也不要为某些看法所左右。静下心来好好改。"郭老师的话又一次给了我勇气。我坚信我和赵老师做的每一步都是经得起推敲的，都是踏踏实实的。我在又一次综合各方意见做了修改之后，还阅读了大量有关循经感传现象方面的研究文献。

不久，学生科正式通知我们准备对所提交的论文进行答辩。学校十分重视这次论文答辩工作，为充分体现公正和公平，不仅请了校内不同系但相关专业的专家，还请了外省同一专业的专家；不仅请了在审阅过程中赞同的专家，也请了提出反对意见的专家。这确实对我们每一个人都带来了沉重的压力。除了本省的专家外，为了我们这一届4名研究生，特地从兄弟省市请来4名各门学科的顶级教授分别担任答辩委员会的主任委员。主持我的论文答辩的主任委员是河南中医学院（现为河南中医药大学）的邵经明教授。当我听说邵教授是位年近七旬的长者时，心里不由一惊，这样一位纯中医出身的老夫子，能容忍我有点离经叛道的文章吗？

论文答辩分两天进行，每半天答辩一位学生。上午第一位就是那个《伤寒论》专业的女学友。自从论文初稿退回后，她在导师的指导下做了大量修改。她几乎每天工作到深夜，有时甚至通宵达旦。我们看了只有干着急，除了提点建议外，也帮不上大忙，毕竟"隔行如隔山"么。因为昨夜没睡好，再加上心情紧张，早上起来她竟晕倒一次。但丑媳妇总要见公婆的。大概在11点钟，她面色苍白从答辩室走了出来。我和其他两位同学急忙迎了上去。她有些难受地说，刚才宣布结果，答辩委员会只是勉强同意毕业，没有通过授予硕士学位。我心里凉了半截，看来我也难逃此劫，说不定下场更惨。下午一时半，我的答辩正式开始。台上五位专家正襟危坐，只有中间面相和善、身材稍胖的邵老略带微笑，其余表情均极严肃，特别是还坐着那位说我离经叛道的老教授。我拼命沉住气，从文献研究到临床观察做了简要的报告，在谈到心电图结果时，我故意轻描淡写地一笔带过。谁知真是哪壶不开提哪壶，专家们似乎是商量好的，集中问的就是心电图的对照结果。我冷静了一下，看来只有豁出去了，我用我几天来的思索结果进行回答：首先，这一结果是在尽可能排除干扰因素的情况下获得的，而且有较足够的样本数，数据是可靠的。我认为我的工作是客观的、诚实的，没有一点人为的水分，说着我递上了赵老师剪贴好的几本心电图原始资料和我们的原始工作记录。接着，我又指出，古人对气至病所的效果的判定主要是依据病人主观症候的改善情况，从我们的工作发现，在这一方面气至病所者的效果确实比局部得气者好，而且从定性指标来看，也确实存在统计学的差异。说明，古人记载也是正确的。其中最为关键的一点，即心电图改善和症状改善为什么不是同步的，为什么气至病所还会出现劣性效应的病例等。针对这些与经典论述和一般的观念不符的情况，我回答道，这里可能有指标本身的原因，也可能有观察方法上的原因，或者有其他目前还不清楚的原因。总之单凭这一工作我确实难以解释。但是不管怎么样说，我的工作不仅是对古人的观点进行验证，而是在验证过程中发现了古人没有发现或无法发现的东西，从而为今后的工作提供新的思路和线索，因此是有价值的。我一口气地说完我的观点，连我自己也感到奇怪，说得竟那么顺畅。台上五位专家学者脸色慢慢缓和下来，尤其是邵老还频频点头。就这样我的毕业和学位论文答辩均以全票通过。顺利得大大出乎我和郭老师、赵老师的意外。在答辩会结束的时候，邵老特地走过来，紧紧抓着我的手，用道地的河南话说："中啊！咱们做中医研究，就是要实事求是，就是要又有继承又有发扬。"真是语重心长，说得我热泪盈眶。

链接

冠心病心绞痛的针灸治疗

概　述

　　冠心病心绞痛（以下简称心绞痛）指因冠状动脉供血不足，心肌急剧的、暂时的缺血缺氧所引起的临床证候。主要表现为突然发作的阵发性的胸骨后和左胸前疼痛，呈压榨性或窒息性，可向左肩、左臂直至无名指与小指放射。疼痛持续 1～5 分钟，很少超过 15 分钟，休息或含服硝酸甘油可缓解。心绞痛多因劳累、饱餐、情绪激动诱发。发作时，患者面色苍白，表情焦虑，甚至可出冷汗。

　　针刺治疗心绞痛，自 1958 年 9 月 27 日《健康报》报道后，开始引起人们的关注。但 20 世纪 50、60 年代有关资料尚不多。从 20 世纪 70 年代后期起，才日益成为临床和实验观察的重要课题。据当时近两千例病人统计，表明针灸治疗心绞痛疗效确切。还观察到，心绞痛缓解多出现在第一疗程，且有较好远期疗效。值得一提的是，由于冠心病的不同类型其病变的部位、范围、血管阻塞程度不一，有必要对针灸在其临床亚型中的作用进行观察。这一方面近年来也取得一定进展，如不稳定型心绞痛的针灸治疗等。在刺激方法上，目前已应用体针、艾灸、耳针、头针、电针、穴位注射、穴位贴敷、穴位埋线、腕踝针等多种疗法，但仍以体针为主。

　　著者应用针灸治疗本病也有 30 多年的历史，积累了一定的经验。曾采用过多种穴位刺激法，发现以体针最为可靠，耳针的效果也可。

著者验方

一、处方

主穴：心俞、厥阴俞、内关、足三里。

配穴：郄门、膻中。

二、操作

先取主穴，效不佳时，改用配穴。令患者取俯卧位，背腧穴用 28 号 2 寸毫针，取左侧穴，自穴外侧 5 分处，针尖斜向脊柱进针，直至触及椎体，以引发向前胸的放射性针感为佳。用小幅度提插加小捻转手法，以保持较强针感，运针半至 1 分钟，取针。再取仰卧位，取双侧内关、足三里，以 28 号 1.5 寸毫针针尖略向上刺入，用气至病所手法，激发针感向上传导，如有困难，则以得气为度。郄门针法同内关，膻中用 1 寸毫针，以局部胀重为宜。留针 30 分钟。内关、足三里可分别连接电针仪，连续波，强度以患者可耐受为度。发作期间，每日 1 次，一般每周 2～3 次。

体 会

本方为著者依据临床实践，并结合他人经验而制定的，曾治疗多人，疗效明显，特别对于急性发作者更为适用。本病病机属于心和心包经脉气血瘀阻，所以在取穴上以取心和心包的背腧穴以活血通经，心包经的络穴内关以通络止痛，足三里以补后天之本，取其扶正之意，故主穴四穴能标本兼顾。配穴郄门，为心包经之郄穴，而膻中属气会，以调心脉之气，二穴均可加强化瘀止痛之功。

本法操作要点在于掌握背腧穴深刺、强刺激不留针，其余穴位激发气至病所多留针。气至病所手法对改善症状、消除心绞痛

有较好的效果。本病一旦缓解，可仅取主穴内关和足三里二穴以维持疗效。因背腧穴刺激性强不易为病人长期接受。建议用耳穴贴压，可取心、神门、迷根、支点等穴，更适宜病人坚持治疗。本病最好能在控制症状后，再坚持长时间治疗，多能获得较好的预后。

第三章
荷兰论剑

第一节　董志林先生

　　1987 年初夏，一个周三的清晨。我照例到市中心石门路的上海市中医门诊部针灸科应诊。我所在的中医文献馆原无临床基地，1985 年开设专家门诊，以邀请市内著名中医专家坐诊为主。为了不致医疗技术荒芜，我们这些普通医生，除了完成日常的文献研究工作和参与跟随名医学习，就安排在属同一支部单位的市中医门诊部为患者看病，每周规定两个半天。我是周三和周六（那时还是六天工作制）。

　　针灸室内，已坐满候诊的病人。我因为有十余年的边疆临床经验，加之三年的研究生生涯，所以很快获得病人的信任。针灸科的负责人潘医生指指身旁说一口港台腔的年轻人，向我介绍说："董先生是从香港来实习的，他想跟着你在旁边看看。"因为这种情况很多，我并不在意，点点头表示同意。一个上午，很快过去了。我这才发现董先生始终紧跟着我，还不时用一个硬封面的本子，记录着什么。门诊结束，我洗完手，一抬头，见董医生正看着我，似乎想说什么，他又没说。我礼貌地向他点点头，就走了。

　　周六，我也是上午门诊。董先生早早就在针灸室门前等我了，他笑着伸出一只手，我们握了一握。潘医生说："董先生原准备昨天回去的，因为他还想跟你学一学，今天特地留下来的。"我不由打量了他一下，这是一副典型的南方人脸，额头稍向前突，鼻子略呈扁平，即一般人说的狮鼻，梳一大背头，而个子却显得高大结实。右手无名指上戴着个硕大的金质戒指。我点点头，说："好的，你有什么疑问尽管提。"这次，他较上次不同，不光记，还不断地提一些问题。我发现他与一般海外来观摩的人不同，不少问题提得很到位，有的还很深刻。上午病人诊治完毕，我想回单位时，他客气地拦住我说："我想请您吃个饭，顺便谈点事。"我摇摇头，说："下午我要赶回单位上班，饭不吃了。您有什么事，这里说吧。"他看看诊室里已经没人，便坐了下来。掏出一张名片，递给我，说："我是从荷兰来的，因为怕对外国人多收费，我就说是香港人。我观察您两个半天了，发现您的取穴和针法都很独特，治疗效果不错。病人反映也挺好。"我觉得他说的是客套话，便应口说："您过奖了。""不"，他一本正经地说："我想请您去荷兰我的诊室工作一段时间。"这时，我才仔细看了下他的名片，上印着"荷兰神州医庐主治医师董志林"。这几年来，随着欧美大地"针灸热"不断升温，我也碰到不少海外的针灸医生热情邀请我出国工作，但大都只停留在口头上而已。所以，他的建议，我也不当回事，便敷衍地说："好啊！就等您邀请了。"他认真地说："好，那就说定了。"

大概是两个月之后。这天天很热，我一早跟着王翘楚馆长到当时的川沙县去访问一个"文革"前老馆员的儿子，回来已是半下午了。我的办公桌上躺着一封厚厚的航空挂号信，我的名字和地址是中文的，寄出地却是外文。我有些奇怪，我又没什么海外关系，谁会寄信给我。拆开一看，原来是董先生写的。

信中告诉我，他老家在温州文成县，是著名的侨乡。父亲是开中药房的，他初中毕业下的乡，曾做过赤脚医生。20世纪70年代末通过亲戚关系来到荷兰。先在一家餐馆打工，直至做到大厨。随着针灸热在荷兰升温，他决定重操旧业，准备自己开一家以针灸为主的中医诊所。为此，他辞去收入颇丰的大厨一职，专程到北京中国中医研究院（现中国中医科学院）针灸研究所的国际针灸班学了三个月。此次回国，他又在浙江中医学院（现浙江中医药大学）的针灸培训班作了深造。并到北京、上海等地的中医机构遍访针灸名家。其中特别对我的医术留下了深刻印象。日前，他的诊所神州医庐已经在荷兰乌特勒支市正式开张，中国中医研究院的陈绍武院长（他曾担任过中国驻荷兰王国使馆教育参赞）也出席了开业仪式。为了今后有所发展，他有一个打算，准备分批从国内邀请确有真才实学的中医针灸专家，到他的诊所坐诊。这样一方面可以将原汁原味的中国针灸介绍到欧洲，扩大他诊所的知名度（这一点才是最主要的），另一方面，他也可以趁机向各路专家学习取经，博采众长。可谓一举数得。他决定将他在北京国际针灸培训班的老师广安门医院针灸科叶成亮主任和我作为首批邀请专家。他询问我是否能够同意去他那里工作一段时间，每月给我报酬 1000 元人民币。

读完信，我有些不知所措。首先是感到突然，出国在当时的上海热火朝天。以日本和澳大利亚为主，领事馆门庭若市，热闹得像小菜场。多数是借留学之名，其实是去打工赚钱的。但我总觉与我无关，所以连想也没想过，没承想这次却落到自己身上。其次也颇有些振奋，因为出国，又是到发达的欧洲开眼界，实在是件从来没有想到过的好事。而且每月 1000 元的收入，对当时只有六七十元工资的我来说也是个天文数字，很有吸引力。但是冷静下来一想，却感到不知如何是好。这一两年馆里是有几个人出国，但他们都是有亲戚在当地，辞职之后走的。我熟悉的几个专家，曾受国外机构的邀请去参加学术会议之类，则可采用公派这一途径。我的情况有些特别，第一是受私人邀请去短期工作，不算公派；第二不能辞职，因为还要回来。所以，前面两种情况都不能算。我于是去找王馆长商量，他曾长期在市卫生局担任处室的领导工作，应该有这方面经验。谁知他看了信之后，尽管他支持我去，但对如何去，也感到棘手。于是带我去见市卫生局的外事处长，老处长到底见多识广。摇摇头说，这样的信不行，应该有一封以单位的名义正式的邀请函，我们可以采用公派私出的方法让你去。他看我有些不明白，解释说，就是以公派的名义，但一切费用由对方支付。另外，对方出的报酬也低了一点，至少在 1000 荷兰盾（当时相当于 1700 元人民币）左右。还应当表明，负责往返机票及在荷的一切生活费用。一席话，使我茅塞顿开。

不久之后，我收到了董先生的挂号信，这是一张正式的邀请信：抬头是"荷兰王国神州医庐"，文字均为打印的繁体汉字。说明邀请时间为 3 个月，待遇完全同意我信中的要求。因为我是文献馆第一个应邀出国的，所以领导十分重视，专门派了人事科长主持此事。然而好事多磨，经多次协商和反复，终于在 1987 年冬天，我的因公护照交由南京西路上的上海市外事办公室送往北京的荷兰使馆签证。我也开始做出国准备。

一个月过去了，两个月过去了，三个月过去了。我没有得到任何关于签证的消息。这期间，我和人事科长曾多次与市外事办联系，得到的回答是，尚未接到荷兰使馆的通知。董志林先生，比我更着急，他已把我将去荷应诊的消息提前做了公布，结果是只听楼梯响，不见人下来。他想尽办法到荷兰外交部门打听，也是没个准信，一会儿说快签下来了，一会儿又说没签。当时，没有电子邮件之类的通讯工具，完全靠航空信，一来一去颇费时日，搞得我也心里七上八下的。市外事办公室一位同志建议我自己去信向北京的使馆询问一下。不久，大概在五月初，接到落款为荷兰驻华使馆的一封信。用中文写着："张先生：请您耐心等候审批的结果，一经有消息会通知你。领事部 1988 年 4 月 25 日"。之后，我终于从外事办公室获得了结果：拒签。退回了我的护照。拒签的原因，我不清楚。但有一点可以肯定的，董先生再以他诊所名义发出的邀请，是不大可能成功了。我也断了去荷兰的念想。

这一年的下半年，我的《急症针灸》一书由人民卫生出版社出版，尽管不是我出版的第一本书，但它是我当时下功夫最大的一本书。我寄了一本给董先生，表达了我对他的感谢之情。董先生写了一封信给我，在谢谢我的赠书的同时，他告诉我，他还在努力，叫我做好准备。我为他这种执着的精神深受感动，不过总感到是一种无用功。

1989 年春节之后，我收到了一封国外来信，是英文的。寄自比利时安特卫普市。这又是一封邀请信，写着："尊敬的张仁医师：我们诚挚地邀请您来我校讲学，为时三个月。您的往返机票及讲学期间的一切费用均将由我校提供。我们希望您能接受我们的邀请，我们期待您的光临。欧洲中医大学校长：普尔博士。"

捧着这封信，我有点丈二和尚摸不着脑袋，因为我从来没有和这所大学打过交道。我不知道，这是一所什么性质的学校，也不清楚他们怎么会找上门来。在隔天收到董志林先生的信才解开谜团。原来这是比利时的一些热心于传统中医针灸的西医师举办的专门培养中医、针灸、中药、推拿师，而以针灸为主的一所开放大学（相当于我国业余兼函授大学），学员中极大部分为西医师，也招收一些中医针灸爱好者。学校的教师多为金发碧眼的本国人，但都是在中国北京国际针灸培训中心的高级班中经过严格培训的。董先生属于他们外聘的教师。这次该校聘我，是董先生极力推荐的结果。据说，我那本《急症针灸》起了相当大的作用。信中希望我在完成该校讲学后，能再到他荷兰的诊所工作一段时间，以完成他的宿愿。并说，一旦签证下来，立即用长途电话告他。国际电话费均由他支付。

有了这份学校的英文邀请书之后，事情就要好办得多。按照规定，仍属于公派私出。并与单位签订了一份合同，言明出国期间，工资待遇不变，回国后对方支付的报酬，上缴 40%。在将一切材料和护照上交一个多月后，市外事办来了个电话，说是比利时驻沪领事馆的签证已下来，让我做好出国准备。

听到这一消息，我很是兴奋，就立即去打电话告知董先生。那时候，一般家庭根本没电话，打国际长途电话更要到位于黄陂路上的市长途电信局。记得当时正是出国潮方兴未艾之时，电话大厅人头攒动，一个个被隔成长方形的电话室前排着长长的队伍。只见我前面的门开了，出来一个浑身汗淋淋的矮个老头，摇着头跌着足说，"我一面给日本的女儿打电话，一面双脚刮刮抖。一分一秒都是钞票呵！"

电话那头很快传来董先生带有睡意的声音，我忘记了两国之间的时差，不过他一听我的签证下来了，立刻精神一振，"好，我马上给你预订机票。"我趁机打听一下，让我讲学的内容。他只是说："你应该是没问题的。"

冷静下来之后，我倒真的有些担忧起来。因为如果去搞针灸临床这难不倒我，而出国讲学却是人生第一遭，可不能砸了锅给洋人看笑话。首先是语言。我在读研时，虽在英语上下了一不小的功夫，但当时主要用于扩大词汇量和对国外医学文献的翻译上，口语并不作为重点。而到国外去，口头语言交流成了第一关。恰好，市卫生局在市卫校办一个高级口语班，为时两个月。我赶紧报了名，进行恶补。时间不长，倒也收获不小。至于讲什么，信上未说，董先生也不告知，我也无从准备，只好听天由命了。用梁行安慰的一句话是"船到桥头自然直。"后来倒也真的是这么回事。

根据董先生的电话告知，我的去程机票确定在 4 月 23 日。但是，直到这一天的早晨，我仍然没有收到机票。我待在家中13平方的斗室内像热锅上的蚂蚁，围着准备好的几件行李团团转。梁行也请了假在家，样子比我还急。我到弄堂门口老朱阿姨的公用电话那里给馆里打了个电话，王馆长说："你就不要来上班了。什么时候去机场，我让李师傅用单位的车送你。"记得这一天是中央在举行胡耀邦同志的追悼会，我只得一面看着电视中播送追悼会的场景，一面等待着。10时左右，上午班邮递员来了，我满怀希望的迎上去，但是扑了个空。望着他自行车远去的背影。我对梁行说："今天即使来了也肯定走不成了。"因为我已打听过，我所乘坐的这班飞机，虹桥机场起飞的时间是下午三时半。而下午班邮递员最早也得三点钟之后。

11点钟左右，我们狭窄的弄堂忽然进来了一辆小型面包车，一个穿制服的年轻人拿着一个大信封，从车上跳下来急呼呼地叫："张仁，哪位是张仁？"我有些莫明其妙地迎上去。他交给我一个大信封，说："这是从荷兰来的特快专递。"

我还没反应过来，他又给我一支笔："请你签收一下。"我一愣，他又补充了一句："请签名。"接着，他开着车一溜烟地走了。我的周围已聚集了不少人。确实，特快专递对当时的我和我们这一条里弄的人来说，都是头一次见到。

打开信封，是一沓机票。最上面的一张是从上海至香港，时间是26日下午3时30分。我的天，要三天以后再上路，悬着的心终于放了下来。原来董先生也怕路上万一耽搁误了行期，特地推后了几天。

为了这一行程，我们足足准备了近两年。

董志林先生也就是这样起步的。他凭着温州人天生的精明的经商头脑，对中医药针灸文化东西方交流的独特目光，以及锲而不舍、从不轻易放弃的精神，10年之后，他成为了欧洲最大的中医药和针灸器械贸易商之一，开办了神州中医大学、欧洲中医药高级培训班等培养中医针灸人才的教学机构，在阿姆斯特丹、乌特勒支等地开设多家大型的中医针灸综合诊所。他本人也被推选为欧洲中医药联合会会长和世界针灸联合会副会长，为中医针灸在欧洲的传播和发展做出了重要的贡献。

第二节　乘机

　　1989 年 4 月 26 日，我应比利时欧洲中医大学的邀请踏上了飞往欧陆的行程。这是我首次出国乘飞机，但并非第一次乘机。

　　我第一次乘飞机是在 30 多年前了。那是 1985 年 11 月的一天上午，我工作的上海市中医文献馆的王翘楚馆长叫我去他的办公室。见到王馆长，他递给我一张会议通知。我一看，是关于中医与多学科研究的一个学术研讨会，地点在武汉，开会的时间就在明天，而会期只有 2 天。当时从上海到武汉的直快火车，大概要 20 多个小时，坐船时间更长。而更关键的是，车票和船票十分紧张，临时根本买不到。我无奈地说："来不及了，等我赶到恐怕会议也早就结束了。"王馆长沉吟了一下说："这个会议很重要，你对这方面又有研究。实在不行，你就乘飞机去吧。"

　　在此之前，我还从来没有乘过飞机，连飞机票在哪儿买、如何买都不知道。问问同事，也和我一样茫然无知。还是梁行比我活络，她打了一通电话后告诉我：首先，要有局一级购票证明，然后携款到延安中路的民航售票处买票。并且说，她的哥哥即我妻舅的一位朋友恰好在民航办事处工作，已答应为我保留一张明天到武汉的机票。

　　我赶紧在单位开了证明，又跑到汉口路市卫生局，经办公室审批之后换了一张盖有上海市卫生局大红印章的证明。到下午 5 点，经过一天奔波，花了 56 元钱，我终于拿到了有生以来的第一张飞机票。话说到这里需要解释一下：买飞机票还要"局级证明"？是的，在当时，乘飞机还是"高级公务员"或执行重要公务（所以要局级证明）才能享受的待遇，一般老百姓哪怕再有钱也是乘不上飞机的。

　　第二天一早，我来到延安中路的民航办事处，登上一辆大客车来到虹桥机场。记得那时既不用领登机牌之类，也没有安检什么的，就直接进入候机厅。厅不大，大概都是等这班飞机的，也就四五十人。一会儿开始检票，飞机就停在离登机口不远的地方，大家秩序井然地爬上舷梯进入机舱。

　　飞机起飞了，我的座位靠窗。一"路"上，我贪婪地看着窗外渐渐变小的阡陌房舍、四周缭绕的白云、晶蓝深邃的天空，感到异常新鲜。连飞行途中发的一盒糕点也觉得特别珍贵，竟舍不得吃。2 个小时之后，大约 11 点钟光景，飞机降落在显得有点荒凉的汉口机场。当我赶到东湖磨山的会议所在地时，正式的会议发言才刚刚开始，时间几乎没有耽误。乘飞机的感觉真好！后来一些会议代表听说我是乘飞机来的，都露出惊羡之色。因为在当时这确是奢侈之举了。

　　而这次出国乘机的感觉却远没有第一次乘机那样潇洒，中间的曲折过程一直令我刻骨铭心。

　　我的机票是邀请我的校方购买的，且因为课程安排时间紧迫，专门通过当时国内还比较罕见的特快专递送到我家。当时上海到欧洲没有直接航线，途中要转两次机：一次是先乘中国民航班机到香港，转乘香港的国泰航班到伦敦；另一次是在英国伦敦转乘荷兰皇家航空公司的飞机，而终点站是阿姆斯特丹的史基浦机场。问题就出在这个"阿姆斯特丹"上，它使我碰到一连串的麻烦。

　　问题首先发生在虹桥机场。当时，飞往境外的飞机不多，机场告示显示的除了香港好像只有日本，但出关审查却十分严格。海关检查一律由现役军人把关。一位个头不高的一身戎装的边防战士仔细比对了我的护照和机票后，立即把我卡住，转身到里面叫出一位队长模样的军人。他反复查验了一遍之后，神情严肃地问我："你签证是去比利时，为什么不在布鲁塞尔下机，而是到荷兰的阿姆斯特丹？"我解释说，我也不很清楚，因为机票是对方买的。不过之前我也用长途电话询问过此事，但对方回答没问题的。他咕哝了一句："怎么会没问题？真是乱弹琴！"他吩咐我："你先在这儿等着。"一转身他进了里间。10 分钟、15 分钟、20 分钟过去了，整个候机厅早就空空荡荡，只留下我一个人孤零零地站着。我只觉全身的毛孔都在往外冒汗，躁热无比。再一看表，飞机起飞的时间已经过了！脑子不由一片空白，完了，这次肯定走不成了。正在此时，只见那位军人急急忙忙奔了出来，把机票和护照交到我手上，催促我赶快登机。听得此言，如遇大赦，我一阵疾跑，气喘吁吁跑进了停机坪，见那飞机还停在那儿等我呢。因为我这位"疑客"，飞机整整推迟了15分钟起飞。然而，没有想到的是，更大的麻烦还在后边。

2个多小时以后，飞机在香港上空盘旋了一阵，降落在启德机场。和冷冷清清的虹桥机场相比，这里热闹多了，熙熙攘攘都是南来北往的人群。我好不容易找到国泰航空公司的柜台，准备办理登机手续。工作人员是一个小伙子，他将我的护照和机票核对了一下，立即退还给我，一脸冷漠地说不能办。我问他为什么，他说的理由竟和虹桥机场那位军人说的一样：飞行的终点国家和签证国不符合。我只得耐心地向他解释，并且说，登机前中国民航已经做过调查并同意放行。他却根本不屑于听下去，很快打断我的话，生硬地说："如果中国民航让你去，那你去找他们。"边说边接过我后面人的机票，再不理我了。

我只得无奈离去，来到不远处的中国民航柜台。这里也拥着一大堆人，好不容易才排到跟前。我把情况说明后，接待的那位小姐还算客气，说既然虹桥机场能放行，应该没什么问题。但办登机牌，你还得找他们，我们也无能为力。说罢两手一摊。

我想想也对，只得再次来到国泰柜台。又是一阵排队。那个小伙子见又是我，有些不耐烦地说："怎么又来啦？"我赶紧把刚才民航小姐的话传达了一遍。他摇摇头说："她说了不算，不行就是不行。"我不由一怔，问他，"那我该怎么办？"他说："很简单，你从什么地方来就回到什么地方去。"我一听让我再回上海，不由急了，连忙对他解释：我是专程去讲学的，对方行程和时间都是定好的，而且不能延误。但他面孔一沉地挥挥手说，"不用说这么多啦！你说的我听不懂。"我由于来回折腾了一个多小时，早就憋了一肚子的火，一听说是听不懂我的中国话，便爆发了。我猛拍了一下桌子："我说的普通话也听不懂，你难道不是中国人吗？你听不懂，叫你的头头出来，我和他说！"

恰好，排在我后边的是几位刚从大陆探亲返家的台湾老兵，听他这么说，也一致嚷嚷起来支持我。小伙子一看我拍桌打凳的，大概也感到自己说得不对，再见众怒难犯，不由慌了神。他一言不发，退到里间，一会儿出来了一个西装革履、不苟言笑的矮个子中年人，估计是主任之类。

这位先生拿着我的护照和机票看了一会，又打量我一眼，然后抄起边上的电话打了一通又一通。最后，他一字一顿地对我说："按照航空公司规定，签证国与飞行到达目的国必须是一致的。如果你一定要乘机，我们可以给你登机牌，但责任必须自负。"说完，他拿出一张纸叫我签字。当时，我除了继续我的行程外已无路可走，心想反正伸头一刀、缩头也是一刀，走一步算一步，就横下心在责任自负声明书上签上了名字。当这位先生把登机牌交给我的时候，他面色凝重地又一次告诫我："我有必要提醒你，伦敦机场的逗留时间不允许超过 24 小时。"这最后一句话的每个字都像一记重锤叩击在我的心上！手里拿着登机牌却丝毫没有感到轻松，心情反而更加沉重——前程莫测啊。

晚上 11 时许，国泰航空飞往伦敦的大型客机准时冲上了蓝天。在茫茫的天空中，尽管置身于数百名乘客之中，我却觉得无比孤独。不知道前面等待我的是什么，好像是孤零零在黑暗的大海中挣扎，而又没有人能帮助我。这时候，我才真正强烈体会到祖国对我来说是多么重要。从香港到伦敦的十几个小时里，我一直处于似睡非睡的状态，不断做着噩梦。我搜肠刮肚地拼凑着英文句子，思考着如果英国航空公司不给我登上去荷兰的飞机，真的要遣返我，我应该怎样据理力争。

当地时间清晨 7 时许，客机缓慢降落在伦敦希思罗机场。在荷航的转机柜台，接待我的是一个和颜悦色的胖胖的老太。我怀着忐忑不安的心情把护照和机票递给她，我已经做好她退还给我的心理准备。谁知，她先是用英语问了我一句，"先生，您吸烟吗？"在得到我不吸烟的回答后，只听得"嗵""嗵"盖了几个章之后，便把一张靠窗座位的登机牌交在了我手上，并笑眯眯地说了一句："祝您旅途愉快！"竟然这么顺利！大大出乎我的意料，我生怕节外生枝，拿起护照和机票转身就走。就在此时，后面突然响起一个声音，"Just a moment, please!（请等一下）"。我一听如五雷轰顶，心想：完了，肯定是又发现"我的问题"了！我一咬牙，装做听不懂，只管快步往前走。然而，这显然是掩耳盗铃之举，后面的人已经一步上前并拍拍我的肩膀——搭牢我了！我只得硬着头皮停下来，回头一看，却不是胖老太，而是一位中年机场女服务员。只见她笑吟吟地用英文问道："您是第一次来伦敦吧？"我尴尬地笑着点了点头，不知她葫芦里装的是什么药。她接着问："你知道19号登机口怎么走？"这下我才清楚了她的用意，赶紧摇了摇头。她说："我领您去吧。"我极其感激地向她道谢。这下，总算彻底放心了，真正体会到什么是"无事一身轻"啊！后来，我才明白，尽管当时欧洲共同体还没实现互相免除签证（要到1995年3月16日"申根协定"生效后才首先在德国、法国、西班牙、葡萄牙、荷兰、比利时、卢森堡七国间互相免签），但是，此时被称为小欧共体的荷兰、比利时、卢森堡已经实行互相免签了。作为普通旅客，我当然搞不清楚这里面的环节，因为国门打开不久我国边检部门搞不清楚还情有可原，但香港机场作为当时世界上重要的航空港，机场工作人员居然也搞不清楚，就真的有点匪夷所思了。

弹指一挥间，28年过去了，抚今思昔，我真切地感到改革开放给我们国家、我们人民带来多么大的变化啊！

第三节　讲学

1989年初夏。

略略震动了一下，飞机开始在荷兰阿姆斯特丹史基浦机场的跑道上平稳地滑行。我的思绪还停留在刚刚转机的伦敦希思罗机场，一位照料我登机的女服务员听说我是针灸医师，她晃晃我的名片"中国针灸，棒极了！"初次出国的我，不由胸中一热，一种自豪感油然而生。

董志林先生已经在机场外等候多时了。当时的他，刚刚步入海外针灸界，他的针灸诊所"神州医庐"才开张不久，我应邀去比利时欧洲中医大学讲课就是他牵的线。车窗外掠过草地、风车和乳牛，董先生边驾车边告诉我，这次从中国大陆共邀请两位专家，我讲针灸，另一位是中国中医科学院广安门医院的谢海洲教授，专门讲授中医中药，他今天晚上到。我被安排在董先生家中先住一宿。这是荷兰第四大城市乌特勒支市中心的一幢赭色的三层建筑。最下一层是他的诊室，设有诊断室和治疗室，室内有四张针灸床，用布幔隔开。二楼为中药房、餐室和客厅；三楼为卧室。由于班机误点，等谢老进门时，已近深夜十二点钟。那一年谢老 65 岁，但见他身材高大魁梧，头发花白，慈眉善目，一副乐呵呵的样子。

讲学的地点在比利时安特卫普市郊区一个名叫马勒的小镇上，距乌特勒支颇远。第二天一大早我们就动身。本来大约三小时的车程，我们足足走了近五个小时。原来有东西之分的两个马勒。董先生也是第一次去，搞错了地点，跑到了另一个马勒。等绕了一大圈到达目的地时，已是中午 12 时半，一脸金黄色大胡子的校长普尔（Dr.Poul）先生正焦急地等候在校门口。车子一停下他就催促我们去用餐。学校在镇边，坐落在一片绿茵茵的草地上，四周围绕着参天的乔木，校舍均为双层建筑，庭院中花草芬芳，十分宁静。餐厅设在西侧，已坐满用餐的人，工作人员把我们领到前面预留的空位上。当我正皱着眉头对付味同嚼蜡半生不熟的牛排时，普尔校长拿着一张课程表走了过来，通知我和谢教授下午 1 时 30 分就开课。我心里一震！按国内惯例，今天属于报到，明天上午开个欢迎会，讲课至少是明天下午的事。再说此时已近 1 时，行李都还在车上，连讲课的题目都不清楚，更不要说教材准备了。普尔先生没有任何商量余地地摇摇头，说："你们都是专家，不必做准备。"我看了看谢教授，他只是胸有成竹地微笑着，我孤掌难鸣也就只好不说什么了。午餐结束后，在礼堂开了一个十分简短但又挺隆重的欢迎会。普尔校长用诙谐的语言简单介绍了一下我俩，一位女学生发表了一通热情洋溢的讲话，并给赠送我们每人一支精致的钢笔，即宣告结束。我一看表，历时只有七分钟。讲课按时进行。

我忐忑不安地推开教室的门，立即响起一阵掌声。20多位年龄参差不齐的凹眼隆鼻的学生围坐一圈，中间放了一张诊疗床。普尔校长亲自陪我上课，他曾在中国中医研究院针灸研究所接受过培训，可以讲几句洋泾浜（上海话，指语言不标准）中文。他告诉我，这里的学生，都是执业西医师，其中还有一位七十多岁的退休医师。全校百余人，分六个班。全部学针灸，三年制，均利用周末上课，教师则都是经中国培训的金发碧眼的当地人。这个班和谢教授讲课的那个班是毕业班，是专门集中起来请正宗的中国专家进行强化和提高的。最后他才揭开谜底，说，今天讲课内容是临床诊疗。

此时门一开，蹒跚地进来一位奇胖无比的妇人，由于直进比较困难，她只好侧身而入，她高隆的腹部几乎贴着门框。坐定后，几位学生完全按中医的方法轮流做望问闻切，态度十分认真，互作研究，然后将讨论的结果写在黑板上。这是一个奇怪的病例。据她说，自从半年前股骨骨折愈合后，体重开始无节制地增加，有时每天竟达一磅之多。她希望中医针灸能减轻她日益增加的体重。

接着是学生考老师了。第一个问题是：用中医理论怎么解释骨折愈合后会越来越胖？

这无疑是将了我一军，因为有关肥胖症在我国古籍中只有零星记载。即使在20世纪80年代后期，肥胖症问题在我国也并不严重，尚未引起包括中医在内的医学界的重视。但根据我所积累的知识和经验，有一点是明确的，即使从中医理论说，肥胖与骨折也是没有直接关系的，只可能是间接关系，如因骨折后长期卧床、活动不便造成运动量减少等。谁知我的话一出，竟引起学生的强烈不满，其中一位立即站起来反驳说：我不同意你的说法！这一病人明显增重不是在骨折治疗期间，而发生在愈合之后，用活动少难以解释。况且病人也强调自己每天运动量并不低。

　　我还没有碰到过学生顶撞老师的情况，但觉得学生说得确也有理。我冷静了一下，便再次对病人进行仔细询问，病人果然于不久前查出患有甲状腺功能减退症。因为学生都是西医，自然知道该症是继发性肥胖的主要原因之一，也是为什么骨折愈合了还在继续发胖之所在。于是一切释然。我借此也强调中医诊断同样要反复检查、全面了解病史及动用西医知识等。

　　接着讨论肥胖症的中医病机，由于缺乏经典理论，考虑到外国学生的特点，我提出了"胃强脾弱"的观点。结果又引起一片哗然。因为这与他们已经学过的中医理论相左，在传统的概念中"胃强脾弱"一词一般指消谷善饥，又不能运化水谷精微充养机体。所以只可能出现消瘦，哪里来的肥胖。我解释说，他们所了解的只是一个方面。其实，胃强既指食欲旺盛，也指饮食不能节制；脾弱是指脾气虚弱，或不能运湿，而形成水湿；水湿停聚，外泛作肿，发为肥胖，如这一病例；也可因脾气虚弱而气化作用减退，精微无力输布，生湿成痰，痰湿过盛，而致肥胖。由于我讲得深入浅出，观点又较新颖，竟获得一阵掌声。讲课结束，我才发现西装里的衬衣已经湿透，黏在皮肤上，首次领略到国外讲课的滋味。

　　晚饭后，我和谢教授徜徉在离校不远的森林中，贪婪地呼吸着林间弥漫着草木清香的空气，互相交流首次国外上课的心得。谢老当时还兼任北京中医学院（现在的北京中医药大学）的教授，也感到有点招架不住；同时也深为外国学生这种对中医药学热情向往和打破砂锅问到底的严谨治学精神深受感动。

比利时欧洲中医大学。左一为著者，
中为谢海洲教授，右为普尔校长

针灸减肥

概　述

　　肥胖症，系指多种原因引起的因进食热量多于消耗量而以脂肪形式储存于体内的一种病症。一般以超过标准体重的10%为超重，而超过20%者为肥胖。计算标准体重（kg）＝[身高（cm）－100]×0.9。按体重超标分度，实测体重超过标准体重20%～30%为轻度肥胖，30%～50%为中度肥胖，超过标准体重50%以上为重度肥胖。亦可从体重质量指数计算，其公式为：体重（kg）／身高^2（㎡）×100＞24（指华人）为肥胖。

　　过度肥胖，对人类健康是一个严重的威胁。首先，体内脂肪积累越多，心脏负担越重，而心肌内脂肪沉着更易致心肌劳损。肥胖可引起内分泌紊乱，血脂增高，促发动脉粥样硬化。肥胖还可导致机体免疫及抗感染能力下降。与常人相比，肥胖者癌症的发生率高1倍，冠心病发病率高5倍，高血压发病率高8倍，糖尿病高7倍。

　　随着物质生活水平的迅速提高，食物结构的改变和劳动强度的降低，我国单纯性肥胖症的发生率正日趋增高。国家卫生和计划生育委员会2017年公布的数据表明，我国13亿人口中，超重者达到2亿之多，胖子超过9000万，与之密切相关的糖尿病患者人数约为1.1亿，双双居世界首位。而大城市更为严重。但这仅仅是开始，预计今后肥胖的患病率将增长得更快。目前，对肥胖症的治疗，现代西医学多采取食欲抑制剂和代谢刺激剂等，效果并不十分理想，且有较大副作用。针灸减肥主要用于单纯性肥胖，而以获得性肥胖效果最佳。获得性肥胖又称成年起病型肥胖，多起病于20～25岁，与营养过剩有关，以四肢肥胖为主，肥胖细胞单纯肥大而无增生，饮食控制和运动的疗效较好。

针灸治疗肥胖在我国古代医籍中没有记载。现代针灸减肥，约始于20世纪70年代初，首先风行于美国、日本。之后，逐渐在世界上不少国家推广。我国采用针刺治疗肥胖症的临床文献，最早见于1974年，自80年代后，特别是近几年，有关报道急剧增多。在穴位刺激方法上，最常用且受病人欢迎的是耳针（包括耳穴压丸等各种变革之法），尚有用体针、艾灸、电针、穴位埋线等法。针灸减肥的效果，已基本肯定，对获得性肥胖症的有效率在70%~80%，肥胖度越大，疗效愈明显。对其他类型的肥胖，效果较差。关于针灸减肥的反应和副作用，已观察到，刺激耳穴时，部分病人在消化道会出现一些异常情况，包括咽喉部紧缩感，食道下部或胃区收缩。有的病人反映，针灸后，只吃少量食物即有饱胀感，或不思饮食、便次增多、轻度腹泻等。这些都属于正常反应，此类患者尽管食欲不振，但精力仍充沛。副作用已发现的有头昏、头痛、倦怠等。

对于肥胖患者来说，减肥是一个较为漫长的过程。要持之以恒，不可半途而废，减肥有效后还应注意坚持适当的体育锻炼，控制脂肪和糖类的摄入，切记勿暴饮暴食，多食高纤维素食物及水果蔬菜等，晚餐少食，改掉吃零食的恶习，食盐的摄入也应适当控制，否则仍有反弹的可能。对于体重未超标者，不要盲目减肥。

著者验方

一、处方

主穴：①梁门透归来、中脘透水分；②脐周八针（天枢、滑肉门、外陵均取双侧，下脘、石门）。

配穴：①丰隆、上巨虚、足三里、三阴交、阴陵泉、曲池、支沟；②外鼻、口、内分泌、耳中、大肠、缘中、胃（均为耳穴）。

二、操作

主穴为主。配穴中第一组酌加2~3对，可轮用；第二组每次均加。每次取一组主穴，两组穴轮用，或仅用一组穴。先令患者取平卧位。取第一组穴，选28号长为5寸的芒针，局部皮肤消毒，右手持针，使针尖抵触穴位，然后左手配合，压捻结合，快速进针，用平刺法缓缓直透至另一穴。其中，梁门透归来用接力刺法，即先从梁门透至天枢，再另取一针从天枢透至归来。透刺后作捻转运针，捻转幅度在180°~360°之间，针感宜强，必须达到有较强的酸胀感觉。脐周八针均进针2寸左右，施平补平泻手法，以患者自觉腹肌向脐中心收缩及有明显肠蠕动感为佳。配穴第一组，用一般针法。体针法留针30分钟。第二组用王不留行子作耳穴贴压，每次取一侧穴，双耳交替，留至下一次治疗时替换。每周2~3次，10次为一疗程。停针3~5天。再进行下一疗程。

体　会

本法体针在操作上有一定难度，须具有一定经验的针灸医师施治。主穴第一组使用长针，在腹部针刺时，应沿皮下脂肪层平刺，不可深刺，以免穿过腹膜，损伤内脏；在四肢针刺时，如针尖遇到阻力，应略后退调换方向再刺，以免伤及血管和神经。

第二组脐周八针，应据肥胖程度定进针深浅，一般来说针尖不可穿过腹膜，以免刺伤腹部的器官。当针尖触及腹膜时，患者多有放射状疼痛，而医者亦感针尖碰到一韧性物。

著者发现，单纯用耳压法减肥，也有一定效果，开始体重减轻较快，往往至一定阶段，即不再减轻。如配合体针效果较好。

针刺减肥也要求患者坚持一个月以上，为了提高疗效，应嘱咐患者适当控制饮食（但不宜过度节食），保持大便畅通，多做些户外活动，如慢跑、快速步行等。

在临床中还发现本法的疗效似乎与肥胖程度和年龄有关，肥胖程度越大疗效越明显；而年龄则以 20～45 岁间疗效较好，其余则相对较差，但也存在着个体差异。

第四节　谢海洲教授

车窗外，分别闪过比利时和荷兰的国旗，我知道我们已进入荷兰地界，董志林先生把车停在一家汽车餐馆门前，笑着说："喝杯咖啡吧！"

完成欧洲中医大学讲课之后，我和谢海洲教授应董先生的邀请，就这样从比利时又来到了荷兰。此行的目的是在他开张不久的"神州医庐"坐堂应诊。

在我们之前，他曾请过两位北京的针灸专家来应诊过。而请一位中国货真价实的名老中医来看病，不仅在他是第一次，在整个欧洲也是没有先例的。董先生不敢怠慢，他专门在英国出版的华文报纸《星岛日报》的第一版上刊登了一则约占 1/3 版面的广告，详述谢老和我从医经历以及诊治特色，还特地配了两张照片。其中满脸慈祥笑容灿烂的谢老的那一张，更引人注目。

第二天一早，诊所门前已人声鼎沸，挤满来求治的患者，清一色的是华人。不通过预约，人数又如此之多，在中国司空见惯，但在荷兰诊所则是破天荒的事。董先生带着歉意问谢老："本来打算让你们休息一天，他们没有预约就来了。你看……"谢老爽朗一笑，说："行，来了就看。"

董先生已经将底层的诊室，隔成两个区，外面一个小区为中医诊疗区，我在里面的一个大区，有四张专门用于针灸的诊疗床。这一天病人特别多，且都是从报纸上得到消息临时赶来的。谢老是来者不拒，既热情又细心，董先生则亲自为他抄方、抓药。桌上的电话时时响起，都是来预约挂号的，除了同胞，其中还很有几位白种人。因为患者络绎不绝，中午我们只好边用面包、牛奶充饥边看病。直到华灯初上，我们才送走了最后一位来自马斯特里赫的患类风湿病的老者。董先生粗略地估算了一下，中医病人有 50 多位。加上我的针灸病人，竟超过 80 位，创下了 1986 年神州医庐开业以来的最高门诊量。

晚上，董先生在乌特勒支市中心的一家香港人开的中餐馆招待我们，一方面表示感谢，一方面也有洗尘的意思。他显得特别兴奋，一向不善于喝酒的他，竟然也畅饮了满满的一杯。他踌躇满志地说，不用多久，荷兰不仅会出现针灸热，还会出现中医热。

然而，这个中医热仅仅持续了两周。到第三个星期一开诊时，候诊室里只稀稀拉拉地坐着几个病人。更令人不解的是，相当部分预约看中医的病人，或打电话取消，或干脆连招呼也不打就不来了。一天下来也就 10 来个病人。之后一连几天，虽然时多时少，但大局似乎并无好转。我发现董先生的眉头开始打结了。但看到谢老仍是乐呵呵一副胸有成竹的样子，我的心里又踏实了些。到第四周，我的针灸病人由于原有的基础，还维持在一天 20 多名患者求诊的水平，但中医病人则有每况愈下之势。少的时候一天竟只有七八个病人，偌大的一个诊室，多半时间显得冷冷清清。董先生有些坐不住了，他偷偷地找我商量，因为他也没有碰到过这种大起大落的情形。我说，可能还是宣传不到位，登的是英国的报纸，又只有一次，还是中文的，知道的人不可能多。于是建议，为了扩大影响，是不是可以利用周末的时间在荷兰和比利时的各主要城市进行名医义诊。董先生点头赞同，和谢老一说，更是连连称好。董先生立即排定在各个城市义诊的具体日期，交荷兰华人中最有影响的一份刊物：由旅荷华人联合会主办的《华侨通讯》上公布。他还在当地的荷文报纸《乌特勒支日报》登了一则中国名中医赴荷巡诊的消息。

这一着果然灵验，义诊的第一站选择的是荷兰第二大城市鹿特丹，地点在该市最大的中餐馆"海上皇宫"，尽管周末是华人餐馆最忙的时候，但来看病的人仍是围了个里三层外三层，而且往往是一来就是一大家子，祖宗三代挨个请谢老开方。我和董先生分工，我抄方，他接方记邮寄地址，就这样也忙得团团转。董先生阴了好长时间的脸又放晴了。与此同时，荷文报上的消息也起了作用，金发碧眼的病人也开始频频出现在诊室。谢老吸取了开始时的教训，看病时特别仔细谨慎，每开一张处方他都反复斟酌，有时还不耻下问找我商量。一位荷兰女医生，请他为长期卧床不起、低热不退的老父亲看诊，因为是西医同行，谢老更是下功夫，亲自为他煎药。

尽管如此，依然好景不长。首先是董先生的远房亲戚，一位在恩特霍芬（著名的菲利浦电器总部所在地）开餐馆的老板发难，他在电话中抱怨，连吃了谢老的 4 付中药，他的咳嗽毫无好转，害得他白花钱还喝了不少苦水。接着，董先生接到一只大邮包，打开一看，是原封不动的七包中药，还附了一封荷文信，说是发现中药里面有很多虫子，使他既害怕又恶心，全部退货。原来，里面有蝉脱等一些动物药。特别令谢老失望的是那位卧床老人，经过两周左右的精心治疗，低烧已退，整体情况都有改善，可是那位女医生送到医院一检查，居然所有的指标没有好转不说，有两项主要指标还有恶化的趋势。于是女医生客气而又坚决地停止了谢老出诊。

那一天，饭量一直很大的谢老，只吃了一碗米饭。饭后，我们照例一起出去"遛弯"（散步）。荷兰已近北欧，初夏的白昼明显延长，阳光照在身上有一种温暖的感觉。我俩沿着乌特勒支河缓缓地走着，我听得出谢老的步子有些沉重。略带混浊的河水平静地向远方流淌，河的两旁是高大的乔木和草地，我们选了一张长条椅坐下。谢老说："张医生，你倒分析分析这是咋回事，我从医了一辈子，怎么也不能砸在荷兰！"

我劝说道，对于老外这两件事，主要原因是文化背景不一样，由于中医根植于中国传统文化，西方人一下理解不了，造成认识上的偏差，所以不明白怎么可以用虫子治病？同时认为判断是否有效的标准是检验指标的变化，而主要不是根据症状的改善情况。这得慢慢来。

"咱先不说外国人，可咱们华人怎么也一样？"谢老从口袋子里掏出一本日记本，他告诉我这里记录了他两个月来所诊疗过的近 500 人次的病人的情况，有一大半人只来看了一次就像那个吃了 4 付药不见好再也不来了，他感慨地说："中药是自然药物，和化学合成的西药不一样，是通过整体调节来达到治疗目的的，发生作用的过程要慢。再说这些人的病情都比较复杂，拖的时间又长，怎么可能七付药下去就霍然而愈呢？"其实，这些日子以来我也一直在思考这个问题。我同意谢老的说法，在荷兰的华人，几乎都有一番艰苦创业的过程，落下病根后，又舍不得钱也抽不出时间去治疗，加上语言不通，很少进荷兰的医院看病，小病拖成大病。这次听说来了中国名医，期望值很高，带着神仙一把抓的想法前来。结果并不是那么回事，于是，很快又从希望变成失望。最后，我对谢老说，一定要向大家把中医治病的特点解释清楚，这篇文章我来写。

谢老口授我执笔，我们一口气写了好几篇文章，董先生拿到《华侨通讯》上做了连载。平时，谢老在诊病时也不厌其烦地向病人进行解释。过了一段时间，门诊似乎有回暖的迹象。然而另一件事又始终困惑着谢老，就是疗效不佳。一些在国内屡试不爽的方子，到这儿就没有效，当时的谢老已经是位具有近五十年临床经验，以疗效显著，善起沉疴闻名京华的名医。但在荷兰就是使出浑身解数也不顶用。其中，最能说明问题的是咳嗽，在北京用止嗽散加减，可以说是治一个好一个。可是在这儿，前后共治了十六位，竟没有一个有效的。这到底是为什么？

一个周日的上午，我和谢老在城市东边的一个公园溜达，这是一个典型的荷兰天气，灰蒙蒙的，像拧得出水。谢老忽然把目光停留在一棵棵参天大树上，他忽然说："我弄明白了一件事！"我有些奇怪地望着他。他指着树身说："你看，那上面长满青苔，而且是厚厚的裹了一层，说明荷兰是十分寒湿的地方，和北京的干燥气候截然不同，两千年多前的《黄帝内经》就讲到要因地制宜，我偏偏没有注意到这一点，真是活到老要学到老呵。"说来也巧，第二天有一位温州籍的餐馆女老板急性咳嗽吃了几天西药无效，前来就诊。谢老当即开了二陈汤加减 5 付。说也奇怪，这第十七位咳嗽病人，两天之后，打来一个电话，开玩笑说是要把剩下的 3 付药送回来。原来，她吃了两剂药就完全好了。自信的笑容又写到谢老宽大的脸上。

可惜的是，还没有等到他大显身手，我和谢老的聘期也到了，我比他早几天走，他依依不舍地送我上车，相约在北京见面。回国不久，我在《健康报》上读到他的一篇文章《老经验遇到新问题》，写的正是在荷的经历。这令我感动不已：一位全国闻名的中医大家竟能毫不犹豫地谈自己走麦城，这需要多大的勇气和多么宽广的胸怀。之后，他得知我的《难病针灸》一书将由人民卫生出版社出版，专门寄来亲笔写的序言，指出该书是"作者长期以来从现代文献角度对针灸学所做的贡献，并从原来以古籍校勘为主的沉闷的文献研究中开辟一条新的途径。"这当然是过誉的话了。2001 年，谢老八十大寿，我去信祝贺，他专门托人带给我一册图文纪念集。2004 年，集他从医 60 年学术思想、临床经验和治学特点的精华《谢海洲医学文集》出版。他特地寄我一册，该书后来获得 2005 年度中华中医药学会科学技术（著作）一等奖。然而，由于大家都忙，从荷兰回国之后，一直到他以 84 岁高龄离世，我们一直再未见面。这位医术精湛、博学谦和、心胸宽大的老人，始终活在我心中。

荷兰神州医庐前。左为著者，中为谢海洲教授，右为董志林先生

第五节　针灸在荷兰

当我首次踏上荷兰的土地时，竟有一种相见恨晚的感觉。因为第一次将中国针灸介绍到欧洲大陆的就是荷兰人。

在三百多年前，印度尼西亚的荷兰东印度公司有一位名叫布绍夫（Buschof, H.）的职员，得了痛风症，反复发作整整14年，遍治无效，竟然被当地的一个土郎中用传自中国的艾灸之法治愈。布绍夫在感慨之余，以亲身感受撰写了一部名为《痛风论集》的专著，于1676年在伦敦问世，首次向西方世界介绍了神奇的中国灸术。无独有偶，之后不久，也是东印度公司的一位外科医生瑞尼（Rhijn, H.），克服重重语言障碍，从日本学得针灸，于1683年出版了《论针刺术》一书，成为第一部把针刺疗法引进欧洲的专门著作。当然，和针灸东渡朝鲜、日本不同，它西传之路可谓历经坎坷。所以一到荷兰，我首先关注的是20世纪80年代末针灸的生存情况。

荷兰是个美丽的滨海国家。在密布如蛛网的现代化高速公路两旁，黑白相间的乳牛在悠闲地漫步，高耸入云的风车在缓缓转动。就像一幅浓墨重彩的现代与传统和谐共存的图卷。利用荷兰众多的节假日，董志林先生几乎带我们走遍了它的四万多平方公里的国土。北至格罗宁根，南到霍恩道芬，东去海牙，西达奈姆亨，在星罗棋布的大大小小的城镇上，除了中国餐馆，最有中国特色的就数针灸诊所了。和中国餐馆都是华人开的有点不同的是，主办针灸诊所的大多数是金发碧眼的洋人。其中也有为数不少的华人。华人诊所门前，一律挂中荷文招牌，中文名字颇为别致，如董先生开的是名画家范曾先生题写匾名的"神州医庐"，也有叫"东方医苑"，还有古色古香的"仁济堂"等。

尽管华人针灸师所占比例不大，但因为来自针灸的祖国，得天独厚，所以影响不小。阿纳姆市有位姓刘的医生，原是温州一个县中医院的中医师，擅长伤科，来荷之后，改行针灸。由于收费低廉且疗效不错，一时间门庭若市，应接不暇。他本是以探亲身份来荷的，既没有居留证，也无工作签证，当地警察局就来找麻烦。谁知病人不愿意了，纷纷联名挽留，签名者多达数百人，绝大多数还是附近的洋人。有几位从事律师职业的病人，主动为他打官司，这一事件一时成为当地的重要电视新闻。在这种情况下，荷兰地方当局竟破例同意他定居，不久，他又把在国内任针灸医生的妻子及女儿迁来，三个人开了个诊所。直到我1996年第三次赴荷时，虽然已出现不少从北京、上海等大城市来的一些针灸名家开的诊所，但到他那儿的就诊者仍络绎不绝，业务兴隆。当时，在华人针灸师中像他这样还算得上科班出身的人并不多。多数是通过自学或回国经短期培训班学习之后申请开业的。这些人中经过激烈的市场竞争，凡属大浪淘沙后留下了的，尽管理论基础较差，但都积累了相当丰富的、适合于当地的临床实战经验，对荷兰的适宜病种和病人特点了解得颇为清楚，治疗起来常常得心应手。我本人尽管经过学校的正规训练，又有多年的临床经验，但刚到那阵子，疗效还确实不如他们。在开业的针灸师中，主力还是具有荷兰执业医师和针灸师双重资格的医师，他们既可针灸，也有处方权，真正可以被称为针灸医师，下面提到的沙亨达拉就是这样的医师。只有通过他们针灸的病人，才可以享受医疗保险。凡是中国聘请的针灸医师，即使是教授或主任医师，在荷兰都属于针灸师，要低一层次。既不能开处方，也没有哪家医疗保险公司肯承担他治疗的病人的医疗费用。

来针灸诊所治病的病人，几乎清一色的是白人，包括来自邻国的，偶尔也有定居的华人和摩洛哥人。病种十分广泛，往往都是些令西医为之束手的现代难治病，包括顽固性疼痛、瘫痪、帕金森病、共济失调、抑郁症、面肌痉挛、癫痫、甲状腺病等。不少还是当地医生建议来的，我曾碰到过不少。如有位女病人，专门带来了一份专科医生的治疗建议书，上面写着：病人患有局限性运动系统（肌肉骨骼）疾病，建议用针灸治疗。她背部疼痛已十多年，呈阵发性发作，症状剧烈，非常痛苦，但一直弄不清楚是什么病。除此之外，还风行减肥和戒烟，特别是戒烟，我采用上海华

山医院方幼安教授总结的耳针法，竟然立竿见影，真可谓是"效若桴鼓"。不过针了几个华人，效果反不明显。

荷兰的针灸诊疗费与国内相比是相当之高，在20世纪80年代末，记得国内针灸挂号才3角钱时，他们那里针刺一次就要35～70荷兰盾（当时相当于人民币105～210元），目前已增至50～80欧元（相当于人民币400～700元）。当然，收费高服务也好，使用的是无菌一次性针灸针，这类针灸针绝大多数为中国大陆生产。诊疗室内也十分人性化，都是每一病人一间，一律使用一次性纸质床单，为了避免晕针等意外，均采用卧位。留针期间，可将灯光调暗，据病人喜好，播放轻音乐。为了提高疗效，除了穴位注射外（在国外，针灸师不容许做肌内或静脉注射），多种穴位刺激，诸如拔罐（面、颈等暴露部位不拔）、艾灸（以无烟灸为主）、电针、头针、耳针等，凡是用得上的，都尽量综合应用。

随着针灸影响的扩大，从20世纪80年代起，荷兰的针灸学校或培训班也应运而生，并日渐增多。在早期，出现的多是以营利为目的的短期培训班，秉承我国"文革"时"一根针、一把草"的遗风，往往一两个月至半年，最少的只要几天，即可将一个毫无医学知识的外行像变戏法似的培养成可以独立开业的针灸师。我认识一位来自苏里南（荷属南美小国）的黑人青年，在一所医院打杂，酷爱针灸，常利用业余时间跑到一些针灸诊所义务做下手，只能看不能动手。一天，他告诉我，香港有个我从未听到过的针灸研究所在海牙举办培训班，他决定去学。一周之后，他果然捧着一张盖了两颗大红印的文凭回来了，说是花了1500荷兰盾，听了三天课，看了两天操作，已正式毕业，他已开始收拾行装，准备打道回南美老家挂牌行医了。以这种方式培养的学生，其水平可想而知了。当然，现在这样的"培训班"基本绝迹了。

另一类学校，属于业余性质，但较为正规。学制一般三年左右。招收对象多为西医理疗师或执业医师，均已具有较好的西医学基础。每月上课四天，都利用周末或周日。这样的学校当时有7所，目前已发展至17所。前面提到的我首次讲学的欧洲中医大学，尽管办在比利时，但也招收荷兰学生，并在荷兰设点授课。该校有一整套自己编写的荷兰文教材（内容多从中国大陆及中国台湾的中医针灸著作中翻译改编），包括中医基础、针灸学、中药方剂等。有一个教学班子，专职教师均为在中国北京、上海系统进修过针灸的当地人，同时每一学期都要邀请中国内地、台湾的针灸、中医名家去讲学，以保证教学质量。学校还定期出版学报（季刊）。毕业班的学生一律都组织去北京的中国中医研究院（现名中国中医科学院）针灸研究所实习一段时间。学习期满，成绩合格后，发给文凭。除了有校长签名外，还需有中国专家签名认可。我就签署过 5 份毕业证书。由于是自费并利用业务时间学习，学生都十分用功。记得有位荷籍印尼人，年近古稀，一个退休医生，是位针灸的发烧友，并不打算再发挥余热，但学习照样劲头十足，听课时不断发问，练针时脱光膀子，异常认真。学生毕业后，不仅可以针灸行医，而且能加入荷兰有名的针灸医师协会。而加入这一协会，就意味着他的针灸病人可以获得医疗保险。除了该校，董志林先生创办的神州中医大学也有一定特色，他的教师都是聘请来自中国大陆的针灸名家，而且提供实习基地。除了三年制外，他还举办一年制的高级进修班和定期名家讲座，主要面向要求进一步提高的针灸师或针灸医师。

值得一提的是，从 20 世纪 80 年代中期开始，针灸已开始进入正规大学，如位于荷兰北方的格罗宁根大学就开办了一个以中国古代名医华佗命名的针灸中心，从上海市针灸经络研究所邀请医生去应诊和培训。从而打破了针灸个体开业的一统天下。

历经数百年风风雨雨，针灸医学目前在荷兰越来越走向兴盛。据不完全统计，目前全荷兰的针灸师已超过 3000 人，注册针灸诊所近 250 多家。尽管荷兰是个十分包容的国家，但针灸学要获得更大的生存和发展空间，还是有一定困难。

首先是针灸师（不是针灸医师）地位低下，在荷兰充其量相当于理疗师，没有处方权。荷兰是个全民医疗保险的国家，针灸发生的费用经过不断的抗争，虽已为相当部分保险机构所接受，但必须具有在荷兰有执业医师资格的针灸医师签署才行，一般针灸师，即使是从中国大陆去的教授和主任医师，照样不行。由于荷兰开业的大部分是后者，竞争十分激烈。我认识的一对在鹿特丹开诊所的中国夫妇，在国内原是针灸医师，虽有经验，但因为来看病的患者都要自掏腰包，就诊者不多。一到周末就去亲戚开的餐馆里端盘子，以补贴家用，光景并不见得好。为了争夺病人，华人针灸师便在旅荷华侨协会办的《华侨通讯》上乱做广告，少数人把自己吹得天花乱坠，时间一长，效果适得其反。我三次赴荷，华人诊所，已走马灯似的换了几批。像董先生的几家诊所，则采取"中洋结合"的方式，即主要由中国来的专家治疗，而请一位荷兰的针灸医师（当然他也诊治）签名，让病人获得医疗保险。

其次，荷兰卫生部门及医学界，对针灸学术仍采取十分谨慎的态度。1989年，我在荷期间，正好碰到一场论争，林勃格（Limbug）大学的两名研究人员，在卫生部资助下经半年多的研究后发表了一篇耸人听闻的论文，说他们通过文献复习和深入调查后，发现针灸本身并无确切的疗效，并认为多与心理因素有关。文章一出，整个荷兰针灸界为之震动。不少荷兰的针灸师撰文用自己的诊疗事实进行反驳。我也写了一篇文章，比较全面地介绍中国研究针灸学术的情况，用大量的成果证明针灸效果是确实可靠的。特别是不少应用针灸治好的病人，也纷纷投书报刊。在这种情况下，荷兰卫生部，决定此项研究再延长两年，通过深入的实验和临床研究再做结论。

除医务界外，荷兰知识界也不是完全能理解和接受针灸。如荷兰国家电视台的邱小姐，她告诉我，她们想拍摄一部反映中国传统文化的电视片，但决不会拍如针刺麻醉下可以开刀之类的无稽之谈。我当即告诉她，如果她来中国拍摄，愿意的话，我一定陪她亲眼见识一下用小小银针打开头颅或胸腔的场面。

不管道路如何曲折，我始终深信根植于中华大地的针灸医学一定会真正走向全球，成为世界主流医学的重要组成部分。记得在我第三次进入荷兰时，关于针灸是否有效的争论早已偃旗息鼓，鹿特丹大学医学院专门请我去为他们的一个针灸研究项目作了一堂针灸治疗网球肘的研究现状的讲

座。邱小姐做的以介绍中医针灸文化为主的电视节目，在荷兰及周边国家
获得了如潮般的好评。

第六节　失明老人

　　1993 年 4 月的一天。我刚刚踏进诊所大门，护士尤妮小姐按例把一天
预约的病人表递给我，她特别告诉我今天有一位盲人找我治疗，并且说是
我的一位学生介绍的。我记起来了，上周我在乌特勒支大学医学院的高级
针灸进修班上曾经讲过针灸治疗眼底病。这也是荷兰特色的活学活用：每
上一堂课之后，便会招来一批与之相关的病人。

　　10 点钟光景，病人准时到达。这是一位年过六旬的老人，瘦高而背略
驼，由夫人扶进诊断室。后面跟着我的学生罗勃，挟着本很大的笔记本，
这个病人是他介绍的。老人是来自北方城市格罗宁根，车程达两个多小
时，往返一次真不容易，充分表明了对我的信任。夫人拿出了一大堆诊治
的资料，并对病情详细做了说明。老人于 8 年前患脑病，之后双眼突然失
明，曾到荷兰多家医院诊治，都查不出原因，连眼底病变部位也不清楚。
最后诊断为眼底功能性障碍，尝试用多种方法治疗都无效果。

　　我给老人做了检查，眼底确未见到异常。但在测试视力时，他的夫人
告诉我一个奇怪的现象：在 110cm 之内，老人什么也看不到，而超过此数
则可看清手在晃动，过了 130cm 重又回到黑暗世界。为此，她特地带了一
把软尺，并对我演示了一遍。

　　我从未见到或听到过这样的病，不过转而一想，如果不是器质性病变
所致，应该是针灸治疗所长。于是我先拟了一组穴位：新明 1、新明 2、
攒竹、足光明，视区（头皮针穴）。均取双侧。罗勃自己开了个针灸诊所，
利用周末来高级针灸班上课，十分用功，喜欢打破砂锅问到底。对我的组

方颇为不解。我向他解释：治疗眼底病我已积累了相当经验，但这样的一个病例我还是头一遭。本来应当也取眼区穴位，但针刺容易出血，造成所谓的"熊猫眼"，在国外更应慎之又慎，能不用尽量不用。所以采取新穴与经穴相配，近取、中取与远取结合的方法。所选的这四个穴位都离眼球有一定距离，十分安全。其中，新明1和新明2是两个新穴，前者在耳后皱褶的中点，后者则位于眉梢上1寸旁开5分，是治疗眼底病的效穴。另外因为患者发病与脑病有关，类似于皮质盲，所以加了枕部的头皮针穴位视区穴。当然这样的组方对这一病人是否有效，我心里也没有底。

我请老人上诊疗床后先取坐位，并将可能出现的针刺感觉做了说明。当我斜刺入新明1穴才提插数下，老人立即告诉我有一股酸胀之气直达眼底部，我持续做小幅度捻转加提插手法1分钟，老人觉得眼球始终有一种温热的感觉。继针新明2，针感亦放散至整个眼区。特别是，我在视区穴刺了两针，在做快速捻转时，老人亦觉眼部有一种特殊的感觉。这是我以往所没有经历过的。接着，请老人取仰卧位，在针双足光明穴时，当我采用针尖向上施用手法时，患者自觉也有似胀似麻的感觉缓缓上行过膝。这一切，表明病人有明显的经络感传现象，也就如古人所说的"气至病所"，而患者所有穴位都发生这种情况在临床上并不多见。我按该诊所的惯例，留针30分钟。这一病例，我没有采用脉冲电刺激，而是每隔10分钟左右在两个新明穴各施行提插加小捻转手法1分钟。目的是加强刺激的强度，使眼区保持较强的针感。因为我感到这一病人病程很长，症情也较重，小打小闹不一定能解决问题。老人尽管是第一次针刺，始终闭着双目默默地配合着我。

针完之后，我觉得老人下床的动作似乎利索了一点。回到诊断室，当即请他的夫人拿出那根软尺试试有无效果。老太太不太相信地耸了耸肩，不过还是做了。谁知这一量竟量出了个奇迹：老人在100cm处竟能分辨出手指数。这说明，他所能看到的距离缩短了10cm，而且更重要的是从原来只能看到手动而现在竟能分清手指，对视力来说这本身就是一个很大的进步。老人异常高兴，而更为激动的是老太太，亲切地在我的面颊上吻了一下。

自此之后，他每周两次，风雨无阻，总在同一时间准时到达。效不更方，我除了将攒竹与丝竹空轮用外，其他穴位每次不变。说也奇怪，每针1次，看到的距离总是不多不少缩短10cm，同时眼前的物体不仅愈来愈清晰，而且愈看愈远。针到第12次时，失明8年的双眼前已然一片光明，老人一把拿起当天的《乌特勒支日报》兴奋地大声朗读起来，一旁的我尽管一点也听不懂荷兰文，但为他的康复也为自己的成功感到由衷的高兴。

为了巩固效果，我又给他针了6次。夏天来临了，老夫妇俩要外出度假，这也是8年来他们第一次出远门旅行。我告诉他俩，我也即将回国。老人紧紧握住我的手说，我们还要来治一次，你千万要等我们。我点点头。果然，在我回国的前一天，还是那个时间，老两口来了，这次是老人开的车。他没有要求再治疗，而是专程来送礼物的。我按照荷兰人的规矩当面打开精致的包装，一个made in China的芭比娃娃，一只荷兰制的纯银戒指，都是送给我女儿的。中国，荷兰，我懂得他们挑选这两件礼物的真正含意。

链接

皮质盲的针灸治疗

概　述

皮质盲，临床上又称大脑盲。是大脑外侧膝状体以上包括枕叶皮质和双侧视放射病变而引起的一种中枢性视功能障碍。本病以血管痉挛性损害最为常见，尚可因脑膜炎、中毒性菌痢及颅脑外伤所致。其症状为双眼视觉完全丧失（无光感或黑矇），可有偏瘫等。其眼部体征：眼底无异常。强光照射或外界的各种刺激均不能引起眼睑的闭合放射反应。瞳孔大小及对光反射正常。现代西医学一般采用皮质激素及扩血管药物，但疗效不甚满意。

现代的最早报道，见于 1979 年。尽管从总体看，文献量不大，但从 20 世纪 80 年代至今的大部分年度都有临床文章出现。被列为眼和附属器系统西医症状中第二针灸病谱。在取穴上，除了应用一般的眼病常用穴，发现经外穴新明有较为独特的效果，结合头皮针穴视区更可提高疗效；在针灸方法上，以体针为主，但提倡两种或以上穴位刺激方法结合，穴位注射也有一定效果。就著者经验而言，以有一定基础视力并能早期用针灸干预者，疗效为佳。

著者验方

一、处方

主穴：视区、视联络区（头皮针穴），新明 1、攒竹、球后。

配穴：肝俞、肾俞、光明。

二、操作

主穴均取，配穴酌加 2~3 个，轮用。头皮针穴均用 28 号 1 寸毫针。针法：视区，直刺；视联络区斜刺，向内下方或外上方。均快速针入，用指力将针尖冲入头皮下，以进入帽状腱膜与骨膜之间为好，然后将针体放倒呈抛物形进针 0.8 寸。均用进气法：针体进入帽状肌腱下层，针体平卧，用拇、食指紧捏针柄，用暴发力迅速向内进插三次，然后再缓慢退回原处。其余体针穴位均用前述刺法，得气后留针。头皮针可接电针仪，连续波，频率为 4Hz，以患者感舒适为度。留针 30 分钟。每周 2 次。

体 会

皮质盲，中医学多认为与先天禀赋不足，或后天热毒伤及阴精，致肝肾亏损等有关。本方以头皮针穴为主，配合体穴治疗。取穴依据：头皮针穴是基于本病是中枢性视功能障碍，采用西医的观点而设。其中视联络区是林学俭医师所发现的一个用于治疗皮层性视力障碍和弱视的新区。余穴则以疏调眼部经气和补益肝肾为主。

头皮针的进针。为了使针尖能沿着头部形状滑行，可采用下法：中指与食指将针体上抬，拇指放松，使针尖向下滑行；中指与食指将针体上抬，拇指下压，针尖可上行。针刺的角度宜成 $15°$ ~ $30°$ 角之间，使针体保持在帽状腱膜与骨膜之间。本法原不留针，但著者发现留针效果更好。头皮针的操作，分进气法和抽气法两种，本法为进气法，适用于本病。另有一种抽气法。方法基本相似。只是将向内进气三次，改为向外抽提三次。本法多用于实症。

本病以早期治疗且有一定基础视力者效果较好，如无光感或病程长者较差。本方亦可用于功能性失明的治疗。

第七节　为舞者治关节病

中午，我们在诊所的半地下室餐厅用过简单的午餐，我喝了杯袋泡红茶，略事休息后，就去了诊室。

刚到诊室门口，尤妮小姐迎上来和我商量。说是刚接到一个电话，阿姆斯特丹有位病人，因腿痛得厉害，想预约下午来针灸。因为按照规定，病人门诊是应当前一天预约的，再说今天病人已经约满了。尤妮小姐笑着说："所以我要和您商量，如果您不同意，我可以拒绝的。不过这个病人反复请求希望得到您的帮助。"荷兰门诊时间和国内不同，中午只有半小时的吃饭时间。每天实足 8 小时，针灸又是个半体力活，一天下来着实有点累。不过既然病人如此求治心切，作为医生当然不便推辞，我略一思考，就点头同意了。尤妮小姐抱歉地说："这样就要延迟您的下班时间了。我会告诉老板的。"

下午 5 时，一位 30 岁左右的姑娘在一个敦实的小伙子搀扶下走进诊室。姑娘叫海密丝，是个教儿童舞的教师，膝部疼痛已有多年，时好时坏，休息之后能够减轻。所以没当回事。但近来疼痛加重，不仅白天痛，夜间也会痛。并感到膝关节内有咔嚓咔嚓的响声。因为住在三楼，上下楼梯或下蹲、站起都有些困难，须手在膝盖上撑助才行。被医院诊断为膝骨关节病。多方治疗，效果并不明显。昨天教跳舞时不慎扭了一下，当时并无多大感觉，今天痛得连路也走不成了。刚才是从乌特勒支火车站叫出租车过来的。我让她躺在诊疗床上，经仔细检查，发现关节活动明显受限，股四头肌有轻度萎缩，关节略有畸形，膝关节屈伸活动时可扪及摩擦音。这个病人的症情显然是较严重的。我告诉她，针灸可以有帮助，而且止痛效果明显，但因为是一种调节的方法，需要一定的时间。海密丝是个性格乐观的姑娘，虽然痛得走不成路，但脸上仍洋溢着笑容："没问题，我相信中国医生，相信针灸。"看她如此信任我，我反倒感到一些压力。我拟定了一个治疗方案：取血海、梁丘、曲泉、阳陵泉、膝眼、犊鼻。用 28 号 1.5～2 寸毫针，其中，血海、梁丘针尖向下，曲泉、阳陵泉针尖向上均指向膝部。用反复提插加小捻转之法，促使针感往膝部汇聚；膝眼、犊鼻直刺至明显得气。留针，并在膝眼、犊鼻加用疏密波刺激，强度以她能忍受为度。配合 TDP 灯照射。30 分钟去针后，我又分别在周围的四个穴位上拔中型火罐 15 分钟，出现四个深深的红印。结束治疗，海密丝活动了一下双腿，开心地说："行了，我又能跳舞了。"我急忙劝阻，说："您的腿需要的是休息，不能多活动，特别是像跳舞这样的运动。"她笑着说："这是开玩笑，我已决定辞去这份工作了。"

坐在诊室的低头看书的小伙子，见她自己走了出来，十分高兴地用中文对我说："谢谢，谢谢。"她告诉我，他叫汉斯，德国人，是她的男友，一个中国迷。我这才发现，他头上戴了顶褪成淡黄色的解放军的军帽，斜背着一个印有中文"为人民服务"红字的草绿色的挎包。

过了两天，海密丝又在男友陪伴下来了。她告诉我，经上次治疗后，走路是好了许多，但上下楼还是不行。她已打算坚持治疗一段时间。我如实告诉她，她的病较为严重，单纯用针灸治疗效果不定满意，如果配合其他中医疗法，可能更好。海密丝兴奋地说："行，你就统统给我用上吧。"这时，恰好中国针灸骨伤学院（现已并入北京中医药大学）的骨伤科专家葛国樑教授也同时被邀在此坐诊。我就将海密丝也介绍给他，葛教授很认真地用独特的手法治疗，还让她平时贴用中国膏药。一个多月后，海密丝一个人就可以来了，上下楼也好多了。只是早上膝盖还是有些发僵和疼痛。

这一天，也是她独自来的。我发现她的神色有些不对。因为我们比较熟悉了，在治疗时我就询问了一下。她是个藏不住心事的人。她告诉我，因为她已经失业几个月了，又要治病，单靠同居的男朋友一个人养家，生活有些拮据。前些天汉斯又找了一份送报的工作，回到家直喊累，她有些不忍心。但她的这两条腿，前一阵子效果很好，现在不知为什么越来越不明显。她想与我们商量，是否先停治一段时间。我感到有些内疚，同时我也完全理解这主要是因为经济关系。荷兰的医疗保险是很完善的，但由于针灸治疗，特别是来自国外的针灸师治疗的费用，却不纳入保险范围，全部是自费的。针灸、推拿的收费本来不菲，她每次又要进行双重治疗，加上从阿姆斯特丹至乌特勒支往返的路费，对她这样的家庭确实难以长期承受。她的双膝，属于慢性病，有明显器质性的改变，要迅速消除所有症状，实在是个难题。而要减免诊疗费用，更非我们力所能及。她见我一副为难的样子，赶紧说："我一点也没有怪你们的意思，你们是我碰到过的最好的医师，你们确实是尽力了。"停了一会，她说："我听汉斯说，他去年到你们中国广州去旅游，在一个广场上，看到有人在膝盖上用一种针刺出血再拔火罐，拔出很多血，说效果很好。你们知不知道这方法？"

她说的是刺血拔罐法，或称刺络拔罐，是针灸常规治疗法，对于因瘀积所引起的包括膝骨关节病在内的肿痛性病症有着良好的效果。在我第一次到荷兰时，董先生就告诫过我在荷兰行医的注意事项，提到采用拔罐法

时，凡身体暴露部分，如颈面部不可拔，因留下瘀斑影响美容。还特别强调，慎用各种刺血法，容易引起患者恐惧，西方人多不能接受，搞得不好要打医疗官司。所以，我就没有想到给她使用这个方法。现在她既然提出，我便向她做了解释，她一听，立即笑着说："我不怕，也不会去告你们的。给我治就行了。"听她这一说，取针后，我当即用一次性粗三棱针在她两膝肿痛最明显处快速刺了十数下，为了分散她的注意力，我不断说话，并告诉她中国有句名言，叫做长痛不如短痛，让她坚持。海丽丝咬紧嘴唇死命点头。然后分别吸拔了一个中型火罐，很快吸出满满两罐黑血。这时，她的脸上尽管留着勉强的笑容，眼角却已布满了泪水。

第二天她没有来。尤妮小姐说，来电话了，说是她昨天回去上楼就轻松多了，询问我几天拔一次罐。之后，为了减轻她的负担，我让她一周来治疗一次。使我深感意外的是刺络拔罐之法疗效的明显，几乎是吸拔一次，她的病就显著改善一次。当然，这里也有葛教授的功劳，他多次改进手法，促进已有轻度萎缩股四头肌的康复和关节内积液及游离体的消散和吸收。

终于有一天，汉斯给我来了一个电话，他郑重其事地邀请我和葛教授周日去他们家作客，同时告诉我们，海密丝已经找到一份报酬较高的新工作了，下周一正式上班。我和葛教授在表示祝贺的同时愉快地接受了邀请。葛教授还特别强调，午餐由我们来准备，保证是中国式的。周日一早，我俩就应约乘车前往，汉斯在古老的阿姆斯特丹火车站挥着那顶褪色军帽在等我们了。他陪着我们穿过老皇宫前鸽群飞舞的著名的达姆广场，安排我们参观了荷兰国家博物馆。我们在梵高、朗勃伦艺术大师的名作前流连忘返，汉斯还专门对朗勃伦的名作《夜巡》进行了详细讲解。近中午时，我们来到他们的住处，这是一所年代久远的公寓，他们住在三楼，楼梯十分曲折狭小，我这才体味到海密丝上下楼的艰难。海密丝在门前迎接我们。他们住的是一室一厅，厅较大，卧室、厨房、卫生间都挺小。厅中充满中国味道，墙上挂着大红的如意结和画有山水的扇面，柜中也陈列着各种来自中国的物件。

午饭时间到了，葛教授从拎包里掏出准备好的午餐。原来，他几天前就发现了华人开的一家杂货店中进了罐装的豆沙馅和糯米粉，专门买好带来。于是，我们在欢快的笑声中一起动手包中国汤圆。午后，汉斯特地为我们播放了他数次去中国旅游拍摄的录像，勾起了我们思乡之情。这一天我们过得很开心。

在海密丝家做汤圆，左为葛国樑教授，中为海密丝，右为著者

链接

膝关节骨关节炎的针灸治疗

概 述

膝关节骨关节炎，又称肥大性膝关节炎，是一种常见病症。多由于局限性、进行性软骨破坏及关节边缘骨赘形成所致。以上下楼梯及做坐位站起等动作时髌骨下有摩擦感及疼痛，反复发作

的膝部肿胀，严重时出现关节畸形等为主要表现。

膝部病症，是针灸治疗的传统病症之一。针灸治疗膝关节病在20世纪50年代就有报道。但明确表明为本病的，则见于20世纪80年代。近20年来，已成为国内外针灸治疗和研究的热点之一。方法上除针刺，尚有用温针、穴位注射、激光穴位照射等报道。针灸治疗以早期效果为佳。

著者验方

一、处方

主穴：髌中、（内外）膝眼、阳陵泉、血海。

配穴：足三里、梁丘。

髌中穴位置：内外膝眼连线的中点。

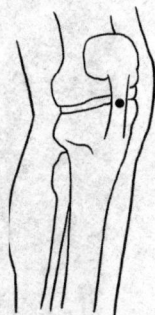

图9　髌中穴

二、操作

主穴中髌中、（内外）膝眼，每次任选一穴，二穴交替，余穴均取，配穴酌加一穴。髌中穴针刺时，先令患者正坐，将患膝略前伸约成135°角，取28号2.5寸毫针，与皮表成90°角直刺，向委中穴方向缓慢进针至2寸深左右，略加小幅度提插捻转，使关节内有明显酸胀感，留针。内、外膝眼用28号2寸针，亦与皮表成90°角直刺入1.5～2寸，至得气。其余四穴，以相同针具分别向膝眼方向进针，用导气之法，使针感尽量放射至膝盖。留针时，髌中或膝眼穴加用温针，方法是：以1寸长之纯艾段，插于针柄上自下方点燃，燃尽更换，一般2～3壮。留针20～30分钟。疼痛明显者，可在血海和梁丘穴压痛明显处行刺络拔罐：用三棱针重度叩刺十数下，以中号火罐吸拔10～15分钟，出血量宜在 20～30ml。针刺每周 2～3 次，拔罐每周 1 次。

体　会

　　本方为著者的经验方，以对疼痛明显冬季加重者更为适合。髌中为经外穴，但一般专业书籍多不载，为著者所喜用。该穴和内外膝眼穴均为局部取穴，确可疏膝部经气，起活血散寒的作用而加用温针更可增强此功能。阳陵泉为筋会，足三里、梁丘，属多气多血之足阳明胃经，血海更能活血逐瘀，加之四穴又在膝之四周。诸穴合用，可以发挥祛寒活血利膝的协同作用。

　　针刺时有几点需要注意。一是针髌中时，针具宜长，坐姿要正确，否则不易进针至满意的部位；二是四周之穴要尽可能使针感向膝盖放散，要达到此点，宜用缓进缓出的导气法，并不断调整针尖的方向；三是对疼痛明显者可增加温针的壮数和拔罐；四是最好在三伏天治疗，也就是冬病夏治打伏针的意思；五是刺络拔罐时，可根据症情决定出血量的多少。

　　本病患者，在症状消失之后，除了嘱其平时注意保健，如保暖、避免登高锻炼、减肥等，有条件者可于每年三伏天针灸一疗程（3～5 次）。值得一提的是，和颈椎病一样，针灸治疗重在消除症状，而难以治疗骨质增生病变。

第八节　荨麻疹患者

　　在我的案头有一架用著名的蓝陶制成的荷兰风车，这是一位旅荷华人赠送的。

　　1993 年年初的一天，典型的荷兰天气，阴沉沉的，飘着细碎的雪花。

上午预约的病人不多，我在诊室里抽空准备讲课的教材。尤妮小姐探头进来，说是有个病人不想吃中药而希望针灸治疗，问我是不是肯接受。我当然点头同意。这是一位矮胖个子的华人，脸色沉郁，说着一口浓重的广东口音普通话，他姓李。李先生患的是全身性慢性荨麻疹，已经有12年了。5年前，他曾回香港老家专门求治过一次，吃了一位老中医的药，脸上疹块消失了，而且至今未发，但身上的却是丝毫没有改善。现在，除了脸部和两只手没有外，疹块几乎遍及全身各个角落。我请他脱去衣服进行检查，不由头皮一阵发麻：只见从颈项部到足背足后跟，前后左右，上上下下，密密麻麻布满了小如黄豆，大如核桃的疹块，粉红颜色，到处是抓搔后的痕迹和结痂。李先生告诉我，他是阿姆斯特丹一家著名中餐馆的侍者，因为这个病，一年四季只好穿高领头长袖子的制服。而疹块此起彼伏，反复发作，奇痒无比，且越搔越痒，越搔面积越大，真是苦不堪言。幸亏双手和脸上没有发作，同时跟老板又有点亲戚关系，否则早就被抄了鱿鱼。因为哪个顾客见了这种样子肯定不会有食欲。为了这个病，他已求遍中医西医，无论内服外用，有的暂时有效，有的根本没有作用。眼下实在是走投无路，才想到试试针灸。

　　荨麻症对我来说并不陌生，在临床上也治过不少，可是还从来没有见过病情这么严重，病程这么长的病例。我想到荷兰的华人因为工作生活的双重压力，正如我在前面"谢海洲教授"一节中写到的，他们治病常常缺乏耐心，而这个病我又一时没有把握，所以我就预先和他约法三章：每周治疗2次，先治10次，如果无效再另请高就。他皱皱眉头，迟疑了一阵子，算是答应了。

　　于是，根据我治疗荨麻疹的老经验，取大椎、血海、曲池、三阴交四穴，用平补平泻手法之后连接电针仪进行电脉冲刺激，留针30分钟。第三天，李先生应约而至，说是针后当天下午发作有点减轻，不久又恢复原状。既然有点苗头，我就效不更方，再加上国内多篇报道极力推崇的神阙穴（即肚脐眼）拔罐法和耳穴风溪、肺、神门等磁珠贴压。眼见着疹块逐渐有些减少，瘙痒也没有以前那样剧烈，我有了些信心。

　　然而，在治到第 8 次时，他又苦着一张脸出现在诊室，原来因周末客人多，工作一忙，一切又都恢复为原样，对我说："看来我的病是没办法治了"。因为他以往也有过这种情况，治好了一点，稍一劳累，复发如旧，竹篮打水一场空。他有些无奈地说："不过我已经答应你了，最后 2 次我是会来的。"被他这么一说，我的心也凉了半截。说老实话，我也有点山穷水尽了，不过我还不死心。这天晚上，我又用老办法找有关的临床文献充电。然而，我自己带的资料有限，查不出新内容。我给董先生打了个电话，恰好他在家，就骑车过去。他有个藏书室，每次回国他都要买些中医针灸书托运回来，所以各类书籍不少。但是，大致翻阅了一遍，也无新意。我正打算失望而归，忽然发现书架的角落里插着一本《中国针灸名家医案》，这本书是我赠送给董先生的（因为里面也收录了我的几则医案）。我打开仔细一看，正巧有几则针灸治疗荨麻疹的案例，竟也有两则病程分别长达 8 年和 20 多年的慢性荨麻疹病例。所用的穴位处方确实与众不同。特别是其中一位名家指出，荨麻疹，中医一般认为是血分有热，外受风邪所致，用风池疏风，曲池、血海清血中之热，对初病的人是有效果，但对病程长的不一定有效，即使有效也不一定巩固，因为病久必定有瘀血，在八会穴中的血会即膈俞穴用刺血拔罐法以活血化瘀，往往能出奇制胜。这使我大受启发。

　　于是，在第九次治疗时，我加用膈俞，用皮肤针叩刺出血后用大号玻璃罐拔去紫血，再以 28 号 3 寸长针从大椎沿督脉透刺至身柱，并用泻法，目的是清泻瘀热。这一招果然有效，当天晚上李先生身上的疹块就消了一半，尤其是瘙痒明显减轻。他告诉我，这是多年来睡的第一个安稳觉。之后，我就将前面的治法和这一方法交替应用，症情一次比一次好转。李先生一扫以往的愁眉苦脸，性格也变得开朗起来。荷兰的中国餐馆营业时间很长，一般超过十二个小时，要忙到午夜之后。而阿姆斯特丹到诊所所在的乌特勒支市有四十分钟的车程。即使如此，他总是预约的第一名。还没等诊所开门，他的那辆白色的本田车就早早停在门前的那棵大树下了。

　　当两个疗程结束，缠绕李先生整整 12 年的顽固的荨麻症终于基本痊愈了，除了右侧大腿根部偶有黄豆大的疹块发作外，全身皮肤光洁，再无令人头皮发麻的景象了。后来他又巩固治疗了四次。

1996年，我第三次来到荷兰。一天上午，我治完一个病人，正在诊断室内和沙亨达拉医师交谈，发现窗口有人探头探脑。过了一会，护士小姐把他领了进来，正是那个李先生，他操着浓重广东口音的普通话责怪我，说我上次离开荷兰回国没有通知他，害得他买了礼品没法送。边说边放下抱着的大盒子。我按荷兰人的礼节，当场打开包装，正是文前提到的那架精美的陶制风车。我表示感谢之后，职业性地问起了他的病情，他高兴地说，"全好啦，你走了三年，一次也没发过。"

链接

慢性荨麻症的针灸治疗

概　述

荨麻疹是一种变态反应性皮肤病，为真皮局限性暂时性水肿。其临床表现为皮肤突然发生浮肿性风团损害，呈淡红色或白色，大小不一，皮损的发生和消退均甚迅速，伴有瘙痒或烧灼感。部分患者可有发热、恶心呕吐以及腹痛等全身症状。本病多为急性。其中，慢性的可反复发作数月乃至数十年，治疗上有一定难度。

针灸治疗本病的现代报道，出现于20世纪50年代初期。约从1958年之后，多病例集中观察的资料逐步增加。纵观60多年来的有关文献，就方法而论，早期以体针为主，多采取传统取穴。近年来渐趋多样，除仍以体针为主，包括耳针、拔罐、刺血、穴位注射、穴位激光照射及穴位充氧等都有报道，尤其是神阙拔罐，方法简单方便，在临床上广为应用。各种刺灸法对急慢性荨麻疹都有较好的作用，有效率各地报道不太一致。而从总体上分析，慢性荨麻疹的针灸疗效，仍不够理想。

本节主要介绍著者所摸索出的有关针灸治疗慢性荨麻疹的经验，供读者参考。

著者验方

一、处方

主穴：大椎透身柱，至阳透神道，膈俞、神阙。

配穴：风池、曲池、血海、委中、三阴交。

二、操作

主穴均取，配穴每次取 2~3 个。先令患者取俯卧位，以 28 号 3.5~4 寸针，先从大椎穴平刺向下透至身柱穴，再从至阳穴向上透达神道穴。取 28 号 2 寸针，膈俞穴针尖向脊柱方向进针，刺入 1.5 寸左右。留针 20 分钟。起针后，对症情重、病程长者，膈俞穴用皮肤症或三棱针重叩后加罐，吸拔出血约 10~20ml。再取仰卧位，神阙穴，用大号罐吸拔，至局部皮肤出现紫红色为宜（一般留罐 10~15 分钟）；委中穴用三棱针刺血，其余穴位按常规针法。得气后留针 20 分钟。每周 2~3 次。

体 会

本法为著者根据他人和本人经验所总结，主要用于顽固性慢性荨麻疹。荨麻疹一病，进入慢性期，多为血分之热，稽留日久，病久入络，久病必瘀，故先取大椎透身柱、至阳透神道两对透穴，因四穴均位于督脉，督主一身之阳，采用透刺之法，意在清诸阳之瘀热；又取血会膈俞、血郄委中以活血化瘀，为加重活血化瘀之功，一般可在膈俞刺络拔罐，委中行刺血之法。神阙穴拔罐，为近年来临床多用于本病的验穴；本病病机，系因血分有热，外受风邪侵袭所致，故取风池以疏风，曲池、血海以清血中之热，三阴交调三阴之虚实。

操作上，要熟练掌握透刺之法，进针要快，送针要缓，方向要准。刺络拔罐，其出血量因人而异，不必强求一律，另外，对效果不显者，可在血海穴拔罐。值得一提的是，大椎透刺之法，著者发现对多种顽固性皮肤病如湿疹等有效。

值得一提的是，针灸治疗有累积作用，如无足够的治疗量，特别是间隔治疗次数，往往达不到理想的效果。另外，药物配合治疗时，只可逐步递减，不可骤然停用。

第九节　沙亨达拉医生

沙亨达拉（A.H.Suhendra）是一位荷籍印尼医生。

1996 年我第三次赴荷兰讲学。邀请我的仍是董志林先生，他的神州医庐已扩展成神州医药中心，旗下有一所业余大学、两个诊所、一个集中医药书籍、针灸器械之大成的超市和大型中药批发部。我的任务是给高级针灸进修班学员讲课，同时在他的两个诊所轮流带教应诊。此时，针灸治疗在荷兰已纳入医疗保险，但必须是该国的执业医生签署后才能生效。所以他在每一诊所都请了一位会针灸的荷籍医生。他告诉我，阿姆斯特丹诊所的沙亨达拉医生，毕业于阿姆斯特丹自由大学医学院，又在北京中国中医研究院（现中国中医科学院）进修过针灸，精通荷、英及印地语，还说得一口流利的普通话和广东话。他的针灸病人很多，每天 30 名左右，总是约得满满的。因此他自视甚高，前面几任中国来的专家都跟他难以合作，有的还悻悻而走。董先生希望我尽可能和他搞好关系。

第二天一早，我提前 10 分钟来到诊所，只见一个秃头微胖，长着和我们同样的脸的中年医生已正襟危坐在诊断桌前。他可能猜出我是谁，不等我说话，就伸出右手，用广东普通话自我介绍："沙亨达拉。"接下来，他告诉我，今天他约了两名病人，是专门请我诊治的。我心想真是来者不善，好家伙，这明明是给我一个下马威！

第一位是个三十来岁的青年人，他脱得只剩下一条裤衩子，直挺挺地躺在诊疗床上，一副愁眉苦脸的样子。他是一家精神病院的男护士，患抑郁症，有十多年失眠的病史。各种西药都试过，效果不大。沙亨达拉针灸了五次，也没有解决问题。本来已经不打算坚持下去了，今天是特地约来让我治疗的。介绍完毕，沙亨达拉一声不吭地站在一边。我仔细阅读了沙亨达拉的治疗记录，发现他确实下了功夫，几乎所有与神志有关的穴位都已选用，一次用穴达20多对，怪不得病人脱得赤条条的。我思考了一下，让病人盖上毯子，只在印堂和百会二穴各进了一针，通以电针，用连续波，给予弱刺激，留针30分钟。沙亨达拉目不转睛地盯着我的每一个动作。最后，不以为意地摇摇头，意思是说：取穴这么少，行吗？我看出他的心思，故意用英文对他也是对病人说："我想，治疗这个病我是有把握的。因为我治过不少类似的病人。"沙亨达拉的疑惑并没有消失，但病人的脸开始由阴转晴。等我取针时，病人已发出轻轻的鼾声。

第二个病人，是一位从印度尼西亚退役的老军人，身材高大，留一圈修剪得十分齐整的银白色络腮胡。他已经有十多年冠心病的历史，近两年来有愈演愈烈的趋势，心绞痛发作十分频繁，有时到门前去取一封信，走得稍急一点，也会诱发心绞痛。他不愿做搭桥手术，因为在印度尼西亚有过针灸的经历，所以希望针灸能帮助他。沙亨达拉治过三次，效果不明显。这次是他主动提出请中国来的医生治的。冠心病的针灸治疗，国内已有较为成熟的方案，我也积累了相当的经验，可以说胸有成竹。便嘱患者取侧卧位，在心俞、厥阴俞，以28号2寸毫针，从两穴旁开0.5寸处进针，往脊椎方向斜刺入1.6寸左右。沙亨达拉大惊，他轻轻拉拉我的衣袖，我知道他是怕我背部进针太深，出问题。我告诉他，只要掌握进针方向，深刺也是安全的。我用徐入徐出的导气法，患者感到有一股酸麻之感直达前胸。略作提插后取针。请患者仰卧，针内关穴，针尖向上斜刺，以提插结合小幅度捻转之法，使针感向上放射；足三里，直刺，至有明显得气感。均留针 30 分钟。针毕，老军人自觉胸中有明显的舒畅之感。

隔了两天，我再次来到阿姆斯特丹门诊部时，沙亨达拉正埋头翻一本厚厚的英文针灸书。一见到我，立即站起来，露出真诚的笑容。他告诉我，两位病人经针灸治疗后都出现了意想不到的效果，一位已连续两个晚上都熟睡了 5~6 小时，而且情绪大为好转；另一位，两天中，心绞痛发作的频次明显减少。但令他百思不解的是，为什么我取穴不多，而效果明显，有的取法还找不到依据。为此，他也翻了不少书，并未找到答案。我为他的坦率所感动，趁治疗的间隙，十分详尽地给他讲解了组方取穴的理由和中医因人因病辨证施治的特点，特别强调用穴宜精宜少，应重视针刺方向、深度和手法。听得他不住点头。他最后感叹道：听您这么一说，针灸真是博大精深啊。

经过两个疗程的治疗，备受失眠之苦的那位男护士，每晚可睡 6~7 小时；而老军人的心绞痛从第一疗程结束后再未发作，他特地去医院做心电图检查，T 波也有明显改善。

我和沙亨达拉也成了好朋友，他祖籍中国广东汕头，曾祖一辈移居至印度尼西亚，他 18 岁负笈荷兰，他的太太也是华裔。他始终没有忘记中国这个根，作为一个医生，他对源自中国的针灸情有独钟，他宁可放弃作为专科医师的高额收入，在一个中国人开的诊所里打工。他说，他佩服我的技术，但更佩服我的开诚布公一点不保守。我每治疗一个病人，他都捧着一个大本子原原本本记录下来。我呢，也为他的真诚与坦率、为他的好学和敬业而深深感受动。一有空隙，我们就一起切磋针灸技术。

1996 年的中秋之夜，我们几个住在乌特勒支的中医针灸学者，凑在一起聚餐。门铃忽然响起，我应声去开，门口站着沙亨达拉，他一手提着两盒特地从中国城买的月饼，一手举着瓶红葡萄酒。那个晚上我们喝得尽兴、聊得高兴。我发现沙亨达拉的秃脑门通红通红。

后来我回国了，他特地让夫人买了件名牌短袖衫送我。后来，因为忙，我们彼此很少通信。但每逢有人来上海，他总不忘托带一件礼物给我，或是一块巧克力，或是一个小工艺品。

2007年的初夏，我突然接到他的一个电话："您还记得吗？沙亨达拉。"原来，他和他的全家一起来上海度假，住在黄浦区的一家酒店式公寓内。我和梁行、女儿叮叮驱车去看望他，在酒店的大堂他深深地向我鞠了一躬，把我郑重地介绍给他的夫人和岳父："这是我的老师。"于是，我们两双手又紧紧地握在一起。

链接

抑郁症的针灸治疗

概 述

抑郁症，又称抑郁性神经症，是一种常见的情绪障碍。以显著而持久的心境低落为主要临床特征，且心境低落与其处境不相称，临床表现可从闷闷不乐到悲痛欲绝，甚至发生木僵；部分病例有明显的焦虑和运动性激越；严重者可出现幻觉、妄想等精神病性症状。2012年10月9日，世界卫生组织宣布，全球有3.5亿人患有抑郁症。但只有不到一半的患者得到所需要的护理。在每年近一百万自杀人群中，半数以上患有本病。而2016年，中国，正在遭受抑郁症折磨达到约6100万人。抗抑郁药能在一定程度上缓解抑郁心境及伴随的焦虑、紧张和躯体症状，但存在很多不良反应。

一般将抑郁症归属于中医的癫症。癫症的针灸治疗，早在《内经》中就辟有专门的篇章。在之后的历代医学著作中，也载述了大量针灸治疗癫症的内容。为我们保存了十分丰富的经验。

现代针灸治疗癫症，首见于1954年。而明确以本病病名的针灸文献较早见于20世纪80年代中期，但直至1997年以后，临床文章才迅速增加，并一直沿续至今。在取穴上，头面部的督

脉穴、部分背腧穴及四肢的一些穴位，对本病的作用存在着一定
的特异性；在治疗方法上，多种针灸之法诸如体针、电针、头皮
针、耳针、艾灸、穴位埋线等法均有不同程度的效果，但如能强
调操作技术和综合应用可能更有助于提高疗效；在治疗效果上，
已有工作表明，抑郁程度轻、病程短、原发性患者，针灸疗效更
为明显。著者在这方面也积累了一定的经验。

著者验方

一、处方

　　主穴：印堂、百会、安眠、太阳。

　　配穴：内关、三阴交、通里、复溜。

　　安眠穴位置：在项部，当翳风穴与风
　　池穴连线之中点。

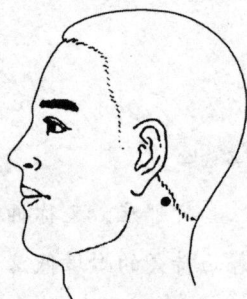

图 10　安眠穴

二、操作

　　主穴均取，配穴每次取 2 穴。取 32 号毫针，印堂自上而下
平刺 1 寸，百会向后平刺 1 寸；太阳穴向率谷穴方向平刺，进针
1.5~2 寸，上三穴，要求有胀重感。安眠穴向同侧目内眦方向进
针 1~1.2 寸，反复提插至有局部明显酸胀感，最好能传导至头颞
部。留针，印堂与百会，安眠两侧各为一对，接通电针仪，连续
波，频率 120 次 / 分钟，强度以患者感舒适为度。配穴，每次上
下肢各取一穴，交替应用。针刺得气后留针。上述穴位均留针
20~30 分钟。每周 3 次，症状控制后改为每周 2 次。

体　会

　　本方主穴用了三个经外穴和一个经穴，其中印堂和百会都位

于督脉上，而督脉分别与足太阳相通而络于脑、与足少阴相连而交于肾，与任、冲脉相连而交于心，与足厥阴交会于巅顶，所以对脑、心、肝、肾病候都密切相关。而此二穴相配则更是治疗多种精神病症的"黄金搭档"，不仅对本病有效，可用于精神分裂症等多种精神疾病。安眠，重在镇静，太阳透刺则可宁神。配穴均属远道取穴，意在加强宁心安神的效果。

值得一提的是电针刺激强度，根据著者观察，对于本病不可过强，以患者感到舒适为佳。否则不仅不能取得预期效果，还可引起患者不适。以往多主张对精神病人施以间断强电刺激，这仅限于急性发作者。本病症也要求能长期坚持，当病情完全稳定，可改为每周治疗1次。

本验方对多种精神病症有效，可在此基础上加减。如一例患者，其主要症状之一为头鸣，加用听会和晕听区之后，收效甚佳。另外获取患者的信任感，使之态度积极，长期坚持。这也是获效的一个重要原因。

第十节　"虎标油"行动

乌特勒支，荷兰第四大城市。

清晨，我和来自浙江的两位中医同行刚刚在诊所半地下室餐厅用完简单的早餐，一边喝着咖啡一边享受着从宽大的玻璃窗射进来的温暖的冬日阳光和开诊前的片刻宁静。突然，门铃声响起，我抬头看了一下，时钟正好指在8时半上。我有些奇怪，这会是谁？因为在诊所工作的另外三位荷籍工作人员每天都要在8时三刻左右几乎同时到达，而预约的第一位病人总是在9时整进门。不容我细想，紧接着又响起第二次铃声，显得更急促和不耐烦。我心里出现了一个不祥的预感。我上去打开大门，外面是一大群穿着铁灰色制服的警察，表情严肃，气氛紧张。领头的是一位鼻下长着一把浓密的金黄色胡子的警官，他用带着浓重荷兰音的英语问："请问哪一位英语讲得好一点？"我点了点头。他从公文包中取出两张纸，摊在桌上让我看。原来是用英、荷两种文字打印的"搜查令"，不等我仔细看完，他就收了起来。一挥手，大队人马鱼贯而入，有的警察还捧着大型咖啡机和食品，大有安营扎寨的味道。我被这突发事件搞蒙了，向大胡子说明，"我是工作人员，我应该把这件事通知老板。"大胡子一手按住电话，摇摇头说，"董志林先生已经知道了。"然后，正色地对我们三个人说："请出示各位的护照。"

他极仔细地查验我们的护照。当他检查到来自浙江中医学院（现浙江中医药大学）的李副教授的护照时，突然问道："请问你来荷兰有何贵干？"李副教授不假思索回答："我是来工作的。"大胡子不信任地摇了摇头。他抄起电话用荷兰语问了一通，然后回过头严肃地对李副教授说："对不起，你必须去警察局澄清事实。"不容辩解，他吩咐一个年轻的警察立即带走。接着对我们两个说："我们要工作一整天，你们的中医诊所今天停诊。所有的预约病人都已经通知取消了，其他的工作人员我们也都已告知。"说毕，右手一摊下了逐客令："请你们也离开这儿。"我瞟了下日历，这天是 1996 年 2 月 27 日。

门外，围着一大圈报社和电视台的记者，不远处停着一辆大型集装箱车。诊所负责接待兼翻译工作的尤妮小姐，站在马路对面的一棵大树下，老远向我们招手。她焦急地说，她们都被警察挡在外面，不知发生什么事，老板的电话和手机都不通。其余两个工作人员只得回去了。我们商量了一下，决定去找老板：荷兰神州医药中心董事长董志林先生，我们工作的诊所是他的中心属下的六个机构之一。在市中心一家中餐馆，董先生找了个靠窗的座位一个人在闷头喝咖啡。他吩咐侍者给我们每人也来一杯。他的神情有些沉郁，他也是在清晨 8 时被警察从床上叫起的，事先一点风声也没有。刚才多方打听才大致弄清是怎么回事。这次被称之为"'虎标油'行动"的大搜查是由荷兰警方会同荷兰海关和野生动植物保护委员会联合进行，针对他属下的全部中医诊所和中药贸易机构。目的是全面查抄违禁中草药，因为他们怀疑神州医药中心经销含有被保护的动植物成分的药物。董先生深感无奈："让他们查吧，估计也查不出什么。在进口中药上我一直是把得很严的。"我向他讲了李副教授的情况。他说，这件事他已知道，律师正在交涉，不会有问题的。

傍晚我们回到诊所，已是人去楼空，不过这批警察倒是很讲文明的，不像想象中的抄家一片狼藉，而是物归原位，临走时还把房子打扫得一尘不染。只是整个中药房只剩下一堆空架子，连一颗药粒也没留下。李副教授闻声从厅里迎了出来，我们赶紧拉住他的手上上下下打量一番，竟有一种劫后重逢的感觉。他淡然一笑，略带幽默地说："一场误会，一次虚惊。"原来，他这次是应董先生聘请来中心属下的神州中医大学做学术交流的，办的是三个月的访问学者签证，不像我们办的是一年的工作签证。在荷兰，办三个月的签证是不允许工作的。而他在回答警察时把本应该说学术交流说成了来工作，才出了这档子事。后来弄清了也就立马让他回来了。

正在这时，披着一件风衣的董先生匆匆进来，他把一份报纸递给我，拧紧眉头说："你们看看，这报纸简直是一派胡说，说我们诊所有大量珍稀动植物制作的药品，又说雇佣了一名黑工。"这是一份当地的《乌特勒支晚报》，虽然我不懂荷兰文，但从图片、版式上看，分明是用整整一张头版做了报道，其中还有一张和警察站在一起的李副教授的侧影照片，这显然就是所谓的"黑工"了。我们发现厅里电视机的屏幕上，也正在反复地将上午的事作为重大新闻播放。电视画面展示了警察在诊所角落里发现的一箱"虎骨麝香膏"和药品柜台上的鹿茸片、龟壳以及盒面上画着一只老虎的万金油（后来我们才弄清这就是"虎标油行动"中"虎标油"三个字的出处）等。然后又播放了动物园中活生生的老虎和可爱的麋鹿。董先生愤愤然地说："'虎骨麝香膏'我们早就撤下来扔在一边不卖了，再说膏药里面哪有什么真正的虎骨和麝香。鹿茸是从养殖的鹿身上取的，这和野生的根本是两回事。我已经和我的律师商定，明天上午开一个新闻发布会，我也要讲话，要澄清事实。"他还告诉我们，今天荷兰警方出动了150多名搜捕人员，在中心所属的6个楼房共收缴走800多个品种的中成药和中药饮片，总计达25吨之多。最后，他决然地说，"尽管如此，神州医药中心还得办下去。我已通知阿姆斯特丹总部，把没有查抄走的中药连夜分送到各诊所和经销机构，明天照样营业。今晚请各位辛苦了。"

第二天，我们的诊所按时开门，中药房的药柜里重新装得满满的。但是，除了我的针灸病人依然红火外，看中医的不少病人取消了预约。平时忙碌的中医诊疗室和药房，一下显得冷清起来。这一事件在荷兰中医药界和华人中却引起了极大的反响。当天下午的《乌特勒支晚报》也在头版刊载了董先生对记者的长篇发言以及他激愤挥手的照片。他强调在进口中药，特别在珍稀动植物制品方面一直是严格遵守荷兰法律和国际规定，报纸和电视所报道的完全是一种误解。旅荷华人联合会等荷兰最有影响力的几个华人社团也纷纷在荷兰的一些中文刊物如《华侨通讯》上发表声明。我国驻荷大使馆对事态的发展表示了极大的关注，多次向荷兰政府的外交部、卫生部进行交涉。紧接着，此事件也引来了周边的国家乃至整个欧洲的中医药界和华人的关切的目光。英国和法国的华文报纸《星岛日报》和《欧洲时报》以专论的形式予以披露。然而，随着时间的推移，事情不但没有趋向缓和的迹象，反而变得越来越复杂。首先是，神州医药中心收到了"'虎标油'行动"联合行动小组送来的一份列入禁用的"中药材中珍稀植物名单"，其中包括柴胡、当归、木香等40多种最常见的中药。也就是说，这些药材不得用于处方之中。接着，警方通过对查抄药物的初步化验，又开列了包括六神丸、牛黄解毒片在内的一批常用的中成药，指出其中有大量对人体有毒的重金属成分，责令禁用。董先生变得一筹莫展，因为真的按照他们的要求做的话，就根本上开不成中药方了，中医治病岂不成了无米之炊。不仅中心属下的几家用中药的门诊部要关门歇业；而且他的主要财源——和祖国大陆中药材贸易也将寿终正寝。特别是，这时比利时发生了一起由于不懂中医辨证方法，长期大剂量服用一种中成药，结果造成病人肾功能损害的事件。于是对中药安全性的怀疑更闹得沸沸扬扬。英国一位药物专家甚至说："即使最好的中成药也是不可靠的。"当时，董先生还担任荷兰中医药联合会的会长，每天他都要接到数十个来自荷兰和比利时各地中医诊所和中药贸易商的电话，颇有点惶惶不可终日的味道。不仅他属下的诊所，其他诊所的就诊中医的病人都日益减少，几乎只剩下华人。当然也有少数的金发碧眼的铁杆中医病人，记得有一个荷兰老太太，她对大肆夸大中药毒性很不满意，她说为什么不说西医补牙剂里也有有毒的汞，放在嘴里不是天天在跟毒药打交道吗？当然这样的声音显得太微弱了。

在万般无奈的情况下，经我们建议，董先生决定通过中华人民共和国驻荷大使馆向万里之外的祖国求援。董先生的信立刻引起我国卫生部（现卫生计划生育委员会）和国家中医药管理局的高度重视。因为这不仅关系到我国的中药材在欧美的贸易问题，更重要的是，还直接影响到有数千年历史的传统中医药的声誉，直接影响中医药在国际上的交流与发展。很快，我们读到了卫生部和国家中医药管理局的回函：将迅速派遣高级专家代表团专就此事访问荷兰。

一个春寒料峭的周末清晨，僻静的阿姆斯特丹自由大学校园的一角热闹了起来。最大的一个梯形礼堂，几百个座位座无虚席。今天要在这儿举行一个特殊的讲座。主讲的是由国家中医药管理局外事司姜再增副司长带队的6名专家，内容是正在世界范围内悄悄掀起热浪而又有争议的中医药。听讲的有政府官员，也有来自荷兰各地的中医针灸师和大学的药物研究工作者。受到数月来报刊、电视上的连篇累牍报道的影响，听众席上气氛有些紧张。与此相反，专家们则神态自若，充满自信。他们重点针对两个关键问题进行了解说。首先由中国中医研究院（现中国中医科学院）中药研究所的廖教授讲珍稀动植物问题。他指出，我国十分重视这方面的保护工作。在药用方面，主要采取二种措施，一是开发代用品，如人工牛黄及以山羊角代替羚羊角，水牛角代替犀牛角等。二是用养殖的方法来保证药源，中国对药用植物的栽培已有两千多年历史，目前我国中药大面积种

植已达到 250 多种，面积超过 500 万亩。因此不要说柴胡、当归之类，比它们更珍稀的药用植物都通过种植来解决了。药用动物的养殖我国也有近一千年的历史，目前养殖的药用动物有 30～40 种，如取鹿茸来自养殖的鹿，取麝香的麝都是来自驯养的。"否则"，廖教授予话锋一转，"如果全部靠野生动植物当做药品的话中国几千年吃下来，十几亿人口吃下去，恐怕所有的药用动植物早就断根绝种了。"引得与会者一阵善意的笑声。

廖教授面色又严肃起来："至于世界公认的濒危动物，则坚决禁用，如虎骨，我国早已明文禁止生产真正含有虎骨成分的一切成药。中国的极少数成药中曾经延用过带"虎"字的商品名，如"虎骨麝香膏"，实际上并无虎骨成分，即使如此，也早已禁止使用这一名称了。至于虎标油，虎标，只是把老虎作为商标而已，这盒油中绝对没有一点老虎身上的任何成分。"

接着由著名的中西医结合专家陈教授讲中药的毒性问题。他说，对中药毒性的认识也有两千多年的历史，中国民间也流传"是药三分毒"的说法。他指出中医对毒性采取的是积极的态度并且积累了极其丰富的临床经验。首先是通过炮制加工来减毒、解毒；其次是通过组成处方来减毒增效；其三是在治疗疾病时以毒攻毒，另外，还设置了一系列用药禁忌。因此，如果掌握了中医理论和经验，应用中药应该远远比多数西药安全得多。

最后，世界针灸联合会主席、中日友好医院院长陈绍武教授用十分生动的语言介绍针灸使肺部癌肿缩小的几个案例。

尽管当时用的是投影仪和幻灯片，不像现在有电脑多媒体，由于都是实实在在的数据和图像，很有说服力，再加上教授们学识渊博，表达深入浅出，他们的话不仅赢得阵阵掌声，而且引起与会者浓厚的兴趣。结束演讲后，与会者纷纷围着提问，久久不肯离去。那天晚上，董先生在一家著名的中国餐馆设宴招待，他举着酒杯的手颤抖不停，显得少有的激动。我知道，专家们的演说深深替他解了围，也为海外从事中医药事业的同道解了围。6 位专家中我和陈绍武教授较为熟悉。他毕业于上海中医学院（现上海中医药大学），曾在我国驻荷大使馆担任教育参赞多年，还是原中国中医研究院院长，对荷兰的中医药情况十分熟悉，也是董志林先生的老朋友。我向他敬酒时，由衷地说："感谢你们送来一场及时雨呵！"陈教授脸色沉重地举起酒杯，意味深长地说："难哪！中医药走向世界真是任重而道远。"没有想到的是，阿姆斯特丹一别竟成了永诀。他回国后不久，竟被心脏病夺去了生命，英年早逝。这是后话了。

专家团结束演讲之后，在使馆的安排下，他们又和荷兰政府的有关管理部门进行了反复商谈，还在荷兰议会进行了演说，不少议员赞同专家们的观点，有的议员还明确提出荷兰应该给包括中医药在内的传统医药立法进行保护。接着，专家们又马不停蹄地访问了比利时和法国，弘扬来自发祥地的原汁原味的中医药学知识。一周行程，排得满满的。

事情很快出现了转机，大概在专家团回国后一个多月。记得是一个午后，警察局雇用的那辆大型集装箱卡车又一次停在诊所前面的场地上，在一名警察的指挥下，几个工人用小推车将一桶桶中药材送进中药房。经我们清点，除了少量中成药据说还在化验外，几乎所有的被抄查的药材都还了回来。这天晚上，董先生特地把我们这些从国内请来的专家和属下各机构的工作人员叫在一起，打开了一瓶硕大无比的香槟酒，冒着白沫的液体一窜老高，董先生绷紧了几个月的脸，终于松弛开来，露出难得的笑容。当然，他还不敢放声大笑，因为这场马拉松官司直到第二年初我回国的时候还没有结束。

上海，华亭宾馆。

一个金桂飘香的夜晚，在一间套房里我和董先生又一次紧紧握手，他显得有些消瘦和疲惫。他请我到下面的咖啡厅，要了两杯咖啡。我因为时时牵挂那次事件，便单刀直入地问："那个'虎标油行动'最后是怎么收场的？"

他啜了一口浓浓的咖啡，慢慢地说：荷兰的司法部共花费了 350 多万荷兰盾（相当于 180 万多美元）对这次收缴药物做了检验，重点对 6 种包装上注明有穿山甲、豹骨、石斛等成分的中成药做了重点检验，3 种还被送到美国检验，但最后的报告表明，在包装上所注明的被保护的珍稀动植物成分，通过检验，无法证明含在药内。"尽管如此，你也知道给我经济上特别是精神上的伤害有多大。"他陷入了沉思："当时，荷兰各电视台、电台、报纸，做了一百多次报道，其中大多数对我的神州中医药中心是不利的。"

"塞翁失马，焉知非福"，我笑着安慰说。

"是呵，那次事件使我董志林不仅臭名远扬欧陆，同时也大大提高我的身价。"董先生的脸色在烛光一下生动起来，递给我一张名片。我这才知道，他已经是全欧洲中医药联合会的主席了。

"当然我首先要感谢祖国的支持，否则，我是难以支撑下去的。同时也显示了有几千年历史的中医药的神奇力量，它不但打不垮，而且越打越强。目前欧洲大陆中医药的发展之快，可以说是势不可挡。我初步调查了一下，现在全欧洲经过培训的中医药从业人员有12万人，中医药诊疗机构有1万多所，仅1500万人口的荷兰，中医药人员就有4000多人，跟你们上海差不多。在人才培养上更是十分重视，英国有4所大学开设中医针灸硕士学位课程，不仅培养中医药的本科生，还在培养硕士生了。已经不像当年仅仅是周末学习的业余大学了。对中药，欧盟和不少国家都在制定传统药物的管理办法，我觉得也是一件好事。"

"不过"，他沉吟了一下，神色有些黯淡，说："我现在最担心的倒是我们中国的中医药。听说国内的中医院西化十分严重。中药的问题也不小，目前中国的中药材只占欧美整个草药市场交易量的百分之三到五，与泱泱的中药大国太不相称。特别是不少中药的重金属含量、农药残留量、微生物指标不符合欧美的标准，也严重影响了中药的声誉和在欧洲的使用。"他从皮包里掏出一本装订好的厚厚一份报告递给我，"这是我花了点精力和时间搞的一个调查，你有空看一下，提提意见。我准备送给国家中医药管理局的有关领导做参考。"这是一篇题为《中医药在国际交流和发展中所存在的问题和几点建议》的报告，借助咖啡厅里微弱的灯光，我大略浏览了一遍，从那大量的表格和数据，和一条条真知灼见的字里行间，我仿佛看到一颗赤子之心。内心不由一阵激动。

第十一节　达尔文

这里所说的达尔文不是著名的英国博物学家查理·罗伯特·达尔文（Charles Robert Darwin），而是我的一个荷兰学生。

初秋的一个周末，我照例到阿姆斯特丹神州中医大学开设的高级针灸进修班讲课。听课的都是从比利时欧洲中医大学毕业并有两年以上临床经验的针灸医师。本来，针灸课程都是由我英语讲授的，应学员的要求，这学期新开设了中医经典著作讲座。尽管课程内容我可以讲，但要用英语则不是我所能胜任的。为此，董志林先生特别招聘了一位翻译小李，她是莱顿大学的一位正在攻读荷兰中古文学博士学位的留学生，在国内原来也是搞医的。慎重起见，董先生先请她来听我上了一节针灸课，我又把准备好的《内经》讲稿交给她，预做准备。今天的课，由她正式翻译，所以小李一大早就来到了学校，一副跃跃欲试的样子，告诉我她将直接用荷兰语翻译。这当然是求之不得的事，但我还是有些担心，因为中医术语的翻译，一直是个难题。她轻松一笑说，尽管是第一次，估计没有问题。

因为是讲神秘的《内经》，不仅针灸班的学员一个不落，而且来了不少别的班的旁听者，有的还特地穿上中式练功服，气氛显得特别庄重肃穆。这种对中国传统文化的敬畏，令我深为感动。因为有小李在，我对上好这堂课充满了信心。然而，事与愿违，开讲不到 5 分钟，忽然有人递上一张纸条，我一看上面歪歪扭扭写了几个汉字："老师：翻译不行，'阴''阳'全搞错了。"我不由一惊，忙递给小李。她看了一眼，不慌不忙地用荷兰语说了一通，估计是在做解释。然后用眼色向我示意继续讲。约莫又过了 10 分钟，最后一排突然站起一位五十岁光景的瘦高个，前额光秃，鼻下一撮黄中夹白的大胡子，穿一件绿色裁剪合身的西服，他大声地向小李责问什么，紧接着哗啦啦一片响，学员们都不约而同地围了上来。我因为听不懂荷兰语，忙问小李是怎么回事？小李委屈地说，他们说我根本不懂中医，要罢课。我大吃一惊，还是第一次碰到这种事，正在手足无措时，"绿西服"领头，把董先生找来了。董先生和颜悦色地和他们商量了半天，最后为难地对我说，"课还是要上的，大家的意见还是你用英文讲。今天你无论如何给我对付下来，翻译我再请。"他抱歉地对满眶泪水的小李说："难为你了，翻译费我照付。"《内经》课由我勉强对付了下来，而那位带头"闹事"的"绿西服"也给我留下深刻的影响。他就是达尔文。

大约在两周之后，达尔文给了我一份自己制作的请柬，郑重地邀请我到他家中欢度周日（这天学校不开课）。我欣然接受，不过又觉得有些好笑，因为其他学生请我都只是打个招呼而已，没有这套繁文缛节。这一天，他亲自驾车来接我。他住在离乌特勒支不远的一个的小镇上。房屋坐落在小片森林之中，赭红色的建筑极类似于联排别墅。首先迎接我的是一条过分热情的沙皮狗，弄得天生怕狗的我有点手足无措，达尔文一声将其喝退。女主人是一位披一头金发的法国女郎，和站在旁边的高大而腼腆的女儿相比，显得非常娇小。她是一位画家，宽大的客厅里挂满了她的作品。我发现其中有好几幅写生画十分眼熟，仔细一看画的竟是黄山和西子湖，原来是为了欢迎我特意换上去的。她把我赠送的两幅大型剪纸立即装进镜框架中，并放在客厅最显眼的地方。

坐定之后，达尔文请我吃功夫茶。他熟练地将煮开的水从电热水壶中倒入紫砂壶中，洗茶、泡茶，再斟入如酒盅大的小杯中。他客气地让了让，端起杯子轻轻地抿了一口，闭着眼睛仔细品味，使惯于"牛饮"的我真是自愧不如。达尔文告诉我，他尽管是一个正宗的西方医生，但对东方文化和中国医学可以说是五体投地，最近他业余正在研究《易经》，觉得颇有启发。针灸他已学了多年，在北京学过，在欧洲中医大学也学过，这次高级进修班当然不放过，他感到每学一次都有提高。他在工作的医院和自己开的私人门诊中，都应用针灸，与西医治疗配合，效果很好。

第二个节目是参观百草园。这是位于后门外的一个私家花园。荷兰人天生爱种花，但这里花不多，而是郁郁葱葱的一片草药，有薄荷、藿香、茴香之类，也包括了不少当地的草药。达尔文告诉我，他种这些，仅仅是爱好，并不是用于临床。他两手一摊笑着说，叫我用也不会用。他感叹道，掌握针灸技术难，掌握中医理论和中药处方更难。

晚餐是由他的夫人亲自准备的。他的两个儿子也回来了，夜幕降临，我们六人围坐一起，长长的餐桌二头，点起了蜡烛，显得特别和谐温馨。先上的是一道奶香浓郁的荷兰汤，接着便是一道道生而不猛的海鲜，有名贵的三文鱼，也有荷兰人最爱活剥生吞的希灵鱼，更多的是则是我不识的。尽管我不习惯这种吃食，而且当晚就肚子闹个不停，但这种真挚热情的氛围使我深深感染。

1997 年初夏，我回国不久，收到达尔文的一份 E-mail，他告诉我准备利用休假来考察一下上海的针灸。我当然表示欢迎。在七月的一个炎热的傍晚，虹桥国际机场的接机大厅果然出现了他熟悉的瘦高身影。我在不太宽敞的寓所专门为他腾出了一个房间，并准备了一辆自行车。每天一大早，天才蒙蒙亮，他就在小区的草坪上练开了太极拳之类的中国功夫，一个洋人加上有些怪异的动作，往往引得晨练者驻足观看。尽管交流有些障碍，但在邻居们的善意指点下，他的拳艺进步很快。

因为达尔文想在短短的 10 多天中，多看一些针灸临床。恰好，上海市针灸学会的工作人员老林是上海针灸界的活地图，一听这事自告奋勇地表示支持。每天早餐后，老林就骑着他的"老坦克"和达尔文一起顶着盛夏的骄阳走街串巷，不论是三级还是一级医院，只要有针灸科，只要针灸病人多，他都去。老林后来告诉我，这个外国医生真敬业，他不光盯着医生的每一个动作，还叫医生在他身上扎针拔罐。一天跑几个地方，就扎几次针。老林做手势想劝阻他，达尔文耸耸肩一笑，似乎什么也没发生。除了针灸，达尔文还对上海老城隍庙表现出异常的兴趣，有空就去，每次必不空手。有一次，他显得很兴奋，原来他一口气买了四套绣有传统花卉的练功服，两套是给他夫人的。他不停地展看着，赞叹道：太漂亮了。

达尔文要回国了，他在我们楼下的沧浪亭饭店宴请我们全家和老林，这次是完全按中国的方式，先冷盆后热炒，一律用筷子。他用筷子已经很

像模像样了，吃略带甜味的苏州菜显得津津有味。我、老林和他一起碰杯，希望来年他和他的全家一起来中国。他也满口答应。然而，十多年过去了，钟情于中国传统文化的达尔文始终没有来。因为多次换电脑和搬家，他的 E-mail 地址早被弄丢了，我们失去了联系。达尔文，你好吗？

与部分高级研修班同学合影。前排右三为著者。

第十二节　国外过年

1992 年的春节，我是在荷兰乌特勒支过的。这是我第一次在国外过的中国年。

小年夜那天下了一阵大雪，大年三十一早，我和浙江省中医院来的小李医生一起，就在我们这诊所加住所的独栋别墅后面的大草坪上堆了一个雪人。负责挂号兼公关的荷籍印尼华裔尤妮小姐，兴冲冲地给它戴了一顶带红飘带的牛仔帽，还插上一根用胡萝卜做的翘鼻子。红白相间的小雪人，增添了喜气和年味。

这天来看病的荷兰患者，几乎也都是一脸微笑，第一句问候语，清一色的是"中国新年好！"特别是祖籍浙江青田的，我的老病人何太太，掏出一沓红包，一一分发给医生和工作人员。尽管里面只装了十元荷兰盾，但这个红信封是她特地托人从上海带来的，上面印着四个熟悉的简体字："春节快乐。"捧着红包，一股暖暖的感觉油然而生。

下午三时，我们比以往提前两小时结束了一天的门诊。早在几天前，我们这些从国内来的在神州医药中心工作的专家和工作人员，就商量如何过这个大年了。一致的意见是，各出拿手绝活，为年夜饭烧上一个好菜。为了给大家一个惊喜，在闪亮登场之前一律保密。现在考验大家的时刻到了。我们在别墅宽敞的半地下室——厨房兼餐厅摆开了战场。

年夜饭的第一道菜是由来自北京中国中医研究院（现名中国中医科学院）的老张上的：涮羊肉。老张是我们的总管，一个为人豪爽地道的老北京。他的保密工作做得最差，几天前我们就打听到他已经跑了两次阿姆斯特丹的中国城，接洽购买羊肉和调料事宜。这次他足足备了 5000 克左右的上好羊肉，在冰箱里冻得硬邦邦的。下午他一个人用中药房切中药饮片的切刀花了几个小时，将冻羊肉切成薄片，搞得满头大汗。这会儿他在长长的餐桌中间放了电热锅做火锅，又端出了两个大盆，一盆是羊肉卷，一盆是生菜。还在每个人面前放了一小碗花生酱调料。水在锅里面翻滚着，餐厅里雾气蒙蒙，令人感到特别温馨。他一声令下，大家立即筷点如雨，齐刷刷开涮了。一时间风卷残云，大盆羊肉迅速见底。吃得最快最猛的当然还数老张，只见他一拨拉就涮满一小碗，一张口就下去半碗，就像在吃炸酱面。在换另一盆的空隙间，他舒坦地歇了口气，说："真过瘾，就是调料里缺点韭菜花。"

当要再上第三盆羊肉卷时，何教授穿着围裙急忙从厨房里跑出来制止，用浓重成都口音的普通话说："适可而止，适可而止么。诸位看看我的手艺如何。"他招呼负责中药房的温州姑娘小陈帮忙。一会儿，两人各

端一大碗菜出来。何教授虽也是北京来的专家，但他老家是四川，所以给我们献上的是两道地地道道的川菜：回锅肉和怪味鸡。特别是怪味鸡，对于天天吃惯了药房调剂兼厨师小陈的寡淡无味鸡腿的我们来说，不能不说是一个惊喜：原来鸡肉也可烹制出如此的美味！大家异口同声地建议要小陈拜何教授为师。

我为大家贡献的是我的拿手菜——梅干菜烧肉。这是我从小吃惯的家乡菜。说老实话，为了年夜饭这个菜我也煞费苦心。恰好前两天看到中国杂货店来了几袋浙江余姚的干菜笋，赶紧买了下来。

最后压轴的是小李医师。他早就向我们叹过苦经，说在家里从来没有烧过饭，实在不会做菜，但众命难违，他也只得赶鸭子上架。他给我们捧出来的是一大盆少油没盐的蒸鸡蛋，由于水放得多了一点，有点稀汤寡水的样子。然而就是这样一盆毫无含金量可言的东西，因为选择了大家酒足肉饱之际上来，一时间竟被吃得碗底朝天，真叫做歪打正着。

这顿年夜饭的滋味，可以说至今难忘。

第四章

上海求实

第一节　首部专著

　　1982 年的夏秋之交的一个傍晚，我在咸阳的渭阳公园一面散步，一面苦苦构思着我的学位论文。夕阳下，暗黄色的渭河水缓缓淌向苍茫的远方。不知怎么的，我想起了新疆，想起了那 5000 多个日日夜夜，突然萌发出将那些年的临床进行总结的想法。写一本书！这个念头，刺激得我彻夜难眠。我告诉了郭老师。他认真地思索了一下，脸色凝重地说："你现在最要紧的是写好毕业论文。写书，我不反对，不过个人的经验总是有限的，不妨以你的实践为基础，对古人和他人的经验做点专题整理研究，总结一些规律性的又实用的东西。"他的话后来成了构思我第一本书《急症针灸》的初始定位。

　　1983 年初，论文答辩顺利通过。在等待分配和落实单位的日子里，我几乎把所有的时间都贡献给了图书馆。先是陕西中医学院图书馆，后来是上海市医学会图书馆和上海市图书馆，往往一泡就是一整天。查阅了从马王堆汉代古墓出土的两部古灸经直至 20 世纪 80 年代初的有关针灸治疗急性病症的文献。到年底，我已经积累了数千张卡片和厚厚的几本资料。准备动笔时，有位朋友提醒我，你应该先落实一下出版社，否则写了也等于白写。在他的指导下，我写了编写意图、目录和一份样稿。那时没有复印机，用复写纸复了十几份，郑重其事的寄给了全国各地科技出版社，我心想，来个"广络原野"，总有一家出版社会接受的。

　　然而事与愿违，我陆续收到的是各出版社清一色的退稿信，有铅印的，也有手书的；有直奔主题的，也有婉言谢绝的。就在我陷入绝望的时候，接到新疆人民出版社的一封退稿信，信中说：您的选题较好，但我社入选计划已安排到 1987 年。建议您试投人民卫生出版社。我感到一阵激动，总算有人肯定我的工作；但又觉得很渺茫，人民卫生出版社不是不想投，而是不敢投。它不仅是我国医学卫生出版界的权威机构而且是第一块牌子，怎么可能看得中我们这些初出茅庐的小人物的东西呢？后来又一想，反正已经到了这一步，死马权当活马医，试一下又何妨。我在退稿中找了一份字迹清晰的寄了出去。

大约在二十天后，记得是 1984 年四月下旬的一天，下班回家打开信箱，里面躺着薄薄的一封信，上面赫然印着"人民卫生出版社"的红字。我心一沉，又没戏了。鼓鼓勇气拆开来，写的却是："编写意图已阅。请将全部书稿寄我社，再作决定。"署名"梁兆一"。这寥寥数字，我反反复复读了好几遍，真有绝处逢生之感，不觉大喜大望。暗暗下决心，一定要写好这本书。我特地选了 5 月 1 日这一天动笔。当时我已分配到上海市中医文献馆工作，事情不太多，我在完成本职工作之后，可以说是没日没夜投入到写作之中。由于准备充分，至 6 月初，二十余万字的初稿终于堆放在我简陋的书桌上了。托我在邮局工作的老岳母以航空挂号寄往北京。

然而自此之后，竟如泥牛入海杳无音信。到年底，我实在忍不住，写信婉转询问情况，依然是梁先生薄薄一纸，依然寥寥数语："书稿尚在审阅中，请稍安勿躁。"在稍安勿躁的克制中我又度过了花开花落的 1985 年。1986 年春节前几天，我突然收到一大包挂号邮件，封面上"人民卫生出版社"字样使我心脏一阵紧缩：莫非是退稿？颤抖着手慢慢松开包扎绳，放在最面上的是出版社正式录用的红头通知，我心上的一块石头总算落地。而打开我的原稿，我才真正体会到"感动"二字的含义，只见每一页稿纸上都用红、绿色钢笔和黑色的铅笔密密麻麻地写满了各种修改意见，特别是我引用的数百条古文献的条文，不仅修正了我引用时的多处错误，还在旁边用铅笔详细注明所引的版本、页数和行数。而且全部都是我所熟悉的梁先生的笔迹。这要花费多少精力和时间！我为自己的粗率而深深愧疚，也为对他工作的不理解自责不已。根据出版社的要求，我花了三个月的时间，对全稿做了大幅度的修改，工工整整地重新抄写了一遍。

1988 年年中，我接到兆一的一封信，一改以往的措辞，他有些兴奋地告诉我，样书已快出来了，首次印数达 23000 多册，即使对出版社来说也是个不小的数字，最后说"不久，您就可以闻到油墨的清香了。"大概在一两个月之后，上海召开全国针刺麻醉学术研讨会，我参加接待。报到的这一天，来了一位年轻人，个不高，戴一副厚厚的眼镜，背着二大摞书，满头是汗。怎么也没想到他就是我神交已久的梁先生。他憨厚地笑着说："我把书给您带来了。"我一把攥住他的手，久久没有松开。

《急症针灸》一书后来重印了三次，并分别以繁体字版和日文版在台北和东京出版发行。在梁先生的建议下，2005年人民卫生出版社又以《实用急症针灸学》的书名出版发行了第二版。

第二节　胆结石与猪脚爪

猪脚爪与胆结石本来是风牛马不相及的两回事，但有个时期却被当做针灸治疗该病的主要辅助手段。

记得是1984年春天的一个上午，我在上海市中医门诊部针灸科应诊，因为初来乍到，一周又只有两次，属客串性质，所以找我看病的人不多。忽然进来一个瘦削的中年病人，直奔我的诊疗台前。他告诉我，他患的是胆结石，最近专程去南京一家医院用耳穴贴压疗法治疗，效果非常之好。几次下来，B超显示原来胆囊的两块石头只剩下一块了，症状更是明显改善。只是全国各地涌来看病的人实在太多，所以他决定回沪对付另一块结石。我一听，立即产生兴趣，忙说：你把在那儿看病的病历给我，我要看看用的什么穴位。他摇摇头说，穴位是保密的，病历上都只写"耳穴敷贴"四个字。我有些失望，因为耳穴贴压的技术很简单，关键是穴位处方。这时，他从内衣口袋掏出一张纸，神秘地对我一笑，"全在这上面了。"我有些不解地看看他。他说，我是搞公安的，这对我来说是小菜一碟。我仔细的研究了他抄的穴位，感到配伍确较严谨，但并无出奇制胜之处。接着，他，老徐，又语出惊人："光用王不留行子贴耳穴还不行，每天还规定必须吃一只炖烂的猪脚爪，才真正能排出石头。"我感到有些匪夷所思。

两天以后我的下一个门诊日，老徐兴冲冲来了。他告诉我："你贴的穴位真管用，一下排出两块石头。"他打开一个纸包，拿出一只空的青霉素瓶子，里面躺着三块灰白色米粒到赤豆大小的"石子"。他接着说："南京治了几次才排出一块，你一家伙就是两块，还比它大。"旗开得胜，使我很有信心。胆结石，医学上称为胆石病，是个发病率相当高的一个病，据统计，六个成年人中就有一个得这病。也是一个很古老的病，在湖南长沙马王堆出土的西汉女尸身上也查出这个病。所以这个病有着重要临床治疗价值。但胆结石的排石问题一直是件难事，西医主张手术，一刀把胆囊切掉，有点倒洗澡水连孩子也一起倒掉的意思；中医曾在20世纪60～70年代开展过以内服排石汤为主的综合疗法，但操作复杂，必须住院观察，疗效也有争议。如若贴耳穴真能轻而易举排出结石，岂不是真正的"简、便、廉、验"的大好事。

耳压排石有效这件事经老徐一现身说法，很快在病人中传开，一下来了不少胆结石患者，使我的门诊量猛增。我的每次门诊，老徐必来；老徐一来，必坐在一旁介绍，喋喋不休地成了我的义务宣传员。他从如何按压耳穴，炖猪脚爪乃至淘洗大便的方法都一一介绍，真正做到不厌其烦。排石的作用果然还有重复性，用这一方法的病人，百分之九十以上都带来从绿豆至黄豆大小不等的"石头"。我准备的小瓶子很快就装满了。与此同时，这些病人症状也有不同程度的改善。更令人称奇的是，与我一室内的其他针灸医生，用这一方法也照样使大把"结石"一个劲地往外排。一个月不到，我所在针灸科干脆成了耳穴贴压治疗胆石病专科。

因为效果太出乎意外，特别是老徐，竟又一连排出了7颗结石。不由使我有些困惑。他明明说胆囊只有一块结石，怎么会排个不停。再说，据药物排石经验介绍，不仅要反复折腾，且在结石排出前多有先兆症状，但耳穴排石没有任何不适，不是似乎也太容易了一点。我对老徐说，按这种排法，你的胆囊应该早就空空如也，是不是再检查一下。老徐欣然同意。

于是我专门挑了个非门诊日，B超室的马主任也亲自出马，经过反复观察，结果却大失所望：老徐胆囊内依然是两块结石，一点也没有减少。至于南京检查为何只有一块，马主任推测说：可能是因为体位关系，两块结石重叠在一起之故。这就使我怀疑那满满的一瓶子到底是不是结石？恰好有一个女病人是公安研究所的，她们单位新从国外进口了一台光谱分析仪。她自告奋勇地拿着去作鉴定。结果出来了，除了泥砂状的小颗粒外，竟都是以钙成分为主骨性物质。也就是说，那些所谓的"胆结石"，实际上绝大部分是不小心吃下去的猪脚爪的碎骨头。

原来所谓排石，是吃猪脚爪闹的！于是我叫病人不要再配合吃什么猪脚爪了，果然大便中的"结石"也就不见了。看来耳穴贴压并没有明显的治疗胆结石的效果。但是后来一件事又改变了我的看法。这是一位来自温州的姓林的教师。他患胆结石多年，每年要发作数次，一发作就并发胰腺炎，痛得满地打滚，非送急诊救治不可。人被折磨得精神萎靡、脸色发灰，干瘦干瘦的。用了耳穴治疗后，各种症状次第消失，面孔慢慢红润起来，人也变得有精神了。特别是，有一天深夜，不知什么原因老毛病又突然发作，家人急忙拨通"120"，就在救护车开到楼下的时候，在他不断的按压耳穴下，腹部一阵剧痛之后，竟霍然而止，且立即神清气爽，似乎什么病也没有发生过。第二天一早，他就来到门诊部，喜滋滋地告诉了我。他说，"昨晚能这样快不痛，肯定与压耳穴有关，因为一痛起来我就拼命按压你给贴的耳穴。"我有些不相信："以前不用耳压有没有自己止痛的情况？"他坚决地摇摇头："从来没有过。"我马上拉他上了B超室。马主任反复地从多角度检查了一遍，自言自语地说："奇怪，除了胆囊壁有些毛糙，那块0.6cm的结石怎么不见了。"过了好多天，林老师精神焕发地来看我，他说，后来又到市第六人民医院等几家医院做了B超，都没有发现胆石，现在是彻底放心了，他已决定回温州重操旧业，这次是来辞行的。我一方面为他高兴，一方面也为耳穴的神奇作用而深感有进一步探索的必要。

在市中医门诊部领导的支持下，我和马主任合作开展耳穴贴压治疗胆结石的临床研究。通过近百例病人的反复观察，发现贴压某些耳穴，对早、中期病人确实可以促进胆囊收缩和舒张的功能，能明显改善病人的多种症状，对 1cm 以下的结石，也有一定的排石作用。但对较大的结石，或胆囊功能较差者往往没有多大的效果。吃不吃猪脚爪，关系也不大。后来我们把这个研究做了总结，分别发表在《中医杂志》的中文和英文版上。

链接

胆结石的针灸治疗

概　述

胆结石，又称胆石病，指胆道系统的任何部位发生结石的疾病。其临床表现取决于胆石动态、所在部位及并发症，主要症状为胆绞痛（疼痛剧烈汗出，面色苍白），恶心呕吐，并可有程度不等的黄疸，发热。胆绞痛一般短暂，但也有延及数小时的。

胆结石的治疗以往主要依靠手术。20 世纪 50 年代始用中医排石法，1959 年首次报道针刺治疗本病。之后，摸索出一套包括针灸在内的以非手术疗法为主的治疗方案，并在全国范围内得到推广。至 70 年代后期，以针灸作为主要疗法配合服硫酸镁治疗胆管结石，也获得满意效果，此后，进一步发现耳针、电针及穴位激光照射等穴位刺激之法都有较好的疗效。不仅可以明显地改善临床症状，而且具有一定排石作用。

著者验方

一、处方

主穴：肩、胰胆、十二指肠、迷根、肝、三焦、神门、胃（均为耳穴）。

配穴：阳陵泉、胆囊穴、日月、丘墟。

二、操作

主穴每次取 5~6 穴，可轮用，但肩穴及胰胆穴必取。均以王不留行子贴敷，即将王不留行子置于 0.7cm×0.7cm 的胶布上，贴于上述耳穴，令患者每次饭后 20 分钟按压 1 次，每穴按压 5 分钟，睡前亦按压 1 次，每日共 4 次。每次一耳，两耳交替，每周换贴 3 次。配穴阳陵泉、胆囊穴用于急性发作时加用，可两穴同取，亦可单取一穴，均取右侧穴。以 28 号 2 寸毫针刺入，施捻转加小提插手法之泻法 2 分钟，使有强烈针感。留针至症状缓解。日月、丘墟，用于湿热症状明显者，用 28 号 1~1.5 寸刺入，施以泻法，留针 30 分钟。每周 3 次。

体 会

本方是著者在他人实践的基础上，通过临床筛选出来的。选穴组方是按照中西医理论及各穴功能而定，如胰胆、十二指肠、迷根、肝，西医认为均与胆囊相关，三焦、神门，则是依据中医理论中三焦通腑气、神门可定神止痛，而所选肩穴，则为著者经验穴，发现对胆结石患者有良好的镇痛之效。上述耳穴，据对 30 例胆结石患者 B 超下进行耳穴压丸观察，发现确有促使胆囊明显收缩之作用。急性发作则可加胆经的合穴阳陵泉或胆囊穴，前者为胆经合穴，取合治内腑之意。后者则为近人发现的治疗急性胆囊炎的新穴。对有胁痛口干苦，大便不爽，苔腻等症，表明为湿热煎熬，阻滞胁络者，加取胆募日月和胆经原穴丘墟以清利湿热，疏理肝胆，加强耳穴通导之功。

本方有一定排石作用，但仅适用于下列病人：①胆总管结石，其直径在 1cm 左右，胆管下端无器质性狭窄者；②肝内胆管多发性结石者；③直径小于 1cm 的胆囊结石，胆囊排出功能较好者。

经著者观察，坚持长期贴压，本方尚有一定的溶石作用。

第三节　研究子午流注

　　1984 年初春，我第一天到中医门诊部针灸科上班，负责人潘医生就介绍我认识她们科聘请的名中医张老先生。老先生身材不高，有些发福，经常满面笑容，每每使人想起笑口常开的弥勒佛。他出身于无锡针灸世家，治疗上讲究通经接气，而手法十分独特。他总是手持一针，看准穴位，迅捷刺入，急速运针，病人立即感到一股酸胀之气循着经线向上或向下传导，然后，他取出针又在针感到处即"气至"点上，再下一针，如此一而再，再而三。当最后一针取出，一般治疗时间不超过五分钟，一些颈肩腰腿痛的患者往往立感症情减轻。所以，我很快总结了他治颈椎病的经验一文，发表于《辽宁中医杂志》上。老先生自己也写了不少关于针灸得气的文章，连载于《上海中医药杂志》。

　　除此之外，张老先生另一绝招是善用"子午流注针法"。"子午流注针法"是针灸治疗的一种配穴法。也就是用日时干支的方法，推算出人体气血运行盛衰的时间，再选配各条经脉的五输穴进行治疗。所谓子午，子，子时（半夜），代表黑夜；午，午时（中午）代表白天，也就是指时间昼夜变化。所谓流注，流，流动；注，注入，也就是指人体气血的运行。古人认为，气血在十二经脉中的运行随着时间的变化而有盛有衰。气血盛时，穴就"开"，气血衰时，穴就"闭"。因此，如果能在穴"开"的时候针灸，效果就好。古人就此总结出一整套推算开穴的方法。这套开穴的方法分两种，一种，是以日期的天干为主的，称纳干法，也叫纳甲法；另一种，以时辰地支为主的叫纳支法，也叫纳子法。后一种方法，较为简单实用；但前一种方法，不仅推算十分繁复，而且临床上使用也较麻烦。譬如，有时推算出的开穴时间，或在夜半，或在凌晨，对门诊针灸来说几乎不可能做到的。同时，一个穴位，每个月"开"的时间就几天，也不利于疾病治疗。而张老先生十分赞赏这一针法。他不仅推算熟练，而且也经常

使用。我想，如果确如古人所说应用"开穴"真的在疗效上远胜"闭穴"，那么就值得在临床推广；否则的话，就没有必要费劲用力地去应用它了。

我将我的想法和王馆长说了，他十分赞同，说："一门学科总是在扬弃中发展，我们中医也要破两个'凡是'：'凡是老的总是好的，凡是古的总是对的'。"于是我便申请了一个名为《子午流注纳甲法临床研究》的科研课题，不久就获得批准。这个课题共分四个部分，原计划三年完成，结果实际所用的时间却翻了一番。

第一部分是观察子午流注纳甲法对"得气"的影响。分为两组进行对照，均取大陵穴针刺，一组是通过推算在"开穴"的那一天巳时（上午9～11时）针刺，另一组是隔一天，也就是在它"闭穴"的时候，同样在巳时针刺。为了尽可能做到客观，第二组选的也是这些病人。而且采取单盲的方法，即这项试验的目的只有我们医生知道，不告诉病人，以免心理作用等因素影响结果。为了避免手法上的差异，针刺一律请张老先生一人操作；关于病人得气情况的记录，则由针灸科王医生做。我只是负责最后的资料整理。为了争取大样本，征得病人同意，我们把来针灸科的就诊者，都列入测试对象。通过141人次观察，结果表明，大陵穴在"开穴"那天的酸麻痛胀等得气感觉，确实明显强于闭穴那天的同一时辰。表现在痛感出现少而酸胀感和传导感增加。从而证实张老先生关于在开穴时针刺可加强得气的观点。我撰写成文发表在《上海针灸杂志》上。

因为考虑到上一个试验是病人的主观感觉，在第二个研究中，我就采用较为客观的指标来观察。因为当时我的门诊以胆结石治疗为主，就全部选用胆结石的病人，分为两组，一组在右侧阳陵泉开穴日的时辰（辰时，上午7～9时）进行针刺，在B超下实时动态观察胆囊收缩情况；另一组则在阳陵泉闭穴日的上午7～9时，进行同一方法的观察。两组也都是同样的病人，为了加强客观性，没有请熟知子午流注推算的张老先生参与，一律由我针刺，针刺手法也用我最拿手的：即针刺得气后，持续运针2分钟，采用捻转加小提插手法，捻转频率为每分钟120次，提插幅度2～3mm，留针20分钟。专门由主管B超操作的马医生进行实时观察，在针刺 5 分钟时观察一次，取针前再观察一次。通过对 56 例患者的观察，结果显示，针刺后患者的胆囊都出现了不同程度的收缩，说明针刺的影响是肯定的。而在针刺后 5 分钟时，开穴组和闭穴组二者的收缩情况，没有明显的统计学上的差异；但到留针 20 分钟时，出现了开穴组胆囊收缩程度明显优于闭穴组的情况。这部分研究结果，似乎同上一部分一样，提示子午流注针法是有临床价值的，我同样写成文章在同一杂志上发表了。不过事后，马医生告诉我，应用 B 超进行实时胆囊收缩的观察，由于探头角度和患者位置的变化，都可能造成误差。所以在做结论的时候要谨慎。

为了使结果更客观一些，接着，我又进行了第三部分的试验：观察针刺对心脏病（主要是冠心病）、高血压病患者的心血管功能的影响。这次，在试验设计上，我做了进一步的改进，为了更客观，首先采取了双盲法，即病人和操作的医生都不知道针刺的时间是开穴还是闭穴。我特地请不了解子午流注的潘医生来针刺，同时也不告知其他参与医生和患者关于选择不同时间的原因。其次是用多种指标同步观察，我们选用了血压表、多道生理仪等仪器，同时观察在开穴和闭穴时针刺对患者的血压、心尖搏动图、心电图、颈动脉搏动图以及心音图等多项指标的影响。尽管我选定的对心血管功能有作用的间使穴，其开穴时辰是清晨 5～7 时的卯时，并非医院门诊时间，但仍得到患者和参与研究人员的热情支持。患者到来之后，先嘱其平躺休息 5 分钟，测量好血压，然后开启多道生理仪，同步描记了各项指标。再由潘医生按事先我们约定，对每位病人均针左侧的间使穴，按我原来针内关的经验，先用针尖斜向肩部方向刺入，得气后，促使针感向肩部放射。然后用与上面针刺阳陵泉的手法相同，运针 2 分钟，留针 20 分钟，在留针 5 分钟和 10 分钟时，用同样手法刺激 2 分钟。于取针即刻再测定血压和开启多道生理仪描记一次。这组病人我们一共观察了 20 名。然后，我们又用同样的方法在间使穴闭穴的时候观察了另外 17 例患者。这两组共 37 例患者的全部资料收集完毕后，我委托医学统计的专家刘先生进行处理。大概过了三天，刘先生打了个电话给我，说是针刺之后，两组患者的血压和各项心电指标都有明显的改善，但是这种改善在两组之间是没有统计学差别的。我有些吃惊，这表示开穴组和闭穴组的针刺效果相同。也就是说，子午流注纳甲法并没有显示出优势。这与前面两部分试验产生了矛盾。我希望刘先生能仔细再核对一下，然而最后结果还是证明他的统计没错。我硬着头皮，将这一工作写成文章。在讨论时，我是这样说的，一种可能是由于选择的指标越来越客观化、多样化、同步化，使得结果更接近客观实际；另一种可能就是，选用的这类指标难以全面反映子午流注纳甲针法。

所以，我又进行了第四部分的研究。这次，我们选择甲皱微循环作为观察指标。为什么要选它呢？因为它是在活体上可以直接见到的动态指标，同时它本身包含了多种同步指标，有表示性质的也有计量的，这十分符合中医科学研究的特点。同时，我们又选择中风（脑梗死）偏瘫恢复期病人作为观察对象，因为这些病人的甲皱微循环较正常人有着十分明显的不同，容易显示出变化。我们先推算出合谷穴开穴的日期和时辰，将治疗组也就是开穴组的病人安排在申时（下午 3~5 时）进行针刺。方法是，在规定的室温下，让病人先静坐休息半小时，将患侧的前臂搁在枕垫上，与心脏的位置同样高，用酒精擦净无名指，再在显微镜下观察指甲皱襞部的血液微循环的情况，进行记录并拍摄照片一张。然后，仍请潘医生用 28 号 1.5 寸毫针刺入合谷穴，得气后，用和前面两次试验一样的手法，运针 2 分钟，留针 20 分钟，在留针 5 分钟和 10 分钟时，也用同样的方法各运针一次。取针后，再次在显微镜下观察甲皱微循环的情况，做出记录和拍摄照片一张。作为对照，我们又在非合谷开穴日的同一时辰即申时，由同一针刺者，同一观察者和完全相同的针刺方法，再次对相同或不同的但均为脑梗死偏瘫患者进行了甲皱微循环情况的观察。前后共 68 例，开穴组和闭穴组都为 34 例。结果发现，无论是开穴组还是闭穴组，针刺合谷穴之后，确实能够明显增加甲皱部微循环的血液流动，扩张局部的毛细血管，证实针灸存在活血化瘀的作用。但是，开穴组和闭穴组之间，并没有显著的区别，也就是说，不管你是在开穴时针刺也好，闭穴时针刺也好，二者都有效果，但没有明显的不同。

　　上面四项工作，包括准备、培训等前前后后做了近六年。我总结了我们所做的全部工作，发现了这样一个事实，在采用夹杂一些人为因素的主观指标，特别是单一指标时，开穴组效果确实胜过闭穴组，但是随着指标逐步转向客观化、多样化、动态化时，这种差别就消失了。表明古人，特别是金元之后十分推崇的子午流注纳甲法，由于推演成分较大，可能并不存在多大的实际价值。加之应用时，推算十分复杂，对针刺具体时间的要求又近于严苛，特别对现代人来说，似乎没有临床推广的意义。这又是一个离经叛道的结论！当年极力赞赏子午流注纳甲针法的张老先生此时已经谢世，他没有等到我的最后结论。当我将第四部分研究情况写成文章在《上海针灸杂志》发表之后，曾在读者中引起不小反响。一些读者提出质疑，主要是从实验的客观性如选穴、手法、观察的部位（如合谷穴属阳明经，为什么不观察它经络所过的食指，而用无名指）等发表不同的意见，对此我作出了回答；多数读者则支持这项工作，除了称赞了作者的求实精神和杂志编辑的勇气，还有一位作者指出：我们针灸工作者的任务，是继承和发展，没有继承就没有发展，但如果没有发展，我们就会成为辜负古人的"阿斗"，愧对后人的"古董"。还强调科学理论产生发展，一般来说往往不是从原有的知识体系中顺理成章地演绎出来的，而是要突破原有的框架进行创新。使我们很受鼓舞。

　　考虑到这项工作从第一篇文章是1984年，而最后一篇文章是1991年，跨越近七年，为了给读者一个完整的认识，于是我将我的四部分研究结果进行综合，写成了一篇文章。在文章的讨论部分，我特别强调，首先，这只是我们对子午流注纳甲法的一项初步研究，目的是抛砖引玉，希望能引起中医针灸界的关注，而决不盖棺论定；其次，子午流注针法主要包含纳甲法和纳子法两种，后者，在按时取穴方面较为灵活，与目前所倡导的时间生物学更加吻合，且也得到目前一些实验的支持，所以值得更深入观察；其三，是希望以子午流注学说为例，在对传统的中医针灸重要学说、观点进行传承时，既要有严格慎重的态度，又要有科学扬弃的精神，做到毛主席所说的"去粗取精、去伪存真"，才能真正促进中医学的现代化和国际化。我将它投寄到国内一家权威性中医杂志社。数月后，我收到一封厚厚的回信，除了一字不动的原稿，大概因为我是老作者，还附了一份措辞十分委婉的退稿信，主要的意思是不适宜在全国性刊物上发表这样会引起争论的文章。

之后，我又碰到另一个难题。因为这是一个课题，课题必须进行鉴定或验收，在我们申报之后，负责此项工作的人员在审核之后颇感为难，认为这样的结果是不可能被中医针灸专家们所认可的，与其如此，不如放放再说。一放便遥遥无期。我向当时的王馆长求助，老馆长是一位将自己的生命与中医药事业的发展融在一起的学者，他支持我的观点，也为此奔走呼吁，最终无果。这使我也想起，1986 年，在他的倡导下，我进行了为时两年的《中国针刺麻醉发展史的研究》，为了弄清真相还原历史，以有限的科研经费（3000 元人民币），我远向日本索取有关文献，近至全国多地，寻找当事人，查阅近二十年的公开和内部资料。最后由上海科学技术文献出版社出版专著《中国针刺麻醉发展史》。当时，中国中医研究院医史文献研究所著名的医史专家蔡景峰教授专门著文称之为"现代医学史上的优秀专科史著作"，后来又被评为新中国成立以来全国优秀医史文献著作铜奖。然而，令我百思不得其解的是，不知是由于复杂的针麻界人事关系还是别的原因，这项成果居然没有通过市卫生局组织的一次成果鉴定。

不久，我去比利时和荷兰讲学应诊，这就搁了下来。1992 年的一天，我正在办公室处理事务，老馆长带了一位胖胖的客人来到我们的医史文献室，我一看，是熟人，中国中医研究院（现中国中医科学院）针灸研究所的马廷芳研究员，一年前，我们曾一起在西安开过一个针麻筹备会，他是出差路过上海专门来我馆拜访的。他笑着问我，"最近有何大作？"我知道他最近担任一份杂志的总编，便带点调侃的味道说："大作没有，有退稿一篇，不知您敢不敢用？"他立即感兴趣："给我看一下。"读完之后，他将稿子放入手提皮包内，一本正经地说："我给你发了，不过只能是英文版。"

这一年的秋天，也就是我准备第二次出国前，我收到了北京寄来的一份英文杂志《World Journal of Acupuncture Moxibustion》(《世界针灸杂志》)1992 年第 3 期，里面全文刊出了我的文章。虽然，文章是英文的，国内中医针灸界订阅量很低，而外国读者又多缺乏对我国厚重的中医针灸文化的了解，该文发表后，并无多少反响。但我庆幸的是，我的全文终于有机会能与世界的读者见面了。马廷芳先生已经离开我们这个世界多年，但我一直深深地怀念他。

第四节　方幼安教授

1985 年秋日的一天，王翘楚馆长叫我去馆长办公室。他告诉我，为了进一步做好中医的继承工作，经市卫生局批准，文献馆将在全市率先成立中医专家门诊部，邀请全市各科知名中医来坐诊。馆里决定，为每位专家配备一名助手，一方面协助专家处理诊务，一方面总结其学术思想和传承其临床经验。我被指派跟随从华山医院请来的该院针灸科主任方幼安教授。尽管我与方教授从未谋面，但知道他是一位学养深厚、经验丰富的针灸专家，所以欣然从命。

针灸诊室首次开诊安排在一个下午，我早早开门做好一切准备工作。大概比预定时间提早 10 分钟左右，方教授步履轻健地走了进来。他刚过花甲之年，面容清癯，个子中等而略偏瘦，头戴一顶鸭舌帽，穿一袭淡咖啡色的半长风衣，足蹬一双光可鉴人的淡黄色皮鞋，夹一个深褐色皮包。一副老"克勒"的样子。他脱下风衣，露出雪白的衬衣，系一根蓝色条纹领带，从皮包中取出一件熨烫得笔挺的白色工作服。这副派头，在 20 世纪 80 年代还不多见，更使回沪不久的我开了眼界。

因为门诊部刚开张，加上专家门诊在上海也出现不久，对于看惯公费医疗的患者还有个适应过程。所以，病人很少。于是，我们就有了难得的交流机会。大概是方教授的谦逊随和和我在兵团农场养成的率直秉性，使得我们竟一见如故。我讲了我的学医行医经历，方教授也讲了毕业于光夏大学文学院的他改文从医，传承父亲衣钵的大致过程。他的父亲方慎安先生是近代上海的著名针灸家，师从有"魔针"之称的黄石屏大家，此人为传奇式人物，曾使袁世凯久治不愈顽疾一针根除，以此闻名天下。方慎安先生，不仅仅是临床名家，且所撰之《金针秘传》一书也享誉国内和东南亚。因为我曾经读过此书，其中所记的一个病例，我记忆十分深刻。这是一个姓区的老太，肚皮中间（相当中脘穴区）突起一包，饥饿时就疼痛异常，而吃些不易消化的东西后可以缓解。此病得了七年，久治无效，人也瘦得如皮包骨。方老先生诊断为"蛊病"，给她扎了几针。谁知第二天，区老太气呼呼地找上门来，说是不治还可以，治了之后，反倒多吃食物也疼得难当。方老先生干脆在中脘穴再扎一针。约摸十分钟光景，老太直叫疼得要命，并自己用手去拔针，方老先生赶紧阻拦，谁知说时迟那时快，老太一张口竟喷出一股恶臭的液体，随着飞下一条蛇形之物，掉在地上，还在扭曲蠕动。吓得周围的就诊者带针而逃，一时秩序大乱。老太也一时昏厥在地，即刻苏醒之后，竟霍然而愈，七年之病，一针解除。我总觉得，此事有点不可思议。趁此，我就向方教授请教。方教授淡淡一笑，说："这件事不是虚构的，真有。那个蛇样物，我的父亲一直保存在一个大直筒玻璃罐内用福尔马林浸泡，放在诊室之中，供人观看。在前些年'文革'抄家时，被指为封建迷信，让红卫兵砸掉了。"他略一停顿，解释说："其实那所谓的'蛇形物'只是一条大型的蛔虫而已。从口中排出，临床上也是常见的。"这一下午，虽然几乎没治什么病人，但与方教授的交流使我获得了很多教益。

方教授第二次来诊时，由于文献馆特地设一宣传橱窗，对每位专家的特长做了介绍，所以不到开诊，就有病人坐在门外候诊。这是一个50来岁的男子，身材偏胖，表情沉郁。据其妻子介绍，半年前，因脑梗死引起右侧肢体偏瘫，不能说话。经过多方中西医及针灸治疗，效果仍不太理想：手不能抬，外出须人搀扶，说出话来仍听不清楚。方教授十分仔细地做了检查，发现，他的手只达到 2 级肌力（正常为 5 级），仅能靠肩膀的运动来带动整个上肢，更为严重的是，还出现了因肌张力增强引起的肌肉痉挛，他的右侧上臂和前臂只能保持成直角的姿势，而右手始终紧握拳头，要用力才能将手指掰开。右下肢的肌力好一点，但也不到 4 级，走几步可以，走长路还须人扶着。我治过大量的中风病人，而且积累了一些经验。对早期以软瘫为主的病人，我还是有相当把握的，但对这样已经出现肌肉明显痉挛性症状的病人，疗效一直不理想。所以我很想知道，方教授有何奇法。

只见方教授先从皮包里取出一具小型海鸥牌照相机，让患者先做一个尽力将右上肢向上抬的姿势，拍摄照片一张。然后，他在患者右侧颈项部的天柱穴和天鼎穴进行反复按压。我深感奇怪。因为，从我所涉及的古代或现代文献，还从未见到过取用这两个穴位治疗本病的。他说这是他的经验，目的是寻找压痛结节，上肢偏瘫特别是出现活动时肩部疼痛者，一般都可在这两个穴位触摸到压痛明显的结节。他让我试一下，果然，在右侧天柱穴略上处摸到一块状结节，在右侧天鼎穴偏内侧摸到一条索状结节。按压后，患者觉酸痛异常，出现躲闪动作。接着，他用 28 号 1.0 寸毫针，直刺结节，得气后，他边捻转，边嘱患者反复作向上抬高的运动。患者用含糊的声音告诉我们，特别当针刺天鼎穴时，有一股酸胀感从颈部直达手指。留针 20 分钟，在留针期间，隔三岔五，方教授不断运针。取针后，方教授让病人试着上抬右上肢，令人惊奇的是，比原来一下抬高了10cm。我终于看到患者脸上出现一丝笑容。接着，他又在因肌肉痉挛致拳头紧握的右侧三间穴，取 28 号 1.5 寸针深刺至 1.3 寸，他用力一捻转（泻法），只见患侧连掰开都有些困难五个手指立时张开。这又是一个经验！最后，他在上肢取肩髃、曲池、手三里、四渎；下肢只取阳陵泉和足三里，分别通以电针。首次针完，病人感到右半身异常轻松。之后，他每周来治疗两次，5 次后，可以不必让人扶行，上肢功能明显改善；15 次后，上肢可以高举过头，除了拇指，其余四指可基本伸直；30 次后，上肢可向上伸180°，拇指能向上翘起，整个肌力达到四级以上；下肢行走自如，肌力

恢复至正常的五级。这位俞姓工程师，一改刚来时的沮丧情绪，生活态度一下积极起来，配合治疗，主动锻炼。不久之后，竟奇迹般地重返工作岗位。

由于方教授独特的治疗效果，不久之后就门庭若市。不得不另换诊室，增加助手。这里我要提一下他针灸戒烟的效果。针灸戒烟，可追溯到20世纪50年代，是国外医生首先提出的。但广泛开展是则是在70年代，包括日本、美国、苏联、法国等。我国大陆是从80年代初才有临床报道的。方教授是最早从事针灸戒烟研究的针灸工作者之一。他总结的耳穴针刺具有十分明显的效果，他还同上海第一医学院（现复旦大学上海医学院）生理系的研究人员，进行了较深入的机制研究。因为我们是专家门诊，而戒烟严格地说属于保健而非治疗，所以不便开展。但我很想看到实际效果。有一次，来了一位偏头痛病人，这是一个三十来岁的男子，他说疼痛一发作，痛得实在受不了，只想往墙上乱撞。而每次疼痛发作每每与过量吸烟或喝酒有关。戒了几次，酒是基本不喝了，烟却戒不掉，每天两包，一根也不能少。这时，方教授拉我到一边，轻轻说："这一病人我准备止痛戒烟一起上，你观察一下效果。"他先针他总结的"后太阳"穴，该穴位于太阳穴之后，与丝竹空穴平，在前发际处取穴，刺入后，向率谷方向平透1.4寸；再取风池穴，以1.5寸毫针向双眼平视时同侧瞳孔方向刺入1.2寸左右，用捻转法，使针感向半侧头部放散；最后针对侧合谷穴，患者立时觉得头已不痛。此时，方教授又取了4根28号0.5寸的短毫针，在其右侧耳郭上的口、肺（上肺和下肺）、神门三穴共4个穴点，用针尖找到触痛点后，各下一针，患者觉胀痛异常。留针20分钟之后，方教授让我先取掉体针，暂保留耳针。然后，他对男子说，"你先吸根烟，看还痛不痛"。那男子一笑说："方医生，你不是开玩笑吧，没听说诊室让吸烟。"我理解方教授的意思，便在一旁说："方医生让你抽，你就抽。"他熟练地点了支"大前门"，惬意地长长吸了口，从鼻孔喷出一个个银白色烟圈。可当他吸到第三口时，他皱了皱眉头，自言自语说："怪了，这烟怎么味道变了，一股青草气。"勉强地又吸了一口，他发觉实在抽不下去，竟把烟碾灭了。

这件事对我留下极为深刻的印象。1989年春夏之交，在我到荷兰应诊时，就以这三个穴位为主，配用戒烟穴（又称甜味穴，为国外学者发现，位于列缺与阳溪穴之间，距桡骨茎突边缘一拇指，压痛明显之凹陷处），曾为二百余人戒烟，成功率在95％以上。记得有一位烟瘾很大的年轻姑娘，是电影院售票的，她开玩笑说："你们收费这么贵，一根针顶一盒骆驼牌。"那时，戒烟诊疗费一次为25荷兰盾，而一盒骆驼牌烟为5荷兰盾。但两次治疗后，她竟基本不抽了，觉得经济上合算极了。第3次来时还专门送我一张电影票，表示感谢。

和方教授相处了一段时间，我建议他总结经验撰写专著。恰好，他的一位在出版社工作的老友也有这个想法，一拍结合。这时，他问我从哪方面着手，我说就从针灸防治中风着手，在总结古代有关医籍和现代报道的基础上，重点突出方教授的数十年经验。他深表赞同。于是由我负责古今针灸防治中风的文献收集整理，由他亲自动手总结长达数十年的临床经验。不到三个月，他就完稿了，还提供了不少珍藏的图片。最后，由我全部抄整后送到出版社。大约半年之后，记得我们正要结束门诊，护士台的电话忽然响起来，王护士喊"方医生电话！"方教授先是满面笑容的点头，之后，一下变得严肃起来，他说："这是不可以的，我们二人的名字必须排在一起上封面。"挂了电话，他告诉我，这是出版社打来的。说是本书预订数已达到两万，作者的校样准备寄出。出版社意见是将我列为协编。"这不是我方某人的作派和为人。"他有些气愤地说，"更何况你所做的工作并不比我少。"这是我第一次看到他生气的样子。书出版之后，他坚持要给我一半稿费。不久，我们又合作了第二本书《针灸防治小儿脑病》，这本书又增加了一名合作者，上海儿科医院针灸科医师施炳培医生，小施当时还是住院医师，属于无名小卒之类。但方教授坚持我们三个名字排在一起上封面。

1991年，方教授退休之后不久，应友人的邀请和黄羡明教授一起赴美国传授针灸医学。从此我们天各一方，失去联系。后来又听说他辗转到阿根廷首都布宜诺斯艾利斯，在他儿子所在的城市终于定居下来。但他始终没有空闲，一面为当地培养针灸人才，一面以他的精湛的技术为广大市民服务。同时，他还成为我国驻阿使馆特聘的医学专家，经常为出访该国的我国高层领导人进行中医保健。

事隔 12 年后的 2003 年初夏，一天上午，我正在馆长室处理杂务，门卫打了个电话给我。说是有位姓方的老先生想见我。我一时想不起是谁，就请他上楼。开门一看，竟是方教授，依然是当年西装笔挺、风度翩翩的模样。只是精心梳理过的头发稀疏了一点，脸上多了一些老年斑。因为来得突然，我竟不知从何说起。他简要地告诉我：刚回国不久，不准备再回阿根廷了。他想来文献馆的名医门诊部再次坐诊。我当然欢迎，立即叫来门诊部黄主任为他安排诊室、配备助手。我送他出大门时，见他步履仍然稳健，腰板挺得笔直，很为他年近耄耋而如此健康高兴。然而，正在我们盼他来门诊而久等不来的时候，传来了他心脏病复发住院的消息。尽管不久之后，他病愈出院，但他告诉我出门诊的时间可能要推迟了。后来此病一直时发时好。十月的一天，黄羡明教授从美国回来，我找了辆车，带着他和他的夫人一起去聚会。因为老朋友相见，大家都很开心，拍了很多照片。黄老专门在小区的一家饭店招待大家，我们整整待了一天。在回来的路上，方夫人告诉我，这是近几个月来，方教授精神最好的一天。然而，大概过于劳累，第二天他又被送进医院，一直到去世。他留下的遗嘱是，将遗体捐献给复旦大学上海医学院，供医学研究。

2014 年国庆节我和梁行曾去阿根廷旅行，接待我们的当地导游是位中年女性，她来自宝岛台湾。途中我曾向她提起方教授，她一脸崇敬之情："方大医师，人好，技术好，治好不少人。"她还为自己曾经教过方教授的孙女的国语而骄傲。

可以告慰方教授的是，由方慎安、方幼安父子所创立的，具有浓郁海派文化特色的"方氏针灸疗法"于 2015 年列入上海市第四批非物质文化遗产名录，我被认定为项目代表性传承人。我和我的同事们已经完成《方氏针灸百年集萃》一书，并由科学出版社于 2017 年 4 月出版发行，可以深信，方氏针灸将得以在传承中不断发扬。

国际中医讲习班结业合影。左 3 为著者，左 4 为方幼安教授

链接

针灸戒烟

概　述

　　吸烟是一种有害健康的不良嗜好。据科学家测定，烟中含有尼古丁、烟焦油、苯并芘、一氧化碳等百余种有毒化合物。它与人类冠状动脉性心脏病、高血压病、慢性支气管炎、肺气肿等多种疾病的发病有关。它能提高多种恶性肿瘤的发生率，通过调查发现，死于肺癌而与吸烟有关者竟达 80% 左右，而肺癌已经成为威胁中国人健康的头号杀手之一。因此，控制吸烟对增进健康、防止疾病、延长寿命，比整个预防医学的任何一种单独方法都要强得多。

应用针灸之法戒烟，可谓是异军突起。针灸戒烟，在古代中医针灸典籍中未见记载，它是现代针灸保健的一种发展。从20世纪80年代初期起，我国有关针灸戒烟的临床报道开始迅速增多。且很快跃居各国之首。

针灸戒烟的具体穴位刺激法，以耳针使用最为广泛，另外有应用体针、电针、穴位激光照射、鼻针及代针丸等。通过世界各国数以万计戒烟病例的观察，虽然由于采用穴位刺激方法的不同、受吸烟者日吸烟量及烟龄等多种因素的影响以及各地疗效判断标准有所区别，针灸戒烟效果存在着差异，但总有效率一般认为在70%~90%。并已初步总结出一些规律：烟龄愈短，每日吸烟量愈少，以及主动戒烟者，效果一般较好；而烟龄长，烟瘾大及被动戒烟者，有效率相对较低。针灸后，不少接受治疗者反映，烟味变苦辣、变凶或变淡，有青草味；有的感到吸烟时喉部干燥不适，不愿把烟雾吞下；有的甚至抽不完一支烟即不想再吸。但也有少数人，于第一次针刺后出现诱惑感，流涎、恶心等戒断症状，但在继续治疗后，可逐步消失。从临床资料看，被动或强迫戒烟者往往不能坚持戒烟，远期疗效也较差。

目前针灸戒烟还存在复发率较高，其即时效应还不够稳定等问题。

著者验方

一、取穴

主穴：口、肺、神门。

配穴：戒烟穴。

戒烟穴位置：位于列缺与阳溪之间，距桡骨颈突边缘约

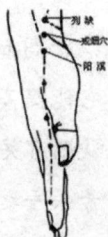

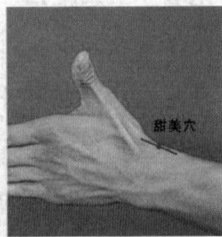

图11　戒烟穴

一拇指之柔软处，有明显压痛之凹陷点。

二、操作

一般仅取一侧常用穴，如效果不显时，可加双侧备用穴。在双侧耳区探得敏感点之后，以 28 号或 32 号 0.5 寸毫针成 45° 角快速刺入，深度以针尖抵达软骨为宜，至有胀或痛感后，快速小幅度捻转（频率约为 120 次／分）半分钟，至耳郭发热、潮红，留针 15～20 分钟。也可用弱刺激刮针术运针 10～15 分钟，力争感传通达胸部及全身较远的部位。双耳交替。戒烟穴针法：令戒烟者手背向上，找得压痛点后以 28 号 1 寸针，垂直进针，刺入 0.8 寸左右。进针时要求患者吸气后屏住呼吸，至进针完毕才呼气，适当捻转至有明显酸胀之感，以针后患者觉双手沉重感为佳。亦可用 1.5 寸 30 毫针向上逆肺经的方向斜刺 1 寸后，用捻转补泻的泻法使戒烟者产生酸、麻、胀。留针 15 分钟。上法，每日或隔日 1 次，5 次为一疗程。如效不显可继续再做一疗程。

体　会

在应用耳针戒烟时，必须注意耳郭及针具的严格消毒，以免因感染引起耳软骨炎等，造成较严重的后果。对于烟瘾大、烟龄长的吸烟者，运针及留针时间宜延长，或采用弱刺激刮针术为主。在治疗时，应适当给予心理治疗，以提高被戒烟者的信心。据著者体会，本法多于 3 次内见效，如超过 5 次未见效者，应改用他法。

第五节　寻找针刺麻醉第一人

50 岁以上的中老年人可能还会记得，在 20 世纪 60、70 年代的医学界曾发生过一件轰动一时的大事，那就是在针刺麻醉下开刀。针刺麻醉，简称针麻，是我国古老的针灸医学在现代绽发出的一朵奇葩。它的意义，决不仅仅是为外科手术提供一种新的麻醉方法，而是对传统的针灸学和现代神经生理学都产生了重要而积极的影响。特别是，1971 年 7 月 18 日，我国新华社以"在毛主席无产阶级革命路线指引下，我国医务工作者和科学工作者创造成功针刺麻醉"为题，首次向全球正式宣布了这一消息之后，使得根植于华夏大地的针灸医学在十六七世纪登陆欧洲铩羽而归后又重新走向欧洲大陆、走向北美、走向全球，而且越来越红火。据不完全统计，世界卫生组织所属的 191 个国家中，已有 160 多个国家在应用针灸治病，深为金发碧眼的患者所青睐。

那么针刺麻醉到底是怎么发现的？又是谁最早发现的呢？

大概在 1985 年夏日的一天，我在一份《参考消息》上读到了这样一条新闻，针刺麻醉最早是由外国人发明的。当时我觉得有点天方夜谭，并不把它放在心上。然而不久，国内的一位医学界著名的中医史学者引经据典证实这一消息，文中提到发明者是一位韩国学者，并且披露了论文的题目。我不由深感困惑。当时，上任不久的王翘楚馆长（他后来成为知名中医睡眠专家）对此更是愤愤不平，因为他在市卫生局时，曾长期主管过上海市的针麻工作，对针麻可谓情有独钟。于是找我商量，是否可以从科学研究的角度来澄清一下这一问题，以正视听。我受他的启发，就向市卫生局申报了一个课题《中国针刺麻醉发展史》，很快通过了审核，并获得了一笔资助经费。

当要真正要揭开谁是针麻的发明者这个谜时，我切切实实感到了难度之大。因为先要弄清是古代人还是现代人，如果是现代人，那么是外国人还是中国人，如果是中国人，那又到底是谁？

我决定第一步把主要精力集中在古代医籍的查找上。只要古人有记载，发明权问题自然迎刃而解了。我先在我工作的上海市中医文献馆图书馆，后来又到市医学会图书馆、市图书馆，整整花费两个月的时间，将针灸专著和有针灸记载的医书逐字逐条地查阅了一遍，早出晚归，颇有废寝忘食的味道。然而结果大失所望，汗牛充栋的文献并无关于针麻的只字片语。倒是在唐代人薛用弱写的一本叫《集异集》的古书中找到了一段记载，当时有一位叫狄仁杰的政治家，路经陕西华阴县，发现一个十五六岁的少年鼻尖上长了一个肿瘤，疼痛异常，他便"于脑后下针寸许"，等针感到达病处，他立马出针，拳头大的肿瘤竟然"应声而落"，病儿却毫无痛苦。这倒有点类似针刺麻醉下做手术，但毕竟只是个语焉不详的神奇传说，再说《集异集》也不是医书，不能当做医案。尽管查了半天仍然两手空空，但是我也悟清了一个道理：其实古代医家没有发明针刺麻醉也是正常的，这与我国中医外科领域内，手术疗法一直没有得到充分发展有关。在我国早期医疗实践中，手术疗法曾得到广泛的应用，促进了麻醉术的发展，所以，在两千多年前就出现了名医扁鹊用"毒酒"，华佗发明"麻沸汤"等中药麻醉剂来做"剖腹探心""剐破腹背"这样的大手术。然而由于我国特定的社会历史文化背景的影响，中医外科也形成了以辨证论治为指导思想，以药物内服治疗为主的特征。一方面这是特色，但另一方面也使包括麻醉学在内的手术学日渐萎缩，因此，到后来连上面提到过的"麻沸汤"这样的中药麻醉名方也失传了，当然更谈不上让针灸参与麻醉。

既然不是古人，我就开始第二步工作：弄清楚到底是不是外国人领先一步。根据上面那位中医史学者提供的线索，我查到韩国学者关于针刺麻醉的最早论文，刊登在日本的一家著名的老牌针灸杂志《医道の日本》1955年10月号上。为了寻找这本杂志我又一次跑遍了上海的主要图书馆，由于20世纪50年代初我国和日本文化交往不多，竟没有一家收藏有这本刊物。我与北京那位中医史学者联系，他十分遗憾地告诉我，他是从国外其他文章中发现这一资料的，也没有见到过原文。在走投无路的情况下，我抱着试试看的心情，给远在东瀛的《医道の日本》杂志社写了一封信。请求帮助。没有想到我很快接到来自日本横须贺市（该杂志所在地）一封沉甸甸的回信，而且从此之后，每月收到该社装帧精美的一本《医道の日本》，一直延续至今。信中装的是论文的复印件，论文确实发表于1955年10月，作者为韩国针灸学研究所所长宋台锡先生。论文的题目是"针刺完

骨穴有卓越的麻醉和催眠作用"。原来这位宋先生曾经在塞浦路斯医科大学外科研究室工作过，对当时药物麻醉的种种危险的副作用比较了解，一直在寻找一种较为安全的方法。后来改行搞针灸研究后，他发现：针刺某些穴位，特别是完骨穴后，有少数病人会出现一种神志不清的深睡状态：往往是先有脉搏增快，面色苍白、呼吸微弱，甚至很快失去知觉。继续留针，脉搏、呼吸可逐渐恢复平稳，病人则进入沉沉的梦乡。这一睡可睡上数十分钟，而且醒后一如常人，没什么不适。文中特别举了两个例子，说明这决不是空穴来风。根据这一现象，宋先生认为这相当于麻醉状态，于是他在文章中大胆提出可在这种状态下进行手术，并称之为针刺催眠麻醉。

其实这一所谓的针刺激催眠麻醉，只是一个难以实现的设想。不但宋先生本人没有实践过，后来谁也没有敢试验过。因为从他所举的例子分析，实际是一种在针灸临床并不少见的严重的晕针现象。晕针本来就是一种反应性损伤，对人体的健康虽无多大的影响，但终究还是避免为好。而如果在晕针的基础上再开上一刀，显然是不能允许的，也不可能为病人所接受。同时，有针灸知识的人都知道，要做到让病人晕针就晕针，让病人晕针多长时间就多长时间，也几乎是不可能的。特别要指出的是，宋先生设想的病人在失去知觉状态下进行手术的麻醉，与后来在临床上实际应用的清醒状态下进行手术的针刺麻醉更是两回事。尽管如此，宋台锡还是应该被称为提出针刺可用于手术麻醉设想的第一人。

既然不是外国人，那么国内真正发现针刺麻醉并在临床上应用的到底是谁呢？我从大量公开发表的和内部资料进行分析，资料最多也最早地集中在两家：一家是上海，一家是西安。通过王翘楚馆长的回忆，他认为上海应该是最早的。根据他的建议，我一一访问了当年搞针麻的专家，大家也一致认为是上海带头开展的，但也都说不清到底是谁第一个发现的。1986年初秋，中华医学会医学史分会在黄山市开会，在会上我宣读了关于上述初步研究工作的论文。谁知刚一读完，立即遭到一位来自陕西的代表驳斥。他振振有词地说，我国也是世界上最早发现针麻的是西安市第四人民医院，该院至今还保存着中华人民共和国卫生部的关于祝贺该院针麻成功的电报。我只能哑口无言，为自己的草率而内疚不已。

会议一结束，我就匆匆来到西安市。谁知首先就吃了个闭门羹。第四人民医院办公室的负责人一看我的单位介绍信，立刻露出戒备的目光，毫不客气地拒绝我参观该院的针刺麻醉陈列室。我说了一大堆好话，就是没有通融的余地。这是卖的哪门子药啊。我忽然想起我在陕西中医学院读研究生时认识的一位校友，他在省卫生厅中医处当负责人，我打了个电话给他。那位老校友也真够两肋插刀，立即亲自赶来。事情出现了戏剧性变化：不仅允许我参观，而且破例让我拍照。在陈列室里，我了解到该医院在 1958 年 12 月 5 日首次用电针的方法开展针刺麻醉，并于 12 月 8 日直接向中华人民共和国卫生部用电报汇报了电针麻醉成功的消息。我亲眼看到了 12 月 23 日卫生部的祝贺电的打印稿，希望："再接再厉，在电针穴位刺激代替麻醉方面，进行系统的研究总结，努力做出更大的成绩。"那么，到底是谁做的这第一台针麻手术呢？我专门走访了退休不久的耳鼻喉科主任医师孟庆禄，一位身材魁梧而又热情的老人，他就是该院电针麻醉开创者。他告诉我，1958 年，全国大多数医院都掀起了一个学习中医学，推广针灸技术的热潮，他们五官科也不例外，用针刺进行手术后止痛，效果十分满意，后来就变成了常规。在 12 月 5 日那天上午，他碰到了一个棘手的姓申的病人，害怕打针、害怕开刀，心情十分紧张。为了镇定病人的情绪，他先在内关和太冲两穴针刺，并接通当时在陕西通用的陕卫七型电针仪行脉冲电刺激，过了十多分钟，病人的情绪果然稳定了下来。在注射局部麻醉药之前，他无意中用扁桃体钳挤压了一下病变部位，患者竟没有明显的感觉。他索性不用麻醉药物将两侧扁桃体摘除了，整个过程仅用了 20 分钟，关键是患者未觉疼痛。而且患者恢复得比用药物麻醉快，下午就可吃馄饨。这一意外成功，震动了全院，也震动古城西安。我也为终于找到了我想找的资料和人物，而大大松了口气。访问结束返回的路上，校友偷偷向我透露吃闭门羹的原因。原来，因为关于谁先开展针麻这件事，社会上特别是医学界一直众说纷纭，而且主要的焦点就在上海和西安之间，所以该院一直怕上海人来与他们"别苗头"、争第一把交椅。我哈

哈大笑说："我是搞研究的，只认事实，只认原始资料。决不会搞地方偏见。看来，你们确实是领先了一步。"

然而事情并没有这么简单，后来的事实证明我当时的结论还是下得太早。为了完成课题，撰写《中国针刺麻醉发展史》一书。我又投入了资料的收集工作。不久后的一天，我在上海市图书馆查阅老报纸，一张1958年9月5日的《解放日报》，一个标题突然吸引住我的眼球，《中医针灸妙用无穷　代替止痛药二针见分晓》，它报道了上海市第一人民医院耳鼻喉科和中医科合作采用针灸代替药物麻醉的过程，报纸是这样介绍的："该院耳鼻喉科医生很早已学会针灸，以往当病人在摘除扁桃体后饮食疼痛时，医生即使用针灸，消除病人的疼痛，顺利进食。耳鼻喉科医生认识到针刺有明显的止痛作用，但未能作深入的研究。在当时科学技术研究跃进会和卫生事业跃进会之后，这个科的医生受了很大的启发。于8月30日第一次以针刺代替药物麻醉。果然病人毫无疼痛感觉，手术后一切顺利。到9月4日已成功地为13例患者摘除了病变的扁桃体"。上面还附有照片两张。文章最后指出："这种方法运用成功，对麻醉学也有所贡献。耳鼻喉科医生们认为，这个新发现对临床麻醉学的机转问题可能有新的发展。"这个报道比西安的工作整整提前了三个多月！而且其整个过程和西安第四人民医院又何等相似，简直克隆一般。

我立即赶到了上海市第一人民医院，尹惠珠主任医师在她的耳鼻喉科主任办公室接待了我。我打量着这位人过中年，仍充满青春活力的女医生，怎么也难以和我国也是全球在临床上进行针刺麻醉第一人联系起来。她仔细地读了一遍我带给她的《解放日报》的复印件后，立即回忆起当时的情景，她温和地笑着告诉我：当时她是这样想的，针刺既然在手术后止痛这么好，如果用在手术前针刺不是可以代替麻醉吗？当时提倡说干就干，敢想敢做。不过，因为怕不成功，当时在征得一位姓沈的病人同意后，她只将自己的想法告诉了一个护士和一个护工。整个手术在场的也就她们四个人。当时尹惠珠还没有掌握更多的穴位，凭手术后止痛的经验，她只在患者的双手合谷穴各扎了一根银针。在没有注入任何麻醉药物的情况下，当她用手术器械触碰肿大的扁桃体时，病人无明显的不适和疼痛，随后顺利地进行切开、分离和摘除，整个过程中，病人仅仅有轻度恶心和局部少量出血。在该院病案室的帮助下，我读到了由尹惠珠签署的世界上第一份应用针刺麻醉的手术病史记录。在麻醉类别栏里填写着："针灸（双合谷）"，而手术情况栏上，在"良好"二字上打了一个勾。

手术的这一天是 1958 年 8 月 30 日。后来，我又了解到尹惠珠医生还是我国已故的"断手再植之父"陈中伟的夫人。

第六节　在台出书

1990 年初夏的一个上午，接近下班时，办公室小刘叫我去接电话。传过来的是当时不大听得到的，声音软软的港台腔。对方自称是来自台湾的出版商，想约我见个面，因为下午就要离沪，希望我中午就去。我感到十分疑惑，因为不要说出版商，连台湾人都没接触过。我匆匆扒了几口饭，来到了他下榻的上海宾馆。在他的房间外按了半天门铃，并无人开门。我等了一会，看看表已超过我们约定时间 15 分钟，下午馆里又有会，我决定在大堂留个条子算了。

我正走到电梯口，恰好急吼吼地下来一位矮笃笃、胖墩墩的中年人，背着个大包手上又提了一袋重物，满脸的汗。我猜他可能就是我要找的人。便试探着问："您是刘永茂先生？"他一听，立即放下东西，向我不断弯腰鞠躬，一迭连声地说："真是对不起，让您久等了，我紧赶慢赶还是迟到了这么多时间。"

原来他是台北志远书局的老板，以出版和销售中医书籍为主。他告诉我不久前，他曾经销售过我于人民卫生出版社出版的《急症针灸》，三百本书很快就卖光了。既然销路这么好，他以商人的眼光敏锐地捕捉到商机：直接让作者在他的出版社出书，这次就是特地路过上海，约我写书的。听他这一说，我不由既觉着意外，又感到高兴。因为就在不久前，有一名上海中医学院（现上海中医药大学）的台湾留学生专门打了个电话给我，说我写的一本关于预防针灸意外的书在台湾有盗版，他还把出版社的名字告诉了我。听了之后，我只有暗自生气，隔了这么一条长长的海峡，再加上又没什么真凭实据，你怎么去讨说法。现在有人肯出我的书，盗版自然会销声匿迹。所以当即满口答应。刘先生更是快人快语，提出了三个要求，一是要写类似《急症针灸》这样能畅销的书；二是字数不可超过12万，因为这样的书售价可控制在250元新台币左右，而据他观察，对于这点钱，台湾读者在掏腰包时往往比较爽快；三是要搞成一套丛书，使前后连贯一气呵成，让读者买了上一本必得买下一本。好一个精明的头脑！我笑笑说，是否畅销我不敢保证，但这三点我可以做到。他立马找了张饭店的信笺，说："张先生，我要赶下午3点的飞机去北京，您现在就把准备写的几本书的书名写给出我。"我略一犹豫，便一口气写了6本书名，并取了一个《实用临床针灸丛书》的书名。他仔细地看了一遍，立即说了声"OK"，我暗暗吃了一惊，在祖国大陆出版一本书对我来说何其曲折困难，他那里竟这么简单。接下去就是签合同，并预付了一千美元的定金。我们会面的全过程还不到半小时。在和他握别时，他有点意味深长地说："我会按时来取稿的。"

当时，我正负责一本期刊的编辑出版工作，又被遴选为"国家首批名老中医"学术继承班的学员，还有一周2次的门诊。工作和学习都十分紧张。加上孩子又小，挤在13平方米的蜗居，颇有内外交困的味道。当然，这些对我这个在大漠边缘待过14年，并有三年研究生苦读生涯的人来说，确实也算不了什么。尽管刘先生对写书并没有提出具体的要求，但我对自己提出了一个较高的要求，一是信息量必须大，二是提供的信息必须是真实的，三是必须是临床实用的。为了达到这三个"必须"，首先是要求有大量的文献资料，包括古代的和现代的。我所在的中医文献馆，原本是上海中医典籍的四大藏书单位之一，然而经过"文革"的浩劫，在1981年复馆时，所有书籍已荡然无存。图书室内只有工作人员从旧书店中淘来的一些医书和杂志。这当然满足不了我的要求。我发现上海市医学会图书馆是个好去处，每天闭馆时间晚、周日也同样开放，不仅收藏的中医类书籍杂志多而全，而且阅读环境十分安静。于是我把下班后的时间和星期天全都转移到那里。梁行依然一如当年在新疆那样支持我，包揽了包括带女儿叮叮在内的一切家务。

两年过去了，深秋的一天，刘先生又一次来到上海。在这之前，他已来过多次，这次是来取计划中最后的一本书稿的。为了庆祝我们的合作圆满结束，我请他来我的打浦路新居吃晚饭。他一口答应了。请他吃什么好呢，作为主妇的梁行发了愁。我笑说："一切由我来打理吧。"因为我记得，前几次来，他曾向我打听何处有蟹吃。可惜都不是吃蟹的时节，有一次，我带他去被称为"蟹大王、酒祖宗"的福州路上的王宝和吃了一次"六月黄"，尽管是夏季的蟹，个头小，也不肥，他还是吃得津津有味，直喊不过瘾，说是台湾的蟹味道不能与此相比。而现在正是"秋风起、蟹脚痒"的品蟹时节。我一早到菜场，挑了八只个肥膏满的正宗阳澄湖大闸蟹，那时似乎还没有像现在炒作得厉害，价格并不怎么贵。

听说有蟹吃，刘先生很高兴。下午他早早来了。他悠悠地品着我特地为他准备的"铁观音"，取出了新出的丛书第五册的三本样书给我，书印得挺精致，黑色塑封书面上采用烫金印刷，所用的纸张也十分讲究。特别是其出版速度着实令我瞠目。每本书从我交稿到出书，一般不超过三个月。因为当时在祖国大陆出版一本书总得有两三年时间。他可能有点兴奋，不经意中透露出，已经出版的几本书，销路还可以。其实，上一次他的小舅子来取书稿时就告诉过我，我的每一本书都已重印了多次，他着实赚了笔钱。接下来，他希望和我继续合作，将丛书再出下去。有这么一个机会向台湾同道介绍有关针灸的信息，促进两岸针灸事业的发展，我当然很乐意。于是就在我小小的书房里，拟定了接着写的十二本书稿的书名，加已完成的六本，有十八本之多。从内容看，包括穴（《实用经外穴精选》）、方（《实用针灸处方精选》)、法（包括《实用灸法》《实用拔罐疗法》

《实用刺血疗法》《实用耳针疗法》《实用独特针刺法》《实用独特穴位刺激法》《实用针刺麻醉》等）、病（《实用难病针灸》《实用急症针灸》）等，基本上涵盖了针灸临床的各个方面。签完第二个合同后，我心里一方面感到责任重大，另一方面也为能有机会完成这一宿愿而十分欣喜。

当梁行端着满满一盆鲜红硕大、热气腾腾的大螃蟹上桌时，刘先生食指大动，佐着陈年的绍兴太雕黄酒，一下干掉四只。他赞不绝口地说，这么鲜美的蟹，又能放开肚子吃，可是人生难得第一回。真希望台湾也能吃到这样美味的蟹。我笑着说，只要两岸交流能日益频繁，我想这完全是有可能的。您不是也在做着两岸中医文化交流的使者吗？他点了点头。他大概喝了点酒，话也多了起来。他告诉我，他虽然是在台湾长大的，但老家在北京，每次回到祖国大陆他总要到北京去。尽管北京已没什么亲人，也一直没有找到他父辈住过的房子，但北京始终给他一种亲切感和温暖感，"可能我们家的根在那儿。"他说。那一晚，我们谈得很晚、很深。

不久，我出国去荷兰工作了近一年。因为在国外很忙，加上带的资料有限，只能断断续续写一点，但我们一直保持着书信和电话联系。1993年回国后，我抓紧时间，赶在1996年年初，即第三次赴荷前将后面的12部全部完成。他后来告诉我，由于台湾对针灸医生执业范围有一定限制，和祖国大陆有所不同，所以其中两部因不适合台湾读者，只能割爱了。他对此深表歉意。至1998年夏天，刘先生又出现在炎热的上海街头，他带来了这一套丛书16本的全部样书。

第七节　针治视网膜色素变性

1997年3月中旬，我从荷兰回国不久，《解放日报》的健康版登了我的一篇科普短文《针灸可以治疗哪些眼病》。这是应该报的一位记者之约写的，她是我的一个病人，发现我的门诊患者不少是来治疗眼病的，觉得在上海滩各家医院的针灸科多以治疗中风、面瘫及颈肩腰腿为主，而多数眼病病人也不会想到能用针灸治疗，她希望我能做个宣传。

　　大大出乎我意料的是第二天下午我们文献馆的门诊部突然热闹起来，挂号室门口排起了长龙。门诊部黄主任急匆匆地来到文献研究室，说都是看了报纸后来找我看眼病的。我看了下表，现在才两点钟，离我上夜门诊的时间还有两个半小时。黄主任见我有些为难，忙说："我已请示了馆领导，今天的情况有些特殊，如果你手头工作不那么紧，可以提前开诊。以后我们再向病人解释疏导。"这一天，我工作到晚上 11 点 50 分，整整诊治了 87 名病人。回到家时已筋疲力尽，但还是感到十分兴奋，看来我一直考虑的将我的针灸治疗方向聚焦到眼病，特别是难治性眼病的想法是对的，因为，确实有这方面的需求的病人。

　　在那天的众多眼病患者中，有两个小病人给我留下了深刻的印象。一个是叫雯雯的小学一年级的学生，由她妈妈陪来的。妈妈擦着哭得发红的眼睛告诉我，雯雯自从去年下半年读书开始，眼睛就逐渐变得不好，近来，黑板上老师写的字即使坐在第一排也越来越看不清。开始当成是得了近视眼，但到了几家眼镜店都无法配眼镜；后来到一家医院检查，说是弱视。治了一阵子，没有效果不说，还出现了一些其他的症状。首先是天一黑，眼睛就看不清东西，灯光暗一点，也东撞西碰地找不到北；其次是双眼看到的范围不断缩小，连过个马路也吓得紧紧拉着妈妈的手，因为看不清两边过往的车辆。前两天，妈妈带她到一家著名的三级医院眼科门诊去检查，结果确诊为视网膜色素变性。妈妈只知道眼睛有近视眼、白内障、青光眼、红眼睛这些毛病，从来没有听说过这种病。给雯雯检查的老医生告诉她，这是一种遗传性眼病，目前世界上还没有治疗该病的药物和方法。妈妈急切地问："会瞎了吗？"老医生迟疑了一下，郑重地点点头："有可能。不过要有相当长的过程。"妈妈如五雷轰顶，双脚都软了。

　　看到我的文章，她像抓到了一根救命稻草。她对我说："张医生，这几天我日思夜想，不论是我的上代再上代还是她爸爸的都没听说有这个病，怎么会是遗传病呢？会不会搞错了。"我仔细阅读了眼底检查报告，结合夜盲、视野缩小和视力减退等症状，诊断是不会错的。至于遗传问题，这个病有显性遗传也有隐性遗传，不是每个病人都找得到源头的。再说以往由于检查手段的落后或生活条件所限制，也不一定搞得清上辈是否有过这个病。她听了我的解释显得有些绝望，一把抓住我的手："张医生，你无论如何要救救她，她才刚刚上学，我也就这么个女儿。"以往我曾经治过几例视网膜色素变性病例，有一定经验，不过都是成人，这么一个才7岁的孩子，却是首例。我颇犹豫。因为按照权威著作载述，发病年龄越小，其预后越差，也就是今后情况越糟糕；其次，经检查，她双眼视力都只有0.15，而且各种症状都已经开始出现，治疗有一定难度；再加上孩子那么小，是否肯配合，家长期望值又高，如果无效如何交代等。但是看到母亲那双焦灼忧虑的目光，我决心试一试。不过，我告诉她：这个病很难治，如果下决心治疗，一定要做到两条，一条是长期坚持，开始时至少每周三次针灸；第二条是要有信心，针灸是通过自身调节起作用的，对这一类慢性病不大可能立竿见影。雯雯的母亲听我一说，仿佛看到了希望，她一下破涕为笑，说："张医生，放心，就是天上落铁下刀子我们也会按时来治疗的。"

雯雯是个腼腆的孩子，看着她有些害怕的目光，我在选穴时，考虑到她是第一次针灸，怕她产生恐惧心理对以后的治疗不利，只取了新明1、瞳子髎、球后三个穴位；针具也都用一寸细针，快速进针后，略作捻转提插就出针了。没有想到，她很快就适应了，不那么紧张了。她妈妈在一旁急于求成地说："您多扎几针，扎得重一点！多留一会！"我笑笑说，"时间还长着，我慢慢会增加的。"

无独有偶，这天的病人中，还有一位得同样病的小朋友，也是女孩，也是妈妈陪着来的。这个小姑娘叫玥玥，才上幼儿园中班，个子高挑，活泼好动，真不敢相信，那一对美丽的大眼睛中的一只，竟只剩下光感，完全看不见了，另一只也只有0.4。人高马大的母亲长叹一口气说："我们一年前就查出来了，上海滩的医院跑遍了，还到北京一家医院开过刀。结果越来越重，您这里是最后一站了。张医生，您就死马当活马医吧。"一脸无可奈何的样子。我把和雯雯妈妈说的话重复了一遍，她当即表示，一定坚持到底。

这两个孩子的家长确实兑现了她们的承诺。每周三次，雷打不动。雯雯一律由妈妈陪同；玥玥的妈妈忙，大部分时间由外婆领着来。记得有一次，第二天要期终考，雯雯妈妈也照来不误。一个疗程（三个月）过去了，雯雯妈妈兴奋地告诉我，她专门带孩子到原来那家三级医院去查了一下，虽然夜盲和缩窄的视野没有改善，但双眼视力已恢复到0.4；玥玥只有光感的左眼没有变化，但右眼则从0.4上升至0.5。这不仅使家长，更使我深受鼓舞。在之后的日子里，我根据孩子病情的变化反复调整穴位和手法，同时不断汲取刊物上同行的经验。

整整二十年过去了，我从中年进入老年，当年的两个小病人也步入了青年。那么现在她们的情况如何呢？雯雯中专毕业后，又修完了复旦大学成人学院药学专业的全部课程，已是本市一家大药房的药剂师。双眼矫正视力达到0.8和1.0，更令人称奇的是夜盲消失，视野基本正常，也就是说，作为视网膜色素变性的主要临床症状获得极大改善。当然，必须说明的是作为本病的客观指标的眼底表现和视网膜电流图（ERG）检测，并无显著好转，表明病魔仍然死死盘踞着而不肯轻易离去。所以，雯雯还不敢掉以轻心，至今还保持每周来治疗一次。去年十月，她结婚了，在泰国美丽的普吉岛度完蜜月返沪的第二天，她又来我们的门诊针灸，母亲的诺言由她继续兑现。她送我好大一盒喜糖。我深深祝福她婚姻美满，永葆光明。另一位玥玥，已经长成身材苗条，但身高达到令她母亲发愁的1.85米的美女。只有光感的左眼，针灸没有起作用，但另一只眼基本恢复正常。她先是考入海事大学的英语系，成为班级中的活跃分子，每逢周末，还是坚持来门诊部针灸治疗。之后，她远跨重洋去美国深造，我们失去了联系。

在这期间，我的老友，复旦大学上海医学院针刺原理研究所所长吴根诚教授，在了解了我针刺治疗视网膜色素变性的情况后，他建议是否可以在实验动物身上验证一下，同时进一步探索取效的机制。我欣然同意。这时，刚好招了一名博士后小马，于是我和吴教授共同做了她的合作导师。小马是个身材修长的甘肃姑娘，透着一身灵气。她本科在甘肃中医药大学学的是针灸专业，分别在河南中医药大学和广州中医药大学攻读硕士和博士学位，研究方向也都是针灸临床，所以，她对这一课题非常感兴趣。我们选取了大白鼠作为实验动物，都从腹腔注射一种从美国进口的叫做 N-甲基 -N- 亚硝尿的药物。这是一种对眼睛视网膜毒性很大的药物，它可以在七天内使老鼠的视网膜全部变性，也就是说让眼睛彻底瞎掉。我们把注射过这种药的大白鼠分成为两组，每组各 5 只。一组进行针刺，一组不治疗。

对取什么穴位，我们费了一番周折。因为大白鼠体型小，两只眼睛比绿豆还小，不可能扎很多穴位，而它的脖子更和人的相去甚远，我平时又多用经外穴，在动物身上根本没法定位。所以，既要定位少，又要定位准，而更为关键的是，所取的穴位组成的处方必须体现出我的临床经验，也就是效方的特点。经过反复考虑，我最终选定两个穴位，一个是内眼角上的睛明穴，一个是耳垂后的新明 1 穴，这两个穴不仅体表标志十分明显，对照人体也大同小异，较为符合；更重要的是其充分体现了我中取为主结合近取的组方思路，而这两穴也是我治疗本病的关键穴。在针具的选择上，开始用较细的 32 号半寸毫针，结果在针刺时，发现老鼠虽小，皮却挺厚，又不配合，一扎针就弯，不容易破皮。后来改用 28 号半寸毫针才解决问题。为了充分体现单用针刺的优势，我建议不加用电刺激，完全用我平时使用的针刺手法。为了适应老鼠的特点，我专门简化了操作方法。小马毕竟有较好的临床基础，很快就掌握了。每天针刺一次，每次留针 30 分钟。7 天之后，将两组共 10 只动物全部处死，取出眼球。处理后，通过透射电子显微镜观测、流式细胞术和细胞原位凋亡检测以及蛋白样品的提取和测定等一系列工作，结果证明，没有针刺的大白鼠，无一例外地出现视网膜迅速变性，而针刺这一组的情况要好得多，二者具有显著的统计学差异。表明针刺确实能够减轻亚硝尿对视网膜的损伤，同时还证实针刺疗效与减少或抑制对视网膜上的感光细胞损伤有关。

后来，小马将她的研究成果写成多篇文章，发表在《中国针灸》等一些重要的核心杂志上，引起了一定的反响。可惜的是，她在博士后工作站出站之后，因工作和家庭的关系，回到北京，后来又出了国，我们没能继续合作下去。这是一直使我引以为憾的。

二十年来，我治疗了近200名左右的视网膜色素病人，应该说大多数获得了程度不同的效果。但也有少数无效者，这些人中间，或有因病情过重，或有因难以坚持，也有因个性差异的，不过，从我的经验看，除了长期规律的治疗，心态好也是一个十分重要的因素。其中最令人扼腕的是小王，一位优秀的海归。

大概是十年前一个秋日的下午，我正在文献馆门诊部诊室中忙碌。一位老人带着一个满脸阳光的年轻人来找我。年轻人就是他的儿子小王，正从留学地德国回来实习，也是患的视网膜色素变性。小王告诉我，他是读大学时查出这个病的，听说德国医疗水平高，所以大学毕业后就专门去那里深造，打算一面求学，一面治病。但到德国后一打听，才知道这个病是世界难题，德国医生也没什么好招数。这次是他听父亲介绍后，想在这个短短的实习期中试一试针灸。我检查了一下，觉得症情还较轻，我当即同意了。两个多月后，他实习结束，在最后一次针刺后，他紧紧握住我的手，高兴地告诉我，他的自觉症状好得多了，他已决定，学业一结束，就回上海，找我继续治疗。

一年多后，已经获得电气工程学硕士的他又一次跨进我的诊室。刚来时，他显得非常乐观，和几个同病相怜的病友相交甚欢，他们还组成小型俱乐部，互相交流有关该病的最新国内外动态，也使我获得了不少新信息。然而，我慢慢发现，他的情绪有些低落，而且就诊的次数也明显减少和不规律。我问他是怎么回事，他心情沉重地告诉我，回国后，他好不容易在漕河泾开发区一家国企找到了一份心仪的工作，因为怕失去它，所以没有将眼病的情况如实告知。他又是优秀的海归人才，单位将他作为重要骨干使用，没日没夜的电脑前翻译和其他大量案头工作，使得他本来就有缺陷的眼睛更如雪上加霜。有一次和领导出差，因为有些夜盲，在昏暗的自助餐厅中，连每一盆菜的颜色也分不清，又怕旁边的领导看出来。真是

有苦难言。他后来又掉换到外企工作，同样压力很大，且因工作时间长，也影响到了按时就诊。心情不好，用眼过多，不能有规律地治疗，这三个原因，使得病情有所发展。这反过来又影响他的心情和工作，造成了一种恶性循环。也就在这个关键时刻，后院失火，原本美好的家庭产生变故，妻子与他离婚，带着三岁的孩子别他而去。一连串沉重打击，使他失去了治疗的信心。由于中止了针刺，加上恶化的心态得不到及时调整，他的视力急剧恶化，以双目失明告终。

令人欣喜的是，失明之后的他来了个浴火重生，重新张起了生命的风帆。他首先主动在浦东的一家图书馆担任义工，之后，在 2013 年，他作为一名支教老师来到贵州，讲台下的学生和他一样都是视障者，他们毕业后都将从事文秘工作，这更使他感到在我国大地的许多地方已经能做到工作环境无障碍，更燃起了他对未来的信心。不久前，上海的《新民周报》还针对他的情况作了报道。

也正是从 1997 年起，我从治疗这个病开始，逐渐将我的治疗领域聚焦到眼病，尤其是难治性眼病，希望用手中的小小毫针为更多的病人带来光明。

链接

视网膜色素变性的针灸治疗

概　述

视网膜色素变性是一类视功能性进行性损害的遗传性视网膜疾病。以夜盲、双眼视野逐步向心性缩窄、视力逐渐下降，以至失明为主要特征。多于幼年或青春期发现，常双眼发病，也有病变仅发生在单眼。该病早期主要表现为夜盲，以后逐渐发生视野缩窄与眼底视网膜色素沉着。在我国的发病率约在 1/3000，男性略多于女性，有血缘关系的占 40% 左右。它被认为是一种单基因的遗传病。其遗传方式有常染色体隐性、显性与性连锁隐性三种。以常染色体隐性遗传最多；显性次之；性连锁隐性遗传最少。其中，常染色体显性遗传者发病较迟，病情较轻；性连锁隐性遗传者发病最早也最严重。本病预后较差，随着病程的发展，视网膜动、静脉血管可逐渐变细，后期常并发白内障和青光眼。同时由于视网膜和视神经严重缺氧，可出现视神经萎缩，导致失明。目前西医尚无有效药物和疗法。

视网膜色素变性，中医称之为高风内障。该病名始见于《证治准绳》，又名高风雀目、高风障症、阴风障等。认为多由先天禀赋不足，加之肝脾受损，在肝脾肾虚弱的基础上，兼有脉道瘀塞，致神珠气血失养而致本病。

针灸治疗雀目首见于《针灸甲乙经》，之后在唐代的多部医著中均有记载。不仅提出针刺补泻之法，还提及灸耳尖的疗法。宋代的《太平圣惠方》和《铜人腧穴针灸图经》均载述了小儿雀目的针灸之法。从金元至明清十余部中医针灸典籍中，也不同程度地载有针灸治疗本病的条文，有继承也有革新。虽然雀目不单一指本病，且视网膜色素变性也不仅以此症状即可代替，但所积累的经验值得借鉴。

现代针灸治疗本病，首见于1962年。但直至20世纪70年代有关报道仍少见。自20世纪80年代末，本病的针灸治疗逐步受到重视，而从90年代后期至今，有关文献量有不断增加之势。报告质量也有所提高。首先表现在进行了多方面的探索，在穴位上，除取眼周穴、头皮针穴等，还发现了一些有效的新穴。在针法上，除运用常规的体针，尚采用穴位注射、核桃壳灸、穴位埋藏、梅花针叩刺及结合中药治疗等法。特别是进行了不少较为深入的有一定样本量的随机对照研究。

其次是不断开展针刺治疗本病的机制研究。由于本病可引起血管的变化，表现为视网膜较显著的色素紊乱和小动脉狭窄。经针刺，发现患者球结膜及甲皱微循环得到明显的改善，表明针刺可使眼底和眼球周围的气血运行得以改善，从而达到治疗作用。还发现，针刺疗法能明显改善视杆及视椎细胞的活动速度及程度，增强视网膜细胞的神经网络及生物活性，改善内层循环、视网膜上皮—光感受器复合体的代谢活动及受损害的视功能，病理形态学的观察提示针刺能够抑制模型大鼠视网膜变性视网膜光感受器细胞的病理损伤。

总之，针灸治疗本病虽不能获得根本上的治愈，但多年的临床研究表明，在提高视力，扩大视野，延缓病变等方面，其疗效是确切的，且无不良作用。这在尚无特效疗法的今天，对于改善本病患者的生活质量是有重要意义的。因此，运用针灸治疗仍应是现阶段发展的重点。

著者验方

一、处方

主穴：新明 1、球后（或承泣）、睛明。

配穴：新明 2、翳明。

二、操作

主穴每次均选，承泣与球后轮换；配穴每次取 1 对穴，2 穴轮用。耳后的新明 1，以 28 号 1.5 寸一次性不锈钢毫针，快速破皮后，缓缓向外眼角方向进针 0.8～1.4 寸，在进针过程中应用轻巧的手法反复仔细探寻，以求得针感向眼眶内或外眼角放射，针感性质以患眼或患侧太阳穴局部热胀为主，亦有眼肌出现抽搐的。然后用提插加小幅度捻转手法运针 1 分钟，捻转频率 160～180 次／分，提插幅度 1～2mm。球后、承泣、睛明穴用 32 号 1 寸针刺入，垂直缓慢进针至眼球出现明显酸胀感为度，不捻转。新明 2，以 28 号 1 寸针垂直进针 0.5～0.8 寸，手法及针感同新明1穴。风池穴针尖向同侧目内眦方向进针，翳明穴则针向外眼角方向，两穴经反复提插捻转均至有针感向前额或眼区放射。针后新明1、新明2穴为一对，接通电针仪（在接通电针仪前注意先将新明2的针退至皮下再改成向后下方斜刺入约8分），至上眼睑有跳动，如无，可适当调整针尖方向。用连续波，频率200次／分，强度以患者可耐受为宜，通电30分钟。去针时非眼周穴再按上述手法操作一次。每周2～3次，10次为一疗程，疗程一般不做间隔，三个月作为一个治疗阶段。

体 会

著者治疗本病近200例，有以下经验。

关于疗效：观察发现，年龄越小、病程越短、基础视力好、视野缩小程度轻的患者，其针治疗效较佳；相反，年龄越大、病程越长、基础视力差、视野缩小严重的患者，其针治疗效较差。视网膜电图a、b波为小波的患者疗效好，而a、b波熄灭的则疗效略差。其次：针刺后，长期坚持治疗的患者，在视力、视野、夜盲等主要症状上均可明显改善，少数可达到正常，但电生理指标改善往往不明显。对于视力基础差者，疗效也差。曾治疗一5岁女孩，就诊时，右眼视力0.4，左眼视力为光感。坚持治疗16年，右眼一切症状均已消失，但左眼光感未能改善。

关于疗程：著者认为本病治疗，不宜拘泥于疗程。临床发现，随着疗程增加，针刺疗效也随之提高，增至一定程度后，则维持在这一水平，停止治疗，疗效会有所下降。所以坚持长期不间断的治疗也是获效的关键。为了使患者能坚持治疗，早期要求患者每周治疗3次，随着症情控制，每周治疗2次；治疗1～2年后，可改为每周治疗1次，相当于药物中的维持量。在著者治疗的患者中，坚持最长的三位病人，已达20年以上，疗效仍十分稳定。其中一例为成人患者，就诊时症状为分娩后加重，视力虽好，但从眼底情况分析，因病程已较长，已出现夜盲、视野受损等。经针刺治疗效果仍较明显。由本例也证明，针灸不仅对小儿有长期的疗效，对成人同样有长期的疗效。

关于预后：一般而言，坚持治疗者预后均好。对针灸患者影响本病预后的有两个：一是中断治疗，由于本病起效有一过程，不能抱有急功近利的心情；或有一定好转就中止治疗的。二是，不良情绪对的疗效也有重要的影响。著者曾遇到两例男性本病患者，通过针灸，原本病情已趋稳定，但因夫妻之间闹离婚，加之中断治疗，结果导致病情急剧恶化，均双眼视力丧失。

第八节　眼底出血案例

2004年阳春三月的一天午后，我在名老中医诊疗所的诊室刚换上白大褂，一个瘦削的女子神情焦急地推门进来。她问我，针灸能不能治疗眼底出血。我没有直接回答，先请她坐下，同时接过一大摞病历。这个病人已辗转了半个中国，从四川到广州，又来到上海。病已确诊，为右眼眼底中央静脉堵塞所引起的大片出血，曾用了多种中西医方法，效果仍然不佳。最后，我抬起头疑惑地打量对方："您不是病人吧？"因为病历上分明写着"性别：男"的字样。女子摇摇头，向诊室外招呼了一声。进来的是一个装束奇特的青年人，他身材魁梧，面色黧黑，发根很短，穿一套黄色袈裟，却讲得一口很不错的普通话。他就是仁真朗加。

因为设备的关系，我无法窥测他的眼底，只能简单测试了一下他的右眼视力，结果病人只能在距离10cm处分辨得清有几个指头。也就是说视力已经十分差了。仁真朗加告诉我，他是四川一个藏传佛教寺庙的住持。前一年的七、八月间因为寺院做法事，他经书看得太多，人又太累，于九月份突然发病的，到成都治疗后曾恢复过，谁知一个月不到右眼又看不清东西了，再怎么治都不见效。听说针灸对眼底病有效，他是特地赶来的。说罢心情沉重地一声叹息。我想了想，据实对他说，针刺对眼底出血有较好的效果，但像他这样严重，又已经有半年多的病程，疗效如何我实在心里没有底。同时按我的经验，疗程也不会短的。仁真朗加和女子轻轻商量了几句，目光沉静地看着我，说："张大夫，请您治。"我深深感受到这是一种信任。

针灸治疗视网膜静脉栓塞所致的眼底出血我是有一点经验的。记得还是在1976年我在新疆工作期间，病房收治了一个急性右眼眼底出血的刑满释放的国民党少将，视力只剩下手动，经针灸两个疗程后恢复到0.4。当然那与治得及时也有关。我结合以往的经验为仁真朗加拟定了一个针灸处方：新明1、太阳、翳明、上健明、球后、承泣。采用捻转结合提插平补平泻的手法。

针了两次，他自我感觉不错，觉得眼前似乎亮了一些，病眼也舒服多了。陪伴他来的女子告诉我，最重要的是仁真朗加堪布（据她介绍，堪布是佛学中学位的名称，相当于博士）的心情也好了一点，也有了信心。同时，她又悄悄对我说，仁真朗加堪布是四川甘孜一座有四百多年历史的著名喇嘛寺的活佛，转世灵童，是一位年轻但学识渊博的得道高僧。她正因为听了他的讲法，才皈依佛门成为居士的。她一直在祈祷我能重新给他右眼光明。

为了提高疗效，从第四次起，我增开疏肝活血的中药配合治疗。第四次复诊，仁真朗加没有来，我有点奇怪。在诊疗快结束时，那女子匆匆赶来，说：堪布今天不能来了。因为第四次治疗后，帮助不大，视力反有所下降，特别是服用中药后，浑身不舒服，只想吐。问我咋办。我心里一沉。立即检查了药方，剂量与药物都无问题。针刺取穴与手法和上次一致，一时想不出什么原因。我只得说：如果有反应，可暂时不服中药，停一停针刺。

下一个诊疗日，仁真朗加却又早早等在候诊室门口，带着一脸微笑。

这次陪同他的是一位脑后扎一小辫子的魁梧结实的男性，一口标准的普通话。他说前几天是因为活佛得了感冒，所以不适，与针灸、中药都没有关系。他要求继续请我治疗，最后还表示歉意。我笑着说，医生最高兴的是有效果，最担心的是出问题。

于是采用同法进行治疗。一个疗程（12次）结束，视力已从眼前10cm数指提高到0.1，仁真朗加十分高兴。之后，根据他的意见，我将汤药改为成药；针刺的处方基本不变，增加攒竹和风池二穴。症状继续改善，他配合得也很好。尽管，他趁来沪治病期间，专程朝拜了普陀山、九华山等佛教名山和杭州灵隐寺，但基本上都是按疗程坚持治疗。在三个月治疗之后，不仅视力达到0.8，而且视野也基本正常了。

六月下旬的一天，他告诉我，因为他所主持的寺院有一年一度的重要法事活动，他必须在七月初赶回四川。我深感遗憾，因为此时他的视力已达0.9，如果放弃，真有功亏一篑之感。我试图劝说他留下再治一段时间，他微笑着摇摇头表示不可能改变。同时他提出希望拜访我的家。我从来没有向病人透露家庭地址的习惯，对他，我不便拒绝。

一个周日午后，他在一位信佛的律师朋友陪同下来到我家，穿着一袭崭新的镶一条金边的红色袈裟，顿时一股异香充满室内。我饶有兴致地向堪布请教了有关藏传佛教的一些知识，他一一做了详细的解说。他向我赠送了一部旅美的藏族学者索甲仁波切的巨著《西藏生死之书》，他说这本书可以让人了解西藏佛法的精义。我也回赠了我前些年撰写的一本关于自我保健的小册子。最后，堪布向我们一家三口摸顶祝福，还亲自为我的女儿叮叮挂上了一具护身符。

2005年的春节，大约是初三的晚上，我接到仁真朗加从四川打来的长途电话。原来今年汉族的阴历年和藏历年是同一时间，在我们互道吉祥之后，他告诉我，因为忙，他的视力虽略有下降，但总体情况还是十分稳定的。我从医生的角度还是劝他一定要注意休息，不可过度用眼。

最后我们用藏语互相祝福："扎西得勒！"

链接

视网膜血管阻塞的针灸治疗

概 述

视网膜血管阻塞是一种急性的视网膜病变，以迅速出现视功能障碍为主要临床表现。包括视网膜动脉阻塞和视网膜静脉阻塞两类。视网膜动脉阻塞，是一种急性发作、严重损害视力的眼病。多见于患心血管病的老年人，较少见于年轻患者。可以发生视网膜中央动脉阻塞，也可为视网膜分支动脉阻塞、视网膜睫状动脉或视网膜毛细血管前小动脉的阻塞。视网膜静脉阻塞同样多见于年龄较大的患者，但亦有年轻者。与心脑血管疾病、动脉硬化、高血压及糖尿病等相关密切。根据静脉阻塞的位置形成视网膜中央静脉阻塞、半侧中央静脉阻塞、分支静脉阻塞等。视网膜血管阻塞使视网膜由于缺血、缺氧而水肿，视细胞迅速死亡，从而导致不同范围或程度的视力损害。

视网膜血管阻塞在中医学中称为"目衄暴盲"。该病名首见于《临床必读》。又称络阻暴盲或络瘀暴盲。特点如《证治准绳》所谓："平日素无他病，外不伤轮廓，内不损瞳神，倏然盲而不见也。"认为多因阴阳失调，气血乖乱，甚则脉络闭塞，气血阻滞，或肾阴亏损，心血暗耗等所致。

针灸治疗暴盲，在古代医籍中可见于金元时代名医张从正所撰《儒门事亲》一书，他指的是因阳气太盛，阴气不能荣于上所致的暴盲。

现代针灸治疗本病的报道首见于1957年，该文虽着眼于针灸治疗眼底出血症，似应包括视网膜中央静脉阻塞。而视网膜中央动脉阻塞的针灸病例，则发表于20世纪60年代。20世纪70年代初北京和天津的眼科工作者分别报告了针灸治疗视网膜中央动脉阻塞的多样本临床观察，在肯定效果的基础上，指出：针刺具有解除阻塞和促进病变组织恢复的双重作用。之后的四十余年，有关这两类病症的针灸治疗的文章不断有所发表，方法上尽管还是以体针为主，但近年应用刺入式穴位激光仪治疗亦有较好效果，值得进一步验证。

应该指出的是，就现有临床资料看，本病的显效率及有效率较高，但痊愈率较低，且均需结合中西药物治疗。因此，尚有进一步探讨和总结的必要。

著者验方

一、处方

主穴：①新明1、太阳、上健明、球后、风池；②翳明、新明2、上明、承泣、天柱。

配穴：膈俞、脾俞。

上健明穴位置：眶上缘内上角凹陷处，内眦角上约0.5寸处。在睛明穴上约0.5寸。

上明穴位置：在额部，眉弓中点，眶上缘下。

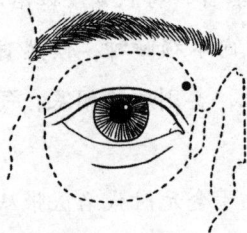

图12　上健明

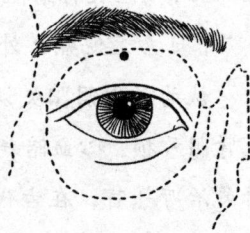

图13　上明

二、操作

主穴每次取一组，患侧，两组交替；配穴每次取一穴，双侧，两穴交替。主穴针刺，针刺手法均按前述之法，得气后，施平补平泻法，留针20～30分钟。太阳穴出针后，挤出黑血数滴。

配穴用穴位注射法，丹参注射液，以 5 号齿科针头，刺至得气，注入药液，每穴 1ml。隔日 1 次或每周 2 次。另以甲钴胺注射液（0.5mg/ml）在球后穴和承泣穴，复方樟柳碱注射液（2ml）在太阳和新明 2 交替注射（均与毫针刺间隔取用）。3 个月为一疗程。

体 会

本方对早中期各种眼底出血都有一定效果。主穴定为两组，是因为眼底出血属于急症，要求针灸治疗的间隔时间短，为避免穴位反复使用引起疲劳，所以分成两组，交替取用。因为症属出血，故取血会膈俞以活血逐瘀明目；取脾俞，寓脾统血之意，用以摄血止血。用甲钴胺注射液在球后穴和承泣穴，复方樟柳碱注射液在太阳和新明 2 交替注射，则是从增强视神经营养和疏通视网膜血管考虑。有高血压病和高脂血症，加用辅助降压降脂穴位，同时加强对患眼的活血化瘀之功。

操作上，太阳穴出血主要用于早期，针刺手法以平补平泻为主，如至后期手法可略强，以增祛瘀之力。

另，严重的视网膜中央动静脉阻塞，特别是前者，因视网膜缺血短时间光感受器即可死亡而不能逆转，故及时处理十分重要。也为针灸治疗奠定了重要的基础。据著者经验，患者如能保存手动以上视力，针灸进一步提高视力的可行性就较大，一般而言，视力基础越好，恢复越明显。著者在临床曾治疗多例类似病例，对无光感或仅仅有光感者，多未见改善。

对于视网膜中央动脉或静脉阻塞，宜加重手法的运用以及配合电针，增强补益气血和活血化瘀的作用。

第九节　遭遇医闹

　　我曾经遭遇过一次医闹，这是我行医四十多年生涯中的第一次，也是唯一一次。

　　2003年，一个夏日的午后，我在市中医门诊部的名老中医诊疗所忙碌着。门诊护士小张领着一位五十来岁的女病人进来，说是刚得的面神经麻痹，是不是可以治好？我说：一般讲，75%左右的面神经麻痹病人是可以治愈的，但也有约25%的病人由于病情较重治疗较困难。我可以先试治一次，以了解她是属于哪一类。女病人欣然同意。我给她用我自己总结出来的电针测试法测试了一下，发现她的面神经变性程度并不严重。所以，我告诉她，你的面神经麻痹，应该是可以治好的。她挑剔地看了我一眼，问："几次能治好？"我说："根据我的经验，一般在四周以上。但具体要看各人的情况。"同时，我对她说，这里是特需门诊，挂号费较贵，你的病不重，又退休了。可以到中医文献馆我的专科去看，虽然人多要等一等，但花的钱要少得多。

　　果然，她如约来看我的专科。我按早期面神经麻痹治疗的方法，用轻刺激，不加电脉冲，留针20分钟。过了两天，她来复诊，说面神经麻痹症状没什么改善。我劝她要有耐心，治疗有个过程。我继续按上次方法治疗。当我针完地仓穴不久，她突然叫了一声：你是不是针得太深了，我的脸怎么抽了一下。你看一看，我的脸是不是歪得更厉害了。我看了一下，进针只有8分左右，并不深。至于所谓的脸歪得更厉害更没有那回事。我以为她可能是开玩笑，没当回事。这次之后，再没见她来治。周六下午，我照例去名老中医诊疗所上班。诊疗所的负责人小金特地叫我到办公室，说是有个姓顾的女病人来闹了两个小时，说我告诉她可以四次治好，结果治了三次没有好不说，还一针把她的脸整得更歪了。我着实吃了一惊，首先我从来没有也不会说四次能治好这样的话，其次，我也没一针下去能把嘴打歪的本事。再说，我是在文献馆门诊部治的最后一次，与她们单位有何相干？小金说，这个病人就是不太讲理，我们解释了半天也没用。是不是你再和她沟通沟通，我已经问她要了她家的电话号码了。

我下班回到家的第一件事就给她打电话。传过来的是正是顾女士冷冰冰的声音，她说："我本来已联系好了去图书馆工作，你这一针把我的脸打歪了，我怎么出得去？造成我经济和精神损失，你说怎么办？"我解释半天毫无用处。最后，我请她来免费看一次。她一进门，当着众多病人的面就冷言冷语地说："你这个医生，本事倒不小，一针把我的脸打歪了。"说完又把特意带来的一张青年时的照片扬了扬，"你看看我原来的面孔多好看。"她没有料到，其中不少病人是看到她治疗的，发现她的面神经麻痹不仅不如她所说，而且已经较原来有明显改善。因为周围性面神经麻痹本来就有自愈的倾向。于是你一句我一句的向她抢白，弄得她脸上青一阵、红一阵。我怕她下不来台，赶紧把她叫到另一房间诊室，给她检查了一下，确实面部的肌肉都已经显著恢复。我当然也不敢再为她针灸，建议服用维生素 B_1 和地巴唑之类的药物。她也同意了。

我以为事情这样就结束了。结果证明我的想法太简单了。大概又过了半个月的光景，我正在看夜门诊，突然来了两个戴大盖帽的执法人员，是市卫生监督所的，说是接到一位顾女士的电话，举报我是没有任何证件的非法行医的江湖郎中，把她针坏了（这次没有说把脸针歪了），叫他们立即取缔。而且要赔偿她损失。我只好把我的执业医师证、注册证和主任医师聘任书都出示给出他们。他俩也摊摊手表示无奈。其中，年老一点那位对我说，你要注意，她说还要到法院去告你。我百思不得其解，她到底要达到什么目的？

晚上回家，我又主动打了个电话给出她，询问她的病情。顾女士十分生气地说："面孔我虽然不歪了，但自从扎了那一针之后，现在出现头痛、耳朵叫、睡觉不好，我问过了，只要 5000 元，这些病可以包好。"谜底终于浮出，我一下明白了。我有些气愤，这不明明是敲竹杠吗？我从事针灸临床一生，从来也没有碰到过或者在古今中外文献上查阅到过针刺地仓穴会带来如此可怕的后遗症。然而如何对她解释得清呢。我只能对她说，如果真的是因为一针造成这样后果的，你可以向医疗事故鉴定委员会申请鉴定，如果确是我的责任，我完全可以承担。

大概我这一说提醒了她，不久，办公室主任小杨找我，说是有位姓顾的女病人，先是到市中医门诊部所属的静安区的医疗事故办公室去搞，后来又到文献馆所属的卢湾区医疗事故办公室坐着不走，非要定为医疗事故不可，那里的工作人员没有办法，希望文献馆想个办法能安抚一下，以缓和矛盾。小杨的意见是，既然他有这一堆病，我们给她优惠免费看特需名中医的门诊，进行治疗。我也无计可施，说："就试试吧，可能不一定合她的胃口。"果然，醉翁之意不在酒，当即被她回绝。她说，她现在只相信那个花5000元能包治她百病的医生，并明确提出要求赔偿5000元。对于这样无理的要求我当然无法答应。

这位顾女士确实有点不达目的誓不罢休的劲头，自此之后，她隔三差五地往卫生局、医疗事故鉴定办公室、文献馆打电话，使工作人员不胜其烦。一年多之后，我从馆长的位置上退了下来。她可能听说了，平静了一阵子之后，她又开始变换一种方式。一天，市卫生局中医处的老刘科长打了个电话给我，说是有一位姓顾的女病人，经常在半夜时分打电话给总值班室，告我的状，而且声称不解决问题，她要反复打电话。弄得值班人员不胜其烦。我只得又把前因后果说了一遍，老刘当然也无可奈何。

终于有一天，门诊部黄主任找到我，说："我们被这个姓顾的病人搞得实在没有办法，经请示新领导，决定赔钱给她。"不过，她说，赔的数量是3000元，而不是5000元。而且是以慰劳金的名义。她也已经同意。两天之后，当她满心欢喜地拿着这笔钱走的时候，据说还透露了一个重要的信息，幸亏你们给了钱，否则她将实施一个更重量级的杀手锏。

事情总算解决了，但是即使直到我写这篇文字时，我也始终弄不明白，这位顾女士这样做，究竟为了什么？如果是为区区3000元钱，用两年的时间和花费如此大的精力，再加上自己道德和良心，似乎太得不偿失；如果是属于遵奉毛主席所言的"与人奋斗，其乐无穷"，似乎也选错了人，因为我毕竟是希望治好她的病的医生。无独有偶，正好媒体报道福建中医学院（现为福建中医药大学）的一位著名中医教授给病人一刀捅死，而这位名叫戴春福的医生，正是我在陕西中医学院攻读研究生时的同学，低我两届，是个十分亲和的人。我心里不由一阵悲凉。人们都称病人是弱者，而医生何尝又不是弱者，怎样才能更好地保护医生的权利呢？值得一提的是，病人和医生闹对立，最后损害的还是广大患者的利益。

第十节　眼病针灸意外记实

　　这是 2012 年年底的一个下午。患者小卢照例在五点钟左右来到诊室。他是从江苏南通来的。因为是打工族，他要做上午的工，再乘车过来，所以到得晚。而针灸完毕他又要连夜赶回去。我特别关照协助我工作的老护士长出身的王老师，对他这样外地来的病人，尽量照顾，靠前安排。今天小卢神情有些异样，我刚拿起针，他轻声对我说："张医生，你能不能针得深一点，多针几根针？"我有些不解地问："怎么啦？"他叹了口气："老板面色难看了，嫌我一周 2 次来针灸的时间太多了，有炒我鱿鱼的意思。我想你如果针得深一点、多针几根针，效果是不是会好一点。"

　　小卢是这一年七月份来针灸的。个子瘦小，沉默寡言，右眼上睑与眉毛交界处有一条长约 5cm 的手术留下的瘢痕。因为右眼既不易睁开，又看不清东西，看远一点的东西还出现双重影子，严重地影响了他的工作和生活，是当地的一位针灸医师介绍他到我这儿来的。他告诉我，在 4 月 19 日那天，他去送货，因为突遇车祸，右眼一下撞在车框上，人当时失去知觉。经医院检查，后果严重，造成了右眼上眼眶骨折、眼球内晶体破裂、视神经挫伤以及动眼神经损伤等。经过医生及时抢救，多次手术治疗，植入人工晶状体，用了大量中西医药物，症情总算得以控制。但出院之后，他发现右眼视力仍在不断减退，还有上眼皮下垂及复视等多个后遗症状。他从网上查到我，特地跨过长江来求助。我检查了一下，他的右眼上睑下垂，难以睁开；而右眼球不能向上、向下及外侧转动，向内转动也受到限制；右眼视力 0.3（原为 1.5）。这是动眼神经麻痹和视神经挫伤引起的。治疗其中一个病症就已经很有难度，要同时并举一起对付，有点难上加难了，何况发病至今也已三个多月了。但小卢这么信任我，又是远道而来，我不便推辞。在确定具体的针刺方案时，我想起曾经治疗过的一位年轻女患者，因颅脑手术损及动眼神经引起严重的右侧动眼神经麻痹，来的时候，右眼紧闭，要用手指拨开才能看到东西，而眼球就固定在中间，上下左右都丝毫不能转动。她曾看了多名西医眼科专家，都摇头表示难以恢复。她本人也是一名麻醉师，抱着死马当活马医的心情找到了我。通过一段时间的摸索，我在常规针灸处方的基础上，增加了《内经》所记载的"齐刺法"，所谓"齐刺法"指中间针一针，在两旁再各刺一针，也就是并排刺三针。于是我在她的上明穴（眼区上眼眶正中，即与承泣穴相对处），刺入一针，再在相距 3～5 分处，左右各刺入一针。竟取得了一定效果，眼睑从完全闭合至可睁开三分之二，眼球从完全固定至可向内向内上做一定程度的活动。于是，我就将此法用在小卢身上。但在实际操作时，我却发现难以实施。原来，上面说的那条 5cm 长的瘢痕恰好就横在上明穴及其两侧，用平时我常用于眼区穴位的 0.25mm 直径的 32 号毫针难以刺穿变得坚硬的瘢痕组织，同时形成瘢痕的皮肤也较敏感，刺的时候疼痛明显。所以只好弃之不用而采取我常规的方法治疗。取穴：鱼尾（眼外眦外方约 0.1寸，相当 2.5 mm 处）透鱼腰（瞳孔直上，眉毛正中）、攒竹、风池、承泣。操作：均取患侧，分别采用 28～32 号 1～1.5 寸毫针，缓慢进针至得气。攒竹与鱼尾为一对，接疏密波电针仪，频率 4/50Hz，强度以患者能够承受为度，接电 30 分钟。其余穴位仅针刺，不接电，也在 30 分钟后起针。上述电针 / 针刺治疗每周 2～3 次。然而几个月下来，疗效并不明显。

今天听小卢这么一说，不光是他着急，我也为效果不好，辜负了他远道来求治的一片心，而深感不安。既然他这么要求了，我想还是再试用一下"齐刺法"。就取了三枚 32 号 1 寸针（直径 0.25mm，长度 25mm），考虑到穴区位于瘢痕之上，难以进针，就改在那条瘢痕之下刺入，针尖略朝向额部，并排刺入三针，左右二针，与中间一针距离各相差 3 分，均进针 8 分左右，稍加提插，但针感并不甚满意，我采用留针等待得气。在留针的时候，大概小卢急于想好转，希望获得更好的得气感，他自己将这三针分别往深处刺入并进行捻转提插。想不到却因此而出事了。

30 分钟之后，当拔取上明穴排刺的三针后。小卢突然感到右眼前面似乎慢慢落下一张黑幕，眼前景物慢慢消失了。他惊呼一声："我右眼看不见了。"

正忙着的我不由暗暗一惊。当即罩住他的左眼，检查右眼视力，果然已骤然下降，只能见到 5cm 外我的手在动。我考虑可能与刺伤血管、眼内出血有关，立即从冰箱内取出我们平时准备好的，用于眼部出现血肿的病人的冰敷料，让他冰敷。数分钟后，再检查，右眼视力竟已完全消失，眼前剩下白茫茫一片。我心里不由"咯噔"一下，因为这是我治疗眼病至今从来没有碰到过的事。事不宜迟，由于还有 20 多位病人等候我治疗，于是嘱咐小卢立即去眼科医院急诊，并告诉他我的手机号码，要他随时和我保持联系。当晚，7 时左右，在我焦急的等待中，他来电了，并告诉我，经急诊值班医师检查，发现他右侧瞳孔完全被出血挡住，无法看清眼底情况。晚上又无 B 超医生值班，所以要明天请专科医生确诊。他显然无法回南通，决定在朋友家里住下。我告诉他，你一定要抓紧一切可能弄清情况，发生的所有费用，由我承担。他说："张医生，这些你先不考虑，你也早点休息。"

这一夜，我没睡踏实，对于发生这样一个造成病人痛苦的严重事件，最主要的是一种内疚心理，同时也出于对目前医患关系紧张的忧虑。我查阅了我自己编著的《针灸意外事故防治》一书，该书总结了古今中外的所致针灸意外事故的案例。在眼病针刺事故一节中，虽有针刺诱发视网膜脱落事故的记载，但并无类似情况的载述。又翻了几本眼科书，也看不出什么名堂。第二天上午我带着心事，在一家医院门诊，一直心神不宁，焦急地等待他的消息。9 时左右，小卢带着一纸报告单直接来诊室找我。他说："张医生，已经搞清了，是前房出血。我本来是怕视网膜给扎破了。医生说让我回去休息，一周之后，如果血还不吸收再来做个小手术。我特别来跟你说一下，你放心好了。我回南通去了。"我仔细看了专家的诊断为：右眼结膜充血，角膜雾状水肿混浊，前房积血，眼底窥不清。眼压：右眼 27.4，左眼 19.4。给予止血、降眼压药物，并嘱取半卧位休息。我有些着急地说，"你是不是住院观察一下，我来安排，费用你不必考虑。"他摇摇头，说："南通方便，那里也有眼科医院。"

以后，我或每日或隔日一次去电询问。开始几天，小卢仍是说，眼前什么也看不到，每问一次，我的心头总沉重一次。至第六天，记得这一天，我应邀外出讲学，在列车上，我的手机忽然响了起来，一看显示的号码正是小卢的，心里不由一紧，赶快接听。电话中传来一个兴奋的声音说："我的右眼已经可以看到东西了，就是还有些模糊。刚才我去医院了，B 超检查说是积血部分吸收。右眼眼压还有点高，是 26.7。医生说不用开刀，会完全好的。"我心中一块石头终于落地。又过了一周。他来电话告诉我，他右眼的视力已恢复到原来的 0.3，右眼眼压已降到 16.4，也就是完全正常了，B 超检查，前房积血也已基本吸收。

我很高兴，便向他提出将发生的全部医疗费用和所有的误工损失估算一下告诉我，由我承担，而且可以作为医疗责任险由保险公司支付。他在电话那头十分认真地说："张医生，你一直尽心尽力为我治疗，我现在也完全恢复了，我还有这个脸来提出什么要求么？"他顿了一下说："我只是希望，等完全吸收之后，我想继续针灸。"我说："你来吧，我会像以前一样尽心的。"

果然，过了半个月，他又一次来到我的门诊。我重新调整了治疗方案。这天治疗结束时，我签名赠送了他一本新出的人民卫生出版社出版的著作：《针灸的探索经验思考》。他显得十分兴奋。又经过三个月的治疗，他的上眼睑上抬功能有所改善，特别是复视情况消失，视力也有提高。这一天，他来得特别早，下午一上班就等在诊室门口了，我有些惊讶地问：

"今天你怎么来得这样早。"他握了一下我的手说，"张医生，我今天不是来针灸的，是来向你告别的。"原来，他已经辞掉了南通的工作，准备返回福建莆田老家了。

五年多过去，这一事故一直使我无法忘怀。一是这位胸襟开阔的年轻人，和前面我所碰到的没事找事的"医闹"，实在有天壤之别，我想真的如一篇文章所分析，99％的病人都是好人；二是将此事始终引以为鉴，真是应着那句古话：做到老学到老。在我的眼病针灸经历中，针刺眼区穴位的意外事故，最为常见的是皮下血肿。而前房积血事故，国内外尚未见报道。造成前房积血的原因，多由于虹膜较大的血管破裂所致。在正常的生理情况下，针刺上明穴及其周围穴位均不易伤及眼内主要血管。我思考良久，本次之所以发生这一意外事故可能与下列因素有关：一是患者有眼外伤史，由于眼眶骨折及手术等原因，造成眶内解剖结构的变化，使原来的血管神经的位置发生偏离，导致易被针刺误伤；二是采用齐刺法，以3根针同时针刺一个穴区，增加了造成损伤的几率。该意外事件警示我们：在针刺时，不仅要了解正常的解剖组织结构，还要考虑到其在病理情况下的结构变异。临床上已有不少这方面的教训，如因肝脾肿大，针刺腹部中脘、梁门等穴，造成肝脾损伤。其次，在一些易造成意外的穴区，应当避免多针刺法，如齐刺法、丛刺法及扬刺法等。

前房积血，可造成视力急剧下降甚至失明，是一种较严重的针刺意外事故。一般情况下，可给予止血剂、镇静剂及糖皮质激素等，如眼压增高则用降压药物等。令患者取半卧位休息，限制眼部活动，多数可自行吸收。如积血量多难以吸收，则易出现继发性青光眼，使其角膜内皮受损，引起角膜血染。为了避免这一后果，须及早行前房冲洗治疗。

为了告诫同道和后人，我们专门将这案例详细记载下来并发表在《中国针灸》上。

眼病针灸的意外事故

眼病针灸的意外事故和其他的针灸事故一样，处置不当也会造成严重程度不同的后果，给病人带来痛苦。因此避免意外事故的发生，掌握处理技术，是对针灸工作者的基本要求。特别是在针刺意外发生后，应迅速判断，并给予及时处理。对于不能处理的情况，应请相关科室会诊或送至专科医院诊治。切忌麻痹大意或抱有侥幸心理，贻误救治。

眼病的针灸意外事故，主要发生在眼区针刺过程中，可分为两类，一类也是最为常见的是眼部血肿，另一类为其他意外事故。现分述如下。

眼部血肿

在长期进行眼区穴位针刺时，有一个绕不过的问题，就是眼部血肿的问题。这是由于眼区血管分布极为丰富，而眼睑部的皮下组织又十分疏松，针刺时稍有不慎就容易刺破血管引起出血，血液积聚皮下，形成血肿和瘀斑，即所谓的"熊猫眼"。其实，这一问题早在宋代《铜人腧穴针灸图经·卷三》就已提到，眼区的承泣穴，"针之令人目乌色"。所以在本书及之后的针灸古籍中，一直将该穴列为禁针穴。尽管由于针刺意外造成的眼部血肿和瘀斑大都可以在短期内消退，不会造成后遗症状，且最近还有报道认为眼部血肿类似于自血疗法，反而有利于眼部病症的康复。在著者从事眼病针灸临床近四十年中，出现这一不良情况的患者可以说是数以百计。迄今为止也尚无一例出现后遗症状和其他不良影响。但这毕竟是一种针刺意外。特别由于是眼部，除了重度患者有局部肿胀不适，对所有出血者都可明显影响容貌外观，给病人带来一定的生理和心理上的痛苦。所以一定要尽量预防眼部出血的发生。著者认为，从目前临床看，要完全杜绝其发生似乎不可能，但是尽量减少它的发生和减轻其程度是可以做到的，也是十分必要的。著者的长期实践也表明，随着对针刺所致的眼部血肿认识的深入和针刺技术的熟练，其发生率已经从当年的10%以上下降至目前的0.5%以下。为了使眼区针刺不成为针灸工作者的畏途，现将著者这方面的经验介绍如下。

发生原因

1. 穴位原因 由于眼睛是人体最重要的器官之一，几乎所有眼区穴位下方均分布着极为丰富的血管。针刺稍有不慎，即可导致眼部血肿。经著者多年临床观察，其中睛明穴最易发生。该穴浅部有内眦动、静脉和滑车上、下动静脉，深层上方有眼动、静脉主干。不论深刺、浅刺，稍不当心，即可出血。其次为承泣穴和球后穴，其深部有眶下动、静脉，一般不易发生出血。即使出血，较之睛明穴为轻。但用该穴作穴位注射，如操作不当，刺之过深，易引起眼部血肿，且不易吸收。另外，上睛明穴（该穴位于睛明上2分）和上健明穴（睛明穴上5分），因其发生出血的概率比睛明穴低，为著者喜取，用以代替睛明穴。而上明穴（眼眶上缘下方眶壁之中点）和下睛明（睛明穴下2分）发生率更低。眶区穴位中，攒竹穴处有额动、静脉分布，此穴浅刺不易出血，但深刺不当可引起严重出血。

2. 操作原因 选用较粗针具（如用26号或28号毫针）是引起眼区出血的一个十分重要的原因。针刺不当，出血往往也特别严重，表现在进针过急过猛，针刺过深，不恰当地使用提插或捻转之法。

另外，穴位注射操作不当也可引起。不久前，一位研究生在给一个视神经炎患者作球后药物注射时，因操作不当，不仅当即引起眼区明显肿胀，第二天还发现球结膜大片出血。

3. **其他原因** 值得一提的是，患者自身的原因也不容忽视。如长期服用肠溶阿司匹林、丹参等具有活血作用的药物或有某些血液病（如血友病）导致凝血功能差的患者，应慎用眼区穴。著者还曾碰到过一位视神经萎缩患者，针后出现眼区重度血肿，急用冰敷才控制住出血，原来患者因接受化疗，导致血小板已降低到 $10 \times 10^9/L$ 左右（正常值为 $100 \times 10^9/L$）。

不过，我们还发现，儿童眼部针刺很少发现出血瘀斑现象，即使发生，也较为轻微。原因待查。

临床表现

针刺不当所致的眼部血肿，著者根据其临床表现分为三型。

1. **轻型** 系刺破浅层毛细血管所致。拔针后往往局部未见异常，患者亦无不适，数小时，有的则要到一天后，穴区周围才逐渐显现青紫色的瘀斑。瘀斑面积一般不大，小如绿豆，大如黄豆，多于一周至十天逐步消退。

2. **中型** 系损及较细小的动静脉分支所致。取针后不久，患者眼部会有异物感或睁眼时有异样感觉，此时，仔细观察出血部的眼睑略肿胀，两眼同一部位不对称。至第二天，出血部位的整个上或下眼睑（多见于上眼睑）出现青紫色的瘀斑，有时可蔓延至下或上眼睑。按之略有疼痛，但无其他自觉症状。约需两至三周逐步消退。

3. **重型** 为损伤深层血管和较重要的眼部动静脉所致。多数在取针后数秒至半分钟内发生。但著者也曾遇一例患者，在针刺承泣穴后约 10 分钟，下眼睑逐步出现明显出血肿胀。重度者，其出血侧眼睑往往迅速肿胀闭合，患眼无法睁开。如出血量较大，可造成眼球胀大突出。从第二日起，眼部肿胀可逐渐消退，眼睛能逐步睁开。但出现大面积的明显青紫色瘀斑，据出血量的不同可波及上下眼睑，甚至全部眼周区域。少数病例还可出现同侧眼结膜大片出血。著者还碰到过一例90多岁患黄斑变性的女患者。取针后，眼睑出现明显肿胀，但令人奇怪的是，隔两日来针灸时，眼区居然未出现青紫，而是整个球结膜因出血而全部呈鲜红色，患者除略有异物感，并无其他不适。二十多天后全部消退。重度出血，一般要20～30日始可全部消退。

必须指出的是，不论何种程度出血，迄今为止，著者还尚未发现有影响眼区的功能和视觉的情况。同时，也不影响继续针刺。

预防方法

著者认为要预防眼部出血，首先要熟悉眼和眼区穴位的局部解剖。其次是一定要熟练掌握眼部针刺之法。著者在长期临床实践中总结出以下几点。

1. 慎选穴位　著者在治疗各种眼病，特别是眼底病时，多用距离眼部较远的、实践证明有效的穴位为主穴，如上天柱、新明、翳明、风池等穴，及眼周穴，如攒竹、丝竹空、瞳子髎等。眼区穴选穴要精、准、少。眼部构造复杂，针刺难度较大，要求我们在辨证施治时要全面、正确地考虑分析患者情况，尤其是少年儿童配合难度大，选穴更宜少。著者一般只取两穴，且多不取最容易出血的睛明穴。

2. 充分熟悉眼部的解剖学知识要求针者施针时做到心中有数，细细体验解剖层次，准确地避开血管，保持一定的进针深度，可大大降低皮下出血及其他事故的发生几率。

3. 选用细针　著者临床上针刺眼区穴习惯使用的针具为32号1～1.5寸[0.25mm×（25～40）mm（25mm的用于儿童）]的毫针。针具过粗容易引发出血，过细则不易得气；过短影响疗效，过长可能伤及眼内组织。另外，要检查一下，针尖有无钩刺，以免在进针或出针时钩破血管引发出血。

4. 注重操作　按著者的经验，可分为三步。

一是进针，这是最关键的一步。针刺眼区穴位时，要求患者彻底放松眼肌，初学者在针刺前可轻推眼球向相反方向。如针刺睛明穴时应轻推眼球向外侧固定，针刺上明穴时应轻压眼球向下，针刺球后穴时应轻压眼球向上等。医者宜用指甲按切表皮，迅速点刺进针。如欲刺深，多行垂直进针，应缓慢送针，送针时医生一定要屏声敛息，全神贯注。眼球周围组织较疏松，进针比较容易，如觉针尖遇到抵触感阻力（即使是很小的阻力）或病人呼痛时，应略退出，稍转换方向后，再行刺入。直到出现满意的得气感为止。如得气感不明显，只可稍作提插探寻，或略作捻转，但注意二者的幅度必须极小，动作绝不粗暴。如还不能获得满意的针感，宜停针待气，不可强求。眼穴得气感为扩散至整个眼球的酸胀感。在留针期间，一般不运针，如因治疗需要，为加强针感，只可做轻微的捻转，但不能提插。

二是出针，著者特别强调采用顺势拔针，即根据进针角度应缓慢从反方向退针。一般以分段退针为好，即退一段后略作停顿，再继续外退。退针时，以患者毫无感觉为佳。顺势出针，动作较轻微，不会引起局部牵拉而造成出针时损及血管而出血。出针时不可行提插等手法。当针体即将离开穴位时，应略作停顿再拔出。

三是按压。这一条著者认为十分重要。掌握正确的按压方法和时间，对避免和减轻出血的程度有着十分重要的作用。临床发现，一些初次针刺的病人容易发生眼部血肿，往往是由于不懂得正确的按压方法所致。首先，医生在取针时另一手应持消毒好的干棉球，出针后即刻按压针孔。棉球不宜太大，按压部位必须准确。其次，嘱患者按住后，要稍用力，持续按压时间最好在 2~3 分钟，不可移动位置或半途松手。如有以往血肿史或易于出血者，更应该延长按压时间。经验表明，延长按压时间可减轻眼部出血的程度。

处理方法

1. 轻度血肿 可不予特殊处理。也可局部先予冷敷，第二日如出现瘀斑再采取湿热敷，每日 1~2 次，促进瘀斑消退。

2. 中或重度血肿 有条件的诊室最好备有冰冻过的消毒湿敷料，如无，可临时以纱布蘸蒸馏水或冷开水代替。即刻在局部肿胀的部位实施冰敷或冷敷 20~30 分钟，其间可替换敷料数次，有利于止血。嘱患者回家后，继续用同法冰敷或冷敷，每日 2~3 次。对重度患者，敷的时间可长，次数可多些。一般来说，敷后肿胀的眼睑可逐步张开。在 24 小时后，局部青紫明显，即嘱病人用湿热毛巾（温度以患者可耐受为度）热敷眼区，每次 20~30 分钟，每日 2~3 次。平时，可戴上消毒眼罩，或太阳眼镜，眼睑肿胀和局部青紫的消退后，改为每日热敷 1 次，直到瘀斑完全消失。

著者认为对于眼部血肿，如能采取积极措施，不仅可以减少出血程度，而且能明显加快瘀血消散时间。如果已出现皮下出血，形成瘀斑，眼睑出现青紫，此时还能进行针刺治疗吗？著者的答案是：完全可以。在瘀斑处针刺不但不影响治疗效果，而且还能促进瘀血消散。

其他意外事故

近年来，著者临床中也遇到过针刺不当致前房积血等事故（如前述），有关杂志也报道过一些其他意外事故，如针刺致视网膜脱离、致失明及致眼睑不能闭合等。虽仅为个案，但后果十分严重，其中一些的确切原因也不很清楚，应引起高度警惕。现以医案的形式报告如下，供读者参考。

例一（视网膜脱离）

王某，男，52岁。10天前因"眼睑痉挛"在当地乡卫生院针刺治疗。自右眼上睑外侧刺入一根针灸针，下睑刺入两根针。当针自上睑刺入时右眼时有闪光感，针后1时许，发现右眼视物不清。次日到当地县医院检查，疑右眼视网膜脱离，于1987年5月8日以右眼视网膜脱离入院。既往双眼视力均为1.5。体检未见异常。眼部检查：视力：右眼0.02（不能矫正），左眼1.5。右眼角膜透明，前房清晰，晶状体未见浑浊，玻璃状体内有黄色小点散在，如灰尘状。眼底：右眼底颞上象限视网膜呈青灰色隆起8~16个屈光度，范围约占1/3眼底，并波及黄斑区。在10点半径线上60°处可见一圆形裂孔，约1/3PD大小。眼底视网膜未见有其他病变存在，左眼底未发现异常。眼压：双眼15.88mmHg。于1987年5月14日局麻下施行右眼裂孔封闭、巩膜垫压术，术中发现在视网膜裂孔相应处之巩膜有伤痕。术后视网膜平复，裂孔愈合，1987年6月8日出院，右眼视力0.2。

按：本例未明确说明针刺的具体穴位，据症情分析系上睑之针针刺方向不当和针刺过深所造成刺伤视网膜的严重后果。关于针刺眼部穴位的方向和深度，有人认为进行眼病的针刺治疗应注意：

1. 眶内穴位进针方向，开始进针时要垂直于皮肤，进针至适当深度后，再将针尖指向眼球后中心区；若经穹窿结膜针刺，针尖应先与眼球成10°~15°角，切忌垂直。

2. 进针过程中，遇有较强阻力则不要强行进针，可退针改变一下方向再进。

3. 针刺眼部穴位不宜太深，最好小于3.5cm，过深则容易损伤血管造成出血。

例二（失明）

某，女，63岁。1994年11月20日就诊。

诉：2个月前因左眼上睑下垂于某县一卫生院行针刺治疗，自诉穴位为眼周、手部、头顶等处。一次针刺上睑中部近眉弓处时，感觉眼球剧痛，"好像针扎着了眼球"，治疗结束后即感畏光、流泪，医生嘱点用眼药水；2~3天后畏光、流泪症状消失。以后自觉左眼视力渐减，现几近失明。

检查：右眼：视力0.6，除晶状体皮质轻混外，余皆正常。左眼：视力1m指数，睑球结膜无充血，角膜透明，前房正常深，房水清，瞳孔圆，对光反射灵敏，晶状体呈乳白色混浊，以上方混浊最重，散瞳后可见下方尚有少量透明皮质，眼底不能窥入。双眼眼压均正常。诊断：①老年性白内障初发期（右眼）；②外伤性白内障（左眼）。建议行左眼白内障摘除术，因患者拒术而失诊。

例三（失明）

某，男，62岁，1994年12月5日就诊。

诉：因半年前患左眼外直肌麻痹，于某市中医院行针刺治疗。一次针刺球后穴，起针后即感左眼胀，头晕，视物模糊，复视加重。立即告知医生，医生看后认为眶内球后部出血，嘱用手压迫左眼。约10分钟后左眼胀痛加重，伴头痛，恶心，医生用一粗针于原穴位进针处刺入皮肤，并搅动、提插，放出血液少许，后行加压包扎，口服三七片及西药止血剂。次日左眼肿胀大部消退，但眼球仍向前突，视力无光感。立即行各种检查，CT报告：左眼视神经走行变直，眼球前突，余无异常。眼底初无异常，约于10天后视乳头开始变白，其他检查无异常。经中西药治疗视力无改善。

检查：右眼：视力1.0，眼底为动脉硬化Ⅱ度，余未见异常。

左眼：视力黑矇，眼球运动正常，眼球不突出，外眼及眼前节正常，瞳孔圆，中度大，直接光反射消失，屈光介质清。眼底：视盘界清，色苍白，血管呈动脉硬化表现，网膜及黄斑区未见异常。诊断：视神经萎缩（左眼）。

按：上述2例失明均与针刺不当相关。其致盲原因：例二估计为针刺上睑眉弓下某穴位时，针尖向内下方刺入过深，针由角巩膜缘或睫状体扁平部刺入眼球，扎伤晶状体所致。其晶状体混浊呈乳白色，亦区别于老年性白内障，患者无糖尿病等引起晶状体迅速变混的重大全身疾病，进一步说明其为外伤所致。例三估计为针刺入眶内较深，刺破较大血管，造成球后大出血，因出血量大，向前推挤眼球，牵拉视神经，使视神经形成类似外伤性的机械牵拉损伤，造成视神经萎缩，导致迅速失明。另外眶内出血造成的高压，对供应视神经的眼动脉分支等血管，是否可以使其受压而一时闭锁，造成视神经缺血而丧失功能；另外，针刺时针尖是否直接刺伤视神经等，值得进一步研究。

目前，针刺对多种眼病，特别是眼底病的有效性已得到证实，促使临床应用更加广泛，但对针刺不当造成的不良反应及副作用，多重视不够。早在《内经》中即有"刺面中溜脉，不幸为盲"的记载，今天尤应引起广大中医、中西医结合眼科工作者的重视。少量球后出血可不予处理，但大量球后出血眼球突出则应加压包扎并用一些止血剂；针刺过深，可能对视神经造成直接刺伤。总之，针刺眼区穴位，必须了解眼球及其各条眼外肌的解剖位置，大致的血管分布，做到胸中有数，尽量避免意外事故的发生。

例四（眼睑不能闭合）

张某，男，20岁，学生。右眼被土块击伤后瞳孔散大，视力减退，在南京某医院诊断为"外伤性散瞳"。患者于1976年1月21日要求针刺治疗。当时拟取右侧太阳、睛明、瞳子髎等穴，先刺太阳穴（其他穴位未刺），进针时由于施术者针刺手法不够正确，致使针入皮下后斜向下方。约刺入 1 寸时，即行捻转，患者即感重度酸麻及电击样感，当即停捻。停捻后患者右眼睑不能闭合，眼有胀感，即予拔针。拔针后右眼仍不能闭合。瞳孔情况如针刺前，球结合膜无充血现象。左眼正常，患者努力做闭目动作仍无效，且右眼周围肌肉有轻度节律性震颤现象。即予以局部按摩半小时，亦无效。翌日右眼球轻度充血，流泪，眼睑仍不能闭合，肌肉震颤消失，瞳孔情况依旧。第 3 日逐渐自行好转，眼睑能闭合。

按：太阳穴属经外穴，针刺本穴时，应做到取穴准确，操作正规，避免过强地刺激而影响到局部神经。一旦出现不良反应要立刻停针或退针。若继续刺激，则可损伤神经组织，出现灼痛、麻木或运动障碍。轻者通过按摩等理疗方法可恢复；重者将遗留永久性的神经损害症状，造成不可挽回的损失。

本例不良反应系针刺操作不当而致。由于针刺方向不正确及操作方法不当，导致触及深层神经而发生局部运动障碍及肌肉异常收缩。

第十一节　针麻新篇

这是 1972 年一个春寒料峭的清晨，茫茫的边疆大地还残留着一堆堆积雪，我担着一对铁筒去团部的机井挑水。团部上空的大喇叭突然广播的一条新华社新闻让我立刻停住脚步。它播的是：上海第二医学院附属第三人民医院（现为上海交通大学医学院附属仁济医院）的医务工作者以几根小小的银针打开了心脏禁区，应用针刺麻醉于 4 月 19 日为一例三联症（一种严重的心脏病）成功地实施了高难度的体外循环心内直视手术。因为当时的我正在团医院的新针疗法室工作，也在搞针刺麻醉，所以这条新闻就像刀子刻的一样深深留在我的记忆中。弹指一挥间，至今45年过去了。

2005年6月的一个夜晚，我正在电脑前写作，一阵急促的电话铃声突然响起。我拿起电话，里面传来一个温和而熟悉的声音，是复旦大学针刺原理研究所的曹小定教授。曹教授告诉我，英国著名的BBC电视台工作人员专程来华，准备录制一套有关针灸治疗技术的专题片，他们十分感兴趣的是其中关于针刺麻醉的内容。他们在中国的其他大城市没有找到开展这方面工作的医院，现在就寄希望于上海了。曹教授从20世纪60年代初就开始研究针刺麻醉的原理，是我国最早从事这一领域研究的著名学者之一，尽管她已进入耄耋之年，仍然对这份事业情有独钟、痴心不改。她一方面在指导学生深入更高层次的研究，另一方面，则在为改变目前低迷的针刺麻醉现状奔走呼吁。

电话中，曹教授希望我能提供目前上海还在开展针刺麻醉的医院名单。我立刻告诉她：据我了解，这些年来尽管时断时续，但坚持在做的还有5家医院。这5家医院，不仅都是三级甲等大医院，而且做的也都是高难度手术。它们是华山医院的针刺复合麻醉下颅脑手术、上海市第一人民医院的肾移植手术、眼耳鼻喉科医院的新喉再造术、仁济医院的体外循环心内直视手术及肺科医院的肿瘤手术等。曹教授听后既高兴又感叹，她高兴的是，在针刺麻醉经历了四十多年的大起大落之后，它的发祥地上海总算还一直保留着薪传火种。而令人感叹的是，这一项完全是中国人自主创新的具有重大临床价值的成果，我们自己冷落一旁而洋人倒专程前来取经。后来，经过曹教授的建议及有关人员、部门的反复协调，并征得上海历史上开办最早的西医医院——仁济医院和BBC摄制组的同意，最后决定全程录制一例针药复合麻醉下体外循环心内直视手术，这个手术的麻醉实施者就是仁济医院浦东新院的麻醉科。

2005年6月30日，这是患者小陈终生难以忘怀的一天。在这一天，她那颗缺损的心脏将在仁济医院的手术室里得到了完满的修复。这个来自安徽农村的 21 岁的姑娘，在娘胎里就得了一种叫做房间隔缺损的先天性心脏病，在左右心房之间添了个不该有的洞，导致本来互不相关的两个心房内的血液互相乱窜，造成心脏内的血液清浊相杂，动静脉血混流，严重地损伤了她的健康和影响了她的日常生活。这种病唯一的治疗方法就是用手术修补好这个洞，使两个心房重新隔绝。这是一种难度十分高的手术，它不像做其他内脏如肺、胃、肝、胆等手术——这些器官活动度较小，该切除、缝合都任医生摆布。而要对一直活蹦乱跳的心脏动刀则没这么容易。第一步，你要先得让它稍作休息——目前一般采用的是让血液在体外循环的方法，使昼夜不停的心脏暂时停止跳动；然后再将心脏打开，用人工组织片缝补漏洞。这个手术的名称有一长串，叫做"体外循环心内直视下房间隔缺损修补术"。

小陈在辗转了不少医院之后才来到大上海的。当初听说要把自己的心脏扒出来切开再补上一块，把她吓得够呛。后来听了医生护士的耐心解释，慢慢才不怕了。手术前几天，医生告诉她这次准备采取我们国家发明的用针刺结合药物的针药复合麻醉方法进行麻醉。她当然完全信任上海的医生，最使她听得进的是，用这一方法可以省下一半以上的费用，而这些钱对她和她的家庭来说可是太重要了。

仁济医院麻醉科主任王祥瑞教授的心理压力却比小陈要大得多。这次手术拍摄，英国方面，是由负责文化交流的戴金蕾女士亲自出马联系协调的。这位身材修长、性格活跃，有着一个漂亮的中文名的金发女郎，带着BBC 摄制组风风火火已在上海的大街小巷转了一大圈，拍了刚刚拔地而起的陆家嘴金融街，也录下了历经沧桑的老城厢一角。接着，他们就把重点放在了我国的传统针灸上。在摄制了岳阳医院和曙光医院二所中医院的针灸临床之后，戴金蕾女士还专门躺在位于老城隍庙附近老街"名医堂"的诊疗床上，请年逾八旬的沪上针灸名家尤益人老先生在她的足三里等几个穴位上扎了几根闪亮的银针，亲自体会了一番针刺的感觉。最后，她和摄制的镜头一致聚焦于这台惊心动魄的手术。应该说，用针麻，确切地说用针药复合麻醉完成这台手术，对王祥瑞来说是没有问题的。他作为麻醉学博士，尽管是 20 世纪 90 年代进入仁济的，但是针麻下体外循环心内直视手术经过他前面两代人的努力实践、不断改进，已经趋于成熟。他本人虽学的是西医，但对中医学情有独钟，在万花纷谢一时稀，我国针刺麻醉走向低迷的今天，他和他的前任孙大金教授等多位专家，始终没有停止对针麻的临床探索，并完成了多项有关针麻的临床和实验研究。更为难能可贵的是，由于针麻手术不仅仅是麻醉医生的事，而是涉及到外科医生和护理等综合因素的"团队努力"；仁济的针刺麻醉心脏手术团队可以说是从 1972 年起，数十年如一日，一代传一代，一直坚持下来的一个优秀团队，他们一直配合得十分默契。

但这次情况不一样。当王祥瑞接到 BBC 要在他们医院拍摄的电话后，开始有些犹豫。虽然长期以来他们手术成功的几率远大于失败，前些天他们还刚刚为一名新疆病人完成针药复合麻醉下的心脏手术。但是不怕一万，只怕万一。万一这次针麻失败，所造成的可是难以挽回的国际影响！对于针刺麻醉这个中国传统医学的奇葩，利弊又孰轻孰重？为难啊。不过，当他想到自己作为一名中国医生的责任，尤其是作为一名中国针麻专家的责任，他还是在请示了院领导并和主刀的心胸外科周主任进行充分讨论研究后，爽快地接受了 BBC 的现场拍摄要求。

早上 8 时整，小陈平静地躺在了无影灯下的手术台上，BBC 的摄像头紧紧地对准着她。手术前的麻醉工作正在有条不紊地进行着，王祥瑞在患者手上的内关等 3 个穴位扎进了闪着银辉的不锈钢毫针，接通电针仪，穴区肌肉出现了有节律的跳动，同时，又注入少量与针刺具有协同作用的麻醉药物。紧接着，手术开始了。周主任的手术刀切开了长长的一道口子，胸腔深处，那颗有规律跳动的心脏出现了，鲜红的血液进入体外循环系统，电脑屏幕上所显示的一切数据和图像都十分正常。修补心脏手术开始了……整个过程中，小陈微闭着眼睛，脸色十分平静。

令戴金蕾女士和她的摄制组人员大为吃惊的是，当手术进行到一大半时，王祥瑞用手指碰了碰小陈的额头，旁边一位护士轻轻地呼唤了一声"你醒一醒"；此时，小陈竟然立即睁大眼睛，嘴角露出了温和的微笑。在一般的全麻情况下，病人都处于昏睡之中，何况，病人的心脏已停止跳动，两肺已停止呼吸。但这正是针刺麻醉的神妙之处，不论是何种高难度大手术，在麻醉过程中，病人始终头脑清醒。上述的这一切，甚至包括小陈偶尔皱了一下眉头，都被摄像头忠实地记录了下来。两个多小时后，手术顺利结束，医生和护士在把患者推回病房的同时，也送走了满脸惊异而又一头雾水的外国客人。

手术后第二天，BBC摄制组又来到小陈所住的病区，他们要全程跟踪这一神奇的手术病例。又一次使他们惊奇的是，小陈术后恢复得非常之快，她只在重症监护病房住了1天（通常同类手术要住2~3天），就回到了普通病房。到第3天时，除了从敞开的颈部看到胸前那长长的刀疤，她已经和常人没有什么两样了。她和陪伴她的妹妹一起开开心心地到病区食堂用了餐。然后，坐在病床上，她通过翻译，用略带腼腆而又十分灿烂的笑容，实实在在地回答了BBC客人的问题。戴金蕾女士最关心的是针刺麻醉到底痛不痛？小陈说："我跟医生说过，要是痛我就不针麻。刚扎针时挺酸胀的，等扎完针上了药之后，整个手术中除了人有点迷迷糊糊外，只听到叫我'一呼一吸'的声音（这是针麻过程中的呼吸管理），一点也不觉得痛，也没有多大的难受。"其实，她不知道，为了消除针麻过程中的疼痛，我国的医务和生理工作者已经整整探索了几十个年头，才逐步总结出这种既能不痛、又可减少麻药剂量；既能使病人基本保持清醒状态、又能减少副作用，加快身体恢复的，被称之为针刺复合麻醉或针药复合麻醉的好方法。

7天之后，小陈要出院了。摄制组跟着她和一直陪伴她住院的妹妹，走过大厅，来到办理出院的窗口。此时，摄像镜头特别对准了她交钱的手——这是要通过这个镜头告诉西方和世界的观众，因为应用了针刺复合麻醉，使得原来要付32000元人民币的手术费一下子减为13000元，整整省了19000元。对于一个来自安徽农村的病人来说，这很可能是当时她们全家1年甚至是2年的全部收入。

在第二年3月的一次会议上，我又遇到了王祥瑞主任。他告诉我，不久前，他收到了 BBC 电视台的一张光盘，他已经先睹为快了。王主任说，BBC 对整个手术过程的报道是客观的、公正的，它向世人表明，中国的针麻手术并没有消失。"这一点很重要"，王主任强调说。据从伦敦反馈回来的消息，BBC 电视台播出后，有 400 万英国人观看了这档节目，作为一部专业片，这个收视率是相当高的。他们医院不断接到来自英国的电话，多数是心脏病人，他们都希望用这种神奇的麻醉方法来完成手术。说到这里，他的神情显得有些沉重："只是针麻一直处在低潮期，需要国家的扶植和大家的努力才行。"他交给我一张 DVD 光盘，说是特地为我复制的。我接过这张橘黄色的光盘，掂了掂，忽然感到它的分量是那么沉甸甸！

就在这篇文章刚刚完稿的时候，王祥瑞主任又打来电话，说是 BBC 科学部的纳尔·弗格森先生专程来沪，就针刺为什么会在这位农村姑娘身上产生这样不可思议的麻醉效果，和他做了足足一个小时的长谈，因为他们实在百思不得其解！

针刺麻醉是 20 世纪针灸医学的一项举世瞩目的成果，是我国最具原创性的针灸学上的一项突破，也是促进我国传统的中医学特别是针灸学传向欧美走向世界的关键技术。1958 年 8 月，上海医务工作者在学习针刺镇痛技术后，首次将针刺术后镇痛改为术前、术中镇痛，用于扁桃体切除等手术取得成功，针刺麻醉由此开始。在之后的 20 多年间，我国开展了 100 多种针麻手术，积累了 200 多万例记录完整的临床资料。值得高兴的是，通过这一事件，针刺麻醉研究又一次受到国家中医药管理局和国家科技部领导的高度重视。在京沪二地针麻工作者的努力下，2007 年以韩济生院士作为首席科学家的"基于临床的针刺麻醉研究"课题列入了国家科技部重大基础研究项目（973 工程），2012 年又列入滚动资助项目。

我们深信，针刺麻醉应该有大展鹏程的一天！

第十二节　悬灸

2003 年的一天，我沿着瑞金二路穿出淮海路经过南昌路时，不经意间发现弄堂口的一则广告上大书两个字："县灸"。我有些奇怪，何谓"县灸"？我搞了一辈子针灸，也没听说过这种灸法。后来查了词典才弄清楚，在古代"县"的一个用法和"悬"相同，因此，"县灸"也就是"悬灸"，但今天这么写似乎有点故弄玄虚。再说如属灸法，应是医疗行为，怎么可以做广告？当时因为急于赶路，也就是一闪念而已。

过了几天，上海市医学会的谈秘书长打了个电话给我，说是受市健康教育所胡锦华所长的委托，请我们针灸学会组织几名专家对一家专门用艾灸法保健美容的公司做一论证，到底有没有临床价值。近些年来，由于灸法操作麻烦且医保收费低廉（当时上海地区每灸一次规定收费 7 元），所以灸法这一在我国流传时间较针刺更长的一门独特的非药物疗法，在目前多数医院的针灸科已经名存实亡。而灸法保健，在我国古代盛行而近代为日本所推崇，居然上海滩还有人在专门应用，这引起了我浓厚的兴趣。于是我和另外四位专家一起应约来到这家公司。地点正是我路经的那地方，在弄堂里面。一位身材瘦削，显得精干的中年女士热情洋溢地接待我们。她姓曹，公司就用她的名字命名。论证会分两个部分。一是由公司负责人曹经理做全面介绍，二是实地考察。

这位曹经理原来是西医出身，在外地当过厂医，提前退休回沪后，根据她曾经的实践，突发奇想，是否可以将灸法保健推向社会，一方面可以造福大众，另一方面也是开辟一条就业的门路。她的这一想法，得到了虹口区劳动及社会保障局（现虹口区人力资源和社会保障局）的支持，作为解决 40、50（岁）就业的一个项目。她和另一位志同道合的医生一起从一小间房起家，通过不断摸索总结，艰苦创业，现在已发展到在中心城区有十余名工作人员和 200 平方左右面积的一家公司了。她们采用的是传统悬

灸法中的温和灸法，对象则主要是亚健康人群，通过保健调整，达到康复。据介绍，应用灸法保健，不仅舒适安全，而且效果颇佳。为了证明这一点，工作人员搬来了一大摞"保健记录卡"，相当于医院的病历，里面详细记载了被灸者的情况和取穴。我注意到，在"保健记录卡"中，其用穴以基本穴为主，也针对不同证候略有变化，但用穴范围不广，主要用督脉和任脉穴、背腧穴及足三里、三阴交等；特别还设了"灸感传导"一项，而且几乎不同的人和不同穴位都记录了灸感扩散传导现象。对于前者我还可理解，可能与她们掌握的穴位不多有关，毕竟不是科班出身；但后者我则深感怀疑，因为灸法感传和针刺引起的感传不同，历代医籍记载极少，据我所知只有南宋《备急灸法》一书提及，但也十分笼统；现代则只有安徽针灸名家周楣声老先生著文谈到过。而我国曾进行过的大规模经络感传普查及有关文章均为针刺激发，且感传率也并不高。至于我本人，搞针灸也有几十年了，就从来没有引发出灸感传导过。而在这班非专业者的手中，竟会出现如此之高的感传率，简直不可思议。其他专家也有同感。我于是提出这一疑问。曹经理胸有成竹地一笑，说："灸法引出的温热传导扩散，是通过我们在自己身上反复测试得出来的。我们做灸法做到现在，应该说大多数客人都确实有这种感觉，不仅我灸得出，我们培养的徒弟也同样可以灸出来。不过不同的穴位不太一样，有的向周围逐渐扩大，有的会沿着经络线传出去。有的穴位则不容易出现灸感，我们用的这些穴位都是容易产生灸感的。"她的这些说法，并不能减少我们的疑惑。

接下去是到现场进行考察。和医院大间针灸室不同，它被分隔为精致的多个小间，每间均设一张特制的灸床，施灸者和被灸者均穿不同样式的灸服。施灸者正襟危坐，被灸者卧于床上，全身放松。我见此时正在施灸神阙（脐中）穴，便问被灸者有什么感觉，他告诉我，似有一股温热感如碗口大直透腹内，抵达腰骶。施灸的是曹经理的最早合作者董医师，也曾是西医。我发现她右手执的艾条燃着端离穴位有 3 寸光景，而一般温和灸约去皮肤 1 寸，因离得太远，灸了数分钟未见皮肤潮红，按常规多以穴区潮红与否作为灸量的主要标志。董医生却告诉我，她们发现，悬灸的一个关键是灸的部位皮肤不能发红发烫，一红一烫，灸的温热感就被挡在外面进不了体内；而且灸的面积也不能大，要控制在一寸范围内，这时我才注意到她的左手拇食二指分开成 1 寸左右的距离按压于穴位上。她称穴位就是窗口，开得太大或太小，灸的热气都不容易进去。这种对我来说可以说闻所未闻，颇不以为意地报以一笑。因为无论在我们的高等院校的教材上还是各类针灸书籍上，无论哪一种悬灸法，包括隔物灸都强调以穴区皮肤红润（或潮红）为度。在大堂正面，我看到张贴的收费标准：108 元到 308 元。不由暗暗一惊，因为医院灸一次的费用还不到这里的零头。这么昂贵的价格，居然还吸引着络绎不绝的人来。这个悬灸法必然有其独特优势。

论证会最后一个程序是专家讨论。我们五位都是长期从事针灸文献、临床和实验研究的不同领域的专家。对刚才的所见所闻，感慨不已。在当前整个针灸界重针轻灸，多数医院里灸法处于全面萎缩的情况下，居然还有非针灸专业人员钟情于此。更值得一提的是，灸法保健虽然在我国古代盛极一时，但到了近现代却转向了东瀛，在起源地未能得以重视，在日本、韩国反倒十分红火。而这个小小的公司在瞄准了现代人对保健需求的庞大市场的同时，继承和发扬了这一有数千载临床积淀、安全有效的非药物疗法，实在难得。尽管还有些不完善之处，大家一致表示，向政府部门建议，在新三百六十行里应该增加悬灸保健这一行。

论证会结束后不久，我们上海市针灸学会专门向市劳动及社会保障局（现市人力资源和社会保障局）提出了《关于将悬灸保健技术作为新的一门就业行业的建议》。出乎意料的是，市劳动及社会保障局也十分重视，在反复充分调研的基础上，一个被称为悬灸保健师的职业模块终于诞生了。它和（盲人）按摩保健师、刮痧保健师一起，成了以传统保健为特点的三个保健行业。后来，由上海市职业培训中心和劳动和社会保障部教材办公室组织，在我和其他几位针灸专家的帮助下，曹经理又和其他几个工作人员一起主编了《悬灸保健技术》，作为职业技术、职业资格培训教材，由中国劳动社会保障出版社出版。

　　然而，使我耿耿于怀的是，她们那种和传统悬灸法不同的操作方法到底有没有道理；大量出现灸感传导的现象，是不是心理暗示的结果。后来，我终于找到了答案。2006年四月的一天，我偶然在《中国中医药报》上看到了一则通讯，说是江西省的一位针灸专家陈日新教授，用开通经络的灸法，通过引发灸感传导提高灸法效果。而从报上所载的照片看，极似曹经理她们的操作。这引起我极大的兴趣。于是趁五一长假我专程去南昌，弄清楚究竟是怎么回事。在著名针灸大家魏稼教授的引见下，陈教授热情地接待了我们一行。令我大为惊奇的是陈教授的观点竟和曹经理她们如出一辙，也是不能使被灸的穴区皮肤发红发烫，否则不易引发灸感和感传，而且发现不是所有的穴位都能引发感传的，他把易引发灸感传导的穴位或点，称之为热敏点。他和他的研究生正在研究这些尚难以解释的现象和热敏点的分布规律。为了证实这些现象有的客观性，陈教授站在一位首次施灸的患肩周炎的女病人后边，在病人看不见的情况下，他在其左侧肩胛部的天宗穴用艾条施灸，几分钟之后，病人就感到有一股温热感由肩传至肘部；当陈教授轻轻地将艾条移至右侧天宗穴时，不一会，女病人就有些奇怪地说，温热感怎么传到右侧肘部了。上海、江西，一位从事保健的非科班出身者，一位有着丰富临床和科研经验的教授，在全不知晓的情况下，竟然会得出相似的结论。真是令人惊叹。

　　现在，曹医生和她的同伴们正在把她们的悬灸保健事业做大，除了上海开出旗舰店，还在国内多个城市开办了连锁店。为了培养更多悬灸保健师，她们不仅成立了一个培训学校，而且在国家人力资源和社会保障部教材办公室、中国就业培训技术指导中心上海分中心等单位的组织下，2014年，通过进一步对《悬灸保健技术》的修订，以《悬灸应用技术》为书名，进行再版。成为国家悬灸保健技术职业技能培训和鉴定考核的权威教材。可以预见流传数千年的灸法保健技术将会进一步发扬光大，为提高现代人的生命质量做出重要贡献。

第十三节　日译本出版纪事

浅野周先生是一位从事针灸学翻译的日本针灸学者，也是我神交已久但从未谋面的一位老朋友。

大概是 1995 年的秋冬之交，我忽然接到一封来自扶桑的航空挂号信。信封落款为东京一个名为绿书房的出版社。信是一位名叫寄金丈嗣的编辑写的，内容是该出版社决定出版我的《急症针灸》和《难病针灸》的日译本，目前翻译工作已近尾声，希望我能为日文版各写一篇序言。我为自己的针灸著作能东传日本，既感到意外也很高兴。但是仔细阅读了来信之后，发现其中未提及版权及稿酬问题。我的老友，时任上海科学技术出版社副社长的冯晓江先生提醒我说，我国已加入世界版权组织，你应该也必须争取自己的权利。于是我给寄金丈嗣先生回了一信，希望能明确一下这一问题。很快，他就回信给我。信中说，绿书房曾出版过多部从中国大陆出版物中翻译过去的中医针灸著作，但迄今为止还没有一位作者提出过这一问题，一般是日方出版社寄予一册样书就作为了断。不过，该社认为我提出的问题是合理的，除明确版权归作者外，还决定按 5% 支付版税。这一版税尽管较低，为了使书籍能早日出版，我也就不计较了。

1996 年 9 月，正在荷兰旅居的我，收到两本装帧讲究的软精装译著，一本为深红色的《急病の针灸治疗》，一本为墨绿色的《难病の针灸治疗》，都是 16 开。译者是来信中从未提到过的浅野周先生。我读研究生时，日文是第二外语，虽听、说不行，但阅读专业书籍尚能对付，再说译的又是自己写的书，更无困难。我仔细地读完译文，感到翻译得是不错的，颇忠实于原文。而且从译文中可以看出译者具有十分扎实中医针灸古文献的功底。因为在我的两本书中，引用了近百部中医针灸古籍的原文，没有对这些文献本身的彻底理解是不可能将其妥切地译出的。我对这位译者充满了深深的敬意。于是我特意写了封信给寄金丈嗣先生，向他打听译

者的情况。过了很久，我才收到他的信，原来他已另换了一家出版社，不在东京，我的信因辗转而耽搁了一段时日，他只知道浅野周先生在中国北京留过学，其他的就所知不多了。他随后还寄了好几册《东洋医学》等杂志给我。后来，我们的联系就中断了。

1997年年初，我回国后不久，在一次针灸学会的聚会上，我刚好和李鼎教授同在一桌，李鼎教授是我国著名针灸文献学研究专家。我知道他也有一些著作在日本出版，就顺便向他打听浅野周的情况。李教授告诉我，浅野周先生青年时代就有志于针灸事业，1987年毕业于日本明治东洋医学院针灸系，之后不久，于1990年，远渡重洋到北京中医药大学的针灸推拿学院进行深造。他十分热爱中国的传统文化，有着深厚的中医药学理论的功底。回国后开设了以北京堂命名的针灸诊所。他于去年专程登门拜访李教授，同时也希望和我见见面，可惜，当时我正在国外。听了以后，我不由深感遗憾。李教授也没有留下他的通讯地址。就这样，一晃过去了十年。

2007年，大概是三月份，我在日本《医道の日本》社新寄赠的杂志的首篇文章上，突然发现了久违的"浅野周"三个字。因为这篇文章是研讨《针灸大成》日译本的问题，所以我立即肯定，他就是我要找的那位浅野周先生。于是，我写了一封信，通过与我有近二十年联系的《医道の日本》编辑部转给他。半个月之后，我就收到浅野周先生一封热情洋溢的信。在长长5页的淡绿色的信笺上，他告诉我，我的《急病の针灸治疗》和《难病の针灸治疗》二书都早已售完了。近年来，除了完成《针灸大成》一书的日译外，他一直在从事中国新版针灸教材的翻译工作，已完成的有《针灸治疗学》《刺法灸法学》《针灸医籍选》及刘玉书教授的《针刺事故·救治与预防》等。他提到，目前中国的针灸界，我和广东的靳瑞教授是他关注得较多的两位，我们的书他觉得既有一定的学术性，内容又颇切实用，较适合日本读者。读完他的信，我感到非常高兴，多年的宿愿实现了。同时又为他对我著作的评价而颇为汗颜。我给他回信，并寄赠了新近出的《中国民间奇特灸法》和《实用急症针灸学》各一本。

不到一周，我又读到他那淡绿色的信笺，他在感谢我赠书的同时告诉我，我在中国大陆出的书他几乎都买了。他准备翻译我20世纪90年代文汇出版社出版的《165种病症最新针灸治疗》一书，并且已被东京的三和书局接受。他特别提到了版税，说是日本的版税较低，特别是译著的中医针灸书籍，只有8%，其中译者只有3%，原书作者为5%。这些书的发行量又不大，收入不多。正因为如此，他感叹道，目前干这一行的，老的多已退休，年轻的则不想做，已经很少了。据他所知，全日本包括他也只剩下3位了。但他是一定要做下去的。正当我为他的这种敬业精神发出由衷的感叹时，忽然又接到了他的来信。原来，由于他的译著出版，他的知名度不断提高，不仅他开设的针灸门诊人数越来越多，简直门庭若市；而且请他去讲演的邀请书也应接不暇。为此，他信中说"这样下去，虽然能挣到钱，但不能（没有时间）做翻译工作。翻译方面，还是安静一点好。因此，我决心回家了。家乡安静，不会（这样）忙。"他决定暂时关闭诊所，离开东京，到老家岛根专心做翻译。他写信的目的是告诉我他的岛根县的通讯处。

这年8月底，我收到了三和书局寄来的厚厚两册《最新针灸治疗165病》的样书，我抚摸着这本书久久不肯放下，我深深懂得浅野周先生为它所付出的心力和代价。不久前，我又接到他一封信，他告诉我，目前在着手翻译其他新世纪针灸教材的同时，他又把我的《针灸防病保健》一书列入他的计划。我注意到，这封来自横滨的信封上赫然印着他的诊所名称："北京针灸堂"。我忽地想到鉴真和尚，一千多年前，那位为中日文化交流献出一生的使者。浅野周先生不正也是这样的一位使者吗？

第十四节　日本患者神野

2008年3月的一天，我正在中医文献馆名医门诊部忙着给病人针灸。

我的一位老病人来看我，他说："张医生，我给你带来一位日本朋友。"语音未落，站在他后面的一位中年男子立刻伸过一只手，笑着用相当纯正流利的普通话自我介绍："我姓神野，神仙的神，野猪林的野。"我一下给他幽默的话语逗笑了。握着他的手，顺便打量了一下：头发稀疏微秃，身材不高略胖，穿着随便，肩上横挎一包。

神野先生是京都一所大学的教师，曾于20世纪80年代来我国南京大学留学。回国后从事汉语言文学的教学和佛学的研究。他的太太是日本一家贸易公司派驻中国的负责人，长期往返于京沪二地。这次介绍神野先生来的正是她的一位老客户。神野先生专程来沪是找我治病，或者说是咨询一下：关于那双使他大伤其脑筋的眼睛，中国针灸还有没有办法，因为在日本实在有点山穷水尽了。他告诉我，大概是遗传的关系，他从小就戴上啤酒瓶底样的高度近视眼镜。1979年，还不到二十岁的他，突然双眼视网膜脱离。因为病情复杂，在日本京都府立医科大学一连做了三个手术：巩膜扣带手术、冷冻粘结术和激光凝结术。希望能一劳永逸。然而事与愿违，他的左眼虽然相安无事，但右眼从1984年至2006年的22年间一连发生4次视网膜脱离。尽管都通过手术修补成功，但最后的那次手术之后，右眼出现眼压增高，并且祸不单行，接着左眼眼压也开始增高。成了继发性青光眼。医生给他滴眼药水进行抗青光眼治疗，眼压倒基本降了下来，但又一样毛病接踵而来：两只眼睛开始不断疼痛，疼痛发生在眼眶周围和眼底部，就像整天有什么东西不断压榨着一样。其中，右眼痛得更厉害。这种疼痛平时还能熬得住，但只要一用眼看书或电脑，就特别剧烈，而且一痛就止不住，严重时必须敷上冰袋才能止痛。而要命的是他的工作就靠的是眼睛。最为尴尬的是在给学生上课时，上着上着，眼睛会突然痛将起来，此时必须闭目休息，有时要长达15分钟以上才能缓解。由于这该死的眼睛，从2007年起，他一直处于半休状态。再这样下去，只有四十多岁的他，只好放弃他钟爱的事业了。为此，他和他的夫人到处打听有无妙手回春的良方。最后找到了我。

我检查了一下，双眼除结膜潮红外观无明显异常。眼压刚测过，右眼

21mmHg，左眼 16mmHg，也是正常的。如果单是疼痛，针灸有良好的止痛效果。问题是他是视网膜脱离修补术后引起的，有无效果可真不好说。再说又是个日本朋友，如无效果更难交代。此时，我忽然记起，对于视网膜脱离手术后遗症，在他之前，我曾经治过一位姓荣的患者。他是本市一所中专的老师，本来有高度近视眼，一次在上课时，因为学生不听管束，他大怒，猛一拍桌子，谁知这一拍没把学生给镇住，却把自己眼中的视网膜给震破了，当即感到右眼前一片混沌。到一所大学附属眼耳鼻喉科医院一检查，诊断为右眼孔隙性视网膜脱落，做了手术。过了 45 天，眼前又出现黑影，一查又脱了下来。于是又做手术，但从此后便一直感到右眼如云罩雾障，视物极为模糊，眼部深感不适。尽管经检查视网膜还有两个小型裂孔，但荣老师再也不愿开刀了，于是想到用中医调理。一次在某中医院中药房等候取药时，恰好碰到我的一位女病人，就介绍到我这儿来治疗。当时检查：右眼外观无异常，裸眼视力只能分辨 20cm 外有几个指头。当时他精神萎靡，情绪低落。在我给他针刺的同时，周围的病人一起鼓励他一定要保持好的心态，积极配合治疗。经过 20 次针刺后，他自觉视物较前清晰，一查裸眼视力 0.1，戴上眼镜可以看到 0.3。重新上班工作。继续治疗 6 个月，裸眼视力为 0.2，带镜视力 0.5。经 OCT 检查网膜裂孔病灶部分，也已基本恢复。

于是我便将给荣老师治过的方法，放在了他的身上：取新明 1、瞳子髎、上健明、承泣、风池。考虑到他疼痛明显，再加双侧太阳、新明 2（二穴交替），意在活血化瘀通络止痛。其中新明 1、新明 2、风池、太阳均以 28 号 1.5 寸毫针，用徐进徐出之导气针法，但针感宜平和；其余穴位用 32 号 1 寸长毫针，针之得气即可。均留针 30 分钟，留针期间，运针 2~3 次，每次每穴约半分钟。他在上海待了一周，共治疗 3 次。回到日本后，他觉得双眼疼痛似乎减轻了一些，便下决心坚持下去。

这一年 8 月份，他趁学校放暑假，又一次来到上海。每天他总是早早来到诊室，虽然号挂得很前，来得也很早，但总是一再谦让其他人先治。他带来了厚厚的一大包五颜六色的方纸块，一坐下来就折千纸鹤，送给每

一个来就诊的小朋友。我知道，千纸鹤源于日本，是祈祷病人早日康复的一种表达方式。对他来说，这既是祝福别人，也是祈祷自己。神野为人特别随和，又非常爱小孩，所以很快和患者，特别是小病人打成一片。教会了不少折叠千纸鹤的"徒弟"。这一次他待了整整一个月，一共治了13次。回去之后，他感到疼痛明显减轻。自此之后，他利用大学每年的三个假期：春假、暑假、寒假，来沪三次针灸，每次一个月左右。症状显著好转，平时双眼已不痛，只是在用眼过度时，右眼才出现疼痛，但疼痛的时间和程度均大为改善。已能基本胜任教学工作，不必转行了。他变得信心十足，人也更为开朗乐观。每次来之前他总用 E-mail 及时与我联系，一下飞机，就从浦东机场直奔我们的诊室。他一进门，安静的诊室的气氛就立刻变得十分活跃。一直持续到他临走的前一天。他说他钟情于中国文化，有一次夜门诊结束时，他没有走，征得我和助诊医生同意，特地拉起他新买的二胡，为我们演奏了一段阿炳的"二泉映月"，那如诉如泣的琴声，凄厉委婉，十分动人。

他的治疗情况，很快引起他的眼科主治医师、京都辻眼医院院长辻俊明和京都府立医科大学眼科学系讲师、青光眼专家森和彦医师的深厚兴趣。他们分别对其来沪针刺治疗前后的眼压变化和视野变化进行检测。结果发现，尽管疼痛症状明显缓解，但其眼压仍未能得到有效的控制，视野有不断缩窄的趋势。这个结果，使一直十分乐观的神野先生感到有些沮丧。记得是 2011 年的春天，这一次来，我发觉他没有以往的活跃，好像有些心事。我将他拉到一旁，询问是怎么回事。他告诉我，近来视野和视力越来越差，这次在大阪关西机场连看登机的信息都有点困难了。他准备这次将作为他和我告别的治疗，不过他还是衷心感谢我为他基本上消除了眼痛。

听他一说，我的心也无比沉重。不过，我马上联想到我治过的沙先生，他是一位开角性青光眼患者，原来要用三种眼药水才能控制眼压，而且还不能控制视野的不断缩小。经我针刺后，不但三种眼药水逐步停用，而且令西医眼科医师惊讶不已的是视野不仅停止缩窄，竟出现增大的趋势。因为按照西医理论，损害的视野，一般是不可逆的。依据这一经验，我就在原来取穴的基础上为增加目窗和上天柱，调整了手法。另外，穴位注射法是我治疗眼病时常用的一种重要疗法，因为它不但有"送药上门"的优点，而且还能在一定程度上透过血眼屏障，充分发挥药物的作用。之所以一直没有给神野先生用，是因为我在荷兰工作时，严禁中医针灸师注射药物的（前面提到的"虎标油"行动中，当时荷兰警方在诊所的废弃物中发现一枚注射针头，也被列为违法记录之一）。对外国病人，我一直忌讳使用。这一次我试探着征求神野的意见。想不到他一口同意，说："你不要光把我当做日本人，中国南京是我第二故乡。"于是我决定采用甲钴胺注射液 0.5mg（0.5mg/ml）和复方樟柳碱注射液 2ml（均为每次用药量）二种药物。前者有营养神经的功能，后者有促进供血的作用，二药同用，既能提供眼睛所需的物资，又能拓宽道路加速运输，结合针刺，真是相辅相成。在取针后，分别在双侧球后穴和太阳穴注入。

这次治疗回去后，情况开始好转。而且从此之后，一直到现在他几乎没有一个假期不来上海，今年早春，他还趁学生复习期间，抽空来治疗半个月，比往年增加一次。他也成了上面所提到的这两位日本眼科医生的常客。为了科学地验证针灸治疗的实际效果，他们用各种最先进的仪器，不仅从不同的方向和不同的形式观察视野，而且测定眼血流的变化情况。结果表明，随着治疗时间的增加，效果的不断累积，神野先生的眼压完全控制在正常的范围内，眼部血流情况不断改善，视野也出现较为明显的好转。神野告诉我，他们已将这些资料整理成论文，准备参加在布鲁塞尔举办的国际眼科学术会议。

2014 年，在上海市科技专著出版基金的资助下，我和我的助手徐红博士主编的共 40 余万字的《眼病针灸》一书，由上海科学技术文献出版社出版。在书中，我将神野先生的病例记录在内，并赠送他一册。他十分高兴，亲自赶到上海书城购买了两本，请我签名，说是准备赠送给辻俊明和森和彦二名大夫，让他们全面了解针灸对眼病治疗的情况。

链接

视网膜脱离的针灸治疗

概　述

　　视网膜脱离是指视网膜外层（色素上皮层）与内层（其余九层视网膜神经上皮结构）的分离。以原发或裂孔源性多见。多发于高度近视者。初起时以眼前黑影、闪光感和视物模糊为主，随着症情的发展，可出现视力减退、视物变形、视野缺损等症状。眼底检查：早期，视网膜可出现裂孔，脱落的视网膜隆起，呈灰白色，其上可有多个大小、形态各异的裂孔。西医对视网膜脱离者以手术为主，单有裂孔而无视网膜脱离的，或手术后裂孔尚未能封闭的，则多采用激光治疗。

　　针灸治疗这方面的临床报道，十分鲜见。著者仅查阅到20世纪90年代浙江省针灸名家阮少南先生采用远道与局部取穴相结合治疗本病的病案资料。根据著者多年经验，认为针刺主要用于仅有裂孔而无视网膜脱离的，或手术后裂孔尚未能封闭的，也可用于手术后裂隙孔已封闭而视网膜下有积液的。

著者验方

一、处方

　　主穴：新明1、瞳子髎、上健明、承泣。

　　配穴：风池、上天柱。

　　上天柱位置：天柱穴上5分。

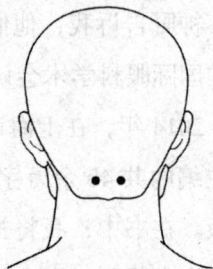

图14　上天柱

二、操作

　　主穴取患侧，每次取3穴，其中上健明、承泣二穴，可交替应用。配穴双侧均选取，每次 1 穴。二穴交替。新明 1 穴和配穴均以 28 号 1.5 寸毫针，新明 1，按前述针法，风池、上天柱以徐进徐出之导气针法，但针感宜平和；其余穴位用 32 号 1 寸长毫针，针之得气即可。均留针 30 分钟，留针期间，可运针 2～3 次，每次每穴约半分钟。早期每周 2 次，待症状改善后可改为每周 1 次。

体 会

本方为著者近年所总结。主要适用于：视网膜裂孔而无视网膜脱离、经视网膜手术后裂孔尚未封闭的、手术后裂隙孔已封闭而视网膜下有积液的患者。在取穴时，主要采用以颈项部的眼病效穴为主，每次取一个眼内穴。同时，在刺激量上也强调以轻缓为主，避免过强刺激，造成意外事故。通过 5 例具上述情况患者的观察，确有一定效果。主要表现在：可促使裂孔闭合，消退积液，使视力有一定程度恢复，和眼前黑影、视物变形等症状的改善等。当然，本方还有待进一步实践和完善。

值得注意的是，包括本病在内的上述各种难治性眼底病，一般都要求患者坚持 1 年乃至数年、十数年的治疗，以维持和促进疗效。为了使病人能长期坚持，著者采用每周或二周针刺 1 次，居然确能达此目的。这就引出一个问题，即针灸一次其效果到底能维持多久，也就是说它的维持量是多少？值得同行们深入研究。

第十五节　走马上任之后

2003 年 12 月底的一天，上海市针灸学会换届选举，我被代表们选为

理事长。这一天晚上，我辗转难眠。这些年来，我除了继续从事我的文献研究和临床诊疗，还一直担任上海市卫生局中医处和上海市中医文献馆的行政领导职务，使我的视野不断开阔。我始终纠结的是为什么起源于我国有着数千年传承历史，有着深厚的文化底蕴和丰富的临床积淀的针灸医学，并且由于针刺麻醉的催动又一次传向了欧美大陆，造成了世界性的"针灸热"，可是却出现了被国内专家忧心忡忡地称之为"国外红火，国内落坡"的奇怪现象，整个针灸界出现了人才和临床阵地的全面萎缩。而更使我不解的是：以上海为核心的长三角地区，从近代直到建国之初，在海派文化的熏陶下，曾经引领过我国针灸医学的发展之路，出现过方慎安、承淡安、陆瘦燕等一代针灸名家。不锈钢针的引入、电针技术的推广，特别是针刺麻醉的发现，极大程度推动了针灸医学的现代化和国际化的进程。然而，从 20 世纪末起，上海的针灸开始落伍，排名逐步趋于各兄弟省市之后。这次我当选为理事长，心头的压力骤然加重。

正在此时，在我喜爱的中央电视台科教频道中，播出了记者采访我国著名的针灸临床大家、国医大师程莘农院士（老人家以 94 岁高龄于 2015 年 5 月谢世），尽管已是耄耋之年，他仍坚持针灸临床。但当主持者问起每治一名病人的诊疗费时，程老笑着回答："每次 4 元。"我有些愕然。程老胸怀博大，淡泊名利，如唐代名医孙思邈所称颂之"大医精诚"，我从心底敬佩；但是，对于当时我国针灸界仅有的两名中国工程院院士中的一位，从医七十余年的名医，他的诊疗费竟远低于一个初出茅庐的理发师剃个头的钱，我实在感到有些悲哀。

针灸的诊疗费如此之低，实际上从一个侧面表明了针灸学的临床价值和它所处的地位。"冰冻三尺，非一日之寒"，这件事实际上可以追溯到清末那位因鸦片战争被英国人打得丢盔弃甲一败涂地，从而改写了中国近代史的道光皇帝。在 1822 年，也就是他继位的第二年，据说是觉得针灸时要赤身露体，对金枝玉叶的皇上来说既不雅也不敬，他在心血来潮之际，下了一纸匪夷所思的禁令：以"针刺火灸，究非奉君之所宜"为理由，命令太医院针灸科永远停止。在华夏大地传承数千年，历来是国家医药机构中正宗的十三科之一的针灸学术，从此开始为官方所排斥，变得不正宗了，只能流入民间。它的地位一落千丈。而"文化大革命"看似扶持针灸实际却是贬低针灸的所谓全民化的"一根针"运动，更使针灸医学雪上加霜。在当时的红头文件中，把针灸说成是"简便廉验"。这一说法，一直延续至今。实际上，这是一种似是而非的说法。何谓"简"，就是基础理论简单，无深厚文化内涵；所谓"便"就是技术缺乏含金量，一学就会；所以就廉，不值钱了，但效果却要有的。它从根本上否定了针灸数千年所积累的理论探索和临床实践的成果，否定了名老针灸家的经验价值。按照这种说法，国家就不必开办中医药大学，更遑论花十余年来培养针灸学的硕士博士；而针灸名家之类，也就成了地地道道的骗子。所以就出现了，"文革"时期幼儿园的娃娃记穴位；国际针灸培训班，三个月可以使毫无医学背景对中医文化一窍不通的洋人成为可以在所在国内堂而皇之行医的针灸师。这是一种看似在普及针灸、传播针灸，实际上是一种对针灸医学发展十分有害的观念和做法。

在之后不久的一次理事长会议上，我提出了这个看法。得到了大家一致认同。同时，认为要提高针灸学的地位，提高针灸疗效、扩大适应病种虽然十分重要，但作为为全市针灸工作者服务的学术团体的针灸学会，首要任务是向政府部门要求提高过低的诊疗价格。当时，上海市的医疗保险制订的针灸收费标准，虽较之北京略高，针刺治疗一次也仅为7元，不但比西医的各项标准低得多，较之其他不少兄弟省市也要低。并且根据国家文件规定，针灸被列入和西医的注射、换药等一样据说是不需诊断的项目，挂一次号可以治疗5次，竟把属于医师的诊疗工作和护士的日常操作混为一谈。这实际上是又一种变相贬低针灸的地位的做法，严重打击了针灸工作者的积极性。其次，是希望在国际性的大都市上海，率先推广使用一次性无菌针灸针。实际上，早在十余年前，我在荷兰就已普遍使用由我国生产的一次性无菌针灸针，因此，这一要求实际上只是与国际接轨而已。使用一次性无菌针灸针，国家的医疗保险费用会增加一些，但是可以避免针刺感染和传染，减少断针等事故，是完全值得的。何况西医早就广泛使用一次性无菌注射器了。再说也有利于上海的形象。这次会议开得很热烈。会后，我们立即着手进行两项工作，一是针对"简便廉验"写一篇文章，二是向市卫生局和市医疗保险局打报告，申请适当提高针灸诊疗价格和在全市医疗机构强制性推广一次性消毒针灸针。

我的那篇文章，很快在《上海中医药报》和《中国中医药报》刊出，并引起了一定的反响。但是那份报告，却如同石沉大海，并无回应。我们曾询问了卫生局，他们也同意我们的意见，已将我们的申请书上报了。但决定医疗价格是牵一发而动全身的事，劝我们不能操之过急。这之后，过了整整五年，这中间，我们几乎年年打一份报告。卫生局也曾联合医保局、物价局，多次和我们的专家一起，制订了几次方案，然而往往是功败垂成，结果还是不了了之。

2008 年，我已经是第二次连任理事长，尽管此事并无进展，但始终是我的一桩心事。这年三月的一天，《解放日报》的一位张记者来学会了解全市针灸工作开展的情况。我和学会的秘书长，讲起了这件久未解决的悬案。张记者当即表示，她们可以通过内参的形式向市领导反映。一拍即合，她取走了我们的有关情况介绍之后，很快就写成文章，以邮件形式发给我。为了形成强烈的对照，文章一开头就举了一个例子：本市一家美容机构，以一个无医学背景而只经数月培训的悬灸师用灸法保健，一次收费308 元；而即使在三级医院由一个主任医师用灸法治疗，一次收费只有 7元，不到其零头。既真实又生动。两个月之后，一直支持我们工作的市卫生局中医处季处长让我去一次，他高兴地告诉我，这一次是动真格了，市委俞书记和市政府沈副市长都做了明确批示，由市发展改革办公室主持此事。

2008 年 12 月 1 日，一次性消毒针灸针在全市正式推广应用，在我国省市中这是第一个；新的针灸诊疗价格开始实施，而由此也相应调整了推拿及中医其他学科的收费标准。

当然，要真正提高针灸医学的学术地位，政策因素和观念的改变只是一个方面，不断提高自身的学术价值，才是真正治本之法。

现在，我已从理事长任上退了下来。我相信正在走向现代化和国际化的针灸医学，任重而道远。恰如凤凰涅槃，针灸医学将浴火重生。前景一片灿烂。

第十六节　忆王雪苔先生

2008 年 9 月 7 日，我突然接到一封中国中医科学院寄来的黑色字体的信，打开一看，竟是一份讣告：我国一代针灸大家王雪苔教授已于 9 月 2 日与世长辞了，我一下跌入悲痛和缅怀之中。

1981 年夏天，我和相恋多年的梁行旅行结婚，在登完泰山之后来到北京，住在一个亲戚的家里。当时，我刚刚在陕西读完研究生的第一学年，真应了孔夫子的一句话，"学然后知不足"，深有井底之蛙的感觉，希望利用暑假的时间能多拜访一些名家，拓宽一些眼界。我的导师郭诚杰教授为我介绍了我国南北的几位针灸大家，其中北京的就是王雪苔教授，郭老师亲自为我写了推荐信。到京之后，我不敢贸然前去打搅，那时电话还没有进入寻常百姓家，就寄了封信给他，请他约个时间当面请教。大概过了两三天的一个中午，我收到了他的亲笔信，让我在当天下午 3 点去他所在的中国中医研究院（现中国中医科学院）针灸研究所。说来也不巧，我和梁行刚好得到两张珍贵的参观毛泽东故居的入场券，时间恰恰也在这天下午。由于想要鱼和熊掌兼得，我们连午饭都来不及吃就出门了。由于参观的队伍排得很长，等到我们进场已经两点多了。为了不爽约，更是不能放弃这一难得的请教机会，我们只能花了半个小时，走马观花匆匆看了几个地方，就立即离开中南海，直奔东直门。当我们气喘吁吁地走进针灸所所长室时，身材高大，皮肤黝黑，头发略显花白的王教授已经笑呵呵地在等我了。我十分珍惜这次会面，所以把我一直在思考的一些问题，一股脑儿提了出来，现在看来不少提得十分幼稚。王教授并不在乎我的冒昧，毫无架子，使我如沐春风。作为国内著名针灸史学者，他围绕针灸医学的话题侃侃而谈，纵论古今，高屋建瓴，展望未来，令我遨游于学术海洋之中，茅塞顿开。不知不觉中，竟过了下班时间。最后，他一直与我畅谈到研究所的大门口，在分手的时候，他推荐我读一本人民卫生出版社即将出版的《针灸研究现代进展》一书。该书在当年十月刚一上市，梁行就以航空挂号形式寄给了我。里面汇集了当时国内主要的针灸和相关学科名家，从基础到临床，从不同角度较为全面系统地介绍和评述了我国针灸医学研究的最新进展。开卷首篇"针灸史的新证据"就是王雪苔教授关于当时针灸出土文物的深入而有独特见解的考证。这正是一本我渴望已久的好书，成了我整个研究生期间一直置于案头的最重要的参考书之一。

正是这次教诲和他所推荐的这本书，对我针灸研究方向产生了重大的影响。我回校征得郭老师的同意，在原来针灸临床研究方向的基础上，将针灸史和针灸文献研究作为我另一个研究重点。而这一选择又决定了我的后半生的努力方向。毕业回沪后，我主动选择了到上海市中医文献馆工作，《中国针刺麻醉史研究》成为我首个主持的文献医史研究课题，后来我又长期主编《中医文献杂志》。我的极大部分专著无不与此有关。可以说是一直贯穿至今。

之后，我和王雪苔教授有过多次见面，可惜都是在一些学术会议上。他又很忙，只能匆匆问候，未及深谈。2005年，人民卫生出版社要出我的《实用急症针灸学》，责任编辑梁兆一先生电告我，说是书中摘引的文献中有一本书的文字较多，应征得该书作者同意，以免出现版权纠纷。我一查对，正是出自王雪苔教授主编的。我通过时任中国针灸学会会长李维衡先生了解到他家的电话，直接告知他这一情况。当时我心中还有些忐忑不安，谁知他当即爽朗一笑说："这是好事。你能引用，也是在帮助我们推广宣传针灸学术。没问题。"不久，他亲笔写了一份授权书寄给我。这种思考问题的方式，这样宽大的襟怀使我感动不已。

不久，我又读到《南方周末》报记者撰写的一篇有关国内外针灸现状的调查报告，其中特别提到王雪苔教授对目前针灸临床"国外红火，国内落坡"的状况很不满意，认为国内针灸地位低下、针灸收费不合理的情况不能再继续下去了。针对当前医院内西医器械检查费用远高于包含着积累大量经验的手工操作针灸治疗的收费现象，他形象地以绣花作为比喻，指出，如果机器绣花居然比手工绣花要贵，岂非咄咄怪事。这一观点深深引起我的共鸣，为此，我和其他理事一起，代表上海市针灸学会，以《解放日报》内参的形式，就上海针灸临床现状、问题和对策向市领导做了反映，迅速引起市委市政府的高度重视，并得到了落实。

2007年年底，我去北京参加中国针灸学会首届科技成果奖项目的终审工作。期间我和陈汉平教授一起去中国中医科学院针灸研究所拜访朱兵所长。当时，他带着忧虑的神色告诉我们，说老所长刚刚查出得了癌症，现在正在住院手术治疗。我们本想去探望他一下，朱所长说，现在最好不要打扰他，待出院康复后再去不迟。他送了我们每人一册由世界针灸联合会、中国针灸学会等多家机构编撰的《王雪苔与中医针灸——八十华诞作寿文集》。书中全面介绍了王雪苔先生从一名攻读西医本科的医学工作者成为蜚声中外的中医针灸大家的过程。早在1948年冬天，当他还是一名解放区华北卫生学校生理教员时，就开始协助当时的著名针灸家，华北人民政府卫生部副部长兼华北卫生学校校长朱琏同志编著《新针灸学》，这是一本在建国初期的针灸界产生过重要影响的书，我初识针灸之时，叔父案头就有一本。1951年，他又协助朱琏同志创建我国第一个针灸研究机构：针灸疗法实验所，该所在1955年改名为中医研究院针灸研究所。后来，他成为这个所的所长。1979年，他亲自参与建立了中华全国中医学会针灸专业委员会，又于1985年将专业委员会升格为中国针灸学会，成为与中华医学会、中国中医学会（现名中华中医药学会）平起平坐的一级学会。他是1984年筹建中国针灸学院的主要发起人之一。1986年北京针灸骨伤学院成立。为了促进针灸走向世界，他克服了诸多难以想象的困难和阻力，在1982年到1987年间，他以筹备委员会秘书长的身份具体主持了世界针灸联合会的创建工作。世界针灸联合会成立之后，他历任秘书长、主席和

名誉主席。他不仅在提高我国针灸医学在国内外的地位上进行了大量的工作，在针灸学术研究方面，也做出了重要贡献。他组织领导和实施了全国性的经络现象研究，特别是 1990 年国家科委制订重大科学基础理论研究攀登计划"经络的研究"；主持和指导了腧穴名称国际标准化和腧穴定位国际标准化的研究工作，经过世界卫生组织西太区多次讨论和中日韩三国专家的努力，前者于 1991 年由世界卫生组织总部公布实施，后者于 2008 年 5 月由世界卫生组织西太平洋地区事务处正式颁布。作为著名的医学史学者，他在针灸文献医史方面更进行了大量深入的研究工作，出版了《中国针灸手册》《中国针灸荟萃》《中国针灸大全》等多部重要学术著作；在他的晚年，更致力于从战略思考针灸医学的发展前景，发表了《针灸的现状和 21 世纪的任务》《针灸的现代化和国际化》等一系列发聋振聩的论著。随着对王雪苔教授的不断深入了解，我对他产生了深深的敬意。

王雪苔先生曾作过一首自题"八秩感怀"的七律，正是他一生的写照：

此生何幸业岐黄，喜看银针耀五洋；

学海神游天地阔，书山面壁古今香；

多因创业逢荆棘，惯为他人做嫁妆；

历尽炎凉心未老，苍苔依旧傲风霜。

我心里默默祈祷：王老，您一路走好！

第十七节　我的中医药"非遗"情

2007 年四月的一天，我收到一份通知，让我参加市里的一个非物质文化遗产申请项目的评审会。评审会汇聚了本市文化界各路专家，从事传统医学的就我一人。使我感到有些失望的是，在一大摞申请书中，涉及中医药文化的统共才六项，而且多数项目与审核的要求相差甚远。通过与会专家的反复沟通，最后一致同意将上海滩上风靡至今的，以石筱山、石幼山兄弟为代表的石氏伤科列入上海市非物质文化遗产名录。后来，石氏伤科疗法还成功进入了国家级"非遗"名录。

中医药文化博大精深。我们上海，源远流长的中医药学在近代海派文化的熏陶下，在与西方医学文化的竞争中，产生了一大批著名流派，遍布内外妇儿眼耳鼻喉乃至针灸、推拿、骨伤各科。有传承有创新，学术特色明显，文化底蕴深厚。我觉得应该有相当多的富有特色的学术流派项目可以进入"非遗"名录。为此，我想先从我较为熟悉的针灸推拿领域做起。陆氏针灸是上海针灸界的最重要的流派之一，代表人物陆瘦燕先生在针灸文化的传承和创新上名闻全国。老上海人还记得在他的八仙桥诊所通宵排队挂号的情景。朱春霆先生是华东医院的原推拿科主任，以他老人家为代表的一指禅推拿法秉承了我国佛道医相结合的传统文化，具有继往开来的特点。虽然这两位代表性传承人已经谢世，但这两份遗产却是急需继承。想到这一点，我分别找到陆瘦燕先生曾担任过所长的上海市针灸经络研究所的现任所长吴焕淦教授和朱春霆先生的哲嗣，《海派中医》一书的作者朱鼎成副主任医师他们一听我的建议，都十分赞同，并立即着手进行申报。后来，《陆氏针灸疗法》和《朱氏一指禅推拿疗法》不仅进入上海市非物质遗产名录，而且作为扩展项目入选第三批国家非物质遗产名录。

使我记忆犹新的是另一件事。大概是 2009 年的春天，保护中心办公室打了个电话给我，说是金山区枫泾镇有家二级医院打算申报一个肛肠科方面的非遗项目，让我先去看一看有无价值。我当时觉得，肛肠病的治疗，真正有名的是在曙光、龙华这些三级大型中医医院，再说，"非遗"还有对文化内涵和传承时间跨度的要求，所以觉得可能性不大。后来了解到，申报的项目有一个传奇故事。说是清道光年间，当地一个大户人家门前，来了一个快要饿死的外地乞丐。这家主人出于善心，不仅收留了他，还出资让他返回四川老家。这个人临走之前，感激涕零之余，将一个治疗肛肠病的药方献给了主人。此方一直流传至今。这个故事到底有多少真实性不必推敲，但这个药方的存在却是千真万确的，而且也正是这个药方成了医院的一个品牌。该院的肛肠科正是依靠它，收治了数以万计的病人，名声走出上海远播浙北。经过我进一步询问，这一张药方的主要关键点在于它的炮制功夫。炮制，这是中医药文化中最有特色的技艺之一。目前由于急功近利的市场经济的负面影响，这门技艺正处于日益濒危之中。所以我建议从突出炮制技艺着手进行申报。之后在上海市第二批非物质文化的评审中该项目顺利通过。

还有一个项目，更使我长了见识。那是 2011 年的初春。我和另外几位专家在浦东新区非物质文化遗产办公室听完他们当年准备申报的市级和区级项目之后，非遗办的张主任告诉我祝桥镇有个张氏风科项目也想申报，他们吃不准，请我去看一看。风科这名字，我只是听说过，但并未深究。我想无非指中风的中医治疗。我觉得偌大的上海，治疗中风的名医和世家多得很，加上我曾在市卫生局中医处主持过一段时期工作，并未听说过在这个郊区小镇有具一定影响的这方面名家。但在张主任的坚持下我还是去了。接待我们的也是一位张姓的老中医，不仅他祖上几世在此行医，而且他的祖孙三代也都在行医或学习中医。而出乎我意料的是，他们所从事的是真正传统意义上的风科。风科是古代医学分科之一，即为十三科中的一科。是指治疗各种风病的专科，不单单指中风，还包括头风痛、麻风、白癜风、风湿痛等，不仅涉及内科多种病症，还包括皮肤骨伤多类疾病。长期以来，他们原汁原味地保存下来，并研发了多种用之有效的膏、丹、丸、散和汤药处方。这在上海这个以海派中医文化为特色的地区内，确是独树一帜，具有传承和发扬的价值。后来，经过专家们的论证，这一项目也进入上海市第三批非物质文化遗产名录。

最近，又有 7 个项目通过专家们的评审，总计 24 个中医药项目进入上海市非物质文化遗产名录，其中有 3 个还入选了国家非物质文化遗产名录。这些项目已全面覆盖中医内科、外科、妇科、儿科、眼科、骨伤科、推拿、针灸、中药及中医文化。更令我兴奋的是，非遗的工作在一定程度上推动了上海市中医药的传承创新工程。目前，在市政府的支持下，一个个中医药流派传承基地正在不断筹建和运行之中。我深信，作为人类的优秀文化代表的中医药文化将迎来新的繁荣期。

2011年5月11日，我翻看当天的报纸时，发现国务院颁布了第三批国家级非物质文化遗产名录。在扩展项目名录的传统医药部分，"陆氏针灸疗法"6个字赫然在目。顿时，我的内心涌起一阵难抑的激动。起源于中华大地我国独特的针灸医学，根据对出土文物的反复考证，经历了四千年以上的传承和发展，已于2010年11月16日在联合国教科文组织保护非物质文化遗产政府间委员会的第五次会议审议通过，和京剧一起被列入人类非物质文化遗产优秀代表作名录。但在我国省市级全部申遗成功的项目中，作为一个地方流派，"陆氏针灸"是唯一进入国家级的针灸项目。记忆的帷幕不由地拉开，申遗过程中的一波三折在脑海中不断显现……

2007年2月的一天，我应邀参加了市文广局组织的上海市首批非物质文化遗产项目的评审工作。我是搞中医的，所以重点叫我审阅传统医药类项目。当时各区申报上来的一共只有6项，除了黄浦区和闸北区共同上报的"石氏伤科疗法"，其他几项都不太符合基本要求。经过全体专家表决，结果也只有"石氏伤科疗法"被列入上海市首批非物质文化遗产名录，后来又成功进入第二批国家级名录。这天评审结束时，具体负责这项工作的上海市群众艺术馆的张黎明先生特地将我叫到一边，笑着对我说："张医生，上海的中医在近代对全国影响很大，应该有很多优秀项目可以申报。你是不是能帮助我们发动一下？"

确实如此，自上海开埠以来，随着西风东渐，海纳百川，大批以江浙为主的全国名医纷纷涌进十里洋场。在与西方医学的竞争中，曾出现过很多著名的中医流派，形成至今不衰的独特中医海派文化。就我所从事的针

灸医学而言，就有陆氏、杨氏、方氏、黄氏等诸多重要流派。其中，最令我印象深刻的则数陆氏针灸。

20世纪50年代初，当时我还在读小学，记得20多岁的长林堂哥专程从浙江诸暨老家来上海治病，找的正是在八仙桥私人开业的陆瘦燕医师针灸。那时他每天天不亮就去排队，回家来总翘起大拇指，说："陆医生人真好，针扎得好，一点不痛，针针酸胀到位。"约摸过了20天，他满心欢喜地回去了。当时，我人小，不知他治的什么病，后来得知他治的是久治不愈的不育症。回家不久，就传来堂嫂怀孕的喜讯。第二年，堂嫂就生了个儿子；隔一年，又生了个女儿。后来，每次我回老家，堂哥总是念念不忘陆医师的救治之恩。

当我自己也从事针灸工作之后，才开始从大量文献中真正认识这位在我国近代针灸史上具有相当重要地位的一代名家。陆瘦燕先生的生父李培卿先生也是名满嘉定地区的针灸医家，被称为"神针"。陆瘦燕在继承父亲丰富临床经验的基础上，不断实践创新，不仅成为应用针灸专攻急难重症疗效卓著的临床高手，而且也是卓越的针灸教学和科研工作者。首创了我国第一具教学用玻璃经络人体教学模型。他还在国内最早进行"烧山火透天凉"针刺手法的临床科学研究。令人扼腕的是，这样一位名重一时的针灸大家，在"文革"时，1969年被迫害致死，当时刚刚60岁。更令我难以忘怀的是20世纪70年代后期，我在新疆兵团从事针灸医疗工作时的体验。当时，我手头只有一本翻烂了的红塑料封面的《赤脚医生手册》，这样浅显的参考书当然难以解决经常碰到的临床难题，这使我很苦恼。有一天，我在一本复刊不久的《新医药学杂志》（现名《中医杂志》）上，读到几则陆先生的"针灸医案"，深受教益。正巧遇到一例久治无效的慢性腹泻病人，我依陆先生之法施治，竟霍然而愈，用中医术语真可称得上"效若桴鼓"了！

被周谷城先生称为"针坛之光"的陆瘦燕先生，留给我们的是这样一份极为宝贵而又丰富的针灸遗产！对其进行保护和传承，显然有着十分重要的意义。我把这一想法在电话中告诉了张黎明先生，他不等听完，就一迭声地说"行、行！"同时，他希望我这个上海市针灸学会的理事长能促进一下这项目的申报。

我当然义不容辞。然而当我真正着手组织这一项目时，却感到困难重重。最关键的是要找到能接好这一接力棒的传承人。与陆先生相濡以沫的夫人朱汝功先生也是上海市一位针灸名家。1981年从龙华医院退休后曾应邀去美国弘扬针灸，传道解惑多年。目前虽然已回国，但她已近百岁高龄，且因2001年不幸中风而致行动不便，在家颐养天年。我当然不可能再去打扰她老人家。在陆先生的多位子女中，有两位继承他的衣钵搞针灸，虽多有成就，可也都退休多年。陆瘦燕先生生前门人学生众多，但或出国、或去世、或退休，临床上目前还在专家门诊给病人针灸的，只有尤益人主任医师和高正副主任医师等数位，但均是80多岁高龄，力不从心了。在不断寻找陆氏针灸传承人的过程中，我更深深感到如果再不抓紧时间对这份宝贵的遗产进行保护和传承的话，富有特色的陆氏针灸很可能就会从上海滩消失！

那天，我忽然想到，陆老生前的一个重要职务是上海市针灸经络研究所所长，而这个研究所曾聚集了大量先生的学生和门人。也许，在那里能找到他的传承人。于是，我找到该所所长吴焕淦教授。他听了此事的前因后果之后，笑着怪我说："你早该直接找我，传承人和传承单位毫无疑问应该由我所来承担。"原来，吴所长虽然没有见到过陆先生，但他当年的博士生导师、原针灸所所长陈汉平是陆瘦燕先生的学生。陈教授在上海中医学院（现上海中医药大学）就读时，就是陆先生的学生，毕业后更是在陆老夫妇的直接指导下开展针灸临床和科研工作。他常常深情地回忆起刚刚进入医院工作时，陆老夫妇特地设家宴欢迎他。更令他难忘的是1964年冬天，他赴京参加卫生部举办的一个进修班，陆老夫妇专门为他提供了一件大衣，使他这个缺乏厚实冬衣的福建籍"南蛮子"顺利度过北方的严寒。所以，屈指算来，吴所长应当算是陆先生学生中的"孙"字辈。经过商量，吴所长当即决定由上海市针灸经络研究所来申报这个项目，并以该所为核心，在他的主持下组织和团结国内外陆氏的学生门人一起来传承和

发扬这一特色明显、内涵丰富的非物质文化遗产。

　　然而好事多磨，就在申报规定最后期限的前一天上午，我办公室的电话突然响起，传来一个焦急的声音。原来是吴所长手下负责这项工作的一位博士来电。她告诉我：材料已全部准备齐全，但按规定必须最后要有被传承者即陆瘦燕先生的家属授权同意才行。但偏偏就在这最后环节上出了问题。她说："昨天我们为这件事专程去找了陆老的子女，可是他们都不肯在授权书上签字。"我心中一惊，问："这件事你们预先沟通过吗？"她说："不清楚，反正我没有。吴老师到外地开会去了，只好请你想想办法了。"

　　这无疑给我出了个难题。确实，对非物质文化遗产的保护和传承，由于涉及知识产权问题，加之目前社会上一些急功近利现象所造成的信用度下降，使陆先生的子女对授权这一问题较为敏感，不肯贸然签字。我觉得他们有疑虑是正常的，问题在于我们事前缺乏充分的、必要的沟通。然而已到火烧眉毛的时候，要我立马去做工作也不现实。首先，我与陆先生的夫人朱汝功先生和他的女儿陆焱圭教授只是在一次迎新会上匆匆见过一面，并不熟识。再说，心急喝不得热粥，欲速则不达。我考虑再三，只得先拎起电话和张黎明先生联系，看是否有其他办法可想。张先生沉吟了一下说："这样，先让他们报上来评审一下。如评审通过，再去做家属的工作补签好了。我想这是好事，一般总是会同意的。"

　　在不久之后的评审会上，陆氏针灸疗法项目颇受专家们的青睐，不仅异口同声一致通过它作为市级项目，而且和另外两个项目（朱氏一指禅推拿疗法、六神丸制作技艺）一起被推荐作为进一步申报的国家级项目。

　　这一结果，令吴所长又喜又忧。喜的是项目申报一举成功，忧的是要正式列入市级保护项目和申报国家级项目，从保护知识产权出发，必须要由家属正式授权同意。为此，吴所长曾多次与陆先生家属沟通，但不知是何原因，都无功而返。无奈之下，他又找到我，希望我这个针灸学会的理事长能出面做做工作。

　　我也觉得很为难：因为我与陆先生家属之间还不熟悉，如果贸然而去，谈得成功固然好，要是碰一鼻子灰岂不连回旋的余地也没有了。说也凑巧，一天，我在审读我馆编辑室楼绍来先生写的一篇访谈文章时，发现里面提到了陆夫人朱汝功教授的外孙王佐良主任医师的一些临床逸事。王医师是我们针灸学会的老理事，所以比较熟悉。我突然产生了一个念头：是否可以通过他去做做朱老和她女儿的工作呢？我拨通了王医师的电话，那头传来热情而熟悉的声音。王医师尽管退休多年，但一直关心针灸界的动态，对非物质文化保护这件事也甚为了解。所以还没听完我的解释，就连声说"好事，好事！"并兴奋地说："张医生，你放心，这件事就包在我身上了"。事情就这样出现了戏剧性的转折。两天后，吴所长高高兴兴地打电话给我，说："今天上午在龙华医院巧遇陆焱圭教授，陆教授竟然主动提出同意授权一事。"为了慎重起见，也为了充分尊重授权人，他约请我和他一起登门拜访签署。我欣然同意。

　　第二天一早，我们一行四人驱车前往。说来也巧，这一天是 7 月 22 日，我国上空正出现日全食奇观。天空先是飘起雨丝，接着风雨交加，到陆宅时变成瓢泼大雨。陆焱圭教授亲自为我们开门，她诚恳地说："真不好意思，让你们冒这么大的风雨前来。"这时，我们发现端坐在客厅靠窗处的朱汝功先生，正在试图扶着写字台站起来迎接我们，我和吴所长连忙一个箭步上去，扶住她老人家。老人家笑吟吟地反复说着："谢谢、谢谢！"我见面色清癯慈祥的朱先生虽已近百岁高龄，除去因中风造成右侧肢体行动不便，语言略有謇涩，不仅精气神十足，思维也十分清晰。

　　这时，外面的天空越发暗淡起来，我们就围坐在灯下，由我为主，向这两位都属于我们上海针灸界老一辈的母女详细介绍了为什么要为陆氏针灸申遗、申遗的内容和要求、目前所做的工作和今后我们准备如何保护和发扬的想法等，她俩边听边连连点头。最后，在我们和陆教授的建议下，一起希望由朱先生来签署这份授权书。她老人家十分高兴地点了点头，但随即又略显犹豫看了看自己的右手。陆焱圭教授笑着对我们说："妈妈右手功能障碍不能执笔，所以有些顾虑，不过不要紧。"她转身对母亲说："妈妈，你左手不是也写得很好吗？就用左手写吧。"朱老笑着点点头。当我们铺好授权书，老人家用左手执起笔的时候，又神情严肃起来，久久不肯下笔。我心里不由"咯噔"一下，难道又有什么变化？到底是知母莫若女，陆教授又笑着说："因为是替爹爹授权，妈妈怕字写不好。"她忙另拿了一张白纸，说："妈妈，你先试着练一遍，再正式写。"朱老笑着连连点头，随即先用笔试写了一遍，觉得满意之后，再郑重地在授权书上一笔一划写下了"朱汝功"3个字。这时，我见窗外已经风停雨止，云消雾散，经历日全食后的太阳又露了出来，天空一派晴朗。

2009年11月22日，"纪念陆瘦燕先生百年诞辰暨陆氏针灸学术思想交流大会"在浦东创新港会议中心召开，海内外200多位代表出席大会。国医大师颜德馨教授手书"超俗拔群"4字表示他的敬仰之心，而旅居美国的著名的头皮针专家朱明清教授则以上海中医学院（现上海中医药大学）首届针灸系学生的身份，撰联一首：瘦竹苍松，忆当年，手法亲传，夫子施功不朽。燕飞花舞，看今朝，争风远播，医门受惠无穷"，进一步表达了后学者的心声。

在此，我衷心祝愿起源于中华的神奇针灸医学，能在全面传承前人深厚积淀的基础上，今后真正走向现代化、走向国际化，为全人类的健康服务！

第十九节　为南怀瑾先生治眼疾

清明这一天，由妻子驾车，我们一起去江苏吴江七都镇。路上，她提议顺道去太湖大学堂，凭吊一下南师。我当然赞成。

车转过弯，由南怀瑾先生亲笔题写的"太湖大学堂"五个大字赫然在目，但铁大门紧闭。我上前询问笔直站在石阶上的年轻保安，一直跟随南师的马秘书是否还在？他答：已不在了。又问与南师朝夕相处的宏忍法师今在何方？他摇了摇头，然后一脸严肃地望着正前方。我本有他们的电话，无奈换了一部手机，信息全部丢失。看着铁栅栏里面的那一幢幢熟悉的建筑物，心里涌上了一种物是人非的悲怆。

2012年9月29日，一代国学大师南怀瑾先生走完了他传奇的一生。我是从网上得到这个噩耗的，当时正在土耳其旅行，立即发了一个短信给宏忍法师。法师很快回复了这样几句话："老师太累了，需要休息了，我们等待着他的回归。"显示了一个佛门弟子对生命现象的淡定和达观，也透露了她深深的怀念和悲哀。

记得是2012年4月的一天，我忽然接到一个电话，是一位上海中医药大学的校友，询问我是否能为南怀瑾先生治疗眼底病。我感到有些突然。尽管我曾读过练性乾先生编的《南怀瑾谈历史与人生》，留下过较深的印象，但对南先生的具体情况可以说是一无所知。晚上，我又接到太湖大学堂李女士的电话，她较为详细地告诉我医院的诊断，为眼底老年性黄斑变性，并再三强调是南先生提出要求采用针灸治疗的。老年性黄斑变性，又称年龄相关性黄斑变性，听到这个病名，我颇有些犹豫。因为本病至今仍是眼科学尚在攻克中的难题，虽然我已积累了一些经验，但问题在面对的是一位高龄老人，又是名人。然而盛情难却，我还是答应试治一下。一个春雨蒙蒙的下午，我驱车路过著名的开弦弓村（江村，费孝通先生的学术起点）来到紧贴烟波浩渺太湖的太湖大学堂。从一张宽大的工作台后面站起来迎接我的是一个前额宽阔，银丝背梳的老人，身材瘦削，穿一袭蓝布长衫。他双手抱拳，笑容可掬，连声表示谢意。满脸的慈祥和真诚，没有一点我心目中名人的架子。

坐定之后，一旁的李女士告诉我：不久前，严重的白内障已经影响到南先生的起居和阅读，但他希望用传统的方法进行治疗，于是千方百计联系到了当年曾为毛泽东主席做过白内障金针拨障术的北京中国中医科学院唐由之教授。唐教授告诉他们，这一方法早已不做，再说他本人也已80多岁高龄，难以手术操作，建议用西医手术。然而，令人失望的是，在上海一家大医院手术摘除之后，南先生的视力并无明显进展。并非手术不成功，而是他眼底的黄斑病变。眼睛就像照相机，等于是光换了镜头，底板不好还是难以解决问题。南先生仍力主应用传统的中医药学的技术治疗，于是找到了我。

我仔细阅读他的病历之后，便实事求是地说，依据我的多年治疗经验，针灸对这个病的早期效果较好，对后期只能起到一定的控制作用。南先生笑着连声说："控制就好，控制就好。"我又说，针刺眼区穴位稍不当就有可能因为刺破周围小血管出现眼周青紫的"熊猫眼"，影响形象。南先生宽容地说，"不要紧，我现在没讲座。就是讲课也没关系，找个墨镜一戴蒙混过关。"

南老的针感很好，出针后，他当即告诉我，眼前似乎亮了不少，我说这是针灸的即时效应，过一会可能就消失了。针灸真正要达到治疗效果，需要累积效应，对这个病更是如此。临走时，南老双手将两本书郑重地捧给我。我一看，原来是唐代著名医药家孙思邈的经典著作：《备急千金要方》和《千金翼方》。素色封面朴实无华，上有他亲笔题写的书名，并标明为太湖大学堂研读丛书。全书刻工精细、字迹清晰、印刷精良，确是上乘珍本。他告诉我，这个版本是当时国内最好的宋代版本之一，为了不使之流失，他在 20 世纪 40 年代末离开中国大陆之后，一直带在身边。这次他专门出资印刷多部，作为教材以广传播。

从此之后，我每周一次偶或两次专程赴太湖大学堂给他治疗。一个疗程之后，他感到视力有所提高。结束治疗时，我在他自备的几乎清一色中成药的小药房中，给他配制了平时服用的药物，以维持效果。

这年 6 月下旬，女儿叮叮从英国学成归国。她学的是建筑设计，听说南老师用搭积木的方式构建太湖大学堂各处建筑，非常感兴趣，催着要去看看。我知道南先生很忙，有些犹豫，抱着试试看的心情给宏忍法师发了个短信。谁知南先生即让马秘书与我联系，约定时间。

又是一个雨天的下午，我们一家三口来到了大学堂。南先生从传统建筑学的角度，谈了他对这几幢大楼的构思，而且还特地请一位熟悉建筑的学者带领我们欣赏每一幢楼房。这些建筑，从外表看朴实大气，有汉唐雄沉之风；而内部设计则极具现代实用性，每幢构筑均按照其功能而各不相同，特别是每一建筑在选址、朝向等多方面都运用了我国传统风水学的理论与实践。

这天晚上，我们参加了被外界称作为"人民公社"的晚宴，来自不同领域的各式人等围坐一桌，南先生举筷一挥道："诸位，动筷，不吃白不吃。"就在他谈笑声中开始，没有客套，没有敬酒，大家无拘无束，十分轻松和谐。南先生特别叫我谈谈年轻时在边疆行医时的趣事，笑称这是人民公社晚餐的传统，属于主题发言，而且不必准备，信马由缰。我只能奉命。结束晚餐后，南先生送我们至门口，双手抱拳对我说，"张医生，这扇大门一直对你敞开，什么时候来我都欢迎。"没有想到的是，这竟成了他对我说的最后一句话。

链接

年龄相关性黄斑变性

概　述

年龄相关性黄斑变性，又称老年性黄斑变性，亦称之为增龄性黄斑变性，是目前发达国家老年人视力丧失的首要原因，据美英学者统计，本病75岁以上患病率达45％以上。近年来，随着人口日趋老龄化，我国发病率亦有增高趋势。本病患病年龄多在45岁以上。双眼可先后或同时发病，并且进行性损害视力，严重影响老年人的生存质量。根据临床表现和病理改变的不同，分为两型：萎缩型黄斑变性，萎缩性亦称干性，以进行性视网膜萎缩，中心视力逐步明显减退为主，双眼同时发病；渗出型又称湿性黄斑变性，其特点为视网膜下有新生血管膜存在，从而引起一系列渗出、出血及瘢痕改变。视力下降较快。本病的防治已成为当今眼科学研究的重点课题之一。

中医学中，本病亦称为"视瞻昏渺"，重者则归属"青盲"

或"暴盲"。

由于本病引起中医针灸界关注的时间不长，现代针灸治疗本病，据著者所及，首篇临床报道见于1990年。从20世纪90年代中期迄今，有关文章有逐渐增多之势，其中有部分文章的观察样本量较大。治疗对象包括干性和湿性两种类型；治疗方法上以针刺为主，也有采用穴位注射、电热针法或针刺结合中药等法；在疗效观察上，既有对视力的检测，也有文章进行了眼底黄斑病灶部治疗前后的对照比较。由于本病迄今仍为难治性眼底病之一，针灸的介入无疑是有着重大临床价值的。

著者验方

基本方

一、处方

主穴：新明1、上健明、上天柱。

配穴：新明2、风池、承泣、丝竹空、瞳子髎。

二、操作

主穴每次必取，配穴轮用。风池穴针尖向同侧目外眦方向快速进针，运用导气法，以针感达眼部或前额为佳。左侧新明1要求术者以右手进针，右侧新明1要求术者以左手进针，针体与皮肤成45°~60°角，向前上方快速进针，针尖达耳屏切迹后，将耳垂略向外前方牵引，针体与身体纵轴成45°角向前上方徐徐刺入。当针体达下颌骨髁状突浅面深度1~1.5寸时，耐心寻找满意针感，针感以热胀酸为主。如针感不明显，可再向前上方刺入3~5分，或改变方向反复探寻，针感可传至颞部及眼区。用捻转加小提插，提插幅度1mm左右，一般运针时间为1分钟，捻转速度与刺激量灵活掌握。新明2：取28~30号1寸毫针，找准穴区后针尖与额部成垂直刺入，缓慢进针5~8分，找到酸麻沉胀感后用快速捻转结合提插手法，使针感进入颞部或眼区，针感性质同新明1。运针手法及时间亦同新明1。上健明穴直刺1~1.2寸，得气为度，略作小幅度捻转后留针。球后，针尖略向上进针1寸左右，要求针感至眼球有胀感。上天柱穴向正视瞳孔方向刺入，用徐入徐出导气法，使针感向前额或眼区放散。瞳子髎和丝竹空，每次仅用一穴，二穴交替，向外下方斜刺0.8寸左右，得气后留针。电针仪一般接在新明1、瞳子髎（或丝竹空）上，用连续波，频率2Hz，强度以患者能忍受为度，也可用疏密波，通电30分钟。每周2~3次治疗，维持治疗时每周治疗1次。

穴位注射方

一、处方

　　主穴：球后（或承泣）、太阳。

　　配穴：肾俞、肝俞、光明。

二、操作

　　药物：甲钴胺注射液0.5mg（0.5mg/1ml）、丹参注射液或复方樟柳碱注射液2ml。

　　主穴为主，酌加配穴。每次一般仅取主穴1穴（双侧），药物取一种。甲钴胺注射液与丹参注射液或复方樟柳碱注射液（二者取一种）交替使用。甲钴胺注射液多用于球后（或承泣），每穴注射0.5ml（双眼发病）或1ml（单眼发病）。丹参注射液可用于光明、肾俞和肝俞；复方樟柳碱注射液多用于太阳、球后穴。每侧穴注入1ml。用1ml一次性注射器抽取药液，进针后刺至有针感（但不必强求）后，将药物缓慢注入。

耳穴方

一、处方

眼、目1、目2、支点、肝、肾、神门。

二、操作

耳穴均取。用磁珠或王不留行子贴压，令患者每日按压3次，每穴按压1分钟，力度以有疼痛感而不弄破皮肤为佳。每次一耳，两耳交替，每周换贴2~3次。

皮肤针方

一、处方

正光1、正光2。

二、操作

用皮肤针在穴区0.5~1.2cm范围内做均匀轻度叩打，每穴点叩刺50~100下，以局部红润微出血为度。每周治疗2~3次。

每次治疗，基本方必用，余方据症情可全部或选1~3方综合运用。

体 会

本方主要治疗年龄相关性黄斑变性，包括渗出型和萎缩型。但经著者验证，本方可治疗多种黄斑病变，如近视性黄斑变性、黄斑囊样水肿、黄斑前膜等。这是著者在难治性眼病治疗的治则上所强调异病同治中的异病同方，也是对于病位病机均较一致的眼底病总结出一个基本方。但是异病同方是建立在辨证论治基础上的，具体治疗时要讲究同中有变，即根据不同的病症而有所加减以提高疗效。这种变，一要因人而异，即强调个体性，如考虑年龄、病程、体质和中医的辨证等；其次要据不同病症的特点，如渗出型年龄相关性黄斑变性，多从化瘀祛湿着手，萎缩型则强调益气滋阴；近视性黄斑变性则二者皆重；囊性水肿，应祛痰利水；而黄斑前膜则需活血化瘀。在治法上更要有机配合，如电针与穴位注射是针药结合、电针与皮肤针是点面治疗结合、加用耳针是巩固和加强效果等。

作为难治性眼病，要打持久战。针灸治疗这类病症有一个相当长期的过程，在治疗之初应当向患者说明要求其能坚持有规律的针灸治疗，一般以三个月为一疗程。多需半年至一年以上治疗。为了有助于患者能长期坚持，著者根据多年临床经验，提出了一个维持量的概念，即随着病情的好转，可逐步延长针刺治疗的间隔时间，从最初的每周三次，逐步减至每周一次。

在治疗过程中，往往会出现客观体征与患者主观感受不一致的情况。如，有的视物情况明显改善，但眼底检查变化不明显。也有少数眼底变化明显而视物进步不大的。在针灸治疗其他眼病时也有这种情况。可能与针灸重在调节脏器功能有关。值得进一步研究。